スローンはもう手遅れだから

コリーン・フーヴァー　阿尾正子 訳

二見書房

TOO LATE
by
Colleen Hoover

Originally published in 2016 by Colleen Hoover
Revised Edition from Grand Central Publishing: June 2023

Japanese translation rights arranged
with DYSTEL, GODERICH & BOURRET LLC
through Japan UNI Agency, Inc., Tokyo

フェイスブックの〝Too Late〟グループのメンバー全員に本書を捧げます。
みなさんのおかげで最高の執筆体験になりました。
なかでもエラ・ブルーサ、あなたに特大のありがとうを。

◆登場人物紹介

スローン――――大学3年生、21歳
カーター――――DEA（麻薬取締局）の潜入捜査官、25歳。本名はルーク
アサ・ジャクソン――スローンの恋人、麻薬密売グループのリーダー
スティーブン――スローンの弟、19歳。自閉症、グループホームで生活
ドリュー――――スローンの弟、10歳で死亡。スティーブンと双子
ダルトン――――カーターの先輩捜査官、本名はライアン
ティリー――――カーターの同僚捜査官
ジョン――――アサの仲間
ケヴィン――――アサの仲間
ポール――――アサの父親

1

スローン

生温かい指が指にからみつき、わたしの両手をマットレスに深く押しつける。でもこの一週間の睡眠不足のせいで、まぶたが重くて開かない。本当は、ひと月ずっと睡眠不足が続いている。

ううん、この一年ずっとだ。

わたしはうめきながら脚を閉じようとするが、できない。そこらじゅうに何かが押しつけられている。胸、頬《ほお》、脚のあいだ。眠気を払うのに数秒かかったけれど、それでも彼が何をしているのかわかるくらいには目が覚めた。

「アサ」わたしはいらだたしげにつぶやいた。「やめて」

アサはわたしにのしかかり、繰り返し腰を叩きつけている。うめき声がわたしの耳をかすめ、朝の無精ひげが頬に刺さる。「あとちょっとだから、ベイブ」わたしの首筋に顔をうずめ、囁《ささや》く。

アサの手から手を引き抜こうとするけれど、アサはからめた指にさらに力を込めることで、この寝室の看守は彼であり、ただの囚人にすぎないわたしにベッドを離れる権利はないのだと伝えてくる。アサといるといつも、わたしの体は彼が好きに使える道具なのだという気持ちにさせられる。ひどいことをされたり、力ずくでどうこうされたりしたことは一度もないけど、アサはとにかく性欲が強くて――それでひどく迷惑している。

いまだってそう。

朝の六時からサカるな、って話。

そう時間の見当をつけたのは、ドアの下の隙間から陽の光がもれていたから。アサが前夜のパーティを切り上げて寝にくるのがちょうどそれくらいの時間だというのもある。だけど、こっちはあと二時間足らずで授業に出ないといけないのだ。こんなやり方でわずか三時間の眠りから引き剝がされるなんて冗談じゃない。

だからわたしはアサの腰に両脚を巻きつけ、その気になったと思わせようとする。それなりに楽しんでいるふりをして、さっさとアサをいかせてしまおう。

右の乳房をつかまれ、わたしがそれっぽいあえぎ声をもらすと同時に、アサの体に震えが走った。「ああ、やべえ《ファック》」彼はうめきながらわたしの髪に顔をうずめ、最後にゆっくり腰を前後に振った。数秒後、わたしの上に倒れ込んで大きくため息をつくと、わたしの頰にキスしてから、ベッドの彼の側にごろりと転がった。そのまま立ち上がり、コンドームをはずしてゴミ箱に放ると、サイドテーブルの上の水のボトルをつかんだ。ボトルを口元に運びながら、剝き出しになったわたしの肌を舐《な》めまわすように見る。その唇にふっと気怠げな笑みが浮かんだ。

アサは素っ裸で余裕たっぷりにベッド脇に立ち、ボトルの水を飲み干す。

見た目の良さとは裏腹に、アサにも欠点はある。というか、欠点と呼べないのはルックスだけかも。アサはうぬぼれが強く、短気で、扱いにくいこともしょっちゅうだ。でも、彼はわたしを愛してる。めちゃくちゃ愛してくれている。そしてその愛に応える気持ちがわたしにないと言ったら嘘になる。変えられるものなら変えたいと思うところは山ほどあるけれど、いまのわたしには彼しかいないし、だから我慢して一緒にいる。アサは行き場がなかったわたしを受け入れてくれた。頼れる人が誰もいなかったわたしを迎え入れてくれた。それがあるから、わたしはアサに耐えている。

そうするよりほかにないから。

アサは手を上げて口を拭うと、空のボトルをゴミ箱に捨てた。それから豊かな茶色の髪を手で掻き上げ、ウインクを投げてよこすと、ベッドに腰を落としてわたしのほうに身を乗り出し、唇にそっとキスした。「おやすみ、ベイブ」そう言って、ごろりと仰向けになった。

「それを言うなら〝おはよう〟でしょう」わたしはしぶしぶベッドから出た。Tシャツがウエストのところまでまくれている。それを元に戻し、そのへんにあったパンツと別のTシャツをつかむ。シャワーを浴びようと廊下を突っ切ったが、ほっとしたことに、二階にひとつしかないバスルームは、この家にたむろする無数の同居人の誰にも占領されてはいなかった。

スマホで時間をチェックし、コーヒーショップに立ち寄る時間もないことに気づいてうんざりする。これじゃ、今学期最初の講義もまた睡眠不足解消の時間に充《あ》てるはめになってしまう。さすがにまずい。

こんな調子で授業についていけるわけがない。アサは講義をサボってばかりいるくせに、いつも満点に近い成績を修めている。それに引き換え、わたしは単位を落とさないよう必死にあがいているありさまだ。前学期、一日も休まなかったのに。とにかく、出席だけはしていた。困ったことに、わたしたち以外にも大勢の人が住んでいるこの家は、静かになることが一瞬たりともない。それで授業中、気がつくと居眠りしていることがよくあるのだ。講義のあいだだけがくつろげる静かな時間だから。この家では昼も夜もパーティ三昧らしく、次の日に講義がある人間がいようとおかまいなし。しかも週末と平日の区別もない。その代わり、ここの住人は家賃を払わなくていい。

もっとも、わたしには住人とそうでない人の区別がほとんどつかない。家の持ち主はアサだが、人に囲まれているのが好きな彼は出入り自由なこの状態を気に入っている。お金があれば、すぐにでも自分のアパートを見つけてここを出ていく。でもそんなお金、わたしにはない。だから、卒業までのあと一年、地獄に耐え続けることになる。

自由になれるまで、あと一年。

頭からTシャツを脱いで床に落とし、シャワーカーテンを開ける。シャワーヘッドに手を伸ばしたところで、わたしは金切り声をあげた。バスタブのなかで服を着たまま酔い潰《つぶ》れているのは、一番新しいフルタイムのルームメイトのダルトンだった。

ダルトンは飛び起き、真上にあった蛇口に額をぶつけて大声をあげた。わたしが床に落としたTシャツをつかんだちょうどそのとき、バスルームのドアが開いてアサが駆け込んできた。

「スローン、大丈夫か?」アサは必死の形相《ぎょうそう》でそう言うと、わたしを自分のほうへ向かせて怪我がないか確認した。わたしは盛大にうなずきながらバスタブのダルトンを指差した。

「おれは大丈夫じゃない」ダルトンはうめき、ぶつけたばかりの額を手でさすりつつバスタブから這い出そうとしている。

アサはわたしの顔から、手にしたTシャツで隠されたわたしの裸体へと視線を落とし、それからその目をダルトンへ向けた。誤解されたらまずいと思い、説明しようと口を開きかけたとき、意外にもアサの大きな笑い声にさえぎられた。

「あれ、おまえがやったのか？」アサはダルトンの額を指差している。

わたしは首を横に振る。「わたしの悲鳴に驚いて自分で蛇口にぶつけたのよ」

アサはさらにげらげら笑うと、ダルトンに手を貸してバスタブから引っ張り出した。「来いよ、こういうときはビールに限る。二日酔いの特効薬だ」アサはダルトンの背中を押すようにしてバスルームから出ると、去り際にドアを閉めていった。

わたしは胸の前でTシャツを握りしめたままその場に立ち尽くした。残念ながら、こういうことが起きるのはこれで三度目だ。毎回違うまぬけがバスタブで酔い潰れている。今後は服を脱ぐ前にバスタブのなかを確認すること、わたしはそう肝に銘じた。

2

カーター

ポケットから時間割表を取り出し、開いて、部屋番号を確認する。「最悪だ」電話に向かって言った。「大学なら三年前に卒業している。今回の任務に志願したのは、くそ面倒な課題をするためじゃない」

電話の向こうでダルトンが大笑いし、ぼくは思わずスマホを耳から数センチ離した。「おおい、早くも泣き言か。こっちは昨夜、バスタブで寝るはめになったんだぞ。ぐだぐだ言うな。役作りも仕事のうちだろ」

「あんたはいいよ。週に一コマしか授業を取っていないんだから。こっちは三コマだ。どうしてヤングはあんたに一コマしか取らせなかったんだ？」

「おれのほうが、おしゃぶりがうまいからかもな」

時間割に目を落とし、次に目の前のドアに記された番号を見上げる。ここだな。

「もう切るぞ。これからスペイン語《ラ・クラーセ・デ・エスパニョール》の授業だ」

「ちょっと待った、カーター」ダルトンの口調が真剣なものになり、ひとつ咳払《せきばら》いしてから

〝相棒のやる気を引き出すトーク〟に取り掛かろうとする。ダルトンと組んで仕事をするようになってから、毎日この苦行を味わわされている。ぼくらがここにいる理由はわざわざ言われるまでもない。自分のやるべきことはわかっている。ぼくの使命は給料に見合うだけの仕事をやりとげることで……今回は大学史上最大級の麻薬密売グループの摘発がそれだった。この地方大学における薬物乱用問題はここ三年で十倍に増加している。そしてその元凶はアサ・ジャクソンだと噂されていた。アサとその一味に近づき、麻薬密売のキーパーソンを特定する――それがダルトンとぼくがここにいる理由だ。今回の潜入捜査でのぼくらの役まわりは些細なものだが、小さなピースが集まって作戦全体を作り上げているのであって、どんな役割も重要なのだ。たとえそれが大学生のふりをすることであっても。またしても。できればほかの生徒と同じように新学期が始まった先週から授業に出たかったのだが、大学側の受け入れ準備にやたらと時間がかかったのだ。

「どうせなら楽しめよ」ダルトンが言った。「あと少しで必要なものはすべて手に入る。ここにいるものせいぜい二カ月だ。イカしたケツの女を見つけて隣に座れ。そうすりゃ、二カ月なんてあっという間だ」

教室のドアについている窓からなかを覗《のぞ》いた。座席はほぼ埋まっていて、空いているのは三つだけだ。そのうちのひとつ、教室の後方の空席の横にいる女性に視線が吸い寄せられた。頭を腕に乗せ、黒髪が顔にかかっている。どうやら居眠りしているようだ。寝ている人間の隣に座るのはかまわない。我慢できないのは、ひっきりなしに話しかけてくる連中だ。「おっと、イカした女がもう見つかった。昼めしのあとでまた連絡する」通話を終え、スマホを消音モードにしながら教室のドアを開けた。バックパックのストラップを肩にかけ、階段を上がって教室の後方へ向かう。あの女性の横をすり抜けて空いている席まで来ると、バックパックを床に置き、スマホを机の上に放った。スマホが硬い木の机に当たる音に彼女が目を覚ました。いきなり体を起こし、ぎょっとしたように目を見開くと、あたふたと周囲を見まわしてから、机の上の自分のノートに目を落とした。ぼくは椅子を引いて彼女の隣に腰を下ろした。彼女は机に置かれたぼくのスマホを睨みつけ、それからその目をぼくに向けた。

髪は乱れ、唇の端からこぼれたよだれが顎《あご》まで垂れてテカテカと光っている。彼女はようやく手にしたわずかな眠りを邪魔されたとばかりにこちらを睨《にら》んでいた。

「昨日、夜更かしでもした?」ぼくは身を屈《かが》め、床に置いたバックパックから、おそらくはそらで読めるはずのスペイン語の教科書を取り出した。

「授業はもう終わった?」彼女は目をすがめ、ぼくが机に置こうとしている教科書を見た。

「それは事と次第による」

「どういうこと?」

「きみがどれくらい寝ていたかで答えが変わるってこと。きみがここに何の授業を受けにきたのか知らないけど、これは十時のスペイン語のクラスだよ」

彼女は机に肘をつき、両手で顔をこすりながらうめいた。「じゃ、たったの五分しか寝てないってこと?」そう言うと椅子の上でだらりと体を伸ばし、背もたれに頭を預けた。「授業が終わったら起こしてもらえる?」

彼女はぼくを見つめ、ぼくが同意するのを待っている。ぼくは自分の顎に指を軽く当てた。

「ここに何かついてるよ」

彼女は手で口元を拭うと、その手をしげしげと見た。よだれを垂らしていたことを知って恥ずかしがるだろうと思ったのに、彼女はあきれ顔でシャツの袖口に親指を引っかけ、机に落ちたよだれを拭うと、椅子にもたれかかって目を閉じた。

ぼくにも大学生活の経験はある。夜更かし、パーティ、勉強……やりたいことが多すぎて時間が足りないのはよくわかる。でも、この女性はストレスが限界にきているように見えた。夜勤のバイトのせいか、パーティのやり過ぎか、気になるところだ。

バックパックに手を入れ、今朝ここに来る途中で買ったエナジードリンクを取り出した。いまこれが必要なのはぼくより彼女だろう。

「ほら」ぼくは彼女の前にドリンクを置いた。「これを飲みなよ」

彼女はのろのろと目をこじ開けた。まるでまぶた片方の重さが千ポンドはあるかのようだ。ところがドリンクに気づくと、すぐに缶をつかんでプルタブを起こした。そして数日ぶりに水を口にした人のように中身を一気に喉《のど》に流し込んだ。

「礼はいらないよ」ぼくは笑った。

全部飲んでしまうと空き缶を机に置き、ついさっきよだれを拭いた袖口で今度は口を拭った。白状すると、そのがさつでだらしないふるまいは妙にセクシーで、大いに劣情をそそられた。

「ありがとう」彼女は目にかかった髪を払いながらぼくに笑いかけ、両手をぐっとうしろに伸ばしてあくびをした。教室のドアが開き、誰もが椅子に座り直した。教授が入ってきたのだろう。だがぼくは彼女から目を離せず、教授の姿を確認することすらできずにいる。

彼女はもつれた髪を指で梳《す》いた。髪はまだ少し湿っていて、肩にかかった髪をさっと払ったときシャンプーの甘い花の香りがした。長く豊かな黒髪。目を縁取る睫《まつ》毛《げ》も同じくらい長くて濃い。彼女は教室の前方に目をやるとノートを開き、ぼくもそれに倣《なら》った。

教授がスペイン語で挨拶し、生徒たちも片言のスペイン語でそれに応える。課題に関する説明が始まったところで、机のふたりのあいだに置いていたぼくのスマホが光った。ぼくはダルトンからのショートメッセージに目を落とした。

〝おまえの隣の席にいる、そのイカしたケツの女とやらはなんて名前だ?〟

ぼくはとっさにスマホを裏返し、彼女に見られていないことを祈った。ところが彼女は口元に手をやって笑いを押し殺していた。

くそ、見られた。

「イカしたケツの女?」彼女は言った。

「ごめん。友人なんだが……自分のことをおもしろいと思っているんだ。しかも、ぼくの毎日を悲惨なものにするのが好きときてる」

彼女は片方の眉を吊り上げ、ぼくのほうを見た。「つまり、あなたはわたしを〝イカしたケツの女〟だと思わ**ない**ってこと?」

正面から彼女の顔をまともに見たのはそれが初めてだった。とりあえず、いまやこのクラスが大のお気に入りになったとだけ言っておく。ぼくは肩をすくめた。「言葉を返すようだけど、初対面のときからきみはずっと座ったままだ。ぼくはきみのケツを見たことすらない」

彼女はまた笑い、「スローンよ」と言って片手を差し出した。ぼくはその手を握った。親指に小さな三日月形の傷跡があった。ぼくは親指でそれをなぞり、彼女の手を左右にひねってその傷をしげしげと見た。

「スローン」舌先で味わうようにしてその名を繰り返した。

「ふつうならここは自分の名前を告げるところだと思うけど」

ぼくは目を上げた。彼女は手を引き抜き、問いかけるような顔でこちらを見ている。

「カーターだ」自分に与えられた役どころを頭に置きつつ、そう返した。ライアンのことをダルトンと呼ぶのにも苦労したが、六週間もすればさすがに慣れる。しかし、自分をカーターと呼ぶのはまったく別の話だ。うっかり本名を明かしそうになったのは一度や二度じゃない。

「会えてうれしいわ《ムーチョ・グスト》」彼女はほぼ完璧な発音でそう言うと、教室の前方に視線を戻した。

いや、それはこっちの台詞《せりふ》だ。お世辞抜きで。

近くに座っている者同士でペアを組み、相手に関する事実を三つ、スペイン語で挙げるようにと教授から指示が出る。これはぼくにとって四年目のスペイン語クラスだし、スローンが畏縮してしまわないよう、まずは彼女に答えさせることにした。たがいに向かい合ったところで、ぼくは彼女を顎で示した。「レディファーストで《ラス・セニョーラス・プリメラ》」

「いいえ、交互がいい。まずはあなたから。わたしに関する事実をひとつ言って」

「わかった」ぼくは笑った。彼女にあっさり主導権を奪われてしまった。「ウステ・エス・マンドーナ」

「それは意見で事実じゃないけど、まあいいわ」

ぼくは彼女に向かって首を傾げた。「いまぼくがなんて言ったかわかったのか？」

彼女はうなずいた。「ええ、もしも〝押しが強い女〟って意味で言ったのならね」そこで怒ったように目を細めたが、口元はかすかに笑みを浮かべていた。「じゃ、わたしの番。ス・コンパニェーラ・デ・クラーセ・エス・ベーリャ」

これには笑ってしまった。〝あなたのクラスメートは美人だ〟。つまり彼女はいま、自画自賛したわけか。ぼくは大げさにうなずいてみせた。「ミ・コンパニェーラ・デ・クラーセ・エスタ・コレクタ（ぼくのクラスメートは正しい）」

小麦色に焼けた彼女の頬が赤く染まるのがわかった。「あなた、歳は？」

「それは質問で事実じゃない。そもそも英語だし」

「事実を知るには質問しなきゃ。あなたはこのクラスを取ってるほかの二年生より少し年上みたいに見えるから」

「いくつだと思う？」

「二十三か四？」

いい線いってる。実際は二十五だが、それは彼女が知らなくていいことだ。「二十二だ」

「ティエネ・ベインティドス・アニョス（あなたは二十二歳です）」ぼくに関する二つ目の事実として彼女はそう言った。

「インチキだ」

「それがわたしに関する事実ならスペイン語で言わないと」

「ウステ・エンガーニャ」

彼女の片眉が吊り上がったところを見ると、ぼくが〝インチキをする〟を意味するスペイン語を知っているとは思わなかったようだ。

「いまので三つ目ね」と、彼女。

「そっちはまだひとつ残ってる」

「ウステ・エス・ウン・ペーロ」

ぼくは笑った。「きみはいま、うっかりぼくを犬呼ばわりしたぞ」

彼女は首を横に振った。「うっかりじゃないし」

彼女のスマホが震え出した。彼女はポケットからスマホを取り出し、画面を一心に見つめている。ぼくは椅子に寄りかかり、自分のスマホをつかんで、同じように画面を見ているふりをした。ほかの生徒たちが演習を終えるまでぼくらは無言で座っていた。ぼくはメールを打つ彼女を横目で見た。両手の親指が画面の上を素早く飛び交っている。彼女はキュートだ。いまではすっかりこの授業が楽しみになった。急に週に三コマじゃ足りなく思えてきた。

授業が終わるまであと一五分ほど。ぼくは彼女のほうを見たくなるのを必死にこらえていた。ぼくを犬呼ばわりしたあと、彼女は口を閉じたままだ。横目でちらりと見ると、彼女は教授の話などそっちのけでノートに落書きしていた。死ぬほど退屈しているのか、それとも心ここにあらずなのか。何を書いているのか見たくなって、わずかに身を乗り出す。覗き見するようで気が引けたが、彼女だってさっきぼくのメールを読んだんだからおあいこだよな。

さっき飲んだエナジードリンクが効いたのか、ものすごい勢いでノートにペンを走らせている。ぼくはその走り書きを読んでみた。が、何度読んでもなんのことかさっぱりわからない。

電車とバスがわたしの靴を盗んだから、わたしは生のイカを食べなきゃならない。

ページいっぱいに書き散らされた、でたらめな文に思わず笑いがもれ、すると彼女がノートから目を上げた。ぼくと目が合うと、いたずらっぽく笑った。

それからノートに目を戻し、ペン先でページをトントン叩いた。「授業に飽きちゃって」小声で囁く。「集中力が続かないの」

ふだんは集中力の高さに自信があるぼくだが、彼女の横だとどうもうまくいかない。

「ぼくにもあるよ、そういうこと」そう言いながら彼女のノートに手を伸ばし、文字を指差した。「それは何？　秘密の暗号？」

彼女は肩をすくめ、ペンを置くと、ぼくのほうにノートを滑《すべ》らせた。「退屈したときにやる、くだらない遊びよ。頭で考えずに無意味な言葉をどれだけ思いつくか、試すのが好きなの。意味不明であればあるほどわたしの勝ち」

「きみの勝ち？」はっきりさせたくてそう尋ねた。この女性は謎めいてる。「このゲームをしているのがきみだけなら、きみが負けることはないんじゃないか？」

彼女の顔から笑みが消え、視線をそらして自分のノートに目を落とした。そして文字のひとつを指でそっとなぞった。彼女の態度を一変させてしまうようなことを、いまぼくは何か言ったか？　彼女の表情を曇《くも》らせたものがなんだったにせよ、彼女はそれを振り払うと、ペンを取り上げてぼくに差し出した。

「やってみて。ハマるから」

ぼくはペンを受け取り、ノートの空いている場所を探した。「何を書いてもいいんだよね？　頭に浮かんだことならなんでも？」

「違う。逆よ、逆。考えないようにするの。何も頭に浮かべないようにして、ただ書くの」

ペン先をノートに置き、言われたとおりのことをした。ただ書いた。

ぼくはコーンの缶詰をランドリーシュートに落とし、それで母は虹を叫んでる。

馬鹿みたいだなと思いつつペンを置いた。彼女はこれを読むと、口を押さえて笑いをこらえた。そして新しいページを開き、〝初めてにしてはやるじゃない〟と書いてから、ぼくにまたペンを渡してきた。

どうも。ディスコを聴くときはユニコーンのジュースが息をするのを助けてくれる。

彼女がまたも笑いながらぼくの手からペンを取り上げたとき、教授が授業の終わりを告げた。誰もが教科書をバッグに放り込み、そそくさと席を立つ。

ぼくと彼女を除いて。ぼくらはニヤニヤしながらページを見つめ、どちらも動こうとしなかった。

と、彼女がノートに手を置き、ゆっくり閉じると、机の上を滑らせるようにして自分のバックパックに落とした。そして席を立ちながらぼくを振り返った。「あなたはまだ立っちゃだめ」

「どうして？」

「だって、教室から出ていくわたしをそこで見ていれば、わたしがイカしたケツをしてるかどうかわかるじゃない」彼女はウインクしてから、くるりと背を向けた。

おいおい、マジか。ぼくは言われたとおりに彼女の尻を凝視した。困ったことに、彼女のヒップは完璧だった。彼女のすべてが完璧だった。階段を下りていく彼女を、ぼくは身じろぎもせず見つめていた。

この女性はこれまでどこにいたんだ？　どうしていま、ぼくの人生に現れた？　いま、ぼくらのあいだに起きたことに未来はない。嘘から始まる関係がうまくいくはずないからだ。とりわけ、ぼくがついているような嘘からは。

教室のドアの手前で彼女がちらりと振り返り、ぼくは彼女の目に視線を戻した。そして彼女に向かって親指を立てた。彼女は声をあげて笑うと教室から出ていった。

荷物をまとめながら彼女のことを頭から追い出そうとした。今夜は気を引き締めてかかる必要がある。完璧なケツをした美人にうつつを抜かしている暇はない。

3

スローン

図書館で今日の課題を終わらせた。家に帰ったら最後、集中できないのはわかっていたから。アサの家に転がり込んだころのわたしは、それまで泊まらせてもらっていた友だちから明日の晩までにソファを明け渡してほしいと迫られていて……ほかにももろもろ経済的な問題を抱えていた。アサと付き合いはじめてまだ二カ月にしかなっていなかったけど、ほかに行くところがなかったのだ。

あれから二年以上が経つ。

乗っている車や家の大きさから、アサがお金に不自由していないのは知っていた。ただ、アサが金持ちのぼんぼんなのか、それとも何かよからぬことに関わって金まわりがいいのかはわからなかった。前者であればいいと願っていたが、これまでにわたしの願いが叶ったためしはない。最初の二、三カ月、アサはドラッグを売っていることを上手に隠していた。金遣《かねづか》いが荒いのは莫大な遺産を相続したからだとごまかしていた。しばらくはその話を信じていた。というか、信じるしかなかった。

でもわたしの知らない人たちが夜なかに家にやってきては、アサとこそこそ話をすることが増えると、もう見て見ぬふりはできなくなった。自分が売っているのは〝安全な〟ドラッグだけだし、ああいう連中はどのみちどこかでヤクを手に入れるものだ、アサはそう理屈をこねようとした。わたしはそんなものに関わり合いたくなかった。だから足を洗うつもりはないとアサに言われたとき、彼の元を去った。

唯一の悩みは行き場がないことだった。ソファで寝泊まりさせてくれる友だちは何人かいたけれど、みんな部屋にもお金にも余裕がなかったから、ずっと住まわせてもらうのは無理だった。アサのところに戻るくらいならホームレス向けのシェルターを頼るほうがましだ。でもわたしが心配していたのは自分のことじゃなかった。弟のことだ。

スティーブンの人生は最初から楽ではなかった。弟は心にも体にも多くの問題を抱えて生まれてきた。スティーブンは州から福祉手当を支給されていて、ようやく安心して預けられるグループホームに入所できたところだった。その手当が打ち切られてしまったとき、弟を母のもとに送り返すようなまねは絶対にできなかった。あんな生活、弟に二度と味わわせたくなかったし、それを避けるためならわたしはなんだってしただろう。

弟が州から受けていたグループホームの家賃補助が打ち切られたのは、わたしがアサの家を出て二週間が過ぎたときだった。弟を引き取りたくてもわたしには無理だったし、ようやく入ることができたグループホームを出てしまったら、弟に必要な支援を受けられなくなってしまう。わたしにはアサ以外に頼れる人がいなかった。助けてくれるのは彼だけだった。アサの家に舞い戻り、助けてほしいと頼むのは、これまでで一番つらかった。アサの腕のなかに逃げ込むのは、自尊心を手放すのも同然だったからだ。アサはわたしを受け入れてくれたけれど、この話には続きがある。スティーブンにかかる費用をアサに頼らざるを得ないことがはっきりしたとたん、アサはライフスタイルを隠すのをやめた。人の出入りがますます多くなり、これまでこっそりやっていた取引を大っぴらにやるようになった。

いまでは四六時中、いろいろな人が出入りしているから、ここに住んでいる人、泊まりに来ただけの人、見ず知らずの他人の区別がつかない。毎夜毎夜がパーティで、わたしにとってはそのすべてが悪夢だった。

週を追うごとに危険な雰囲気が増すばかりで、家にいたくないという気持ちにますます拍車がかかる。わたしはこれまで大学の図書館でアルバイトをしていた。でも今期は学生バイトの募集がなかった。順番待ちリストに名前を書き、ほかのバイトにも応募して、ここから逃げ出すための資金を必死に貯めようとしている。わたしひとりならそこまで難しいことではないけれど、スティーブンのことを考えたらとてもじゃないけどお金が足りないし、貯まるまでにはまだしばらく時間がかかる。

それまでは、こうして生活できているのはアサのおかげだという顔をして生きていかないといけないが、実際はアサに人生をめちゃくちゃにされている気がしていた。誤解しないでほしい、わたしはアサを愛している。

アサを愛しているのは、彼が心を入れ替える日が来るかもしれないと思っているから。とはいえ、わたしも馬鹿じゃない。ビジネスを縮小して、いずれ完全に足を洗うつもりだ、アサは繰り返しそう誓うけれど、彼にその気がないのは知っている。アサを説得しようとしたこともある。でも、一度手にした権力と金を手放すのは難しいし、アサは絶対に手放さないだろう。刑務所に入るか……死ぬまで続けるはずだ。わたしはそのどちらにも立ち会いたくなかった。

家の前の私道に停まっている車が誰のものか気にするのはとっくにやめた。毎日のように新しい車が加わるからだ。わたしはアサに借りている車を停め、荷物をつかむと、地獄のような夜が待つ家へ向かった。

玄関に足を踏み入れると、家のなかは薄気味悪いほど静かだった。みんな裏庭のプールにいるのだろう。ドアを閉めながら、思わず頬がゆるんだ。この家に人が誰もいないのは初めてのことで、わたしはこのときとばかりにイヤホンをつけて掃除にとりかかった。楽しそうに聞こえないのはわかっているけど、わたしにとって掃除は唯一の気晴らしなのだ。

家のなかがつねに豚小屋同然だというのも、もちろんあるけど。

リビングから始めて、三〇ガロンのゴミ袋がいっぱいになるほどのビール瓶を捨てた。キッチンまで来て、シンクに溜まった食器の山を見たときは、むしろ笑みが浮かんだ。これで一時間は暇をつぶせる。わたしは汚れた食器を左側に寄せてシンクに水を溜めはじめた。イヤホンから聞こえる音楽に合わせて体を揺らす。この家でこれほど心が安らぐのは、ここに住みはじめた最初の二カ月以来だ。アサがまだ〝いい人〟だったころ。あのころのアサはわたしに甘い言葉を囁き、デートに連れ出して、誰よりもわたしを優先してくれた。

この家でたまたまふたりきりになれたときのことを覚えている。アサが注文してくれたディナーを食べながら、ソファでくっついて一晩じゅう映画を観ていた。わたしが恋したあのアサの面影がよみがえり、胸が詰まりそうになったちょうどそのとき、背後から腰に手をまわされるのを感じた。最初はぎょっとした。でもそこでアサのコロンの香りがした。最初のデートのときにつけていたのと同じディオールの香りが。アサはわたしをやさしく抱きしめると、音楽に合わせて一緒に体を揺らしはじめた。わたしは微笑み、目を閉じたまま彼の手に手を重ねて、彼の胸にもたれかかった。

アサはわたしの耳にキスすると、わたしの指に指をからませ、わたしの体をくるりとまわして自分のほうを向かせた。目を開けると、アサはやさしい表情で心からの笑みを浮かべてわたしを見下ろしていた。こんなやさしい目をしたアサを見るのは久しぶりで、わたしは懐かしさに胸が痛くなった。

もしかしたらアサは本気で変わろうとしているのかもしれない。本当は彼もこの生活に疲れているのかもしれない。

アサは両手でわたしの顔を挟んでキスをした——長く、情熱的なキス。彼にこんなキスができることさえ忘れていた。近ごろではアサがキスしてくるのは、ベッドでわたしの上にいるときだけだったから。わたしは彼の首に腕をまわしてキスを返した。無我夢中で口づけた。いまキスしている男性がいつまで〝昔のアサ〟でいてくれるかわからなかったから。

と、アサが身を離し、わたしの耳からイヤホンをはずした。

「誰かさんは今朝の続きがしたいのかな?」

わたしはもう一度彼にキスすると、微笑みながらうなずいた。ええ、したい。いまここにいるこのアサとベッドに入れるなら、続きがしたくてたまらない。

アサはわたしの肩に手を置いて笑った。「でも客の前はさすがにだめだよ、スローン」

客？

わたしは目をぎゅっとつぶった。振り向くのが怖かった。誰かに見られていたなんて気づきもしなかった。

「おまえに会わせたいやつがいる」アサはわたしの肩をつかんでうしろを向かせた。わたしは片目を開け、もう片方の目も開けながら、みぞおちを殴られたような衝撃が顔に出ていませんようにと祈った。ドア枠に寄りかかり、胸の前で腕を組んで険しい眼差しを向けている、身長が優に六フィートはある男はカーターだった。

つい数時間前にスペイン語のクラスでじゃれ合った相手。

わたしは思わず息をのんだ。ここで彼に会うとは思ってもみなかったからだ。目の前に立つカーターは、今朝の授業で隣に座っていたときより、急に威圧感が増した気がした。思っていたよりずっと背が高い。アサより高いくらいだ。アサほどマッチョじゃないけれど、そもそもアサは毎日筋トレをしているし、上腕二頭筋の太さからして、たぶんステロイドにも手を出している。カーターの筋肉のつき方はもっと自然で、肌の色はアサより濃く、髪も黒味を帯びている。そして黒い瞳はいま――暗い怒りをたたえていた。

「どうも」カーターは表情を和らげて笑みを作ると、素知らぬ顔で握手の手を差し出した。わたしのことを考えて知らないふりをしてくれているのだ――それとも自分のため？　とにかくわたしは彼の手を握り返し、本日二度目になる自己紹介をした。

「スローンよ」声が震えた。脈が速くなっているのが手のひらを通して伝わりませんように。

「それで、アサとはどうやって知り合ったの？」答えを知りたいのかどうか自分でもわからなかったが、思わず言葉が口をついて出ていた。

アサはわたしの腰に腕をまわしてカーターから引き離した。「こいつは新しいビジネスパートナーで、おれたちはこれからやらなきゃならないことがある。掃除がしたいなら別のところでやりな」アサはわたしのお尻を叩いて犬のように追い払おうとした。わたしはアサを睨みつけたが、アサに向けられたカーターの瞳に滾《たぎ》る憎しみの色に比べたらかわいいものだった。

ふだんのわたしはアサに口答えしないようにしている。人前ではとくにそうだ。でもいまは怒りを抑えることができなかった。ビジネスからは足を洗うと約束しておきながら新しい人間を引き入れるその無神経さに怒りが収まらなかった。相手がカーターだということに腹を立てているのも否定できない。今日の授業で彼の第一印象を見誤った自分にも腹が立った。人を見る目はあるほうだと思っていたのに。でもカーターがアサとつるむような人間だったということは、わたしに人を見る目がまるでないという証拠だ。カーターもほかの連中と同じ。いいかげん、そのことに気づいていいころなのに。こういう生活から逃れたくて親元を離れ、一生懸命努力してきたのに、結局同じような状況に戻ってしまうだなんて――馬鹿みたいだ。うちの親はどちらも麻薬常習者で、だからわたしは危険と隣り合わせの生活からできるだけ早く逃げ出して、二度と過去を振り返らないつもりだった。なのに二十一歳になっても、わたしの生活は子どものころと何も変わっていない。ふつうの生活を手に入れたくて必死に頑張っているのに、どうしていつもクソみたいな生活に戻ってしまうの？　呪われているとしか思えない。

「アサ、約束したじゃない」わたしはカーターのほうに手を振り立てた。「新しい人を引き入れるのは、足を洗うんじゃなく……さらにどっぷり浸かるってことよ」

いまの仕事をやめてとアサに言うのは偽善者になった気分だった。汚い金を稼ぐのはやめてと言いながら、そこから毎月、スティーブンの生活支援のために小切手を送らせているのだから。でもそれくらいへっちゃらだ。自分のためじゃなく、弟の生活を守るためだから。スティーブンのためなら、どんなに汚れたお金だって受け取るだろう。

アサの目に剣呑な光が宿り、彼はわたしに一歩近づいた。わたしの腕にそっと手を置き、上下にさする。わたしの耳元に口を寄せながら、その手に力を込めていき、わたしが痛みに顔を歪《ゆが》めるまで力任せに腕を締めつけた。

「おれに恥をかかせるな」アサはわたしにだけ聞こえる声で囁くと、手をゆるめ、その手をわたしの肘に滑らせて、これ見よがしに頬にやさしいキスをした。「あのセクシーな赤いドレスに着替えておいで。今夜はカーターの歓迎会をするからな」

アサはうしろに下がって、わたしの腕から完全に手を離した。ちらりと横目でうかがうと、カーターはドアのところに立ったまま、いまにも飛びかからんばかりの形相でアサを睨みつけていた。わたしと目が合うと一瞬表情が和らいだ気がしたが、確信が持てるほどわたしはその場に留まらなかった。向きを変え、階段を駆け上がって寝室に向かった。叩きつけるようにしてドアを閉め、ベッドに倒れ込む。アサにつかまれた腕がずきずきしている。手でさすって痛みを和らげようとした。人前でアサに暴力をふるわれたのは初めてだったけれど、プライドを傷つけられたことのほうが何倍もこたえた。人前でアサを問い詰めたりするんじゃなかった。迂闊《うかつ》だった。

明日には腕にあざができるだろう。でも両親につけられた傷跡みたいに永遠に残りはしない。

わたしは親指にある三日月形の傷跡を見つめながら、母に車のシガーライターを押しつけられたときのことを思い出した。当時わたしは十二歳で、母がわたしの何に腹を立てたのかはいまだにわからない。母が何をするつもりか気づいたとたん、わたしは急いで手を引っ込めた。が、間に合わなかった。いまでもこの傷跡を見るたび、母との生活がよみがえる。

あざはいずれ消えるけど、アサがいつ一生消えない傷をわたしに残すようになるかわからない。あんな扱いを受ける理由はわたしにない。誰にもない。でも早く逃げ出さないと事態はさらに悪化するだろう。こうした状況がよい方向に変わることはめったにないから。いますぐバッグに持ち物すべてを詰め込みたい。この家を出て、二度と戻って来たくない。ここから逃げ出したい。逃げ出したい、逃げ出したい、逃げ出したい。

だけど、いまはまだ逃げられない。あおりを食うのはわたしだけじゃないから。

4
カーター

「あいつのこと、悪く思わないでやってくれ」アサはぼくのほうに向き直ってそう言った。ぼくは握っていたこぶしをゆるめ、軽蔑の念を押し隠そうとした。アサを知ってから三時間しか経たないが、生まれてこの方、これほど誰かを憎んだことはない。

「気にしてないよ」ホームバーのほうに向かい、テーブルを囲む椅子のひとつに無造作に腰を下ろしながらも、内心はいますぐ二階に駆け上がりスローンの無事を確かめたい気持ちでいっぱいだった。この一件にスローンが関わっているという事実に、まだ頭がついていっていなかった。アサの恋人について、ダルトンはくわしい話をしなかった。付き合っている女がひとりいる、と言っただけだ。その〝女〟がぼくと同じ授業を取っていることも、もちろん聞かされていなかった。

　ここでスローンに出くわすとは思ってもみなかった。アサが彼女にキスし、彼女がそれに応えるのを見たときは、この任務に志願したことを本気で後悔した。これはとんでもなく込み入ったことになってしまった。

「一緒に住んでいるのか？」そう訊《き》いてみた。

アサは冷蔵庫からビールを出して渡してきた。ぼくはキャップをひねって開け、ビールを口元に運んだ。「ああ。あいつのことを変な目で見たら、おまえのムスコをちょん切るぞ」

ぼくは彼を見た。アサは顔色ひとつ変えていなかった。冷蔵庫のドアを閉めると、何事もなかったかのようにテーブルを挟んだ向かいの席へまわる。いまさっきあんなふうにスローンを痛めつけておきながら、今度は彼女のことを気にかけているようにふるまうアサに、開いた口がふさがらなかった。やつの頭にビール瓶を叩きつけてやりたかったが、怒りを抑え込んでボトルを強く握った。

アサはビールのキャップを開けてボトルを掲げた。「金《カネ》に」そう言って、ぼくのボトルにボトルを軽く当てた。

「カネに」そしてクソ野郎どもが報いを受けるところをこの目で見てやる。

ここぞというタイミングでダルトンがキッチンに入ってきた。彼はぼくを見てうなずくと、アサに注意を向けた。「よお、ジョンが酒はどうしたらいいかってさ。今夜は持ち込み制《BYOB》にするか、それともこっちで用意するのか？　というのも、ストックが切れてるんだ」

アサはテーブルにビールを叩きつけるように置くと、椅子を引いて立ち上がった。「あのマヌケ、補充しておけって昨日言っておいただろうが」彼はかっかしながらキッチンを飛び出していった。

ダルトンが顎で玄関のほうを示し、ぼくは席を立って彼のあとから外に出た。前庭の真ん中でふたりきりになると、ダルトンはぼくのほうを向いてビールをぐっとあおった。ただのポーズだ。ダルトンはビールを忌《い》み嫌っている。

「どうだ？　うまく入り込めそうか？」

ぼくは肩をすくめた。「たぶんね。アサはスペイン語が話せる人間を喉から手が出るほどほしがっている。だから流暢《りゅうちょう》ではないがそこそこ話せると言っておいた」

ダルトンは口をぽかんと開けてぼくを見た。「それだけか？　質問はなし？」信じられないとばかりに首を振る。「やれやれ、アサのやつ、救いようのないアホだな。新参者ってのはどうして自分は無敵だと思うんだろうな。思い上がったクソ馬鹿が」

「そうだな」それには心から同意する。

「この仕事については前もって警告したとおりだ、ルーク。こんな生活をしていると、いずれ頭がおかしくなる。本当にやりたいのか？」

ダルトンを始めとする同僚たちがアサの逮捕にあと一歩のところまで迫っていると知りながら、いまさら後には引けない。「いまぼくをルークと呼んだぞ」

「くそ」ダルトンは靴で地面を蹴ると、目を上げてこちらを見た。「すまない。明日の会議だが、出られるか？　おまえが作戦に参加したことを受けて、ヤングが詳細な報告を聞きたがっている」

「明日は講義が入っているやつが何人かいるはずだ」今回の任務にくっついている面倒事に、改めて当てこすりを言った。「でも昼には体が空く」

ダルトンはうなずき、家のほうへ引き返した。「今夜のパーティに、スペイン語クラスのイカしたケツの彼女を誘うのか？」

「彼女は馬鹿騒ぎするようなタイプじゃない」さらに言うなら、誘う必要もない。彼女はこのろくでもないことの渦中にいるのだから。

ダルトンはうなずいた。潜入捜査官という生き方に誰かを引き入れるつもりがぼくにないことを知っているからだ。ダルトンほど、与えられた架空の身分になりきれる人間をぼくは知らない。嘘の身分のまま長い付き合いの恋人がいたこともあるし、そのうちのひとりには世間体を繕《つくろ》うためだけにプロポーズまでした。だがいったん任務が終了すれば、ダルトンはためらうことなく姿をくらます。でもぼくのなかにはまだ、そこまで割り切れない気持ちが多くある。カーターとして出会う人々もみな……血の通った人間なのだという気持ちが。だからいらぬ誤解を招かぬよう、誰とも深入りしないよう用心していた。

ダルトンはうしろ手にドアを閉め、ぼくはひとり前庭に立って、これから二カ月間の潜入先となる家を見つめた。潜入捜査官になりたくて入局したわけじゃないが、自分には向いているとも思う。だが今回の任務だけはどうにも胸騒ぎがしてならなかった——まだ初日だというのに。

それからの数時間は、アサに連れられて部屋を行ったり来たりしながら、数え切れないほどたくさんの人間と握手を交わした。最初のうちはいちいち名前を覚え、アサとの関係性を頭に叩き込もうとしていたが、四本目のビールを無理やり握らされたところであきらめた。彼らと知り合うための時間ならたっぷりあるし、最初からあまり真剣になることもないだろう。ここにいる連中にとって、ぼくは未知の存在だ。疑念を抱かせるようなことはしたくない。

やっとのことで抜け出し、バスルームを探しに行った。だがようやく見つけたそこは、さっきジョンと紹介された男と、一九歳になるかならないかの少女ふたりに占領されていた。ぼくは開けかけたドアを急いで閉めると、ホテル代わりにされていないバスルームがあってくれと願いながら二階へ上がった。

用を済ませたあとも、一〇分以上その場にこもっていた。洗面台にビールを捨て、瓶に水道水を満たす。今夜は飲みすぎた。これからの数週間は完全に素面でいなければ。

鏡のなかの自分を見つめながら、うまくやれますようにと願った。このあたりの出身ではないから身元が割れる心配はない。心配なのは、ぼくはダルトンじゃないということだ。彼みたいにオン・オフをうまく切り替えられない。ぼくの場合、ここで目にしたものは、夜、まぶたを閉じても浮かんでくる。そしてスローンとアサのあいだに起きたことを見てしまったからには、今夜はあまり眠れないだろう。

バスルームを出る前に、フェイスタオルを水で濡らして顔を拭き、酔いを覚まそうとした。タオルを洗濯《せんたく》かごに投げ入れる。かごは汚れ物でぱんぱんだった。それを見ながら、ここに住んでいる女性はスローンだけなのだろうかと考えた。きっと洗濯物は全部、彼女に押し付けているのだろう。もちろん、それ以外の家事も。

今日の午後、アサとふたりでキッチンへ行き、片付けをしているスローンに出くわしたとき、アサは戸口で足を止めて、しばらく彼女を見ていた。アサの肩越しにキッチンを覗いたぼくは、そこにいるのが今朝、教室で出会ったあの女性だったことに驚いた。だがそれ以上に驚いたのは、音楽に合わせて体を揺らす彼女の美しさだった。スローンを見つめるアサを傍らで見ながら、ぼくの頭にはリック・スプリングフィールドの出世作〈ジェシーズ・ガール〉の歌詞が浮かんでいた。あんなふうに彼女を見つめる男がぼくであったなら。

彼女はぼくのものだと言うように。

大きく息を吸い込み、バスルームのドアを開けた。そのとたん、廊下を隔てた向かいの戸口に立つ人の姿に視線が吸い寄せられた。バスルームのドアが開く音に彼女が振り返り、体に張りつくセクシーなドレスも一緒にひらめいた。彼女はその場に立ち尽くし、ぼくはドレスから目をそらせずにいた。彼女の体のラインをぴたりと包み込み、スパゲッティのように細い肩紐に支えられた胸元ぎりぎりのベアトップが作る見事な谷間は、どんなタイプのブラも入り込む余地がない。このドレスを着ろと彼女に言ったアサに心のなかで感謝している自分に腹が立った。

息をしろ、ルーク。息をしろ。

ようやくドレスから視線を上げ、目と目が合ったが、彼女の顔に浮かんだ表情はセクシーで自信に満ちたドレスとは似つかないものだった。泣いていたようにも見える。

「大丈夫か？」そう言いながら、彼女のほうに一歩踏み出した。彼女は目に恐怖の色を浮かべ、階段のほうをちらりと見てからぼくに視線を戻すと無言でうなずき、そのまま階段に向かおうとしたが、ぼくはその手をつかんで引き戻した。「待ってくれ、スローン」

彼女が向き直った。いまぼくが見ている女性は、今日ぼくが教室で出会った女性とは別人だった。この女性は脆《もろ》く、怯《おび》え、傷ついていた。

彼女はぼくに向かって一歩踏み出し、胸の前で腕を組んだ。唇を噛みながら、ふたりのあいだの床に視線を落とした。「なぜここにいるの、カーター？」

どう答えたらいいかわからなかった。嘘はつきたくないが、本当のことも言えない。これから逮捕するつもりでいる男の恋人に、ここにいる本当の理由を明かせば、顰蹙《ひんしゅく》を買うのは目に見えている。

「パーティに誘われたからだ」だからそう言った。

彼女がさっと顔を上げた。「そういう意味じゃないのはわかってるはずよ。どうしてこんなことに関わるの？」

「きみだってぼくがここにいる理由そのものと付き合ってる」アサと関わりがあるのはきみも同じだ。「ただの仕事だよ」

スローンは、その言い訳なら前にも聞いたとばかりに目を剝いた。たぶんアサの口から聞いたのだろう。だがぼくとアサの違いは、ぼくのほうは言い訳じゃなく事実だということ。その仕事がどういう類のものか彼女が知らないだけだ。

ぼくはため息をつき、ふたりのあいだの張り詰めた空気を和らげようとした。「今日のスペイン語の演習のとき、おたがい重要な事実をいくつか伏せていた、と言っても過言じゃなさそうだな、スローン」

彼女は引きつった笑いをもらした。「そうね。教授は事実を三個より多くするべきだった。五個なら足りたかも」

「だな。五個ならきみに恋人がいるかどうかのヒントも得られたかもしれないし」

スローンは上目遣いでぼくを見た。そして消え入るような声で「ごめんなさい」と言った。

「何が？」

彼女の肩が落ち、声もさらに小さくなった。「今日の授業でのことよ。思わせぶりな態度を取ってしまって。あんなこと言うんじゃなかった。わたしはそんな軽い女じゃない、本当よ。絶対に……」

「スローン」ぼくはさえぎり、彼女の顎に指を添えて上を向かせた。彼女を見下ろしながらも、いますぐこの手を下げてさっさとこの場を離れないといけないことはいやというほどわかっていた。「軽い女だなんて思ってない。あれは害のないおふざけで、それ以上でも以下でもない」

〝害のない〟という言葉が不吉な暗雲のようにあたりに垂れ込めた。アサが無害とは真逆の存在であることをどちらも知っているからだ。教室や廊下でスローンと言葉を交わす……そんな無害な場面も度重なれば、無害どころかとんでもない事態に発展するだろう。さっきのアサの脅《おど》しが頭のなかを駆け巡る。この女性は手出し無用《オフリミット》だ。アサはそう釘を刺した。〝職務規定〟にもそう書いてある。なのに、おまえはなぜそれがわからないんだ?

彼女の顎から手を下ろしかけたとき、背後から聞こえてきた声にぼくらは飛び上がった。

「よお、下は盛り上がってるぞ」

さっと振り返ると、階段を上がりきったところにダルトンがいて、いますぐおまえのケツをひっぱたいてやると言わんばかりの目でこちらを見ていた。たったいま、どえらいヘマをやらかしそうになったことを考えれば、ひっぱたかれても文句は言えない。

「わかった」ぼくは大きく息を吸い込むとスローンに向き直った。「授業のときに話そう」声を落としてそう告げると、スローンはうなずき、小さくため息をもらした。背後から聞こえた声の主がアサではなくダルトンだったことにほっとしたのだろうが、安堵したのは彼女だけじゃなかった。

スローンは向きを変え、階下ではなく自室へ向かった。この環境を見れば、彼女が寝不足になるのも当然だな。

ドアが閉まったとたん、ぼくは身を翻《ひるがえ》してダルトンに面と向かった。ダルトンは鼻の穴を広げ、いまにも殴りかからんばかりだった。ぼくを壁に押しつけ、腕で喉元を押さえつけた。

「作戦をぶち壊すようなまねはやめろ」ダルトンは激昂していた。彼はぼくの側頭部を手ではたいた。「うまく立ちまわれ」

5
アサ

コカインを吸い終えたジェスが鼻を拭うのを待ってから、前屈みになって一方の鼻の穴をふさぎ、二本目のラインを吸い込んだ。すぐに焼けるような感覚が襲ってきて、おれはヘッドボードに寄りかかり、しばらくそれを味わった。「なるほど」戸口に立っているジョンに言う。「たしかにこいつは上物だ」

ジェスはベッドに仰向けになり、天井を見つめている。ジェスはジョンの新しい女で、これまでじっくり顔を見たことはなかった。そそる顔をしている。スローンの足元にも及ばないとはいえ、ジーンズの股のあたりが窮屈になるくらいにはセクシーだ。

トレイを片付けるよう手振りでうながすと、ジョンはベッドのそばまでやってきてトレイを取り上げた。「それじゃ、商談をまとめていいか？」

おれはジョンの女に目を向けたまま答えた。「ああ。頼む」ジョンはジェスの手をつかもうとしたが、おれはそれをさえぎった。「おまえひとりで行け。ジェスはおれとここに残る」

ジョンは何を言われたかわからないという顔でおれを見た。ジェスはおれとジョンのあいだで視線を行ったり来たりさせている。

「商談を、まとめに、行け」おれは言った。「おまえが戻るまで彼女はここにいる」

ジョンは出ていったが、去り際にドアを叩きつけた。おれはベッドから飛び下りてドアに鍵をかけた。ジェスはベッドに起き上がり、不安をたたえた二つの目でこちらを見ている。それともあれは期待か？　おれは安心させようとやさしく微笑んだ。ベッドに戻り、ヘッドボードに寄りかかって、彼女を見つめた。

「ドレスを脱げよ」

ジェスは走って逃げるか、おれにまたがるか決めかねているような目で、しばらくおれを見ていた。だがコカインが効いてきているのは、その目がどんよりと曇ってきたのを見ればわかる。身を乗り出して彼女の手をつかみ、引き寄せると、ジェスはついに逃げるよりおれにまたがるほうを選んだ。

おれは彼女の太腿を撫で上げ、その手をドレスの下にもぐらせた。

三〇秒後、ドレスはおれのシャツとももども床に落ちていた。ジェスはおれにまたがり、喉の奥まで舌を突っ込んできた。

この女は男の喜ばせ方を知っている。だがそれも良し悪しだ。ファックがうまい女は好きだが、そうなるまでに何人の男と寝てきたのだろうとも考えてしまう。おれはナイトテーブルに手を伸ばし、コンドームをつかんでジェスに渡した。

「着けろ」ジェスはおれの目を見つめたまま袋を開け、ジーンズのボタンに手を伸ばした。おれは彼女の手首をつかんで首を横に振る。「口でやるんだ」

ジェスがにやりと笑って頭を下げかけたとき、足音が聞こえ、続いて寝室の施錠されたドアノブががちゃがちゃとまわされた。

まずい。

「アサ、ドアを開けて！」部屋の外でスローンが言った。

「くそっ！」おれはジェスを押しのけ、立ち上がってジーンズを引っ張り上げた。ジェスはおれとドアのあいだで目を泳がせている。おれはドレスをつかんでクロゼットのほうへ投げ、隠れていろと指で合図した。

ジェスは立ち上がり、拗《す》ねたような顔で首を横に振った。部屋の外にスローンがいるのにドアから出ていくつもりでいるなら、この女、どうかしてる。おれは彼女の肩をつかんでクロゼットのほうに押しやった。

「ほんの数分だけだから」そう囁く。甘い声を出そうとしたが、この状況に甘いところなどひとつもない。それに気づいたジェスが、小声でおれの名を呼ぶという暴挙に出た。

このビッチのせいで女を連れ込んだことがスローンにバレたら、おれはおしまいだ。怒りがふつふつと湧《わ》いてきた。おれはやさしい男のふりをやめ、ジェスのほうに身を乗り出して顎をつかんだ。「騒いだら後悔することになるぞ、ダーリン」顎をつかむ手に力を込めると、ジェスは目を見開き、ついにはうなずいた。そのとき、スローンがまたドアを強く叩いた。

ジェスが納得したことに確信が持てると、おれは作り笑いを浮かべた。「二分だ、ジェス。二分で追い払うから」そう耳打ちしてからクロゼットのドアを閉め、床に落ちたTシャツをひっつかんで、手と口に残るジェスのにおいを拭い去る。それからドアのところへ歩いていって開けた。

「午後四時よ、どうして寝てるの？」スローンはおれを押しのけて部屋に入ってきた。そのままクロゼットに向かおうとするので、おれは彼女の腰をつかんでベッドに倒れ込んだ。彼女を見下ろして微笑み、目顔で許しを請うと、スローンは諦《あきら》めたようにため息をついた。

「ごめんよ。今日は授業がびっしりだったから疲れちゃって」最後に授業に出たのはいつだったか思い出せないが、この嘘ならスローンの機嫌も直るだろうと踏んだのだ。

そして、そのとおりになった。

スローンは緊張を解いておれの胸に身を寄せた。「本当に今日の授業に出たの？」

おれはうなずき、スローンの顔に手をやって、目にかかる髪を払った。その後れ毛を耳にかけてやってから、彼女を仰向けにして上からおおいかぶさる。彼女の腕にくっきり浮かんだあざが目に留まり、キッチンでのあの一件について詫《わ》びていないことを思い出した。

「ああ、出たよ」そう嘘をつきながら彼女の腕に指を這わせ、おれがつけたあざに触れる。

「おれは真摯に向き合っているよ、スローン。おまえとしたすべての約束に。おれはまともになりたい」身を屈め、彼女の指先に残る傷跡にキスした。「おまえの肌がどんなに傷つきやすいか、ときどき忘れてしまうんだ」

スローンは唇を引き結んでつばを飲み込んだ。涙をこらえているのがわかる。こいつは思ったより手間がかかりそうだ。彼女はまだおれに腹を立ててる。

「誓うよ、スローン。おれはまともになる。おれたちふたりのために心を入れ替える。いいね？」両手で彼女の頬を挟んで深いキスをした。こうされるのを女が好むのは知っている。いいまはキスすることしか頭にないとばかりに、男に両手で顔を挟まれるのを。

馬鹿じゃねえのか。もしもおれたちの好きにしていいなら、男の両手が女の乳房より上へ行くことは絶対にない。

「愛してるよ」おれはもう一度そう言うと、片手を彼女の腰へ滑らせた。ジーンズの前がきつい。クロゼットに隠れているジョンのヤリマンのときとは比べものにならないくらい張り詰めている。

これまで何人もの女と寝てきたが、マジな話、スローンほどおれを興奮させる女はいない。スローンのどこにここまでそそられるのかわからない。胸もさほど大きくなければ、スタイルがいいわけでもない。

たぶん、スローンの清純さだと思う。彼女とファックした最初で唯一の男はおれだとわかっているのがいい。この先彼女とファックする男はおれだけだとわかっているのがいい。

スローンのシャツの下に手を入れてレースのブラを下げた。「埋め合わせをさせてくれ」そう囁くと、薄いシャツの上から乳房に口を押しつけ、唇で乳首を挟んだ。スローンはうめき、背中を弓なりにしたが、そこでおれの胸を押しのけた。

「アサ、ジムから帰ってきたばかりで汗だくなのよ。先にシャワーを使わせて」

スローンが自分の部屋に戻ると言うので、おれは彼女の乳首から口を離した。ちょうどいい、その隙にあのなんとかいう女を追い出そう。「なら、シャワーを浴びておいで。今夜はふたりで出かけよう」

スローンはにっこりした。「ふたりで？　デートみたいに？」

「〝みたい〟じゃなく、デート、、、だ」

スローンは満面の笑みを浮かべると、おれの下からするりと抜け出し、ドアへ向かった。

「出ていくときに鍵をかけてくれるか」

「どうして？」

おれはジーンズの前の膨らみをつかんだ。「おまえのせいでこうなったこいつをどうにかしないといけないからな」

スローンは鼻にしわを寄せ、目をぐるりとまわしたが、それでもドアをロックして出ていった。ベッドから跳ね起き、鍵がかかっていることを確かめて振り返ったとき、クロゼットからジェスが飛び出してきた。おれに指を突きつけ、「この大嘘つきのくそったれ！」と罵声を浴びせかける。

おれは片手で素早く彼女の口をふさぎ、反対の手でおれの顔に向けられた手をつかんで背中側にねじった。彼女を見下ろし、口を閉じていろと無言の警告を発する。

廊下の向こうからシャワーの音が聞こえてくると、おれはジェスの口からゆっくりと手を下ろした。ジェスの目は赤くなっていた。怯えているようだが、それでいい。恐怖を感じているなら、おれとのことをスローンにチクることもないはずだ。おれはジェスの手からドレスをもぎ取り、頭からかぶせた。

「服を着たら出ていけ。おれとスローンは今夜デートがあるんだ」

6

スローン

授業の前にトイレに飛び込み、髪とメイクをざっとチェックした。前は起き抜けみたいに見えようと気にしなかったけど、これからの一時間、数インチしか離れていないところにカーターが座るかと思ったら、いつもより気になってしまう。

蛍光灯は容赦がない。目の下のくまが昨夜の真実を物語っている。鏡のなかに見えるのは、デートの約束をすっぽかした男のことを案じて遅くまで起きていた女だ。

アサは昨日、わたしがシャワーを浴びて、五カ月以上ぶりのデートの支度をしているあいだに友人のジョンとどこかへ出かけてしまった。ふたりがいなくなっても、家はまだ人であふれていた。アサのことが心配で遅くまで起きていたけれど、ついにそれ以上目を開けていられなくなった。だからようやくベッドに潜り込んできたアサが、そのまま上に乗ってきたとき、わたしは怒りのあまり泣き出した。

アサは気づかなかった。気づいたとしても気にも留めなかった。

アサに乗られているあいだ、わたしはずっと泣いていた。アサは自分の下にいるのが女なら、その女が誰だろうと知ったことじゃないというようにわたしを犯した。そして果てたあとは背中を向けて寝てしまった。ひとことも発せずに。「ごめん」も、「ありがとう」も、「愛してる」もなし。罪の意識など微塵《みじん》も感じることなく、背中を向けたとたん寝入っていた。わたしは反対側を向いて泣き続けた。

わたしは泣いた。アサにあんなまねをさせている自分に。そうするしかないと諦めてしまっていることに。アサがあんなふうになってしまってもまだ彼のそばにいることに。どんなに逃げ出したくても逃げられないことに。どんなにひどいことをされても、アサが帰ってこないといまだに心配でたまらなくなることに。わたしは泣いた。アサがどんな人間になっても、まだ彼に共感を覚える自分がいることに気づいてしまったから。だって……そうしないでいる術《すべ》をわたしは知らない。

鏡から顔を背けて教室に向かった。これ以上自分を見ていたくなかった。いまの自分が恥ずかしかった。

スペイン語の教室に入っていくと、カーターはすでにこの前と同じ席についていた。彼がこちらを見ているのを視線の端でとらえながらも、わたしは彼を無視した。

この前の授業で一時間、カーターと過ごして、わたしはちょっとだけ彼に恋してしまったのだと思う。これから週に三日も彼に会えると思ったらめまいがした。それはこれまで味わったことのない感覚だった。だけど家に帰って、よりによってアサと一緒にいるカーターを目にした瞬間、わたしが抱いていた幻想はこなごなに砕け散った。カーターとどうにかなりたいと思っていたわけじゃない。どうにかなれるわけないじゃないの。アサと一緒にいるいまの状況から逃げ出す術はないし、浮気は性に合わない。わたしはただ恋する気分を味わいたかっただけ。軽くじゃれ合ったり、ちやほやされたりしたかっただけだ。

カーターがアサと同じ悪党だったという、思いもよらない事実を知ったいま、もう彼とは関わりたくなかった。これっぽっちも。カーターがあの家の常連に加わったことで、さらに近づいてはいけない相手になった。わたしに声をかけたんじゃないかとアサに疑われただけで、その男性は死ぬことになる。言葉の綾《あや》だと言いたいけれど、文字どおりの意味で。アサは良心というものを持ち合わせていないように見えるし、彼なら平気で人を殺すと、わたしは一〇〇パーセント確信している。

だからこそ、カーターをそんな状況に追い込みたくない。カーターは違う服を着たもうひとりのアサだと、あれからずっと自分に言い聞かせている。リスクを冒すだけの価値はない、と。カーターとの関係におかしな夢を見るのはやめよう。彼はいつかわたしが逃げ出すときの新たな障害――それが現実だ。

教室を見まわし、カーターの隣以外の空いている席を探した。トイレにいる時間が長すぎたらしく、席はほとんど埋まっていた。上から二列目に空いている席が二つあったが、そこはカーターがいる席の真ん前だった。わたしは彼の視線を避け、下を向いたまま空いている席まで歩いていった。彼に気づいていないふりがうまくできるかわからないけど、とにかくやるしかない。

空席のひとつに腰を下ろし、教科書を取り出して机に置いた。と、うしろから急にがたがたと大きな音がした。思わず振り返ると、バックパックを手にしたカーターがうしろの机をまたごうとしている。机から飛び下り、わたしの隣の空いていた椅子を引いて、どさっと腰を下ろした。

「これはいったどういうことだ？」彼は椅子の上で体をひねってわたしのほうを向いた。

「どういうことって何が？」わたしは教科書をめくり、月曜の授業の続きのページを開いた。

カーターの視線をひしひしと感じたけれど、彼は何も言わなかった。わたしは教科書を読むふりを続け、カーターは無言でわたしを見つめ続ける。ついに耐えられなくなって、彼のほうを見た。

「何よ？」いらついた声で訊いた。「何か用？」

それでも彼は黙ったまま。わたしは教科書を乱暴に閉じて彼のほうに体を向けた。膝《ひざ》と膝がくっついていることに気づかずにいるのは難しかった。わたしたちの脚にちらりと目を落としたカーターが、口の端にふっと笑みを浮かべるのが見えた。

「いやあ、前回きみの横に座ったのがけっこう気に入ったから、今日もと思ったんだ。でも、どうやらきみは迷惑みたいだから……」

カーターは教科書をまとめはじめた。わたしは彼の手から教科書をひったくって、このままここに、わたしの隣にいてと言いたくてたまらなかった。でもそれ以上に、彼が空気を読んでくれたことにほっとしてもいた。

彼がノートをバックパックに押し込んでも、わたしは口を閉じたままでいた。もしも口を開けば、ここにいてと泣きついてしまうとわかっていた。

「そこはぼくの席だ」抑揚《よくよう》のない、淡々とした声がした。

カーターとわたしが顔を上げると、目の前に若い男が立っていて、表情のない顔でカーターを見下ろしていた。

「いま移動しようと思っていたところだ」カーターは机の上にバックパックを引っ張り上げた。

「そもそもきみはそこに座っちゃいけなかったんだ。そこにはぼくが座るんだから」その学生はわたしのほうを向き、腕をまっすぐ伸ばしてわたしを指差した。「きみもそこに座っちゃだめだ。月曜日は違う女子がそこに座ってた。だからきみはそこに座らないで」

彼は不安そうな顔をしていた。わたしたちが今日、違う席に座っていることにひどく動揺している。わたしは彼が気の毒になった。彼を見ているうちに、弟と共通する特徴があることに気づいたのだ。わたしは、いますぐ席を移るから、と言おうとした。だからあなたはあなたの席に座れるわ、と。ところが、怒気を含んだ声でそれをさえぎり、カーターが立ち上がった。

「彼女を指差すのはやめろ」

「ぼくの席から出ていけ」彼はカーターに注意を戻した。

カーターは高笑いしてバックパックを床に落とした。「おいおい、なんだそれ？　ここは幼稚園か？　おまえこそ、とっとと自分の席を探しに行けよ」

彼は腕を下げ、呆然とカーターを見つめた。口を開いて何か言いかけたが、そこで口をつぐみ、打ちひしがれた様子で最後列に向かって歩き出した。「でも、そこはぼくの席なんだ」立ち去るあいだもそうつぶやいていた。

カーターはバックパックからまたノートを引っ張り出して自分の前に置いた。「これでもうぼくを追い払えなくなったな。意地でもここから動く気はないからね」

わたしは首を振り、彼のほうに身を乗り出して声をひそめた。「カーター、彼のこと責めないであげて。あの人、自閉スペクトラム症なんだと思う。彼にはどうしようもないことなのよ」

カーターはわたしのほうに頭をさっと振り向けた。「嘘だろ？　マジか？」

わたしはうなずく。「弟が自閉症だったの。特徴はわかってる」

カーターは手で顔を擦《こす》った。「くそ」うなるように言うと、慌《あわ》てて席を立ちながらわたしに手を差し出した。わたしも一緒に立ち上がった。

「荷物をまとめて」わたしのバックパックとノートを指差しながらそう言うと、体をひねって自分の荷物をうしろの机に放り、次にわたしのバックパックに手を伸ばして同じようにした。それからさっきの学生を見上げ、わたしたちが座っていた席を手で示した。「ごめんな。ここがきみの席だって知らなかったんだ。すぐにどくから」

くだんの学生は早足でわたしたちがいた列に戻り、カーターの気が変わらないうちに自分の席に収まった。クラスの大半にいまの騒ぎを見られていたのはわかっていたけど、それでもわたしは微笑まずにいられなかった。いまカーターがしてくれたことがうれしかった。

わたしたちは月曜に座っていた席に戻り、机の上に荷物を広げた。

またしても。

「ありがとう」わたしは言った。

カーターは返事をしなかった。わたしに向かって小さく笑うと、授業が始まるまでずっと自分のスマホを見ていた。

ところがいったん授業が始まると、いささか厄介なことになった。カーターの横に座るのを避けたせいで質問攻めされる事態に陥ったのだ。なぜわかるかというと、彼がこちらへ滑らせた紙切れに黒いインクではっきり書いてあるからだ。

ぼくの隣に座りたがらなかったのはなぜだ？

質問の直球さに思わず笑いがもれた。わたしは自分のペンを取り上げ、答えを書き込んだ。

あらあら、何それ？　ここは幼稚園なの？

わたしの答えを読んでカーターが眉をひそめるのが見えた。笑いを取ろうと思ったのに、どうやら受けなかったみたい。カーターは紙に長々と何か書いてから、それをまたわたしのほうに滑らせた。

真面目に訊いているんだ、スローン。昨日、ぼくは一線を越えるようなことを何かしてしまったか？　だとしたら謝る。きみがアサと付き合っているのは知ってるし、それを邪魔する気はない。きみは楽しい人だから、そばに座りたいと思っているだけなんだ。嘘じゃない。スペイン語は死ぬほど退屈だけど、きみの隣に座っていれば、自分の目玉をえぐり出したくなる衝動が少しは和らぐから。

読み終えたあとも、わたしはしばらくカーターの走り書きを見つめていた。男の人にしては、ものすごくきれいな字を書く。でもわたしの胸をときめかせる腕前は、それ以上に見事だった。彼はわたしを楽しい人だと思ってる。

そのシンプルな褒め言葉が、怖いくらいに胸に沁みた。なんて返したらいいかわからず、わたしはペンを紙に押しつけ、何も考えずに書きはじめた。

ワイオミング州の住民は実在しないし、ペンギンを買いに行くのにふさわしい服が見つからない。

わたしは紙をカーターのほうに押し戻した。カーターが噴き出すと、わたしはにやけそうになるのを口に手を当てて隠した。彼がわたしのユーモアを理解してくれたのがうれしかった。でも、同じくらい彼のことが憎らしかった。彼と一秒過ごすごとに、あと二秒一緒にいたいと思ってしまうから。

カーターがまた紙を滑らせた。

注文したピザを持ってくるのに時間がかかりすぎたぼくのつなぐでござる《バレルオブモンキーズ》に蚊が甘い言葉を囁く。

わたしは笑ったが、そこで胃がきゅーっとなった。「ピザ」の文字を見て、お腹が空いていたことを思い出したのだ。昨夜は動揺していて食事が喉を通らなかったから、もう二十四時間以上何も食べていない。

ピザか、いいわね。

ペンを置いても、わたしはカーターのほうに紙を戻さなかった。なぜここで実際に頭に浮かんだことを書いてしまったのかわからなかった。

「うん、いいね」カーターが声に出して言った。

ちらりと目を上げると、カーターは切なくなるような笑みを浮かべてわたしを見ていた。彼はわたしの望むすべてであり、どこまでもわたしに不必要なもの。そのことがつらくて、本当に胸が痛くなった。

「授業が終わったらピザを食べに行こう」カーターが囁いた。

その言葉は彼の口から一気にこぼれ落ちた。実行するのはもちろん、口にすることさえ許されないとわかっているかのように。

なのにわたしはうなずいた。

ああもう、うなずいてしまったのだ。

7

カーター

授業のあと、スローンと肩を並べて駐車場へ向かった。バックパックを握りしめ、何度もうしろを振り返る様子からして、スローンが、やっぱりやめる、と言い出すのは目に見えていた。だから彼女が歩道で足を止めてこちらを向いたとき、ぼくは口を開く暇さえ与えなかった。

「いまは昼休みだ、スローン。誰だってメシは食わないと。ピザの美味い店に連れて行くよ。あまり深く考えないで。オーケイ？」

考えていたことを言い当てられ、スローンは目を丸くした。彼女は唇をぎゅっと結んでうなずいた。

「いまは昼休み」肩をすくめ、なんの問題もないと自分を納得させるように軽い調子で言う。「わたしはお昼を食べる。あなたはお昼を食べる。だから、同じ時間に、同じレストランで食事をしたからって、ちっとも大したことじゃない」

「そのとおり」

どちらの顔も笑っていたが、目に宿る恐怖の色は別のことを語っていた。

ぼくらは一線を越えようとしている。そのことはふたりともわかっていた。

自分の車のところまで来ると、当たり前のように助手席側にまわってスローンのためにドアを開けようとした。だがそこで思い直し、まっすぐ運転席側へ向かった。スローンのことをデートの相手のように扱わなければ、デートっぽくならずに済む。ぼくらの〝気軽なランチ〟のことで、スローンをこれ以上不安にさせたくない。正直言うと、神経質になっているのはぼくも同じだった。こんなことをするなんて、自分でも何を考えているのかわからないが、スローンのそばにいると、もっと彼女のそばにいたいということしか考えられなくなってしまうのだ。

各々ドアを閉めると、車のエンジンをかけて駐車場から出た。スローンを車に乗せてふたりきりで大学から離れるのは、ロシアンルーレットをしているような気分だった。鼓動《こどう》が速まり、口が乾くのは、スローンと一緒にいればキャリアを棒に振ることになりかねないとわかっているからだ。アサに知られたらどうなるかは言うに及ばず。

ぼくはアサのことを頭から消し去り、スローンのほうを見た。今日がぼくの人生最後の日になるかもしれないなら、スローンのことだけ考えて、彼女との時間を思いっきり楽しんでやる。

「告白しないといけないことがあるの」スローンがぼくを見て恥ずかしそうに言った。

「何？」

彼女はシートベルトをカチッと留めると膝の上で手を組んだ。「お金を持っていないの」

その告白を笑いとばしてしまいたかったが、彼女のことを思うと、正直、悲しくなった。

「奢《おご》るよ」ぼくは言った。もともとそうするつもりだったからだ。「でも、ぼくがランチに誘わなかったら、今日の昼はどうするつもりだったんだ?」

スローンは肩をすくめた。「お昼はいつも食べないの。ランチにはお金がかかるし、いまのわたしにそんな余裕はないから。もっと大事なことのために貯金してる」

彼女は窓の外に目を向けた。なんのために貯金しているのか説明するつもりがないのは明らかだ。だからそれ以上追求するのはやめた。だが、どうしてランチを食べるお金もないのか、その答えは追求せずにいられなかった。

「どうしてアサに頼まないんだ? アサには金が腐るほどある。きみが昼食を抜いてることを知ったら、きっとポンと渡してくれるんじゃないか」

スローンは首を横に振った。「アサの汚いお金なんかほしくない」吐き捨てるように言った。「それなら飢え死にしたほうがマシよ」

ぼくは黙ったままでいた。スローンはぼくがアサの下で働いていると思い込んでいる。だとすれば、ぼくが支払うランチ代もその〝汚いお金〟になるわけだが、それを彼女に思い出させたくなかった。だからもっと軽い話題に変えることにした。

「弟さんのこと、教えてくれないか」車をフリーウェイの方向に進めながらそう言った。

「弟?」彼女は質問に質問で返した。「どっちの弟? 弟はふたりいたんだけど」

「自閉症を持っているほう? 自閉症のことはあまりくわしくないんだ。サクラメントに住んでいたとき、近所にひとり自閉症の子がいたくらいで。弟が自閉症だったときみは言っていたけど……克服できるものだとは知らなかったよ」

スローンは膝の上で組み合わせた指に目を落とし、しんみりと言った。「自閉症は克服できるようなものじゃないわ」

　でも、さっきスローンは〝自閉症だった〟と過去形を使っていた。そうか……彼女が過去形で話していたのは弟のほうだったんだ。ぼくは無神経な馬鹿野郎だ。なんでこんな話題を持ち出した？

「ごめん」ぼくは手を伸ばし、彼女の手を軽く握った。「本当にごめん」

　スローンは手を膝に戻して咳払いした。「気にしないで」彼女は作り笑いを浮かべた。「ずいぶん昔のことだから。あいにく弟が抱えていた問題は自閉症だけじゃなかったし」

　そうこうしているうちにレストランに到着した。駐車スペースに車を止め、エンジンを切る。だが、どちらも動かなかった。スローンはぼくが車を降りるのを待っているのだろうが、ぼくは彼女の気分を害してしまったように感じていた。

「せっかくの楽しいドライブがぼくのせいで台無しだな。なにか治療法はあるだろうか？」

　スローンは陽気な笑い声を立てると、にっこりした。「それなら、あのゲームを少しレベルアップするのはどう？　何も考えずに無意味なことを書くんじゃなくて、何も考えずに無意味なことを言いながらランチを食べるの」

　ぼくはうなずき、目の前のレストランを指差した。「どうぞお先に。セイウチの牙がチョコレートプリンみたいにぼくの視界を曇らせるんだ」

　スローンは笑いながら助手席のドアを開けた。「一本足のイタチザメは野菜より体にいいのよ」

8

アサ

「ジョン！」

スマホを持つ手に力がこもり、そのまま握りつぶしていたとしても驚かなかったと思う。鼻から息を吸い、口から吐いて気を静め、完全にブチ切れる前にスローンにチャンスをやろうとした。

「ジョン！」

階段を駆け上がってくる足音がようやく聞こえた。ドアが勢いよく開いてジョンが部屋に入ってきた。「なんだよもう！　クソしてたんだけど」

おれはスマホに表示されたGPSの位置情報に目をやった。「リッカー・ロード1262には何がある？」

ジョンは天井を見上げ、指でドア枠を叩きながら「リッカー・ロードねえ」とひとりごちた。「レストランぐらいしかないと思うけど」自分のスマホに目を落とし、住所を入力する。「なんでだ？　ブツの注文が入ったのか？」

おれは首を横に振った。「違う。スローンがリッカー・ロードにいるんだ」

ジョンは首をかしげた。「車がエンストでもしたか？　迎えに来てほしいって？」

おれは呆れて目を剥いた。「そんなわけあるか、まぬけ。キャンパスにいるはずのスローンがリッカー・ロードにいる。そんなところでいったい何をしてるのか、どこの誰と一緒にいるのか知りたい」

ジョンがようやく事情を察した顔になる。「うわ、マジかよ。いまから確かめに行くか？」

スマホの画面をさらにスクロールした。「イタリアンの店みたいだな。〈ミ・アモーレ〉とかいう」

おれはベッドにスマホを放って立ち上がり、部屋のなかを歩きまわった。「いや、いまはランチタイムだ。道が混んでて時間がかかりすぎる。おれたちが着くころにはスローンはいなくなっているだろう」深呼吸し、鼻梁を指でつまんで、平静を装った。

スローンがおれを裏切ってるかどうか、かならず突き止めてやる。もしも事実なら、あいつを殺す。あいつとやってるくそったれは、死ぬよりつらい目に遭《あ》わせてやる。

「今夜かならず突き止める」おれはジョンに言った。

9

スローン

カーターはわたしのためにドアを開けてくれた。レストランの店内に足を踏み入れるのは数カ月ぶりで、こんなにいいにおいがするってことをすっかり忘れていた。ここにはただランチをしに来ただけ。懸命にそのことだけ考えようとするけれど、アサにバレてしまうんじゃないかという思いが何度も頭をよぎる。何も悪いことはしていない、いくらそう強がってみても、もしアサがこのことを知ったら……。

彼が何をするかは考えたくもない。

接客係の女性がわたしたちに笑いかけ、メニューを二部つかんだ。「二名様？」

「ええ」カーターは言い、「バナナはリノで沸かしたお湯が好きだ」と真顔で付け足した。

わたしは噴き出し、接客係はわたしたちに困惑のまなざしを投げたあと、かぶりを振った。

「どうぞこちらへ」

カーターは手を伸ばし、わたしの手を引いた。それもただ手をつかんで席まで連れて行くんじゃなく、指と指をからめて微笑みかけてきたものだから、わたしの心臓はバスドラムみたいに大きく打ちはじめた。

ああ、こんなのだめ。だめ、だめ、だめ。

テーブルまで来ると、カーターは席につくためにつないでいた手をほどき、わたしは彼の手を放さなきゃいけないことに文字どおり胸が痛くなった。向かい合う形でボックス席に収まり、テーブルに肘を置いた。わたしは彼の手を見た——さっきまでわたしの手を握っていた手。あのなんの変哲もない手にほんの少し触れただけで、こうも心が乱れるなんておかしい。カーターの手の何がそんなに特別なの？

「何？」カーターの声に、はっとわれに返って目を上げた。カーターは小首をかしげ、わたしの目をじっと見ている。まるでわたしの心を読もうとしているみたいに。

「そっちこそ何？」わたしはしらばっくれて訊き返した。

カーターはソファにもたれかかり、胸の前で腕組みをした。「きみが何を考えているのか気になっただけだ。いまにも切り落としそうな勢いでぼくの手を見ていたから」

そんなあからさまな顔をしていたなんて気づかなかった。頬が熱くなるのがわかったけれど、恥ずかしがってるような顔をするのはいやだった。わたしは体を起こすとソファの上で壁のほうにお尻を滑らせ、カーターの斜《はす》向かいに移動した。そして彼の席の横に両足をのせ、足首を組んで楽な姿勢になった。

「ちょっと考えごとをしてただけ」

カーターもまたわたしの席の横に足をのせて足首を組んだ。楽な姿勢になりたかっただけか、それともわたしのまねをしてからかってるの？

「きみが考えごとをしてたのは知ってる。ぼくはきみが何を考えていたのか知りたいんだ」

「あなたっていつもこんなに知りたがりなの？」

カーターはにっこりした。「そうだね……自分の体の一部が危険にさらされているとなれば」

「ふーん、安心して、あなたの手を切り落としたいとは考えていなかったから」

カーターはわたしの目を見つめたまま、背もたれに軽く頭を預けた。「教えてくれ」

「しつこい人ね」わたしはメニューを取り上げ、顔の前に持っていって彼の視線をさえぎった。黒い瞳で射抜くように見つめられたら、いやとは言えなくなる。だから彼を視界から追い出すことにしたのだ。

カーターはメニューの上部に指をかけて押し下げ、わたしを見た。まだ答えを待っている。

わたしはメニューを置いてため息をついた。

「胸に納めているのは、理由があってそうしてるのよ、カーター」

カーターは険しい目をして身を乗り出した。「きみの手を握ったのがいけなかったのか？それで怒ってるのか？」

やわらかくて官能的なその声を聞いているだけで、羽根でくすぐられたみたいに胃のあたりがムズムズしたけれど、お腹が空いているだけよ、と自分に言い聞かせようとした。

「べつに怒ってなんかない」わたしは答えをはぐらかし続けた。カーターに手を握られたことに何か問題があるとしたら、わたしがそれを気に入ったということ。ものすごく。でもそれを彼に言うつもりはない。

わたしはカーターから視線を引き剝がし、もう一度メニューを手に取った。彼の反応を見たくなかった。メニューに目を通しながらも、ふたりのあいだに横たわる沈黙を痛いくらいに意識していた。カーターが何も言わずにいるせいで頭がおかしくなりそうだ。彼の視線を感じる。ぼくを見ろと、無言の圧力をかけてくる。

「ピザを頼んでもいい？」わたしは沈黙を破って話題を変えた。

「なんでも好きなものを頼みなよ」カーターは言い、ようやく自分のメニューを取り上げた。

「ペパロニとオニオンのピザにする」わたしはメニューをテーブルに置いた。「飲み物は水でいいわ。ちょっと化粧室に行ってくる」

腰を横に滑らせて席から出ようとした。ところがこちらの席にのせているカーターの足が邪魔で、出るに出られない。しかたなく彼のほうに目をやると、カーターはメニューに目を落としたまま、まずは片方の足をゆっくり下ろし、次に残った足も下ろしたが、そのあいだずっと口元に微笑をたたえていた。わたしは急いで席から出るとトイレに飛び込み、ドアに鍵をかけた。ドアに背中を押しつけ、目を閉じて、やり場のない思いをため息とともに吐き出した。

カーターの馬鹿。

なぜ授業でわたしの横に座ったの？

なぜあの家に現れたの？

なぜアサと関わったの？

なぜわたしをここに連れてきたの？

なぜわたしの手を握ったの？

なぜそんなにやさしいの？

アサがあなたみたいだったらよかったのに。あなたをわたしのものにできたらよかったのに。三回手を洗っても、まだ彼の手の感触が残っていた。からめた指の感触、少しざらついた手のひら。わたしの手を引いて席まで連れて行ってくれた。どんなに強くこすっても、手のひらの疼きが消えてくれない。

液体ソープをまた手のひらに吹きかけ、四回目の手洗いを終えると、勇気を奮い起こしてトイレを出て、テーブルに戻って席についた。

「カフェインがほしいんじゃないかと思ってね」カーターはわたしの席に置かれたソフトドリンクを指差した。

なんでわかったの？　カーターの馬鹿。わたしはグラスを自分のほうに寄せてストローを口にくわえた。「ありがとう」

カーターはこちらの席に足をのせ、またわたしを出られなくした。「どういたしまして」彼が投げてよこした笑みは吸い込まれそうなほど魅力的で、自信に満ちていた。気づいたら彼の唇をじっと見つめていて、すると彼の笑みが大きくなった。

「そんなふうにわたしに微笑まないで」噛みつくように言った。気があるような素振りをして状況をわざわざ複雑なものにしているカーターに腹が立った。わたしはソファに背中を押しつけ、脚をぐっと伸ばして、彼の横の席に勢いよくのせた。

カーターの顔から笑みが消え、視線をわたしの腕に落とした。だがそこに焼印のように刻まれた消えかけのあざに気づいたとたん、彼の目に怒りが戻った。

とにかく、わたしにはそれが焼印に思えたのだ。

急に無防備になった気がして、わたしは両手であざを隠した。

「ぼくに笑いかけてほしくない？」彼の顔を困惑の表情がよぎる。

「ええ、そうよ。わたしに好意があるみたいな顔で笑いかけないで。授業でわたしの隣に座らないで。わたしの手を握らないで。本当はランチも奢ってほしくないけど、いまはお腹が空きすぎてて気にしていられないだけ」自分を黙らせるためにドリンクを口に運んだ。わたしだってこんな意地悪なことは言いたくない。だけど、カーターと一緒にいる時間が長くなればなるほどリスクは増していくわけで、その原因を作った自分の馬鹿さ加減に腹が立ってくるのだ。

カーターは自分のグラスを見つめ、それからグラスについた水滴を手で拭った。「きみに冷たくしろってことか？」わたしに向けたまなざしは別人のように冷ややかだった。「きみをゴミのように扱えって？　アサがしているみたいに？」彼は背を反らせ、広い胸の前で腕組みした。「初めて会ったときのきみは、ドアマットみたいに踏みつけられたままでいるような弱い女性には見えなかったぞ」

わたしは怒りに燃える彼の目を負けじと睨み返し、ぴしゃりと言った。「あなただってヤクの売人には見えなかったわよ」そのまま睨み合いになり、どちらも目をそらそうとしなかった。先に折れたのはカーターだった。彼はひとりよがりな笑みを浮かべた。「まあ、ぼくにはその素質があるかもな。ヤクの売人で、クソ野郎。どっちも当てはまるから。ゴミ扱いしてほしいって？　アサには効果てきめんだったみたいだよな」

残酷なその言葉にお腹を殴られたような衝撃を受け、一瞬息ができなくなった。「くたばれ《ファックユー》」食いしばった歯の隙間から声を絞り出した。

「遠慮しておく。きみとファックするには最初に痛めつけないといけないらしいし、そういうのはぼくの趣味じゃないんだ」

その当てこすりにも泣かずにいられた。ろくでなしどもの前で涙をこらえる方法なら、子どものころにとっくに編み出している。楽勝よ。「わたしの車のところまで送って」

カーターは急に申し訳なさそうな顔をした。片手で顔をこすり、いらだたしげにうめいた。それとも後悔だろうか。「きみが食事を終えたら送っていく」

わたしは席から出ようと横にずれたが、そこで太腿が彼の足に当たった。「お腹は空いてないから。出して」

カーターが足をどかそうとしないので、わたしは両脚を引き上げて座席の上に立ち、彼の足を飛び越えると、そのまま出口に向かった。こんなにも早く誰かから逃げたいと思ったのは生まれて初めてだった。

「スローン」背後で声がした。「スローン！」

ドアを開けて外に出た——風が顔に吹きつけ、わたしはあえぐように息をした。前屈みになって膝に手をつき、鼻から吸って口から吐く呼吸を繰り返す。ようやく涙が引っ込むと、体を起こしてカーターの車に向かって歩き出した。警告音が二度聞こえ、ドアロックが解除された。振り返ったが、カーターは追ってきていなかった。まだレストランのなかにいるのだ。

ああもう、カーターの馬鹿。なぜわたしのためにロックを解除したりするの？

車に乗り込み、叩きつけるようにしてドアを閉めた。カーターが来るのを待つけれど、彼はなかなか出てこない。しばらくして、わたしの都合に合わせるつもりがないのだと気がついた。

腹ごしらえが先ってわけか。想像以上に最低なやつ。

　センターコンソールの上にあった野球帽をひっつかみ、目深にかぶって日差しをさえぎった。カーターがランチを終えるまで送ってもらえないなら、昼寝しながら待ってたっていいわよね。

10

カーター

「これ、持ち帰りにしてもらえますか？」ぼくはふたり分のドリンクを接客係に差し出した。

「ピザも一緒に」

「すぐにご用意します」接客係が離れていくと、ぼくはテーブルに肘をついて両手で頭を抱えた。ぼくはいったいどうしてしまったんだ？　女性相手にここまでむきになったのは初めてだ。それも、付き合ってもない女性に。

　ああ、くそっ。いらいらする。ぼくの前では強気で、自信にあふれたスローンが、あの家では別人のようになってしまう理由がわからない。しかも今度は突然、彼女にやさしくしたと言ってぼくに突っかかってきた。なんなんだよ、もう！　アサみたいな男に惹かれる女性がいるのは知っている。この仕事を長くやっていればいやでもわかってくる。スローンの気持ちになって理解したいと思うものの、彼女がなぜいまの状況にとどまっているのか皆目見当がつかない。何がスローンをあの場所に縛《しば》りつけているのか、それがわからないせいでただ黙って見ているしかできないのが、もどかしくてたまらなかった。

自分はそんな立場にないとわかっていたが、それでもせっかくふたりきりになれたこの機会に、きみはあんなところにいていい人じゃないとスローンを説得したかった。それなのに彼女のことをドアマット呼ばわりして憎まれ口を叩くなんて、説得が聞いて呆れる。

ぼくは救いようのないマヌケだ。

「ご注文の品はカウンターでお受け取りください」接客係がレシートを渡してきた。それを受け取り、支払いを済ますと、スローンの昼食を持って外へ出た。

車のところまできたぼくは、ドアを開けようとしてためらった。スローンは助手席に座り、両足をダッシュボードにのせていた。ぼくのキャップをかぶり、つばを目のところまで引き下げている。暗色の髪が右肩にかかり、胸元で組んだ腕の上にこぼれ落ちていた。

この前の晩、赤いドレス姿のスローンを見たときは、彼女のことが頭を離れず、一晩じゅう眠れなかった。だが、いまぼくの車のなかで、ぼくのキャップをかぶって眠っているスローンを見たら……。

もう二度と眠れない気がした。

ぼくがドアを開けると、スローンはダッシュボードから足を下ろしたが、キャップのつばを上げようとはしなかった。彼女が助手席のドアのほうに体をずらすのを見て、ぼくはたじろいだ。

ぼくはスローンを傷つけた。すでに傷ついていた彼女をさらに傷つけてしまった。

「これ」ぼくはテイクアウト用のカップを差し出した。スローンはキャップのつばを上げてぼくを見た。意外にも彼女の目は赤くなっていなかった。キャップをかぶっているのは泣いていたことを隠すためだと思っていたのに、彼女は涙ひとつ流していなかった。

スローンがドリンクを受け取ると、ぼくは次にピザの箱を差し出した。彼女がそれも受け取ると、ぼくは運転席に滑り込んだ。スローンはすぐさま蓋《ふた》を開け、ピザをひと切れつかんで口に押し込んだ。それからピザがぼくに見えるように箱をまわし、一枚どう、と言うように上げてみせた。ぼくはピザをひと切れ取って彼女に微笑もうとしたが、そこで〝笑いかけないで〟と言われていたことを思い出した。だからピザをひと口かじると車をスタートさせた。

大学への帰り道はどちらも口をきかなかった。スローンが三切れ目を食べ終えるタイミングで、ぼくは駐車場の彼女の車の横に車を停めた。スローンはドリンクを一気に飲んでしまうと、ピザの蓋を閉じて後部座席に置いた。

「持っていっていいよ」緊張をはらんだ沈黙を破ってぼくは言った。

スローンはカップをドリンクホルダーに置くと、ぼくのキャップを脱いで髪を撫でつけた。

「だめよ」消え入るような声で言った。「アサに怪しまれるから」

彼女はぼくのほうに体をずらし、シートのあいだから後部座席に手を伸ばしてバックパックをつかんだ。前に向き直ると、バックパックを腕に抱えた。

「ランチのお礼を言いたいところだけど、おかげで一日が台無しになったわ」ぼくがその言葉の意味を理解するより早く、スローンはドアを開けて車から飛び出した。助手席のドアが音を立てて閉まると、ぼくはエンジンを切って車を降りた。

「スローン！」急いで助手席側にまわると、彼女は自分の車にバックパックを投げ入れて後部ドアを閉め、それから運転席のドアを開け、それを壁にしてぼくを阻んだ。

「やめて、カーター」彼女はぼくを見ようとしなかった。「もう何も言わないで。ムカつきすぎて、いまは謝罪の言葉だろうと聞きたくない」

いくら謝らなくていいと言われても、スローンを行かせる前にこれだけは言っておかなければ。

「ごめん」だからぼくは言った。「あんなこと言うべきじゃなかった。きみが怒るのも当然だ。だけど……」ぼくは首を振った。「このままじゃだめだ、スローン。もっと自分を大事にしてくれ。やつから離れるんだ」

それでもスローンはこちらを見ようとしなかった。だからぼくは彼女の顎の下に手をやって上を向かせた。ところがスローンは視線を右へそらし、頑《かたく》なに目を合わせようとしない。ぼくは彼女の車のドアと自分の車のあいだに無理やり体をねじ込み、彼女の真正面にまわり込んだ。そして彼女の顔を両手で挟んだ。どうしてもスローンにぼくを見てほしかった。ぼくの話を聞いてほしかった。

「頼むからこっちを向いてくれ」顔にそっと手を添えたまま懇願すると、スローンはようやくぼくと目を合わせた。「悪かった。さっきは言いすぎた」

まっすぐにぼくを見つめるスローンの目から、大粒の涙がひとつこぼれて頬を伝った。彼女はすぐさま手の甲でそれを拭い、ぼくは何もできずにいた。

「それと同じ、形だけの謝罪を何度聞いたかわからない」スローンはか細い声で言った。「同じじゃない、スローン。やっと一緒にしてくれるな」

スローンは涙を押し戻そうとするように、笑いながら目を空に向けた。「あなたも彼と変わらない。唯一の違いは、これまでアサに言われたどんなことより、今日あなたに言われたことのほうが傷ついたってことかしら」彼女はぼくの手を顔から引き剝がして車に乗り込んだ。ドアハンドルに手を伸ばし、こちらを見上げた。「あなたも同じよ、カーター。人助けがしたいならほかを当たって」彼女はドアを閉め、ぼくはやむなくうしろに下がった。そして運転席で泣き崩れる彼女をただ見ていた。スローンはもうこちらを見なかったが、車を出したとき、頰を伝う涙が見えた。

「ごめん」走り去る車を見送りながら、ぼくはもう一度言った。

11

アサ

彼女のために何から何までしてやった――いまもして、やって、いるおれを裏切るなんて、スローンのやつ、相当うまい言い訳を用意しておいたほうがいい。おれがいなければ、スローンはとっくに終わってる。どこも行くところがなかったあいつを拾ってやったのはおれだ。おれがいなければ、スローンはヤク中で淫売の母親に頭を下げて世話になるしかなかった。あいつがガキだったころの話を聞くかぎり、おれのところにいるほうがよっぽどましだし、それはスローンも知っている。毎月違うクズ野郎を家に連れ込むような母親だぞ。そんな尻軽女の家に戻っていくスローンを見てみたいものだ。

もしもおれを裏切っているなら、すぐにスローンをそこに連れて行く。ヤク中で淫売の母親の家のドアからなかに突き飛ばしてやる――クロゼットに隠れてあいつの着替えを覗きながらマスをかくような継父が入れ代わり立ち代わりやってくるトレーラーハウスに。

「ねえ、何かほかのこと試してみる？」ジェスの声に現実に引き戻された。ジェスはベッドの横で膝立ちしていた。「ちっとも硬くならないんだけど」

おれは両肘をついて体を起こし、彼女を見下ろした。「おまえがファックのやり方を知らないせいだろ」ベッドから立ち上がり、ジェスを脇へ押しやって壁に両手をついた。目を閉じ、いまおれの前で膝をついているのはスローンだと想像する。ただし、そのスローンは泣いている。ここにいさせてとおれに懇願している。前回、あいつが馬鹿なまねをしたときみたいに、もう一度救いの手を差し伸べてほしいとおれに泣きついている。

スローンはおれの女だと、このアサ・ジャクソンのものだと知りながら食事に連れて行くなんて、そいつの正気を疑う。誰だか知らないが、自分がどんな目に遭うかわかっていたら、スローンを誘おうなんて考えもしなかったはずだ。そんな死に方をしたい人間はいないから。

「くそ」ゴムのせいで舌の感触を楽しめないのがじれったい。おれはジェスの口からペニスを引き抜き、ゴムをはずすと、イクまでしゃぶらせながら、これはスローンだと思い込もうとした。

階下へ向かうと、ジョンはダルトン、カーターとホームバーにいた。おれは冷蔵庫からビールを取り出し、仲間に加わった。

「ジェスにディープスロートができるなんて聞いてないぞ」ビールのキャップをひねりながらジョンに言う。「運のいいやつめ」

ジョンはおれを睨みつけ、それから椅子の背にもたれかかった。「あいつにそんなことができるなんて知らなかったからな」

おれは笑った。「まあ、本人も五分前まで知らなかったと思うけどな」

ジョンはため息をついて首を横に振った。「ちくしょう、アサ。手荒なまねはするなと言っておいたはずだぞ」

おれは笑い、ビールをひと口飲んでからテーブルに戻した。「おれがやさしく扱う女はスローンだけだ」

カーターがビールを口に運び、おれをじっと見ながらぐいとあおった。この男、人をじっと見つめる悪い癖があるようだ。

「スローンといえば」ジョンがおれの注意を引き戻した。「おれはいつ彼女とやらせてもらえるんだ？」ジョンは笑いながらビールをがぶ飲みした。

こいつ、笑ってるのか？　ろくでもないジョークのつもりでいるのか？　おれは足を引いてやつの椅子を思い切り蹴り飛ばした。ジョンはビールを持ったまま椅子ごとうしろに倒れて、セラミックタイルの床に体を強打した。おれは立ち上がり、こぶしを固めてジョンを見下ろした。

「スローンはヤリマンの淫売じゃない！」おれは怒鳴った。

ジョンは床から起き上がり、馬鹿みたいにおれに食ってかかった。「へえ、そうか？　じゃ、スローンが今日リッカー・ロードにいた理由がわかったんだ？　おまえの予想と違って、どこかの野郎とやってたわけじゃなかったんだ？」

おれはジョンに飛びかかり、そのいまいましい口を殴りつけた。床に倒れたやつの脇腹に蹴りを入れ、膝をついてもう一度こぶしを叩き込もうとしたが、その前にダルトンとカーターに引き離された。ジョンは尻でずるずる下がっておれから離れ、血まみれの口を手で拭った。その手を見下ろし、次におれを見上げた。

「このクソ野郎」ジョンは言った。

「笑える。おれが喉からペニスを引き抜いたとき、おまえの女も同じことを言ってたぞ」

ジョンがぱっと立ち上がり、また殴りかかってきた。おれは振り出されたこぶしの前に踏み込んで、わざと顎にパンチをもらった。カーターが割って入ってジョンを冷蔵庫に押しつけ、ダルトンはおれの腕をしかとつかんだ。

「二階へ行ってろ！」カーターはジョンに言った。「ジェスの様子を見てやれ。少し頭を冷やしてこい」

ジョンはうなずき、カーターは手を放した。だがダルトンはジョンが階段を上がって見えなくなるまで、おれを放そうとしなかった。

おれは顎に手を押し当て、首をポキっと鳴らした。「裏庭にいる。スローンが帰ったらすぐに知らせろ」

12

カーター

アサが勝手口から出ていくと、ぼくは首のうしろを強くつかんだ。「くそっ！」

「だよな」ダルトンは言ったが、ぼくが実際何を考えているか見当もつかないはずだ。

「ちょっと電話してくる」ダルトンに言った。「あんたはここで、あのふたりがまたやり合わないよう気をつけててくれ」表玄関から外に出て、まっすぐ自分の車に向かった。ポケットからスマホを出し、電話帳をスクロールしてスローンの番号を探す。ぼくが作戦に加わることがわかった時点で、この家に住んでいる全員の電話番号をこのスマホに登録しておいたとダルトンは言っていた。「S」で始まる連絡先をスクロールしたが、彼女の名前は見当たらない。怒りにまかせてスマホを投げようとしたとき、〝アサの女〟という登録名が目に飛び込んできた。ぼくはその名前をタップした。早くつながってくれと祈りつつ、何度も何度も押した。

スマホを耳に押し当て、呼び出し音に耳を澄ます。四回鳴ったところで、ようやく彼女が電話に出た。

「もしもし」

「スローン！」ぼくは必死になって彼女の名を呼んだ。

「誰？」

「ル……いや、カーター。カーターだ」

電話の向こうで大きなため息が聞こえた。

「だめだ、切るな」もういっぺん謝るためにかけたんじゃないとわかってほしくて、電話を切られる前にまくしたてた。「やつは知ってる。きみが今日の昼、リッカー・ロードに行ったことを知ってるんだ」

数秒間、彼女は黙ったままでいた。

「あなたが話したの？」その声からは痛みが伝わってきた。

「まさか、そんなことするわけない……ランチのときにきみが誰と一緒だったかわかったのか、というようなことをジョンがやつに言うのを聞いたんだ。ジョンは相手がぼくだとは知らなかったようだが」

近くに人けがないことを再度確かめようと、背後にちらりと目をやった。ダルトンが窓辺に立ってこちらをじっと見ていた。

「でも……どうしてアサにわかったんだろう」スローンは声に恐怖を滲《にじ》ませた。

「きみのスマホを追跡しているのかもしれない。いまどこだ？」

「ジムを出たところ。あと五分でそっちに着く。カーター、どうしよう。アサに殺される」

怯えきったその声に、ぼくは今日彼女と過ごした一分一秒を後悔した。スローンをこんな状況に追い込むべきじゃなかったのに。

「聞いてくれ。ピザの箱がぼくの車の後部座席に置いたままになってる。ぼくがアサを裏庭に引き留めておくから、戻ったらきみはその箱を裏庭に持ってきてくれ。隠しごとなどなにもないようにふるまうんだ。お腹が空いたからランチにレストランへ行ってピザを買ってきたとアサに言って、ぼくらにもピザを勧めろ。きみのほうから話を持ち出せば、たぶん大丈夫だ」

「オーケイ」スローンはあえぐように言った。「わかった」

「オーケイ」ぼくも同じ言葉を返した。

数秒の静寂が流れ、激しく打っていた鼓動も徐々に落ち着いてきた。

「スローン？」

「何？」か細い声が返ってきた。

「きみを傷つけるようなまねはぼくがさせない」

スローンはしばらく黙っていた。やがてため息が聞こえ、電話は切れた。ぼくはスマホを見下ろし、深く息を吸い込むと、家に引き返した。

「誰と話してたんだ？」ドアからなかに戻ると、ダルトンが探るような目を向けてきた。「スペイン語クラスのセクシーな姉ちゃんか？」

ぼくはうなずいた。「ああ。裏の様子を見てくるよ。アサを落ち着かせるのを手伝ってくれないか？」

ダルトンはぼくについてきた。「落ち着く必要があるのはおまえのほうに見えるぞ」

勝手口のドアを開けると、アサはプールサイドのラウンジチェアに座り、いらだたしげに指で膝を叩いていた。ぼくは彼の隣の椅子に座り、脚を前に投げ出して、できるだけリラックスしているように見せようとした。ランチのときスローンと一緒にいたのがぼくだとアサにバレようがどうでもよかった。やつが例の脅しを実行に移そうがかまわない。ただ、スローンに手を上げることだけは絶対に許さない。いま頭にあるのはそれだけだった。

ダルトンとぼくはアサがまとめたがっている次の取引の話を振って、彼を会話に引き入れた。しばらくして、スローンの車が私道に入ってくる音がした。アサの体に緊張が走るのがわかった。彼は話の途中でいきなり口をつぐみ、椅子から立ち上がろうとした。前庭までスローンを迎えに行くつもりなのだ。なんとしてもアサの注意をそらさなければ。

「そういや、ジェスって女のことだけど」ぼくは言った。

アサがぼくのほうを向いた。「彼女がどうした？」

「ちょっと興味があってね。彼女、本当にディープスロートができるのか？」興味があるふりをするだけでもゲスな男になった気がした。

アサがにやりと笑って何か言いかけたとき、勝手口のドアが勢いよく開いた。スローンがピザの箱を持って外に出てきた。アサは全身から怒りを滲ませ、両手をこぶしに固めた。

「みんな、ここにいたのね」彼女はのんびりした足取りでぼくらのほうに歩いてきた。「お腹空いてる人はいる？　ピザが余ってるんだけど」顔に笑みを貼りつけたまま、ピザの箱を差し出した。

ダルトンがぱっと立ち上がり、スローンが近づくのを待って箱をひったくった。「よっしゃあ！」歓声をあげながらひと切れ取り、ぼくに箱を渡してきた。ひと切れ取ってからアサに箱をまわしたとき、スローンがアサのラウンジチェアに腰掛け、身を乗り出してキスしようとしたが、アサは顔を背けた。

「これをどこで買った？」アサはピザの箱を閉じ、蓋に書かれた店名を読もうとした。スローンは肩をすくめ、ぼくのほうはいっさい見ないようにしていた。「なんとかいうイタリアンの店よ。授業がひとつ休講になってね、お腹が空いたものだからランチを食べに出かけたの」

「ひとりでか？」アサは箱を椅子の横のコンクリートの床に置いた。

スローンは微笑んだ。「そう。学食のメニューは食べ飽きたから」箱に手を伸ばし、ピザをひと切れつかんでアサに差し出す。「ほら、食べてみて。すごく美味しいから。あなたに食べさせたくて持ってきたのよ」

アサはスローンの手からピザを取り上げて箱に落とした。それから身を乗り出し、彼女の手を取って引き寄せた。

「こっちへこいよ」スローンを膝に座らせ、後頭部をつかんでキスをした。

ぼくは目を伏せた。そうせずにはいられなかった。

アサはスローンを抱いたまま立ち上がった。アサが彼女のヒップをつかんで抱え上げ、首筋にキスするのが視界の隅に見えた。アサが家に向かって歩き出すとぼくは顔を上げたが、そのときスローンがアサの肩越しにぼくのほうをちらりと見た。目を見開いてぼくを見つめる彼女を、アサは勝手口から家のなかへ、そしておそらくは彼のベッドへと運んでいった。

ぼくは椅子にもたれて特大のため息をつくと、両手で髪を搔き上げた。これからあの家のなかで何が始まるのか知りながら、どうしてここに座っていられる？

「今日、あのくそったれをブタ箱に放り込めたらよかったのに」ぼくはダルトンに言った。

「彼女がおまえを見る目、気に入らないな」ダルトンは口いっぱいにピザを頬張りながらそう返した。ちらりと目をやると、ダルトンはまだ勝手口を見つめていた。「彼女はトラブルの元だ」

ぼくはピザの箱を手に取って、もうひと切れつまんだ。「妬《や》いてるのか？」笑いながら、彼のコメントに無頓着なふりをしようとした。「ジェスならいつでも手に入るぞ。ジョンはアサよりはるかに気前がいいみたいだから」

ダルトンは笑って首を横に振った。「あいつら全員いかれてるな」

全員、じゃない。

「彼女を使うという手もあるな」ダルトンは続けた。ぼくは彼のほうを見た。彼が何を考えているか手に取るようにわかった。

「どう使うんだ？」

「彼女はおまえに入れ込んでる」ダルトンは体を起こして椅子に座り直した。「そこにつけ込むんだ。彼女とねんごろになれ。おれたちのポジションからじゃ得られないアサの仕事仲間に関する情報も、彼女ならおそらく知っているはずだ」

くそ。スローンを巻き込むことだけはしたくない。「あまり感心しないな」

ダルトンは椅子から立ち上がった。「馬鹿言え、完璧なアイデアだろうが。彼女はおれたちが待ち望んでいた事件解決の突破口だ」ダルトンはスマホに番号を打ち込みながら勝手口のほうへ歩いていった。

事件解決に近づくために女性を利用することなど、ダルトンにとってはなんでもないことだ。

コンビを組んで当たったほぼすべての任務でそうしてきたのだから。
どうにも気が進まない。
だが、やる以外に選択の余地はなさそうだ。

13

スローン

「おまえの心臓、バクバク言ってるぞ」わたしをベッドに落としながらアサは言った。

当然だ。これまでの人生でもっとも恐怖を感じた五分間だったのだから。うまく嘘をつきとおせるかわからなかったけど、カーターのおかげでどうにか切り抜けられた。

「ここまで上がってくるあいだ、あなたにずっとキスされてたのよ。ドキドキしないほうがおかしいわよ」

アサはわたしの上に乗ってくると唇にやさしいキスをした。わたしの髪に指を滑らせ、顎から首筋、喉元までキスでたどる。そこで動きを止め、わたしの目をまっすぐに見た。

「おれを愛してるか、スローン？」それは思いもよらない問いかけだった。

わたしはつばを飲み込んでからうなずいた。

アサは両手をベッドについて体を起こした。「なら、言葉にしてくれ」

わたしは無理に笑顔を作って彼を見上げた。「あなたを愛してるわ、アサ」

アサはしばらくわたしを見つめていた。まるで体内に嘘発見器を持っていて、わたしがテストをパスできるかうかがっているみたいに。やがてわたしの上にゆっくりと体を沈め、首筋に顔をうずめた。「おれも愛してる」そう言うと、横向きになってわたしを引き寄せた。わたしを抱きしめ、円を描くようにやさしく背中をさする。このベッドでアサがセックス以外でわたしに触れたのはいつ以来だろう。彼はわたしのこめかみにキスして、ため息をついた。「おれをおいていくな、スローン」強い口調で言った。「頼むからどこにも行かないでくれ」

猛々しさと悲壮感が入り交じるそのまなざしに体が麻痺したようになった。わたしは首を横に振った。「どこにも行かないわ、アサ」

アサはわたしの顔をじっと見つめて表情を探っていた。ベッドの上で彼の腕に包まれ、食い入るようにわたしを見つめる彼を見ながら——わたしは、愛されていると感じるべきか、恐怖を感じるべきなのかわからなかった。たぶん、どっちもだ。

アサはわたしの口に口を押しつけ、激しいキスをした。わたしの体の外側も内側も自分のものだと主張するかのように喉の奥まで舌を突っ込む。そこにはやさしさの欠片《かけら》もなく、わたしの口から口を離したときアサは息をあえがせていた。彼は膝立ちになって頭からシャツを脱いだ。「もう一度言ってくれ」わたしのほうに手を伸ばし、シャツとブラをいっぺんに頭から脱がせた。「おれを愛してると言ってくれ、スローン。どこにも行かないと言ってくれ」

「あなたを愛してる。わたしはどこにも行かない」そう囁きながらも、二つ目の約束がすぐにでも嘘になりますようにと祈った。

アサはまたわたしの口をキスでふさぎ、両手でお腹を撫で下ろしてジーンズに手をかけた。激しいキスに息ができない。アサはわたしのジーンズを脱がせようとするけれど、ほんのわずかのあいだもキスをやめられないでいるようだった。わたしは腰を持ち上げ、自分でジーンズを脱いだ。いかにもアサの娼婦らしく。

だって、それこそが娼婦の定義じゃない？　個人的な利益のために自尊心を犠牲にする女。たとえその個人的利益がわたし自身とはなんの関係もない無私なもので、すべては弟のためだとしても、何かと引き換えにわたしが彼とファックしていることに変わりはない。その定義によれば……わたしは娼婦ということになる。

アサだけの娼婦。

そして独占欲に満ちた目からして、アサはわたしが別の何かになることをけっして許さないだろう。

14

カーター

ぼくの間《ま》の悪さは筋金入りらしい。勝手口のドアを開けて家のなかに入ったとたん、絶頂に達したアサのうめき声が二階から聞こえてきたからだ。ぼくはキッチンで足を止めた。アサがスローンとやってる音を聞いているなんて意味がわからない。想像しただけで吐き気がする。ほんの二時間前にやつがジェスに何をしたか知っているからなおさらだ。

二階から足音と、バスルームのドアが閉まる音が聞こえると、ぼくはわれに返って冷蔵庫のところへ歩いていった。冷蔵庫の扉にマグネット式のホワイトボードが貼ってあった。電話番号がびっしり書いてある。ぼくはマーカーペンをつかむとボードにペンを走らせた。階段を下りてくる音に急いでペンを元に戻し、振り返ると、ちょうど廊下の角からアサが姿を現した。

「よお」アサは裸足で、前ボタンをはずしたブルージーンズしか身に着けていなかった。髪は乱れ、独善的な笑みを浮かべている。

「やあ」ぼくはカウンターにもたれ、アサが戸棚からポテトチップスの袋を取り出すのを見ていた。彼は袋を開け、カウンターを挟んでぼくと向かい合った。

「昨夜はどうだった？」アサは言った。「訊く暇すらなかったからな」

「楽しんだよ」ぼくは言った。「だが、ちょっと気になったことがある。やつが抱えている売人と直接取引できるとしたらどうする？　やつをあいだに入れている理由が言葉の問題だけなら、もう仲買人は必要ないんじゃないか」

アサはチップスをまた口に放り込んでから指を舐めた。「なぜおれがおまえを連れてきたと思うんだ？」そこでチップスの袋を置いてシンクに向かい、蛇口をひねって手をすすぎはじめた。「手がマンコみたいな味がする」石鹸を手にこすりつけながら言った。

こんなときは珍しく、もっと平凡な仕事を選べばよかったと思ってしまう。感情をすり減らすことが少ない仕事を。詩を教える教師になるべきだった。

「あの子とはどれくらい付き合ってるんだ？」情報を聞き出すのもぼくがここにいる理由のひとつだが、ぼくが答えを知りたいのは、どうやらスローンに関する質問だけらしい。

アサはタオルで手を拭くと、チップスの袋を持ってバースツールに腰を下ろした。ぼくはいまいるところから動かなかった。

「そこそこ長いな。二年くらいか」アサはポテトチップスをわしづかみにして口に押し込み、その手をジーンズで拭った。

「あんたがやってることをよく思っていないようだったが」ぼくは慎重に言葉を継いだ。「彼女にバラされるかもしれないとは思わないのか？」

「あり得ないね」アサは即座に言った。「あいつにはおれしかいない。だから受け入れるしかないんだ」

ぼくはうなずき、背後のカウンターの縁をきつく握った。この男の口から出る言葉をぼくは信じていない。だからスローンには彼しかいないというのも彼の嘘であってほしいと心底願った。

「ちょっと確認したかっただけだ。人をなかなか信用できない質《たち》でね、わかるだろう?」

アサは目をすっと細めて身を乗り出した。「誰も信用するな、カーター。淫売はとくにな」

「スローンは淫売じゃないと言っていたと思ったが」ぼくは言い返した。

アサはぼくの目を見据えて——静かな怒りに燃えていた。一瞬、ぼくをジョンと同じ目に遭わせるつもりじゃないかと思った。ところがアサは顎に手を当てて首を鳴らすと、また椅子にもたれかかった。その目に見え隠れしていた怒りも、階段を下りてくるスローンの足音とともに消え失せた。キッチンに入ってきたスローンは、ぼくらに気づくと歩みを止めた。

アサはぼくから視線をはずしてスローンを見た。笑いながら立ち上がり、彼女を抱き寄せた。「おれに信用されたきゃ、自分の手で勝ち取らないとな」彼女の肩越しにぼくを見る。「スローンはそうしたぞ」

スローンは両手でアサの胸を押しのけようとしたが、アサは放そうとしなかった。そのままバースツールのところまで引っ張っていき、自分の脚のあいだに座らせて、ぼくのほうを向くようにした。そしてうしろから彼女の腰に手をまわし、肩に顎をのせて、またぼくと目を合わせた。

「気に入ったよ、カーター。おまえはビジネスのことしか頭にない」

ぼくは愛想笑いを浮かべ、ありったけの力でカウンターの縁を握ってスローンの目を見ないようにした。アサに触れられるたびに彼女の目に浮かぶ恐怖を見るのがつらかった。

「ビジネスといえば、二時間ほど出てくる。片付けなきゃならないことがいくつかあるんだ」

ぼくはそう言うと、背筋をしゃんと伸ばして表玄関のほうへ向かった。ふたりの横を通り過ぎたとき、スローンが感謝の目を向けてきた。

アサが身を屈めてスローンの首にキスし、片手を彼女の胸に持っていった。スローンは目をぎゅっと閉じ、口元を歪めて、ぼくから顔を背けた。

そのまま歩き続けて玄関へ向かいながらも、何もできない自分が歯痒《はがゆ》かった。おまえがここにいる理由はひとつ。ただひとつだけ——そしてそれは彼女じゃない。自分にそう言い聞かせるしかなかった。


私道から車を出す前にダルトンにメッセージを送り、デスクワークを片付けに本部に向かうと伝えた。だが実際は、行くあてもなくただ車を走らせた。カーラジオをつけ、アサへの殺意を消し去ろうとしたが、頭に浮かぶのはスローンのことばかりで……するとまたアサへの殺意がよみがえった。

アサに人生を狂わされた人間は数知れず、スローンはそのうちのひとりにすぎない。任務に集中し、アサの麻薬ビジネスに関与している人間を一網打尽にすることに尽力すれば、多くの人間を救うことにつながる。それとも……DV男からひとりの女性を救うのか。やるべきことと、やりたいことを分けなければならないこの状況は、あたかもパットン将軍の持論のようだ。多数の利益のために少数を犠牲にすることも、ときにはやむを得ない。

アサがだめにしている大勢を救うためにスローンの人生を犠牲にする。そう考えると死にたくなった。

自分はこの仕事に向いてないんじゃないか。そう自問するのは、この一週間でたぶん三度目だ。

一時間ほど走りまわったあとで、アサの家に戻ることにした。ダルトンはあの家にほぼ入り浸《びた》りだが、ぼくはキャンパス内にある学生アパートに住んでいると、数カ月前にダルトンが話のついでにアサに言ってしまっていた。おかげで、アサがちょっと確認しておこうという気になったときに備え、実際にキャンパス内の学生アパートを借りるはめになったのだ。それでもアサの家にいることのほうが多かった。最大の情報を得られるのは、結局のところあの家だからだ。アサの〝チーム〟や……スローンのいるあの場所が。

ダルトンの言うことは正しい。捜査を有利に進めるためにスローンを利用する必要があることはわかっている。だがそれは彼女がいまの状況に留まらなければならないということだ。ぼくとしてはスローンにこっそり現金を渡して、アサからできるだけ遠くへ逃げろと言いたかった。

アサの家がある通りの近くまで来たとき、家から二ブロックのところにある公園のベンチにスローンが座っているのに気がついた。ぼくは減速し、路肩に車を停めた。周囲を見渡したが、どうやら連れはいないようだ。

車内から彼女を見つめつつ、どうすべきかしばらく考えた。利口な男なら、このまま車を走らせて、やるべきことに集中し直す。利口な男なら、車を降りてドアを閉め、通りを渡ろうなんて考えもしない。
ぼくがもっと利口なら……

15

スローン

アサが勉強しているところは一日だって見たことがない。わたしは毎日勉強してる。まわりがどんなに馬鹿騒ぎしてても。いまだってそう。騒々しい家を出て、静けさを求めて公園まで歩いてこなきゃいけなかった。

なのにアサはどうして成績評価《GPA》3・5のAをもらえるわけ？　担当教授たちに賄賂《わいろ》を渡していたとしても驚かない。

「やあ」

わたしはキーリングにつけた催涙スプレーをつかんで、ゆっくりと振り向いた。ジーンズのポケットに両手を突っ込んだカーターが後方から近づいてきた。暗色の髪はぼさぼさで、額に落ちた毛先が目にかかっている。

彼は数メートル手前で足を止め、もっと近くに来ていいという許可が出るのを待っている。今日のカーターはわたしに笑いかけていない。とにかく、言いつけは守っているわけね。

「ハイ」わたしはそっけなく言うと、キーリングをテーブルに置いた。「わたしを呼んでこいってアサに言われて来たの？」

カーターはピクニックテーブルまで歩いてくると、ベンチにまたがった。そしてポケットに手を突っ込んだままわたしのほうを向いた。わたしはテーブルに置いた教科書に目を落として彼を見るのを拒んだ。スペイン語のクラスで彼に淡い恋心を抱いたせいで、あのランチのあと最悪の事態になりかけたのだ。だから距離を置かなきゃいけないのに、カーターを見てしまうと距離を置きたくないと思ってしまう。

「車で通りかかっただけだ。きみがここに座っているのが見えたから、ちょっと気になってね」

「わたしなら大丈夫」わたしはテーブルに広げた課題に注意を戻した。今日のアサの一件についてカーターにお礼を言ったほうがいいだろうか。彼が電話で知らせてくれなかったらどうなっていたかわからないし。もっとも、カーターはわが身を守るために警告してきただけかもしれないけど。

でも、そうじゃないのはわかっていた。わたしが電話を切る前、カーターの声には懸念が滲んでいた。彼はわたしのことを心配していた。わたしが彼の身を案じたように、カーターもわたしの身を案じていた。

「本当に？」カーターは疑わしげに言った。「本当に大丈夫か？」

わたしはちらりと彼を見上げた。この人、放っておくってことができないの？

鉛筆をテーブルに置いて彼のほうを向いた。カーターは真実を求めてやまない。いつだってわたしが何を考えているのか知りたがる。それが彼の望みなら、さっさと終わらせてしまったほうがいい。だからわたしは大きく息を吸い込み、これまでに彼に聞かれたすべての質問と、まだ聞かれていない質問にも答えようと身構えた。

「ええ、わたしは大丈夫。最高でも、最低でもなく、ただ大丈夫なの。だって、住む家があって、わたしのことを愛してくれる恋人もいる。たとえその恋人が好ましくない選択をしているとしてもね。彼がもっとまともな人間ならよかった？　ええ。もしもお金に困っていなかったら彼と別れる？　ええ、もちろん。課題をしたり、ひと眠りしたりする静かな場所が見つからないほど、家のなかがつねにごちゃついていなかったらよかった？　ええ、そうね。早く大学を卒業して、このごたごたから抜け出したい？　ええ。アサにあんなふうに扱われるのは耐えられない？　ええ。あなたがこの件に関わっていなければよかった？　ええ。授業で初めて会ったときの印象のままのあなたでいてほしかった？　ええ。わたしを救うことがあなたにできたらよかった？」

わたしはふっと諦めのため息をつくと、自分の手に目を落とした。「ええ、すごくそう思うわ、カーター」消え入るような声で言った。「このクソみたいな状況からわたしを救ってほしいと心からそう思う。でも、あなたには無理よ。わたしは自分のためにここにいるわけじゃない。もしそうなら、とっくの昔に出ていってる」

この生活からわたしを救い出すことがカーターにできるわけがない。だって、彼もこの生活の一部なのだから。たとえアサから逃げてカーターの腕のなかに飛び込んだとしても、そこに待っているのはまったく同じ生活——抱かれる腕が変わるだけのことだ。それにカーターは知らない。わたしをここに引き留めている唯一の理由が、私的なことでも、アサへの未練でもないことを。

　わたしは自分たちが置かれているこの不運な状況に頭を振り、まばたきして涙を押し戻そうとした。「一度、アサと別れようとしたことがあるの。付き合ったばかりのころで、彼がどうやってお金を稼いでいるか知ってしまったからよ。身を寄せる場所はなかったけど、自分にはもっとふさわしい相手がいると思ったからアサのもとを去った」そこで言葉に詰まってしまった。わたしはカーターを見上げた。その目を見たとたん、彼が心の底から心配してくれているのがわかった。ベッドを共にしている相手より、見知らぬ他人も同然の人を信頼するのは妙な気分だった。

「わたしには弟がふたりいたの。ふたりが生まれたとき、わたしはまだ二歳だった。双子でね。母が薬物中毒だったせいで、ふたりとも障害を持って生まれてきた。ドルーは十歳で死んでしまった。もうひとりの弟――スティーブンにはさまざまな支援が必要だった。でも、わたしひとりで世話していては、豊かな生活などとても望めなかった。スティーブンが十六歳になったとき、ようやく二十四時間のケアが可能なグループホームへの入所が認められた。おかげでわたしは大学に行けるようになったし、生活にも余裕ができた。しばらくはすべてうまくいっていたの。でもアサと別れることにした数週間後に、州から支給されていたスティーブンの手当が突然打ち切られてしまった。弟と暮らそうにもわたしには家がなかった――弟にじゅうぶんなケアをしてあげられる場所が。残された唯一の道は、毎月数千ドルにもなるグループホームの費用を自腹で支払うこと。そんなお金どこにもなかったけど、スティーブンが母の家に送り返されることだけは絶対に避けたかった。弟にとってあそこは安全な場所ではないからよ。母はヤク中で、自分の面倒だってまともに見られないのに、スティーブンの世話なんてできるわけないもの。自分たちが陥った状況を理解して、わたしは途方に暮れた。だから、もう一度チャンスをくれるならスティーブンにかかる費用を払ってもいいとアサに言われたとき、〝ノー〟と言うことができなかった。わたしはアサのもとに戻った。だからいまのわたしは、アサさえいれば何もいらないというふりをしなきゃならない。アサがしているおぞましいことも見て見ぬふりをしてる。その見返りに、アサはスティーブンのホームに小切手を送って、月々にかかる費用を払ってくれるってわけ。だからわたしはいまもあの家にいるのよ、カーター。そうするしかないから」

カーターはわたしを見つめたまま、ひと言も発しなかった。一瞬、彼に洗いざらい打ち明けてしまったことを後悔しそうになった。いままで誰にも話したことがなかったのに。アサは付き合う価値のない男だけれど、資金援助をしてくれるからという理由だけでそんな男と一緒にいる自分のことも恥ずかしかった。事実を認めてしまうのはばつが悪いものね。

今日のカーターとのランチが別世界のことのように思えた。今朝からいままでにたくさんのことがありすぎた。いまの彼は違って見えた。今朝の授業でのおどけたカーターとも、ランチのあとの申し訳なさそうなカーターとも違う。

いまのカーターは……なんて言うか……まったくの別人のようだった。まるでこれまでずっと別の誰かのふりをしていて、いま初めて嘘のない目でわたしを見ているみたいに。

カーターは一瞬目をそらした。喉がゆっくり上下に動き、彼がつばを飲み込んだのがわかった。「弟さんのためにそこまでするなんて立派だと思うよ、スローン。だけど、それできみが死んでしまったら弟さんはどうなる？　あの家にいるのは危険だ。アサのそばにいるのは危険だ」

わたしはため息をつき、こらえきれずにこぼれた涙を拭った。「わたしは自分にできることをする。〝もしも〟の話を心配する余裕はないの」

カーターはわたしの頰を伝う涙を目で追うと、わたしの顔に手を伸ばしてそれを拭った。アサはわたしがいくら涙を流そうと、一度も拭おうとしなかったのに。

「ここへおいで」カーターはわたしの手をつかんで引き寄せながら、自分からもわたしに近づいた。わたしは彼に握られた手を見下ろし、引き抜こうとした。彼はさらに強く握ると、反対の手でわたしの肘をつかんだ。「ここへおいで」なだめるように囁き、わたしを抱き寄せた。わたしの体に腕をまわし、わたしの頭を自分の肩にもたせかけ、手のひらで包み込むように頭を支えながら強く抱きしめる。そしてわたしの頭のてっぺんに温かい頰を押し当てた。

カーターがしたのはそれだけだ。

言い訳することも、すべてうまくいくと嘘をつくこともない。だって、そうならないことはわたしも彼も知っているから。カーターはアサみたいに守れない約束はしない。わたしのことを慰めたいというシンプルな思いから抱きしめているだけで、それ以上のことは望んでいない。これはわたしにとって生まれて初めての体験だった。

わたしは肩の力を抜いて彼に身を寄せ、彼の胸の奥で高鳴っている鼓動を聞いていた。目を閉じて、最悪でめちゃくちゃなこれまでの人生で、大事にされていると感じたときのことを思い浮かべようとしたけれど、ひとつも思いつかなかった。二十一年の人生で、誰かに心から気遣われていると感じたのはこれが初めてだった。

カーターのシャツを両手で握りしめ、もっと彼に近づこうとした。彼の腕のなかで体を丸めて、この感覚を永遠に味わっていたかった。カーターはわたしの頭から頬を持ち上げ、頭頂部にそっと唇を押しつけた。

わたしたちは、世界の命運がこの抱擁にかかっているとばかりに、しがみつくようにして抱き合っていた。

カーターのシャツはわたしの頬を伝う涙で湿っていた。なぜ泣いているのか自分でもわからなかった。ひょっとすると、この瞬間まで、大事にされるというのはどういうことか知らなかったからかもしれない。敬意を払われるというのはどういうことかを。この瞬間まで、愛されるというのはどういうことか知らなかった。

自分は大事にされていない――じつの親からも愛されていないと感じる人生なんて間違ってる。だけどわたしは二十一年間そうして生きてきた。

この瞬間までは。

16

カーター

目を閉じて、スローンを抱きしめ続けた。彼女はずっと、ぼくの胸で静かに泣いている。薄暮の空はいつしか宵闇に包まれ、かすかな薄明かりも星空にのみ込まれた。

そのうちに車が一台、通りに出ようとする音が聞こえた。ぱっと目を上げたが、車は反対方向へ走っていった。スローンは顔をぼくのシャツに押しつけたままでいるが、ぼくらが一緒にいるところをダルトンに、最悪の場合アサに、見られやしないかと気が気でならなかった。

ここで慰めていてはまずい。スローンが抱える問題を増やすだけだ。

彼女の言うとおりなのだから。ぼくには彼女を救うことはできない。いくらそうしたくても、ぼくらは八方ふさがりだ。ぼくらふたりだけの問題じゃない、もっとずっと大きなものを台無しにするような危険は冒せない。任務と引き換えに、アサと別れるための手助けをすることなどできない。それは資金面の心配がなくなったときにスローンが自力でしないといけないことなのだ。

スローンを抱きしめること、彼女の手を握ること、授業で隣の席に座ること、危険なところから遠ざけてやろうとすること――そういうぼくのおこないがすべて、彼女を崖っぷちへと追いつめていく。彼女との距離を取る方法を見つけなければ……崖から落ちていく彼女の姿を見届けることになる。

腕をほどいて身を引いたが、スローンはぼくのシャツにしがみついたままだった。ぼくはその両手を取り、そっと指を引き剝がしていった。彼女が顔を上げ、ぼくを見た。その目は赤く、腫れぼったくなっていた。同じように赤く腫れぼったくなった彼女の唇を見てみたい、と不意に思った。

おい、ルーク、そういうことは考えるな。

立ち上がったが、彼女にシャツをつかまれ、ベンチに引き戻された。その目に戸惑いの色が広がっていく。

「手を離してくれ」ぼくは囁いた。

スローンは手を膝に落として目をそらした。ベンチの上に足を引き上げ、膝を抱えると、腕に顔をうずめて泣きはじめた。彼女をひとりこの場に残して歩き出すには、ありったけの気力を奮い立たせる必要があった。

「きみの言うとおりだ、スローン」後ずさりしながら言った。「ぼくはきみを救えない」

彼女に背を向け、車に向かって歩き出した。一歩踏み出すたびに足が重くなる。ドアを開けるときも彼女のほうは振り向かなかった。車に乗り込み、一度も振り返らないまま、アサの家へと車を走らせた。

玄関を入ると、リビングの様子と裏庭から聞こえてくる騒ぎ声から、今夜は長い夜になりそうだという気がした。

キッチンを抜けて裏庭に向かった。そこここに人がいるが、ぼくが出ていっても誰ひとり目をくれようともしない。プールのなかで、四人の女性が白熱したプレーを繰り広げていた。ふたりずつペアになって肩車をして、それぞれが相手を水のなかに落とそうとしている。プールサイドにはジョンとダルトンがビールを片手に立っていて、賭けたほうのチームを応援しているようだ。

アサはプールの縁に座り、足先を水に浸けてぶらぶらさせていた。女性たちのことは見ていなかった。まっすぐにぼくを見ている——険しい、疑わしげな目つきで。ぼくは、その目に込められたものには気づいていないふうを装い、彼に向かってうなずいた。

「カーター！」ダルトンがぼくに気づき、急いでプールの縁をまわってくるが、足元がおぼつかない。笑いっぱなしだし、ビールも半分こぼしている。ようやくぼくのところへたどりつくと、肩に腕をまわして顔を寄せてきた。

「心配するな。見た目ほど酔っちゃいない。スローンから何か聞き出せたか？」

ぼくは身を引き、彼を見た。「スローンと一緒だったとどうして知っている？」

ダルトンはくっくっと笑った。「知らなかったよ。だが、よくやった」そう言いながら、ぼくの肩をぎゅっとつかんだ。「さすが仕事が速いな。彼女はおれたちが思うよりずっと多くの情報を握っているはずだ」

ぼくは首を横に振った。「彼女は何も知らないと思う。あんまり彼女にこだわってると、時間を無駄にすることになるんじゃないかな」

　ダルトンの肩越しにちらりと見ると、アサはまだこちらを見ていた。と、アサがプールから足を引き上げ、立ち上がった。

「やつがこっちにくる」ぼくは言った。

　ダルトンは片眉を上げ、うしろに下がりながらビールを高く掲げた。にやりと笑って、まわれ右をする。「おまえら、おれより長く水中に潜っていられるか？　おれは百ドル賭けてもいいぜ！」

　すぐにジョンが賭けにのった。ほかの連中も次々にビールを放り出し、プールに飛び込んでいく。

　アサはぼくのほうに歩いてきたが、一度も目を合わせることなく、そのまま素通りして家に入っていった。

　アサの一挙手一投足が疑わしく見えることと、アサがぼくを怪しんでいるように見えること。どちらに不安を覚えればいいのかわからなかった。

17

スローン

カーターが去ってから、やっとのことで落ち着きを取り戻し、荷物をまとめて家に向かって歩き出すまでに三〇分かかった。アサの家へと続く暗い私道との分岐点に立ってから、さらに一〇分が過ぎた。わたしは足元の舗道と、その先の曲がりくねった私道を目で追っている。このまま歩き続けたっていいんだ、簡単なことじゃないの。あの家にはほしいものなんて何もないし、必要なものだってないんだから。この舗道を歩き続ければいい、引き返せないところまで。

そんなふうにあっさりとこっちの道を選べたら、どんなにいいかと思う。だけどやっぱり、わたしひとりの問題ではないのだ。それに、この状況を変えられるのはわたししかいない。

カーターにはわたしを救えない。アサはもちろん救ってなんかくれない。だから、このままお金を貯め続けるだけだ。自分の力で生活できて、弟を引き取れるようになるまで。

芝生に足を下ろす。家に向かって一歩踏み出したものの、文字どおり二の足を踏んだ。あの家に帰りたくなんかない。帰りたい場所は、さっきの公園のあのベンチ。カーターの腕のなかだ。もう一度彼の抱擁を感じたい。認めるのは恥ずかしいけど、それ以上のものもほしいと思っている。自分のことを大事に思ってくれる人にキスされるのが、どんな感じなのか知りたい。

そう考えただけで、とてつもない罪悪感に襲われた。わたしの知るかぎり、アサは浮気していない。わたしを養ってくれているし、弟にかかる費用も負担してくれている……彼が負うべき責任でもないのに。そこまでしてくれるのは、わたしを愛しているから、そしてわたしが弟の幸せを願っているのを知っているからだ。それを否定することはできない。これまで出会ったいろんな人たちを思い返してみても、これだけのことをしてくれた人はほかにいなかった。

終わらせた宿題を入れたバックパックをアサの車のなかに投げ込み、玄関をくぐった。そのまま歩き続けてキッチンへ向かう。毎晩しているように食べ物と飲み物を持って二階に上がるつもりだった。ひとり、部屋にこもって、音楽や笑い声、たまに聞こえるくぐもった叫び声――そういう騒音のなかで眠る努力をする。願わくは、朝までアサに起こされることなく、せめて四時間は睡眠を取りたい。

電子レンジのタイマーをセットして、コップに氷を入れた。冷凍庫を閉め、冷蔵庫を開けようとしたところで、ホワイトボードに書かれた見慣れた文字が目に留まった。呼吸が喉に引っかかり、文字を目で追う。

彼女の指先からとりとめのない言葉が流れ出すように、唇からは不安があふれ出す。受け止めようとぼくは手を伸ばし、しっかりと握る。すべて受け止めたい。ただそれだけだ。

カーターが書いたんだ。みんなの目に触れるようなところに公然と書かれているけれど、わたしだけに向けられた言葉だとわかる。あのゲームのやり方を間違えているのは明らかだ。だってこれは、考えるより先に書いたんじゃなく、考えてから書いたものだから。思わず笑みがこぼれた。インチキをしたわね。

一言一句をしっかり心に刻み込んでから、それを消した。それからマーカーを取り、ペン先をホワイトボードに押し当てた。

18

アサ

両手が汗でべたべただ。エアコンはまた壊れてるし、外に行ったってどうせ暑い。手のひらの汗をレザーソファの肘掛けになすりつけると、濡れた筋が残った。

汗って、何でできてるんだろう？

レザーって、何でできてるんだろう？

これは牛の革なのよ、と母さんが言ってたけど、嘘つきだから信じない。牛がレザーになる、だって？　牛なら前に触ったことがあるけど、ふさふさした感じの毛が生えてた。あれがレザーになるなんて思えない。牛よりも、レザーはどっちかというと恐竜っぽい。

そうだ、きっと本当は、恐竜がレザーになるんだ。どうして母さんはいつも嘘をつくんだろう。父さんにも嘘をつく。しょっちゅう父さんに怒られてるのは、そのせいだと思う。

淫売を信用しちゃだめだ、と父さんはいつも言う。淫売っていうのがなんなのかはわからないけど、父さんが嫌いなものなんだってことはわかる。

母さんに腹を立ててるとき、父さんはたまに母さんを淫売って呼ぶ。きっと、嘘つきって意味だ。だから父さんはあんなに嫌ってるんだ。

母さんが淫売じゃなければよかったのにな。嘘をつくのをやめれば、あんまり怒られずにすむのに。母さんが怒られてるところは見たくない。

でも父さんは、おまえのためだ、って言う。将来立派な男になりたいなら、いまのうちに女が泣く場面を見ておく必要がある、と。父さんによると、男は女の涙に弱いものらしい。だから、小さいうちからたくさん見ておけば、大きくなったとき女の嘘に騙《だま》されることもなくなるんだって。淫売だからって理由で、父さんはときどき母さんにおしおきをする。それで母さんが泣くところをぼくに見せてくる。将来面倒くさいことに巻き込まれないよう、淫売はみんなこうやって泣くものなんだって教えてくれてるんだ。

「誰も信用しちゃだめだぞ、アサ」父さんはいつもそう言う。「淫売はとくにだ」

腕に巻きつけたレザーストラップを握ってきつく締めてから、皮膚を叩く。さすがにいまはもう、レザーが恐竜の革じゃないのはわかっている。

少なくともそれについては、母さんは嘘をついていなかった。

両親が寝室で喧嘩をしていたあの晩のことは、あまりよく覚えていない。怒鳴り声がするのは日常茶飯事で、おれはすっかり慣れっこになっていた。ただあの晩だけは、いつもと違って静かだった。家のなかがあんなにしんとしていたのは初めてだった。ベッドに横になって、自分の息づかいを聞いていたのを覚えている。家じゅう、ほかになんの物音もしなかった。静かなのが嫌いだった。いまでも嫌いだ。

親父が母さんに何をしたのか、最初は誰も知らなかった。ところが数日後に、母さんの遺体が発見された。血に染まったシーツにくるまれた状態で床下に押し込められ、半分泥まみれだった。おれがそれを知っているのは、こっそり外に出て、遺体が床下から引っ張り出されるところを見たからだ。

親父は警察に逮捕された。その後おれは、おばの家に追いやられて、そこで暮らした。そして十四のときに逃げ出した。

親父がどこかの刑務所にいるのはわかっていたが、どの刑務所なのか調べたりはしなかった。あれ以来、親父には会っていないし、向こうからの連絡もない。

思うに、淫売と結婚するような男のことだって信用してはならないのだ。

腕に針を刺し、少しずつ押し込んでいく。針が皮膚を通過したあとは、できるだけこのプロセスを長引かせる。針を入れてちくりと痛みが走るときが一番いい。

親指を押すと、針先から燃えるように熱いものが流れ出て移動していくのが感じられる。手首に向かって下りていき、肩のほうにも一気に駆け上がってくる。

針を抜いて床に落とす。レザーストラップをほどき、それも下に落とす。腕を胸の前に上げてもう一方の手で支え、頭をうしろの壁に預けた。目を閉じて、ひとり笑いをする。ああ、おれの恋人は、母さんのような淫売じゃなくてよかった。

今日、スローンがほかの男といるんじゃないかと考えたとき、なぜ親父が淫売をあれほど嫌っていたのかが、はっきりとわかった。今日まで、親父のことを本当の意味では理解していなかったんだと思う——親父が母さんに抱いていたような嫌悪感を、おれ自身もスローンに抱くまでは。

スローンが淫売じゃなくて本当によかった。

腕をだらりとマットレスに垂らす。

くそ、サイコーの気分だ。

スローンが階段を上がってくる足音が聞こえる。

ふたりの寝室でこんなことをしていると知ったら、スローンはぶちギレるだろう。おれのことは、ドラッグの売人でしかないと思っているんだから――まさか、おれ自身が試していると は、夢にも思っていない。

だが、今日おれにどんな仕打ちをしたかを思えば、寝室のありさまを目の当たりにしようと何も文句は言えないはずだ。

ああ……ほんっとサイコーだ。

19

カーター

一〇分ほど前にスローンも帰宅した。キッチンの明かりが灯るのが見えたのだ。

ぼくはプールのそばで、ジョンとダルトン、そしてケヴィンという男と座っている。三人は、ケヴィンがテーブルの上に立てかけたノートパソコンを覗き込み、ポーカートーナメントのライブ中継に夢中になっている。いかにも興味津々な様子で。

卓球のラリーのような会話の応酬についていきながらも、ダルトンが頭のなかでメモを取っているのがわかる。だから、ここは彼に任せることにした。今日一日いろいろあったせいで疲れ切っていて、とてもそんな気力はないし、それにアサがどこへ行ったのか、スローンがいま何をしているのかも気になってならない。

視線は家に向いていた。窓の向こうで、スローンがキッチンを行ったり来たりして、食事の用意をしている。その後、二階へ上がっていったようだったので、この隙にひと息入れることにした。頭の整理をして——まわりの会話にふたたび集中しなければ。そのためには、ほんの数分、ひとりになる必要があった。世の中には、まわりからエネルギーをもらって活力を取り戻す人もいる。

　ぼくはそういうタイプの人間じゃない。

　何かで一度読んだことがあるのだが、外向的な人間と内向的な人間の違いは、集団のなかでのふるまい方ではないらしい。そうではなく、集団のなかに身を置いたとき、活力が湧いてくるか、逆に消耗《しょうもう》するかなのだそうだ。そのため、傍目《はため》には外向的に見える人がじつは内向的だったり、あべこべに内向的に見える人が外向的だったりもする。要は、他者とのやり取りが内面にどう影響するかの問題なのだ。

　ぼくは間違いなく内向的な人間だ。人といると消耗する。活力を取り戻すには、静かな時間が必要だった。

「ビールはいるか？」そう声をかけると、ダルトンはかぶりを振ったが、ぼくは立ち上がってキッチンへ向かった。べつに、ぼくもビールが飲みたいわけじゃない。静かな時間がほしいだけた。日々こんな環境にいながら、しっかりやるべきことをやっているスローンには、まったく驚かされる。

　勝手口からキッチンへ入ると、ホワイトボードに書かれた新しい文面がまず目に入った。一歩近づいて読んでみる。

　彼がこぶしを開くと、手から彼女の不安が落ちた。受け止めきれなかった。でも、彼女はふたたびそれを拾い上げ、ほこりを払った。自分でしっかり持っていられるようになりたいから。

ぼくはそれを何度も何度も読み返した。二階の寝室のドアが叩きつけられる大きな音に、はっとわれに返り、冷蔵庫から一歩下がったちょうどそのとき、スローンが廊下の角を曲がってキッチンに入ってきた。ぼくに気づいたとたん足を止め、素早く両手で涙を拭った。彼女はホワイトボードの自分の言葉をちらっと見てから、ぼくに視線を戻した。

ぼくらは黙ったまま、わずか二フィートの距離を挟んで見つめ合った。スローンは大きく目を見開いていて、息をするたびに胸が上下する。

三秒。

五秒。

一〇秒。

見つめ合ってから何秒が過ぎたのか、わからなくなった。ぼくとスローンは見えないロープでつながれ、意志の力よりはるかに強い力で引き寄せられている。この事実にどう対処したらいいのか、ふたりともわからない。

スローンは鼻をすすり、両手を腰に当てて床に目を落とした。

「もうアサにはうんざりよ」小さな声で言った。

いかにも苦しそうな声色から、二階で何かあったのだとわかった。いったい何があったのかと、彼らの寝室のあたりの天井を見上げる。視線を戻すと、スローンはぼくをじっと見ていた。

「アサはいま、気を失ってる」スローンは言った。「またドラッグをやってるのよ」

気を失っていると聞いて、いけないと思いつつもほっとした。「また、って?」

スローンはぼくのほうに数歩近づき、カウンターに背を預けて腕組みをした。また涙を拭い、

「アサは……」と言いかけて息を吸う。たぶん口にするのがつらいのだ。ぼくは彼女のそばに行き、隣に立った。

「アサは妄想に取り憑《つ》かれてるの」スローンは言った。「自分がもうすぐ捕まるんじゃないかって考えはじめて、そのプレッシャーに押しつぶされそうになるの。アサはわたしに気づかれていないと思ってるけど。そうなるとドラッグに頼りはじめて、そうなったらもう事態は悪くなる一方よ……わたしたちみんなにとって」

ぼくのなかではいま、ふたりの自分が戦っている――彼女を慰めたい自分と、より多くの情報を聞き出そうとする身勝手な自分が。「ぼくたちみんな？」

スローンはうなずいた。「わたしや、ジョンや、アサの下で働いてる人たち」それから、こちらへ首をめぐらせる。「それにあなたも」

最後の言葉には、少しだけ苦々しさが込められていた。下唇を噛み、目をそらした彼女を、ぼくは見つめ続けた。スローンはシャツの袖のなかに両手をもぐり込ませるようにして、ますますきつく自分を抱きしめた。

彼女はもう泣いていなかった。いまは腹を立てているようだ。その怒りがぼくに対するものなのか、アサに対するものなのかはわからない。

ぼくはまた、ホワイトボードに書かれた言葉に目を向ける。

彼がこぶしを開くと、手から彼女の不安が落ちた。受け止めきれなかった。でも、彼女はふたたびそれを拾い上げ、ほこりを払った。自分でしっかり持っていられるようになりたいから。

その言葉と、目の前にいる彼女を見比べて、はっきりした。ぼくはずっと気がかりだった。スローンは洗脳されていて、アサがどういう人間なのかわかっていないのではないかと考えていたのだ。

「きみのことを誤解していた」ぼくは彼女に言った。

彼女はまたぼくを見たが、今度はきゅっと唇を結び、好奇心もあらわに眉を寄せている。

「きみのこと、守ってやらなきゃいけない人だと思っていたんだ」ぼくは具体的に言い直した。「アサの言葉に簡単に引っかかってしまうくらい世間知らずなんだろう、って。でも、そうじゃなかった。きみは誰よりもよくアサをわかっている。アサがきみを利用してるんだとばかり思っていたが……実際は、きみのほうがアサを利用しているんだ」

その言葉に、彼女は顎をこわばらせ、歯を食いしばった。「アサを利用している、ですって？」

ぼくはうなずいた。

好奇心が怒りに変わり、スローンは眉を吊り上げた。「わたしこそ、あなたのことを誤解してたみたい。あなたはほかの人とは違うと思ってた。でも結局、あいつらと同じクズなのね」

彼女は背を向けて立ち去ろうとしたが、ぼくは肘をつかんで引き留めた。こちらに向き直らせて両腕をつかむと、彼女が息をのんだ。「まだ話は終わってない」ぼくは言った。

スローンはいま、ショックに目を見開いていた。ぼくは腕をつかんでいた手をゆるめ、少しでも怒りを和らげてほしいと親指でさすった。

「アサのことを愛しているのか？」

スローンはゆっくりと息を吸ったが、何も答えなかった。

「答えはノーだ」代わりに答えた。「きみはアサを愛していない。以前は愛していたのかもしれないが、大事にされていると感じられなければ、愛情は長続きしないものだ。アサはきみを大事にしていない。そうだろう？」

彼女は黙ったまま、何が言いたいのと目で訴えている。

「きみはアサを愛していない。それでも別れないでここにいるのは——きみが弱いからじゃない。強いからこそ別れないんだ。こんな地獄に耐えているのは、自分だけの問題じゃないとわかっているから。自分の安全のためじゃない。弟さんのために耐えているんだ。きみのすることはすべて誰かのためなんだ。そんな勇気と強さを持ち合わせている人はそういないよ。スローン、めちゃくちゃ立派なことだ」

スローンがわずかに唇を開き、小さく息を吸い込んだ。その反応からして、褒められるのに慣れていないのだろう。そのことが悲しかった。

「レストランでは、あんなことを言ってごめん。きみは弱くなんかない。きみはアサのドアマットなんかじゃない。きみは……」

スローンの左目から涙がひと粒こぼれ、頰を伝った。ぼくは親指でその涙を受け止めた。拭い去りはしなかった。できることなら小瓶に移して取っておきたいくらいだ。おそらくこれが、侮辱されたのではなく褒められたことで彼女が流した初めての涙なのだから。

「わたしが、何？」その続きが聞きたい、どうしても聞きたいというように、スローンはぼくを見上げ、期待を込めて囁いた。

視線が彼女の唇に落ち、あの唇に唇を重ねたらどんな感じがするだろうと思うと、胸が締めつけられる。ぼくは生唾を飲んで、彼女に聞いてほしかった言葉を口にした。

「きみは、ぼくがこれまで出会ったなかで一番強い人だ。何もかもがアサにはもったいない」

そして、何もかもをぼくのものにしたい。

スローンは静かにため息をついた。その息が唇にかかるほどに、ぼくたちは近づいていた――彼女の唇を味わえそうなほどに。ぼくは彼女の髪に指を滑り込ませて頭を引き寄せたが、唇が触れ合いそうになったその瞬間、勝手口のドアが開く音が聞こえた。ぼくたちはぱっと離れ、別々の方向を向いて、危うく一線を越えそうになったのをごまかそうとした。ぼくが冷蔵庫のドアを開けたところで、ジョンがキッチンに入ってきた。ぼくは顔を背けたが、その前にこちらに向けられた意味ありげな視線が目に入った。怪しまれている。

くそっ。

うしろでスローンが戸棚を開ける音がした。ぼくは冷蔵庫のなかに手を伸ばし、「飲むか？」と尋ねながらジョンにビールを差し出した。

ジョンはぼくのことをじろじろと眺めながら、わざとらしくゆっくりと二歩近づいてビールを受け取った。そして、ぼくの背後にいるスローンをちらちら見つつ、キャップをひねって開けた。「もしかして取込み中だったか？」

スローンが何か言うかと思い、様子を見ていたが、何も答えなかった。長い沈黙が落ちた。

ぼくは冷蔵庫からもう一本ビールを取り出し、扉を閉めながら彼女のほうをちらりと見ると、彼女はぼくらに背を向けて、シンクでグラスに水を注いでいた。

ジョンの思い過ごしだというふりをしようと思えばできる。何もなかったふりをしようと思えば、そうできる。けれど、もう見抜かれているに違いない。キッチンに入ってきたときのジョンの目にぼくとスローンがどんなふうに映ったかは、ぼくにもわかる――ぱっと離れて反対方向を向いたのだ、いかにもやましく見えたはずだ。

ジョンはぼくのことをたいして知らない。自分と同類のやつ、くらいにしか思っていないだろう。何がどうなろうと気にしない恐れ知らずの男だと印象づけられれば、ぼくに一目置くかもしれない。だからジョンを振り返り、あとは想像に任せるとばかりにウインクしてみせた。そして余裕たっぷりの足取りで勝手口へ向かい、外に出てドアを閉めると同時に壁に手をつき、はあっと息を吐き出した。

体のあちこちが引き裂かれるようだ――頭のなかを血が駆けめぐり、肺は次から次に空気を取り込もうとする。キッチンにいるあいだ、スローンがぼくから奪っていた分の空気を。それとも、ルークからと言うべきか。さっきはカーターを演じることなどすっかり忘れ、ありのままの自分に戻っていたのだから。彼女を引き寄せ、このまま唇を重ねたいと思ったのは、カーターではなくルークだった。ここへ来たそもそもの目的など、そっちのけで。

そして、そんな失態を演じたツケがしっかりまわってきたというわけだ。あの場面に出くわしたジョンは、何かしら感づいたはずだ。アサに知られる前になんとかしなければ。

マジでやばいことになった。

20

スローン

水をひと口飲むのにも手が震えている。ジョンがまだキッチンにいるのはわかっていた。背後のどこかに立っているはず。でも振り返りたくなかった。ジョンはアサに負けず劣らずいやなやつだ。カーターとわたしのあいだに何かあるらしい、とわかったいま、弱みを握れたといい気になっているに違いない。ジョンの考えそうなことくらい読める。わたしは馬鹿じゃない。

グラスを置き、背後にちらっと目をやった。ジョンは冷蔵庫の前に立って、ホワイトボードにわたしが書いた言葉を眺めている。手を上げて、人差し指で文字のまわりに円を描いたかと思うと、今度は文字をなぞって消していく。「さっぱり意味がわかんねえな」と言いながら、またちらりとわたしを見た。

わたしは体ごと彼のほうを向き、胸の前で腕を組んだ。ジョンは舐めるように、わたしの体を上から下まで眺めまわした。気持ち悪い目つきだ――手に入れられないものをほしがるみたいな。でも、さっきはカーターのものになる一歩手前だった。だったら自分にもチャンスはあると考えているのかもしれない。

心臓が喉までせり上がってくるようだった。ジョンがこちらへ向かって歩き出すと、首のあたりがドクンドクンと脈打った。「アサはどこだ？」ジョンはわたしの顔ではなく胸に目をやりながら尋ねた。

「寝室よ」アサが家にいることをわからせたくてそう言った。気を失っていて、あと数時間は目を覚まさないだろうということは言わずにおく。

皮肉なものね。わたしがこの家で一番恐れているのはアサなのに――わたしのたったひとつの命綱もアサだなんて。

ジョンは天井を見上げた。「寝てんのか？」

わたしはかぶりを振る。「起きてるわ。いま、アサの飲み物を作りに来たのよ」

嘘をついているのはお見通しだとジョンの目が言っている。予防線を張ろうとしているのがばれている。ジョンはさらに一歩詰め寄り、すぐ目の前までやってきた。すると顔つきが変わり、邪悪なもの――憎しみ――がその目に宿った。わたしは悲鳴をあげようと口を開けた。大声でカーターを呼び戻したかった。下りてきて、とアサに叫びたかった。でも、できなかった。ジョンに喉元を押さえつけられ、声を封じられたのだ。

「なあ、おれが何にムカついてるか教えてやろうか」ジョンは手に力を込めながら、わたしを睨みつけた。わたしは目を見開いたが、首は縦にも横にも振ることができない。ジョンの手をつかみ、首から引き剝がそうとする。

「アサが、ほしいものをすべて手に入れてることだ。独り占めで、こっちにはこれっぽっちも分けてくれねえ」

わたしはぎゅっと目をつぶった。すぐに誰かがやってくる。カーターか、ダルトンか——誰かが止めてくれる。

そんな考えが頭をよぎったまさにそのとき、勝手口が開く音が聞こえ、全身に安堵が押し寄せた。わたしは目を開け、ジョンはわたしの首をつかんだまま音のしたほうにさっと顔を向けた。

大きく見開いたわたしの目に飛び込んできたのはケヴィンの姿だった。戸口で立ち止まったまま、こちらを凝視している。あまり家に来ないから、ケヴィンのことはほとんど知らない。でもいまは、そんなのどうでもいい。とにかくジョンはケヴィンに現場を押さえられた。これでわたしから手を放すはずだ。

「とっとと失せろ」ジョンはケヴィンを怒鳴りつけた。

ケヴィンは状況を見て取った——わたしを押さえつけ、片手でお尻をつかみ、もう片方の手を首にまわしているジョンと、怯えた表情のわたし。わたしは首を振り、行かないでとケヴィンに無言で訴えた。ところが、なんとケヴィンは笑い出した。状況を読み違えたのか……それとも読み違いなんかじゃなく、単に興味がないだけか。ジョンと同じように、ケヴィンも頭がおかしいのかもしれない。ケヴィンは両手を上げて「悪かったな」と言うと、また外へ出て行ってしまった。

嘘でしょ、信じられない！

ジョンはくるりとわたしの向きを変えると、キッチンを出てリビングのほうへ押していった。悲鳴をあげようとするけれど、まだ喉元を押さえられていて声が出せない。

リビングは暗く、誰もいない。ジョンの手から逃れようともがくけれども、だんだんと体に力が入らなくなってくる。呼吸さえさせまいと、ジョンがどんどん絞めつけてくるのだ。パニック寸前だけど、必死でこらえる。いまここで自分を見失うわけにはいかない。

ジョンはわたしをソファに押し倒し、首から手を離した。すぐさま、わたしはぜいぜいと息を吸い、唾を飛ばすほどに咳き込んだ。肺にじゅうぶんな空気を取り込んだら、叫び声をあげるつもりだったが、そうする間もなく今度は、ひやっとしたものが首に当てられた。何か鋭いものが。

嘘、どうしよう。

もう一方の手が両膝のあいだに割り込んでくると、わたしは思わず目をつぶった。これほどの恐怖を感じるのは初めてだった。危ない目に遭わされた経験は一度ならずある——多くはアサによって。それでも、アサに殺されるんじゃないかと恐怖を覚えたことは一度もない。

でも、ジョンは違う。アサへの腹いせに、平気でわたしを痛めつけるはずだ。

ジョンの手が内腿を撫で上げ、脚のあいだで動きを止めた。腹の底から恐怖が突き上げ、脚が震え出した。

「アサは誰の女だろうと平気で食っちまう。でもそれは、あいつだけの特権ってわけじゃないよな?」ジョンはわたしの耳に口を寄せた。「あいつには二、三の貸しがあるんだ。そのうちのひとつを、スローン、いまからおまえに体で返してもらおうか」

「ジョン」わたしは息を詰まらせながら言った。「やめて、お願い」

ジョンはわたしの口に口を近づけた。「もう一度、お願い、って言ってみろよ」

「お願い」もう一度、懇願した。

「お願いされるのは、いい気分だな」荒々しく唇を奪われ、たちまち吐き気がこみ上げ、喉の奥に苦い味がした。ジョンは強引に舌で唇をこじ開けた。抵抗しようとするたび、喉元に刃物が食い込む。

恐怖に駆られ、必死にもがきながらも、銃の撃鉄を起こすカチッという音がかすかに聞こえた。

わたしの上でジョンがぴたりと動きを止めた。目を開けると、ジョンのこめかみに銃口が押しつけられていた。

「彼女から離れろ」カーターだった。

ああ、神様！　ありがとう、カーター。本当に本当にありがとう。

ジョンはわたしの首からゆっくりと手を離した。その手をソファの背もたれに押しつけ、「後悔するぞ」とカーターに言った。

わたしはカーターを見上げた。カーターはこれまで見たことのない目つきでジョンを見下ろしていた。

「それは違うな」落ち着いた声でカーターは言った。「後悔することがあるとしたら、それは三秒前におまえに弾丸をぶち込まなかったことだけだ」

ジョンは唾を飲み込み、ゆっくりとわたしから離れはじめた。そのあいだもカーターはジョンの頭から銃を離さず、ジョンがソファに座ると、今度は銃口を額に移動させてジョンを見下ろした。

「スローンに謝れ」

ジョンは反論もせず、「すまなかった」と声を震わせた。

わたしは足を引いて急いでソファから下りると、カーターのうしろにまわった。さっきまでつかまれていた喉に手を当て、痛みを和らげようと撫でさする。

カーターは一歩下がったが、いまだ銃口はジョンに向けたままだ。

「どうやらおたがい、アサに隠し事ができたようだな。さっきキッチンでぼくとスローンが一緒にいるのを見なかったことにするなら、ぼくもおまえがスローンを組み敷いていたのを見なかったことにする。どうだ？」

どう感じたらいいのかわからなかった――自分が取引の材料として使われるなんて。でも、キッチンでわたしとカーターが怪しげなことをしていたと、ジョンがアサに告げ口したら、アサはカーターを痛い目に遭わせるに決まっている。それだけは絶対にいやだった。

ジョンはうなずいた。「わかった。おれは何も見ていない」

「よし。どうやら合意に至ったようだな」カーターはふたたびジョンの額に銃口を突きつけた。そのままぐっと押されて、ジョンの頭はソファの背もたれに埋もれた。「二度とスローンに手を出すな。もしも破ったら、アサに知らせるまでもなく、この手でおまえを殺してやる」そう言うと、ありったけの力を込めてジョンのこめかみを銃で殴りつけた。ジョンは反応すらできずにソファの肘掛けに倒れ込み――ぐったりと伸びた。頭を一発殴られただけで気絶している。

呆気に取られていたら、ふいにカーターに顔を引き寄せられた。わたしの全身に目を走らせ、怪我がないかを確認している。「大丈夫か？」

わたしは、こくりとうなずいた。頭を下げると同時に涙がこぼれた。カーターに抱き寄せられ、わたしは体を震わせて泣きじゃくった。

カーターはわたしの後頭部を撫で、耳に唇を当てた。「スローン、きみがアサと一緒にいると思うとたまらない。だから、こんなことは言いたくないけど、いまは彼といたほうが身のためだ。いますぐ寝室へ行って、そのまま朝になるまで出て来てはいけない。いいね?」

わたしはまたうなずいた。カーターの言うとおりだ。アサはときどき悪魔みたいになるけど、少なくとも、この家に出入りしている人間がわたしを傷つけることは絶対に許さない。それに、いまは気を失っている。ジョンと同じように。

カーターは階段の下まで付き添ってくれた。「スマホはちゃんと持っているね?」

「ええ」

「夜のあいだに何かあったら連絡して。何もなければ、明日の朝また会おう」カーターは慰めるようにわたしの頬を撫でた。

明日のことなどすっかり頭から抜けていた。そうだ、授業があるんだった。カーターと一緒の授業が。大学で――この地獄の外で――彼と一緒にいられる。いま楽しみに思えることがあるとしたらそれだけだ。

「わかった」この三〇分に起きた出来事のせいで声がまだ震えていた。

カーターは身をかがめておでこにキスすると、わたしから離れた。ソファの上でジョンが身じろぎしはじめると、あいつが目を覚まさないうちに行けと言うように、階段の上を顎で示した。わたしは彼に背を向けて、なかば放心状態で階段を上がった。この家のなかは、外とはまるで別世界だ。

暴行を受けたら、ふつうは警察に知らせる。ところが、ここでは秘密にされる。単なる取引の材料として扱われる。わたしは警察へは行かず、階段を上がっている。自分をレイプしようとした男よりも、十倍危険な男のもとへと。

世間のルールはこの家では通用しない。ここは、独自のルールが敷かれた監獄だ。その看守がアサなのだ。これまでずっとそうだった。

でも、カーターが現れたことで、あっけなく立場がひっくり返るかもしれない。そんなこと、アサは気づいていないだろうけど。

これからもずっと気づかなければいい。気づいてしまったら最後、誰にとっても不幸な未来しか待っていないのだから。

21

アサ

口のなかがカラカラに乾いていた。一晩じゅうタオルでも吸っていたんじゃないかと思うほどに。

ベッドの上でごろりと転がり、スローンが枕元に常備している水を一本取ろうと手を伸ばした。頭がいまにも丸ごと吹っ飛びそうな痛みのせいで目も開けられず、ナイトテーブルを手探りしてボトルをつかむ。両手が震えている。すでに、もう一発キメたくてしかたなかった。今度はもっとうまくやろう。ウイスキーで泥酔しているときにヤクを打つようなまねはもうしない。昨夜みたいにそのまま意識を失ってしまったら、せっかくのハイな時間を楽しむことはできないんだから。

ボトルに口をつけ、ふた口で一気に飲み干した。空になったボトルを部屋の隅に投げ捨て、もう一度枕に頭を沈める。

まだ喉の渇きは癒えなかった。

両腕を伸ばすと、思いがけずスローンの肩にぶつかった。彼女にちらりと目をやったが、頭がぼうっとしていて焦点が定まらない。スローンはかすかに身じろぎしたが、起きる気配はなかった。おれは目覚まし時計のほうを向いて目を細めた。午前四時半。スローンがベッドを出て学校に向かう準備を始めるまで、まだ二時間ある。

暗闇に目が慣れるまで一分ほどじっとしていると、やがてスローンの姿がはっきりと見えるようになった。おれは寝返りを打ち、脇腹を下にした姿勢になって、眠る彼女を見つめた。

スローンはいま仰向けで眠っている。横向きでも、うつ伏せでもなしに。おれが子どものころ、親父はかならず仰向けで寝た。その日キメたドラッグのせいで、ソファで伸びているときでさえ。どうしてそんなふうに寝るのかと聞いたら、親父はこう答えた。「仰向けなら、何かあってもすぐに動けるからだ。起き上がって身を守るのに都合がいい。あんまり楽な姿勢でいると隙ができちまうんだよ」

スローンは身を守るために仰向けで寝ているんだろうか。そんな考えがふと浮かんだ。そしてこうも思った。おれから身を守るために?

違う。スローンはそんな恐怖をおれに抱いてなんかいない。彼女は馬鹿みたいにおれを崇拝しているんだから。

だが、以前はスローンもうつ伏せで寝ていた。マットレスを買い替えたほうがいいのかもしれない。スローンはきっとこのベッドが気に入らないだけなんだ。

裸で寝ていたこともあったのに、もう一年以上そんな姿を見ていない。この家には人が多すぎて落ち着かないからだとスローンは言ってた。夜、スローンにおおいかぶさると、パジャマを着ているとわかって、いらつくこともたびたびだった。あの邪魔くさいものを脱がさなきゃ、彼女のなかに入れないからだ。

何度も文句を言うと、スローンもようやく折れて、いまではTシャツだけ着て寝ている。パジャマより手間は省けるが、裸のほうがいいに決まってる。

スローンが目を覚まさないように注意しながら、おれはそっと上掛けを引き下ろした。ときどき、眠る彼女をただ眺めていたいと思うことがある。おれの夢を見ているんだろうと想像するのはいい気分だ。ときには彼女に触れることもある。起こさないようにそっと、それでもスローンが眠ったまま悦びの声をあげるにはじゅうぶんなほどに。

スローンのTシャツは腰のあたりまでまくれ上がっていた。それを慎重に、一インチずつ持ち上げると、やがて両胸がむき出しになった。おれはヘッドボードにもたれ、上掛けのなかに腕を入れてボクサーパンツに手を突っ込んだ。その手で自分のものをつかみ、動かしはじめる。眠るスローンを――呼吸に合わせてゆっくりと上下するやわらかな胸を見つめながら。

スローンは最高にきれいだ。長い黒髪も、睫毛も、口元も。正直に言って、おれがこの目で見てきたどんな女よりもきれいだった。初めてその姿を見たときから、スローンはおれのものだとわかっていた。これほどまでに完璧なものを他人に渡す気なんてなかった。

それでも、すぐに追いかけたい気持ちを抑えたのは、おれを見つめる彼女が好きだったからだ。授業中、おれに向けられる彼女の瞳は純真そのものだった。おれのことを知りたいと、その瞳が言っていた。おれのほうは彼女に気づかないふりをしていたけれど、本当はおれも彼女を知りたかった。スローンはこれまで付き合ってきたどんな女とも違うとわかっていた。

おれには怖いものなどない。子どものころからずっとそうだった。それなのに、スローンのことばかり考えてしまう自分に、底知れぬ恐ろしさのようなものを感じるようになった。あんなにも美しいものをこの手で汚すことができるのだと思ったら、もう彼女のこと以外考えられなくなってしまった。

スローンに出会うまで、おれは女に愛情を感じるタイプじゃなかった。少なくとも、世間が言うような意味では。たいていの女は、深夜に手早くやるか、ときには朝食前にやるか、そのためのものだと思って利用してきた。午前八時から午後八時のあいだに女が入り込む余地はない。午前八時から午後八時のあいだに女にかまけるような男は、頭にクソが詰まった大馬鹿だ。

これは一字一句違わず、うちの親父が言ったことだ。

スローンを手に入れる前は、彼女に目を奪われるたびにこの言葉を自分に言い聞かせていた。授業中に彼女から向けられた視線に気づくたび、彼女のことを考えてズボンのなかでムスコが硬くなるたび、何度もその教えを思い返してきた。

頭にクソが詰まった大馬鹿。

スローンの姿を目で追うことが増えるほどに、おれは親父の言葉に疑いを抱くようになった。おれがまだガキだったあのころ、親父は自分が何を言っているかもわかっていなかったんじゃないだろうか、と。親父はきっとスローンみたいな女を知らなかったんだ。別の男に汚されたことのない女。あまりに臆病で、男とどうやっていいちゃつくかも知らない女。淫売になる前の女を。

ちょっと試してみるだけだ、おれは自分にそう言い聞かせた。スローンが例外かどうか確かめるんだ。そこである日、授業のあとスローンを追いかけ、ランチを一緒にどう、と声をかけた。考えてみれば、女をデートに誘うのはそれが初めてだった。スローンは笑顔を見せ、はにかみながらうなずくものと思っていた。ところが彼女はちらっとおれを見ただけでぷいと顔を背け、足を止めようともしなかった。

スローンに対して思い違いをしていたと気づいたのはそのときだ。彼女はシャイなんかじゃない。人間がどれほど残酷になれるかを知らないわけでもない。むしろ彼女は世界がどれほど残酷かを正しく理解し、だからこそどんな人間とも距離を保っているんだ。

スローンは気づいていなかっただろうが、そうやって冷淡なふりをされるほど、ますます彼女がほしくなった。彼女を追いかけてみたいと思った。いつかおれのすべてを——おれの残酷ささえも渇望するようになるまで。彼女が懇願する姿を見てみたい。

それは思ったほど難しいことじゃなかった。見てくれが良く、ユーモアもあれば、驚くほど容易にことは進む。

あとはマナーも必要だ。意外だろう？

女のためにドアを開けてやれば、向こうは勝手にこっちを紳士だと思うようになる。母親を女王みたいに扱うタイプの男なんだろう、と。マナーを身につけた男が危険なはずはないと考えるんだ。

おれは、ドアがあれば毎度スローンのために開けてやった。

一度は傘を持ってやったことだってある。

だが、それもずいぶん前のことだ。あのころはスローンもうつ伏せで寝ていた。素っ裸で眠っていた。

ときどき考えてしまう。スローンはあのころほど幸せじゃないんじゃないか、と。一度はおれのもとを去っていったこともある。あのときはマジで最悪だった。彼女が去ってからというもの、おれは親父が危惧していたとおりの男になってしまったような気がした。恋の病に冒された愚か者に。頭にクソが詰まった大馬鹿に。

だが、おれはスローンを心から愛している。親父も、親父のクソみたいな恋愛哲学も知ったことか。スローンは、おれの人生で起こった最良のことだ。彼女がいなくなって初めてそれに気づいた。

もしスローンがおれの前から永遠に姿を消してしまえば、彼女はいずれ別の誰かを見つけるだろう。ほかの男の唇が彼女の唇と重なるところなんて、想像するだけで耐えられなかった。その男の手が彼女に触れ、そいつの汚いチンポが彼女のなかに入っていくだなんて、考えたくもなかった。スローンのそこを知っているのはおれだけなのに。彼女はおれのものだ。

だから、彼女を取り戻すために必要なことをやった。スローンは、それにおれが関与していることも知らないだろう。彼女のためにやったことだ。おれはスローンを愛しているんだから。そして彼女もおれを愛している。彼女がおれのところに助けを求めてきたとき、それまで感じたことがないほど自分を誇らしく思った。その瞬間、勝負は決まったとわかったからだ。これでスローンは永遠におれのものだ。

それでも、おれたちの関係に残ったひとつの小さな綻《ほころ》びが、永遠を信じるおれの気持ちに影を落とした。スローンはおれの生活を受け入れることを拒み、仕事からいつか手を引くようにと、ことあるごとに約束させせようとする。本当はふたりともそんな日が来ることはないとわかっているのに。おれは仕事でうまくやっていた。だが、たぶんスローンには、おれがどちらもうまくやれると示してやらなくちゃならないんだろう。いまの生活を変えないまま、彼女の望みも叶えてやらなくちゃいけないいんだ。

スローンがどこにも行かないようにしなくては。スローンには永遠におれの生活の一部になってもらわなくちゃならない。

おれはスローンと結婚してやれる。家だって買ってやれる。おれたちがふたりきりで住む家を。もちろん、午前八時から午後八時までは、おれはいまのこの家で過ごすことになるが。ここでの仕事をうまく取り仕切れるのは、どうやらおれだけのようだから。

スローンはおれたちふたりの家で過ごし、赤ん坊を育てればいい。夜、帰宅したおれのために食事を作ればいい。それからおれたちは愛し合い、スローンはおれの隣で眠る。うつ伏せで眠るんだ。

いまのいままで、結婚について考えたことなどなかった。どうしてこんなすばらしい考えを思いつかなかったんだろう。

だが、スローンの口から結婚の話が出たことは一度もないし、「イエス」と言ってくれるかどうかもわからない。ただし、妊娠すればスローンに選択の余地はない。あいにくスローンはピルを飲んでいる。おれのものをしゃぶるより、よっぽどこまめに薬を口に放り込んでいる。まあ、ピルに細工ができないわけじゃないが。ただしスローンは、セックスのときにはかならずコンドームを着けろとも言ってくる。

とはいえ……コンドームだって手の施しようはある。

コンドームなしでスローンのなかに入ったらどんな感じがするだろう。前に、ほんの数秒だけ、そうしたことがあった――コンドームを着ける前に、彼女の体を慣らそうとしたんだ。だが、彼女のなかで果てたことは一度もない。

邪魔なゴムなしに、スローンの温かなプッシーに締めつけられながら精を放ったら、あらゆる感覚を余すところなく味わえるのに。

その考えにおれはうめき、手をいっそう速く上下させた。ああ、最高の気分だ。眠っているスローンを見つめながら、彼女のなかに入っているところを想像する。スローンにどうしても触れたい。おれは前屈みになり、むき出しになったスローンの胸に口を近づけた。いつもならなるべくスローンを起こさないようにするのだが、目が覚めたらおれがおおいかぶさってマスをかいてるなんて、スローンにしたらべつに珍しいことでもないだろう。

スローンの乳首に舌を這わせ、焦らすようにゆっくりと舐めまわした。スローンは枕の上で腕を伸ばし、うめき声をもらした。よかった、まだ目を覚ます様子はない。スローンが目を覚ますまでに、どこまでオーガズムに近づかせることができるか試してみたくなった。

スローンの乳首を唇で挟み、やさしく吸い上げた。乳首は口のなかですぐに硬くなった。

「うーん」スローンがふたたびうめき、眠たげな声があえぐように響いた。「カーター」

おれはスローンの乳首を口に含んだまま、顎をこわばらせた。

いま、なんて言いやがった？

すぐにスローンの乳首から口を離し、体を起こした。いまいましい彼女の顔を見下ろしながら、ペニスを握っていた手を開く。彼女の唇のあいだからあの名前が聞こえてきた瞬間に萎《な》えてしまっていた。

いまのはなんだ？

いったい、
何が、
起きたっていうんだ？

胸に痛みを感じた。まるで誰かに押しつぶされたみたいだった。レンガでも投げつけられたような、いや、建物がまるごと上から降ってきたような感じだ。

あえぐようにやつの名を呼んだスローンが、まどろんだままTシャツを引き下げ、胸を隠した。

あえぐようにやつの名を呼んだスローンが目を覚ます前に、おれは彼女の首に手をかけた。

スローンがおれを見た。その目は恐怖に見開かれている。目が覚めたら恋人が自分の首に手をかけていたら、そりゃ怖いだろう。だが、いまおれが味わっているこの感情に比べたら、恐怖くらいで済んでむしろラッキーだ。

「あいつとファックしてるのか？」

持てる力をすべて振り絞り、どうにか叫ばずにその言葉を口にした。おかげで、おれの声は冷静沈着そのものだったが、声以外はそういうわけにはいかなかった。それでも、手に力を込めて彼女の首を締め上げるようなまねはしなかった。

いまはまだ。

手は喉に添えているだけだから、スローンはすぐにでも答えられるはずだった。声は出せるはずなのに、何も言おうとしない。クソいまいましい淫売は、現場を押さえられたかのようにおれのことを見つめるばかりだ。

「スローン？　カーターとやってるのか？　あいつはおまえのなかに入ったのか？」スローンはすぐに首を横に振りはじめた。両手をマットレスについて体を起こし、ヘッドボードに背中をもたせかける。おれは彼女の首に手をかけたままでいた。

「なんの話よ？　そんなわけないでしょ。やめてよ、あり得ない」

スローンは狂人を見るような目でおれを見た。嘘をついているようには見えない。

母さんも嘘をついているようには見えなかった。だが、母さんが最後にどうなったか忘れたか？

おれは両手に力を込め、徐々に赤みを増していくスローンの顔を見ていた。スローンは顔を引きつらせ、体の両脇のシーツを握りしめた。目に涙が溜まりはじめた。

〝**女の涙に騙されるな**〟親父からのためになる教えだ。

体を前に倒し、あと二インチのところまでスローンに顔を近づけた。スローンの目と口を、平気で嘘をつくいまいましい顔のパーツを順に見ていく。「あいつの名前を呼んだだろ、スローン。お前を悦ばせるために乳首を舐めてやってたのに、そんなときにやつの名前を囁いただろ、〝カーター〟って」

スローンは首を横に振った。頑として認めようとせず、頭を激しく振り続けている。彼女の首にかけていた手をゆるめ、話せるようにしてやった。スローンはあえぐように息を吸い込むと、いきなりしゃべりだした。「〝カーター〟なんて言ってない。馬鹿じゃないの。わたしは

〝もっと強く《ハーダー》〟って言ったの。目が覚めたら、あなたが胸を吸ってたから、もっと激しくしてほしくて言ったのよ」

おれは彼女を見つめた。

いまの言葉が心に沁み込んでいくのを待った。

スローンの弁明がおれの胸の痛みを癒やし、ふたたび呼吸ができるようにと。

彼女の喉にかけた手を、首筋へとゆっくり滑らせた。

ちくしょう。

被害妄想に取り憑かれてたみたいだな。

おれの隣で眠りながらスローンがほかの男の夢を見るだなんて、どうしてそんなことを考えたんだ？　スローンはおれを裏切らない。裏切れない。スローンにはほかに誰もいないんだから。おれを裏切ることは最大の過《あやま》ちであり、スローンもそれを知っている。

スローンをこの家においておくわけにはいかない。ここにいるやつら全員から引き離さないと。スローンを母親にする必要がある。おれの確信は一〇分前よりも深まった。スローンをおれの妻にしなくては。おれにこんな疑心暗鬼を抱かせる男たちのいない、ふたりだけの家を用意しなければ。

スローンは前屈みになってTシャツの裾をつかむと、頭から脱いで床に放った。それからヘッドボードにおれを押しつけ、するりと膝の上に乗ってきた。

おれのものは、あっという間に硬さを取り戻した。

スローンは自分からおれの口に胸を押しつけてきた。おれはふたたび乳首を口に含んで、彼女がほしがってたものをくれてやった。乳首を噛んだ。血が出るほどに強く。おれの歯が残した痛みを一日じゅう忘れないでいてほしかった。

スローンは両手でおれの髪をつかんで自分のほうに引き寄せると、あえぎながらおれの名を呼んだ。「アサ」

三度、呼んだ。

ほかの誰でもない、おれの名を。

おれはスローンの腰をつかんで少し持ち上げ、ペニスの真上に来るようにした。そのまま腰を落とさせ、彼女のなかに身を沈める。これほど奥まで入るのはたぶん初めてだ。ああ、スローンは最高だ。彼女を憎んでいないときにするファックは最高に気持がいい。

彼女を憎むときの感覚は好きになれない。

「おまえはおれのものだ、スローン」彼女の首筋に唇を寄せ、上へと滑らせて、唇に重ね合わせた。

スローンが囁くように言った。「わたしはあなたのものよ、アサ」

彼女の口に舌を深く差し入れ、彼女がうめくと唇を離した。右手でまた喉をつかみ、左手で彼女の腰を上下させる。首を軽く絞めると、スローンがわずかに顔をしかめた。さっきおれがつかんだせいで痛めたのだろうか。右手をずらしてみると、手の跡が残っているのが見えた。少しあざもできている。

ちくしょう、おれのせいだ。意図した以上に、彼女を傷つけてしまった。

スローンに顔を近づけ、謝罪の言葉の代わりに首にそっと口づけた。それから、おれにまたがるスローンの瞳を見つめた。「結婚してくれ、スローン。おまえを永遠におれのものにしたい」

スローンはすぐには答えなかった。全身をこわばらせ、おれの上で動きを止めた。「いまなんて？」そう尋ねる声は震えていた。

嘘だろう。おれはいまプロポーズしたのか？ 意外にも、恐怖に襲われることはなかった。おれはスローンに笑ってみせると、両手で彼女の背中を撫で下ろして尻をつかんだ。「結婚してくれって言ったんだよ、ベイビー。おれの奥さんになってくれ」

おれはスローンを抱え上げ、仰向けに押し倒した。もう一度彼女のなかに入り、コンドームなしのセックスを堪能した。体を前後に動かしながらあらゆる感覚を楽しんでいるあいだ、スローンは言葉もなくおれを見上げていた。

「今日おまえが大学に行っているあいだに指輪を買ってくるよ。店で売ってる一番大きいやつにしよう。その前に、イエスと言ってもらわなきゃな」

スローンの目から涙がひと粒こぼれた。それを見て、彼女に愛されていることを確信できた。おれと永遠に一緒にいられると思って泣いてしまうなんて。

ああ、おれはこいつを愛してる。

涙をいっぱいに溜めたスローンの目をまっすぐに見つめ、腰を動かしながら語りかけた。

「愛してるよ、スローン。死ぬほど愛してる。さあ、イエスと言ってくれ」おれはうめいた。絶頂に近づいているのを感じる。彼女のなかで果てるんだ。ふたりにとって初めての経験をこれからするんだ。おれはスローンのこめかみにキスし、そのまま彼女の耳へ唇を寄せた。「イエスと言ってくれ、ベイビー」

スローンがついに、小さな声で言った。「イエス」

その言葉に、これ以上ないほどの幸せを感じた。もう一度腰を動かすと、おれは絶頂を迎えた。そして、彼女のなかに精を放った。おれのフィアンセのなかに。

おれが果てると同時に、スローンがはっと息をのむのが聞こえたが、彼女が発した音はそれだけだった。おれが彼女の上で体を震わせているあいだも、ひと言も口をきかなかった。きっといま起きたことが衝撃的すぎて、動くことも、しゃべることもできずにいるのだろう。プロポーズされるなんて夢にも思っていなかったから、それもこんな真夜中に。いや、もう朝か。いまが何時かもわからない。

スローンにキスしてから横向きに寝そべると、指と指をからませるようにして彼女の手を握った。おれは微笑み、いまふたりのあいだに起きた出来事を反芻した。それから、フィアンセの隣で眠ろうと目を閉じた。おれのフィアンセも、裸のまま、うつ伏せになって眠るだろう。

正直、こんな日が来るとは思ってもみなかったが、いまがおれの人生で最高に幸せな時なんだと思う。

見たか、親父。あんたの恋愛哲学なんてクソ食らえだ。

22

カーター

「何度も同じことを言わせるな。スローンを巻き込むつもりはない」

ぼくのその言葉に、ダルトン——いまはライアンか——はいらだったように両手を握りしめ、椅子の上で体をのけぞらせた。「彼女はとっくに巻き込まれてるんだ、ルーク。おまえのせいであの子が危険な状況に置かれるわけじゃない。おれたちがこの件に関わる前から、あの家で暮らしてるんだから」そう言って、ふたたび身を乗り出した。「前回の任務のときは、なんの問題もなかったじゃないか。キャリーを覚えてるだろ？」

もちろん、覚えている。「キャリーはあんたのプロジェクトで、ぼくのじゃない。ぼくは任務のために女性と関係を持ったことはないよ、ライアン」

ライアンが片眉を吊り上げた。「それじゃ、お前は任務で知り合った人間と、任務のためでもないのに親密な関係になろうってのか？　彼女への気持ちのために、おれたちふたりを危険にさらしてもいいと？」

ぼくは椅子を引いて立ち上がった。「そんなことにはならない。ぼくとスローンはなんでもないんだから。何度言えばわかるんだ？」

ライアンの指摘が間違っていないことが気に食わなかったが、彼の前でそれを認めるつもりは毛頭なかった。取調室のマジックミラーのほうを向き、そこに映る自分を見つめた。疲れた顔だ。髪を掻き上げ、目を閉じた。

「彼女とのあいだにやましいことは何もない？　そのせいでおれたちが危険な目に遭う可能性はないって、本気でそう思ってるのか？」ライアンは言った。「昨日の夜、おまえがジョンを、アサの親友を殴ったのは、やつがスローンにキスしたからじゃないのか？」

ぼくはマジックミラーに映るライアンを睨みつけた。「キスした？」くるりと振り返り、ライアンに面と向かった。「あいつがやろうとしたことはレイプだぞ、ライアン！　どうすればよかったって言うんだ？　もう一度家の外に出て、ポーカーで倍賭けでもしてろと？」

ふたたびマジックミラーに向き直り、そのなかのライアンを見つめた。もし彼があの場面に遭遇したら、ぼくと同じことをしただろう。それは彼もわかっているはずだ。

こんなやり取りの舞台に、近くの管区の取調室はうってつけに思えた。捜査についての打ち合わせのはずが、まるで尋問されているような気がしてきたからだ。

どちらもしばらく口をきかなかった。ぼくは両手で顔をこすって、ため息をついた。

「ぼくが好意を持っていると彼女に思わせることが、どう捜査の役に立つんだ？」

ライアンは肩をすくめた。「さあな。役に立つかはわからない。だが、やってみる価値はある。なんてったって、おまえと彼女はすでに友人と言って差し支えない関係で、彼女もそれを大事に思っているようだから。おまえといるとき、彼女のガードはゆるむ。まだこっちがつかんでいない情報をこっそり教えてくれるかもしれない」

ライアンは立ち上がり、机の周囲をぐるぐると歩きまわったかと思うと、今度はそこにもたれかかった。

厳密に言えば、ライアンは上官にあたる。でも、ときどきそれを忘れそうになる。立場を超えた相棒として、数多くの潜入捜査に取り組んできたからだ。とはいえ、潜入捜査官としてのキャリアはライアンのほうが五年ほど長く、その経験に基づいた発言だというのもわかっている。どんなに認めたくなくても。

「あの子の恋人になれなんて言わないし、あの子を愛してるふりをしろとも言わない。おまえに対するあの子の感情をうまく利用しろと言ってるだけだ。それが捜査のためになるんだよ」

「でも、どうやって？　アサは彼女のそばを離れようとしない。彼女を巻き込むほうが、ぼくらのリスクは高まる」

「方法はある。今日はスローンと同じ授業に出るだろ。そこで糸口をつかむんだ。彼女は毎週日曜、弟に会いに行く。今度の日曜、おまえも一緒に行ってこい」

その言葉にぼくは笑ってしまった。「おいおい、アサがそれを許すとでも？」

「気づきやしないさ。アサがジョンに話しているのを聞いたんだ、日曜に全員でカジノに繰り出すって。一日がかりで行くことになりそうだ。おまえは別の予定があるふりをすればいい。で、スローンについていく。アサの知り合いの目を気にすることなく、邪魔者のいないところで一日じゅう彼女と一緒にいられるぞ」

こんな提案、断るべきだと頭ではわかっている。だが正直に言えば、捜査の役に立とうが立つまいが、ついていくとスローンに言いたかった。こんな調子で、最近は仕事がすっかりうまくいかなくなっていた。任務より優先すべきものなどあるはずがないのに。よりによって、捜査対象の側に立つ人間に心をかき乱されることなど、あってはならないのだ。

「わかった」ぼくはジャケットをつかんで羽織った。ドアを開け、外に出ようとしたところで足を止めた。ゆっくりとライアンを振り返る。「どうしてぼくがスローンと同じ授業に出てることを知ってるんだ?」

ライアンは、にやっと笑った。「スペイン語クラスのイカした女ってのはスローンのことだろ、ルーク。おれを舐めてもらっちゃ困るな」ライアンも自分のジャケットを手に取り、羽織った。「そもそもおまえがあの授業を受けることになったのはなぜだと思うんだ?」

スローン

23

校舎のなかに入っても震えは収まらなかった。アサとの一件から数時間が経っていたけれど、わたしはいまだに動揺していた。こんなに怖いと思ったことはない。昨夜、ジョンに押し倒され、喉元にナイフを突きつけられたときも、ここまでの恐怖は感じなかった。

眠っているあいだにカーターの名前を呼ぶなんて信じられない。わたし自身、のっぴきならない状況に追い込まれていたかもしれないし、わたしのせいでアサがカーターに何をしてもおかしくなかった。

われながら、よくぞあのピンチを切り抜けたものだ。〝カーター〟と〝もっと強く《ハーダー》〟の響きが似ていたことに感謝するしかない。

ただ、そのあとに起きたことを思い出すと安心してはいられない。アサのあの言葉。アサはわたしに、結婚してくれ、と言った。

それに、アサはコンドームを使わなかった。

わたしがいないところでアサが何をしているかはわからない。アサが浮気をしているという話は、昨夜ジョンから言われるまで聞いたこともなかった。ただ、ジョンがどういうつもりであんなことを言ったかわからないし、この目でアサの浮気現場を見たこともない。かと言って、自分の体や人生を危険にさらせるほどアサを信用してもいなかった。

それなのに、今朝あんなことが起きてしまい、いまはそのことで頭がいっぱいだった。午前八時になると同時に、かかりつけの産婦人科に電話をして、翌週の検査を予約した。ピルは欠かさず飲んでいるから、妊娠の心配はしていない。それでも何かを伝染《うつ》されたらと思うと気が気じゃなかった。

検査まで、このことは考えないようにしよう。そして、こんなことがもう二度と起きないように、あらゆる手を尽くそう。正直、今朝は死ぬほど怖くて、アサに何も言えなかった。あれほど憎悪に燃えた目を向けられたのは初めてだった。そう、わたしがあえぐようにカーターの名前を呼ぶのを聞いたとアサが思ったあのときだ。

ううん、わたしがカーターの名前を呼んだのを、アサはたしかに聞いたのだ。

教室でカーターと顔を合わせる前に、トイレに寄って気持ちを落ち着けようとした。ここにアサはいない、そうと思うと少しだけ呼吸が楽になる。だけど、また寝言を言ってしまわないもかぎらないし、アサのいるところで二度と寝ないようにするしかないなら、やり方を考えないと。

トイレを出て廊下を歩き出したとき、教室のドアのあたりからカーターがひょいと顔をのぞかせたのが目に入った。

わたしのことを待っていてくれたんだ。

わたしに気づくと、カーターはすっと背筋を伸ばし、わたしが近づくのを待った。

「大丈夫か？」カーターはすぐさまわたしの首に視線を落とした。そこには、昨夜ジョンにつけられたあざがあった。今朝もアサとあんなことがあったし、一日が終わるころにはもっとひどくなっているだろう。

十二時間のうちにふたりの男から首を絞められるなんて、わたしはどういう人生を送っているんだろう。

「大丈夫よ」わたしは説得力のかけらもない声で言った。

カーターは指でわたしの喉に触れた。「あざになってる。アサに気づかれなかったか？」

彼は指の背でわたしの首を撫でた。わたしのことを心配しての行動なのだろうけれど、理由がなんであれ、彼に少しでも触れられると、どれほど自分の感受性が鈍っていたかを思い知らされる。アサと過ごしたこの二年間で、わたしは自分の心を麻痺させるようになった。でもカーターは、それをすべて帳消しにしてしまう。

「気づかれたけど、怪しんではいなかった。自分のせいだと思ってるみたい」

その言葉にカーターが体をこわばらせ、わたしの顔にさっと視線を戻した。「スローン」彼は囁くように言って、かぶりを振ると、わたしの首から手を離して自分の髪を掻き上げた。喉ぼとけが上下するのが見えた。アサがわたしに手をかけるところを想像し、純然たる憎しみをのみ込もうとしているみたいに。わたしのことを心配してくれているのがはっきりと伝わってきた。その一方で、わたしがアサのもとに留まっている理由も知っているから、そのことでわたしを批判するようなこともない。わたしが置かれた立場を本当の意味で理解し、寄り添ってくれる。カーターのそういうところ——思いやりのあるところが、わたしは好きだった。

アサはこれまで一度だって、誰かに思いやりを示したことはないはずだ。

カーターはわたしの肘をそっと取った。「さあ、行こう。席に着かないと」彼はドアのほうへわたしを促したが、わたしはその手を引き戻した。

「カーター、待って」

カーターはわたしを振り返り、それから脇へ寄って、教室に入ろうとする学生ふたりを通した。わたしは廊下に目をやり、左右を確認した。「話さなきゃいけないことがあるの」

カーターのなかにまだ怒りがくすぶっていたとしても、わたしを心配する気持ちがそれを凌《りょう》駕《が》した。彼はうなずくと、人目につきにくい場所を探すため、わたしを連れてドアを離れ、廊下を歩き出した。別の教室の前を通りかかると、カーターは窓からなかを覗き、ドアノブをまわしてみた。鍵はかかっていなかった。そのままドアを手前に引いて開け、わたしを連れてなかに入った。

そこは音楽室で、ほかには誰もいなかった。片側の壁にさまざまな楽器が並んでいて、部屋の中央に円を描くように机が配置されている。ドアが閉まると、わたしたちはようやくふたりきりになれた。何があった、とカーターに訊かれるものと思っていた。ところが、振り向いたとたん、引き寄せられて、彼の腕のなかにしっかりと包み込まれた。わたしの頭を自分の肩にのせ、手のひらでそっと触れた。

カーターはわたしをハグした。

彼はただそうしていた。わたしを強く抱きしめながら、ひと言も発せずにいたけれど、心のうちは痛いほど伝わってきた。昨夜の出来事――ジョンとのあいだに起きたこと――のあと、彼はわたしをひどく心配していたのだろう。本当は昨夜のうちに、わたしを抱きしめて安心させたいと思っていたのかもしれない。あるいは、今朝顔を見たらすぐに、と。でも、ただハグするだけのことが、わたしの人生ではそう簡単には叶わない。

わたしは両腕をカーターにまわし、彼のシャツに顔をうずめて、かすかに立ちのぼるオーデコロンの匂いを吸い込んだ。海のような香りだ。わたしは目を閉じた。ふたりで海に行けたらいいのに。このどうしようもない日々から遠く離れた場所へ行けたら、どんなにいいだろう。

わたしたちは数分間、無言でそうしていた。しばらくすると、どちらがどちらを抱きしめているのか――どちらがどちらを支えているのか、わからなくなってきた。どちらかが手を放したらふたりして落ちてしまいそうで、たがいにしがみつくことで、かろうじてこの世界に留まっているみたいに。

「眠っているときに、あなたの名前を呼んだみたいなの」静寂を裂くようにして、わたしは囁いた。

カーターはさっと体を離してわたしを見た。「アサに聞かれたのか?」

わたしはうなずいた。「ええ。でも、うまくごまかせたと思う。聞き間違いだって言ったの――わたしが言ったのは別の言葉だって。でも、最初はものすごく怒ってた。これまで見たことがないくらいに。それで……あなたにも知っておいてもらったほうがいいと思って。わたしたち、もっと慎重にならないと。そりゃ、わたしたちのあいだに何もないのはわかってるけど――」

カーターがそれをさえぎった。「本当に？　たしかにぼくらは何か行動を起こしたわけじゃない。でも、だからって何もないとは言えないだろう、スローン。ぼくがきみと同じ授業に出ていることをアサが知ったら、それだけで……」

「そうね」わたしは言った。

カーターはうなずいた。それが何を意味するか、彼もきっとわかっている。彼はもうあの家でわたしに話しかけることができなくなる。それどころか、わたしのほうを見ることすらやめないと。今朝はなんとかごまかせたけど、あんなことがあった以上、アサはわたしに疑いの目を向けるようになるはずだ。カーターに迷惑をかけるようなことだけはしたくない。いまさらだけれど。

「ごめんなさい」わたしはカーターに言った。

「どうして謝るんだ？　ぼくの夢を見たから？」

わたしはうなずいた。

カーターはわたしの頬に触れ、口角をきゅっと上げて笑顔を見せた。「そんなことで謝罪が必要なら、ぼくはきみに十回は謝らないと」

わたしは頬の内側を噛んで笑みを隠した。カーターはわたしの背中のくぼみに手を当てた。

「急がないと遅刻だ」

遅刻しそうだ、という考えに、わたしは少し笑った。わたしたちの人生に降りかかる、どうしようもないあれやこれやと比べて、授業に遅れることにどれほどの重みがあると言うんだろう？　限りなくゼロに近いはずだ。それでも、カーターの言うとおりだ。

カーターについてドアを出ると、廊下を進んで教室まで戻った。なかに入る前に、彼が屈み込んで囁いた。「一応伝えておくけど、今日のきみは本当にきれいだ。息が止まるかと思ったよ」

カーターはそのまま歩いて行ってしまったけれど、彼の言葉を聞いた瞬間、わたしの両足は床に張りついたかのように動かなくなった。

ただの言葉。いくつかの単語を、ただつなぎ合わせただけのものが、わたしの足の動きを止めてしまうほどの力を持っている。

わたしは片手を口元に持っていって、静かに息を吸い込んだ。笑みが浮かびそうになるのを必死にこらえ、どうにかして教室に入った。視線を上げると、カーターが最後列の机の下から二脚の椅子を引っぱり出していた。わたしは彼のところまで歩いて行った。

膝から力が抜けて、いまにもその場にへたり込んでしまいそう。**本当はこうあるべきなのよ。男は女にこう感じさせなきゃいけないのに。**

わたしは何を血迷って、アサなんかに恋しちゃったんだろう。

最後列まで来ると、カーターはまだ立ったままでいた。わたしが先に座るのを待っているんだ。わたしはありがとうの代わりに軽く微笑み、席についた。バックパックから教科書を出すと、彼もそれに倣った。準備ができたとき、ちょうど教授が入ってきた。そして黒板に何やら書きはじめた。

〝昨夜のアメフトの試合で少々叫びすぎたらしい。声が出なくなってしまったので、第八章から第十章までを各自で読んでほしい。遅れた分は来週の授業で取り戻すつもりだ〟

それを読んでクラスの半分が笑い、あとの半分がうめき声をあげた。カーターは教科書の指示されたページを開いた。わたしも自分の教科書を開いて読みはじめた。いくらも進まないうちに、カーターがペンを手に取って何か書きはじめた。授業のためのメモを取っているんじゃなく、わたしに何か書いてくれているのかも。そう思うと、期待に頭がくらくらした。

罪の意識など感じもしなかった。本当なら感じるべきだろう。なにせ、今朝アサからプロポーズされて、殺されるんじゃないかという恐怖からイエスと答えざるを得なかったのだから。プロポーズは本来、ポジティブなもののはずなのに、アサからのプロポーズは、前世でわたしが犯した非道なことへの罰のように思えた。

いつも地獄にいるような気分だった。ここ最近で唯一幸せを感じられるのは、カーターがそばにいるときだけだ。

カーターがメモをこちらに滑らせた。半分に折りたたまれたメモを開き、目を通す。この前の授業中にふたりでしたゲームのように、でたらめな言葉が並んでいるものとばかり思っていた。けれど、そこにあったのは短いリクエストだった。

〝机の下に片手を入れて〟

わたしは二度それを読み返し、自分の両手に目をやった。でたらめだと言えなくもないけど、わたしが教えたゲームとは違う気がした。まごついて、でたらめに思えただけだ。メモを教科書の下に隠し、片手を机の下に持っていって、カーターが何か手渡してくるのを待った。

けれど、わたしの予想は裏切られた——カーターは何も渡してこなかった。代わりに、彼の温かな手がわたしの手に重なり、指と指をからませると、つないだ手をわたしの腿の上に乗せた。

それから教科書に視線を戻し、ふたたび読みはじめた。わたしの体に火をつけたりしていないという顔で。

そう、まさに炎に包まれているようだった。カーターに手を握られている。彼の手がわたしの脚に触れている。誰かわたしに水を浴びせかけて。心臓が早鐘《はやがね》を打ち、体じゅうが疼いているみたい。

カーターがわたしの手を握っている。

ああもう、神様。どうにかして。

手をつなぐことが、キス以上の快感になるなんて知らなかった。ううん、セックス以上だ。少なくとも、アサとのセックスでこんな気持ちになったことはない。

目を閉じて、カーターの手の重みに意識を向けた。指と指のあいだに差し込まれた、彼の指の太さ。彼の親指がときどきわたしの手を撫でる動き。

目の前の教科書を読むふりをしながら十五分ほど経っただろうか、カーターがつないでいた手を解いた。けれど、わたしの手を放しはしなかった。彼はわたしの手のひらに指で円を描きはじめた。手のひら、指、指と指のあいだ、わたしの手のあらゆる場所を指でなぞっていく。そのうちに、わたしの心はさまよいはじめた。あの指がわたしの脚に、首に、下腹部に触れたらどんな感じがするんだろう。

呼吸がだんだん荒くなってきた。授業の終わりが近づくころには、わたしは息をあえがせていた。

授業が終わらなければいい。お願いだから終わらないで。

わたしの手を隅から隅まで二度、探り終えると、カーターは指をわたしの脚へと滑らせた。膝を撫でてから、内腿へ指を滑らせ、三インチほど上にたどって、また膝まで戻る。わたしは目を閉じ、両手で教科書を握りしめた。カーターがさらに数分、これを続けたものだから、わたしは頭がおかしくなりそうだった。もう少しで席を立ち、トイレに走って、冷水を顔に浴びせかけるところだった。

でも、その必要はなかった。五〇分の授業がなんとか終わり、誰もが荷物をまとめて教室から出ていったからだ。

わたしは勇気を振り絞って目を開き、カーターを見上げた。彼はじっとわたしを見つめていた。細めた目には熱が宿り、唇は湿り気を帯びている。わたしは目を離せなくなった。カーターはもう一度わたしの手を取り、強く握った。「いけないことだというのはわかってる……」

わたしは頭を振った。「そうよ」

カーターが何を言おうとしたかはわからないけど、彼の心がいまどこに向かっているのかは知っていた。わたしの心も同じ場所にあったから。

「わかってる」カーターは言った。「ただ……すぐそばにきみがいると思ったら、触れずにはいられなかったんだ」

「わたしも、あなたに触れられたかった」

カーターは深く息を吸い込み、吐き出すと同時にわたしの手を放した。教科書をつかんでバックパックに押し込み、席を立つと、勢いよくバックパックを肩にかけた。わたしが目を上げると、彼はこちらを見下ろしていた。わたしは彼がさよならを言うか、立ち去るのを待ったけど、彼はそのどちらもしなかった。

わたしたちは、しばらく見つめ合っていた。やがてカーターはバックパックを下ろし、椅子にふたたび腰を落とした。手でわたしの髪を包み込み、わたしのこめかみに額を押し当てる。彼が何をしているのかわからなかったけれど、その動作からは切羽詰まった思いが伝わってくるようで、わたしはたじろいだ。

「スローン」カーターはわたしの耳に唇を寄せて囁いた。「きみのすべてがほしい。ほしくてほしくてたまらない。目が眩《くら》むほどに」

彼の言葉に、息が止まりそうになった。

「慎重に行動してほしい。きみがあの家から出られるように、かならずぼくがするから。それがいつになるか、いまはわからない。それでもお願いだ。それまでどうか、慎重に」

カーターがこめかみにキスすると、わたしは目をぎゅっとつぶった。いま彼と唇を重ねることができるなら、なんだって差し出すのに。

知り合ったばかりの人に、どうしてこんなに想《おも》いを寄せることができるんだろう。まだキスもしていない人に。わたしが望むものをほとんどすべて持っていながら、わたしが嫌悪するすべてのものに関わっている人に。

「今夜あの家に行くことがあっても、きみのほうには目も向けない。でも、ぼくの瞳にはきみしか映っていないことをわかっていてほしい。ぼくにはきみしか見えない、スローン」

カーターはわたしを一瞬強く抱くと、ふたたびバックパックを手に取って立ち上がった。歩き去る彼の足音が聞こえても、わたしは目を閉じたまま椅子に座って、身動きひとつしなかった。胸の奥で心臓が激しく打っている。

カーターと一緒にいることで生まれる感情をもっと知りたい。ここではないどこかで。この町ではないところ。アサがいないところで。カーターはわたしがここを離れることを望んでいるし、わたしだってそうしたい。そうしたくてたまらない。だけど、そのためにはもっと準備が必要だ。そして、わたしがここを去るときは、カーターも一緒だ。彼にはアサとの関係を断つだけじゃなく、アサが作り出した堕落した生活とも縁を切ってもらわなくちゃならないから。

わたしたちはふたりでここを離れるの。

そう、手遅れになる前に……。

24

アサ

おれは無駄なものに時間を割くような男じゃない。これも、親父から教えられた知恵だ。

〝**おまえの利益にならないものには、クソほどの価値もない**〟

親父のあらゆるアドバイスのなかで、たぶんこれが一番役に立った。おれはこの言葉を、人生のあまたの局面で思い返してきた。友人やビジネスパートナーに誰を選ぶか。何を学び、どんな知識を身につけるか。おれの帝国についてもそうだ。

そう、帝国だ。おれはまだその域に達してはいないが、そういうポジティブ・シンキングとかってやつは、褒められる心がけなんだろう?

ヤクの売買を始めたころ、おれは三流の売人だった。都合がつくときに、自分に扱えるものだけを売った。客を選ぶこともなかった。大学生にはエクスタシー、中退したやつらにはマリファナ、大抵はそんなところだった。そんなことをしていては金も権力も手に入らないと気づくと、おれは勉強を始めた。

大学に入学して最初の一年は、寝る間も惜しんで勉強した。勉強といっても、教科書なんかは使わなかった。そんなことをしても、フルタイムの事務職に就くのがせいぜいだ。そんなんじゃ、家を一軒、車を一台買って、妻をひとり養える程度の年収しか稼げない。おれが言ってる勉強ってのは、リアルな経験を積むこと。人に会う。人から会いたいと思われるような人間になる。上物のヘロインやコカインの質を確かめ、どういう人間にどういうドラッグが売れるかを頭に入れておく。中毒症状を出さずに済む方法を理解する。売人のことをじゅうぶんに把握して、そいつの仕入先とも良好な関係が築けるようにしておく。自分より力のある人間の信頼を得る。そいつらを上まわる力を手に入れるときまで、目立たないようにして時機を待つ。

おれは多くを学んだ。けっして楽な道のりではなかったが、それこそが正攻法なのだ。底辺から頂上まで登りつめるための。

いまではXやマリファナ、アヘンみたいなケチな代物は扱わない。とくにマリファナ。あんなものは無駄でしかない。マリファナがほしけりゃ、クラブにでも出かければいくらでも手に入る。そんなつまらないことでおれの手を煩わせるな。

だが、上物のドラッグが……神様ってやつの顔にキスをしてるかのような気分にさせてくれるものがほしくなったら？　そのときは、おれのところに来ればいい。おれは、フォードは売らない。だが、一生かけてもお目にかかれない、とびきりレアなブガッティなら売ってやる。

おれはいまも学ぶことをやめていない。これからも学び続ける。おれのような立場にある人間が、もう学ぶことなどないと感じたら、その瞬間に新しいやつに地位を奪われる。おれの知るかぎり、この街にアサ・ジャクソンより上に立つ人間はいない。優秀なチームだって従えている。そこに属する人間は、自分の立場ってものをわきまえている。やつらは、フェアな態度でおれに接すれば、おれからもフェアに接してもらえることを理解している。

だが新入りのカーターについては、まだどういう人間か把握しきれていない。大抵の人間は無色透明だが、あいつはまるで泥で濁った川のようだ。大抵の人間、とくにおれのために働くやつらは、おれの配下にいることにどれほどメリットがあるかを理解しているから、媚《こび》を売るのも厭《いと》わない。

だが、カーターは違う。どういうわけか、やつはそういうことを気にしていないようだった。あいつの無関心なところがおれをいらだたせた。自分の姿を見ているような気もしないではなかったが、それがいいことなのかはわからない。おれみたいな人間は、ひとりいればじゅうぶんだ。

付き合いが一番長いジョンは、最近気のゆるみが目立つようになってきた。かつてはおれの右腕だったが、いまじゃむしろおれの弱点になっている。

そこで最初の話に戻る。

おまえの利益にならないものには、クソほどの価値もない。

ジョンがおれの利益になるかどうか、わからなくなってきている。最近は行く先々で面倒を起こしてばかりいるように見える。先週は、あいつのせいで一番の大口クライアントをひとり失った。クライアントの女房を相手に、股間のものをズボンのなかにしまっておくことができなかったせいだ。下半身と財布のあいだに線を引く方法くらい、おれだって知っている。

だがジョンとは違い、カーターを手元に置いておくメリットはある。通訳としては優秀だし、よけいな口を挟むこともない。必要なときに現れ、必要な仕事をこなしている。あいつを疑う気持ちもありつつ、まだ手放さずにいる理由はそれだけだった。あいつはまだ無駄な人間じゃない。

だが、ジョンはどうだ。ジョンはお荷物になりつつある。

しかし、ジョンは知りすぎてもいる。そのぶん、より面倒なことになる。

あくまでジョンにとって。おれではなく。

無駄なものを切り捨てていったのは、ビジネスだけの話じゃない。私生活でも、あらゆる無駄を排除してきた。だが、スローンは例外だ。彼女は無駄の対極にある。ドラッグに喩《たと》えるなら、スローンはヘロインだ。ヘロインはいい。張り詰めた心をほぐしてくれる。在庫を切らさないようにしておけば、残りの人生、毎日ヘロインをキメていい気分で過ごせるだろう。

人間をドラッグに喩えるのはおかしいのかもしれないが、ドラッグしか知らない人間にはふつうのことだ。

ジョンはメタンフェタミン。あいつは自惚《うぬぼ》れが過ぎるし、口数もやたらと多い。いらつくこともたまにある。いや、しょっちゅうある。

ダルトンはコカイン。社交的で愛想もいい。もっとほしいと思わせるのがコカインだ。コカインのことは気に入ってる。

カーターは……。

カーターはなんだ？

ドラッグに喩えられるほど、おれはカーターのことを知らないようだ。だが昨夜、スローンがやつの名を呼んだと思い込んでいた二分ほどのあいだ、おれにとってカーターはクソいまいましいオーバードーズだった。

けれどスローンは、あいつの名を呼んでいなかった。おれの知るかぎり、スローンがカーターと言葉を交わしたことはない。まぬけな男でもないかぎり、キッチンで紹介したとき以降、彼女に話しかけたりしないはずだ。

だがもうすぐ、この家に出入りする男たちのことを心配する必要はなくなる。スローンはここから出て行くからだ。彼女はおれたちふたりの家に住むんだ。

しまった！

すっかり忘れてた！

今日は指輪を買いに行くんだった。頭から何か抜け落ちてるような気がしてはいたが。

おれは服を着替えようとクロゼットに向かった。アルマーニを引っぱり出すべきかと思案する。今日は特別な日と言えなくもない。だが結局、スローンも気に入っているダークブルーのワイシャツを手に取り、スラックスを合わせることにした。まあ、どれを選ぼうと大差はない。どれもブランド物ばかりだから。服を選ぶときはいつも、相手からどの程度敬意を払われたいかを考える。

あのクソ親父は、そういうことは何も教えてくれなかった。親父もホームレスみたいな格好をしていなけりゃ、外の世界でももう少しうまくやれただろうに。

一階に下りてキッチンにちらりと目をやると、シンクの前にジョンがいた。こちらに背を向け、手に持った氷嚢《ひょうのう》をこめかみに当てている。

「どうしたんだ？」

ジョンが振り向くと、顔の右半分が青と黒に変色していた。「おい、ひどい顔だな。誰にやられた？」

ジョンはシンクに氷嚢を置いた。「名前を言う価値もないようなやつだよ」

おれはキッチンに入っていった。近くで見ると、ジョンの顔はさらにひどいありさまだった。誰にぶちのめされたのか言わずに済むと思っているなら大間違いだ。こいつのせいでまた仕事を逃すことになったら、顔の左側は右側よりずっとひどいことになるだろう。おれはカウンターから車のキーを引っつかむと、ジョンにもう一度訊いた。「誰にやられたんだ、ジョン？」

ジョンは顎を鳴らし、すっと目をそらした。「昨日の夜、女といるところをそいつの彼氏に見つかったんだ。油断してたよ。色男が台無しだ」

このアホが。おれは笑った。「もともと大した顔でもないだろ」おれはパントリーに近づき、酒があるかを確かめた。いつものとおり、在庫はゼロだ。パントリーの扉を荒っぽく閉めた。「今夜はお祝いだ。酒を買っておいてくれ。おれはちょっと出かけてくる」

ジョンはうなずいた。「特別な日か何かか？」

「ああ、婚約したんだ。センス良く頼むぜ。安っぽいのは困る」玄関に向かおうとしたとき、ジョンの笑い声が聞こえてきた。さっと振り返ると、クソ野郎の顔にはまだ笑みが浮かんでいる。「何がおかしい？」おれはキッチンに引き返した。

ジョンは首を横に振った。「お前が結婚するなんて、何もかも笑えるじゃないか」

おれも笑った。それから、ジョンの顔の左側を殴り飛ばした。

こいつ、マジで無駄だな。

25

カーター

駐車場の車までどうにかたどり着いた。ハンドルを握り、頭をうしろに倒す。

いまやぼくのなかの一線は、どこに引かれているのかわからないほど滲んでしまっていた。なすべき仕事に向き合おうとしながらも、スローンとの時間を過ごすうちに、これは本当に自分が望む人生なのかと疑問を持つようになっていた。さっき教室にいた自分はカーターだったのか、あるいはルークに戻っていたのか。ルークがカーターになりつつあった。

今回の任務に入れ込みすぎているのはわかってる。だがスローンのそばにいると、自分を偽ることが難しくなる。彼女に伝えたい言葉も、彼女にしてやれたらと望むことも、彼女に打ち明けられたらと願う真実も、すべてありのままに明かしてしまいたくなる。

しかし、自分が何者で、なんのためにここにいるのかを正直に話してしまえば、あらゆるものを危険にさらすことになる。自分の命、ライアンの命。そしておそらくは彼女の命も。スローンは知らなければ知らないほどいいのだ。

額をハンドルに押しつけ、ぼくらに降りかかる避けようのない事態を予測しようとした。

スローンのそばにいたい。ルークとして彼女と一緒にいたい。だがそれは、アサを一生、刑務所にぶち込んでおくだけの証拠をつかんでからの話だ。そしてアサを一生、刑務所にぶち込むには、やつがへまをするのを待つしかない。これまでのところアサは慎重だった。ぼくが最初に考えていた以上に頭が切れる男だった。

しかし、捜査の目的を果たすまでに時間がかかればかかるほど、スローンを危険にさらすことになる。アサがどういう人間かを考えれば、やつのもとを去ることはスローンにとって最悪の選択肢といえる。アサがすんなりスローンを手放すわけがない。彼女は無傷ではいられないだろうし、アサなら彼女の弟にまで手を出しかねない。

アサがいなくならないかぎりスローンはここを離れられないし、それには何カ月もかかるかもしれない。

ふたたび座席にもたれ、スマホを取り出した。ぼくを嘲笑うかのように、アサから二件のメッセージが届いていた。

アサ　どこにいる？
アサ　昼めしを一緒に食おう。正午にペラルタズだ。死ぬほど腹が減った。

画面に表示されたメッセージを、ぼくはしばらく見つめていた。アサらしくない。アサが普段使うスマホで、仕事に関係するメッセージを送ることはない。つまり……額面どおり、ただ昼めしを食いたいだけなのか？

カーター　一〇分で着く。

一二分後、ぼくはレストラン内を縫《ぬ》うように進んでアサのいる席に向かった。ぼくが席についても、アサはスマホに目を落としたままだった。

「よう」目も上げずに言い、文字を打ち終わるとスマホを脇に置いた。「今夜、何か予定はあるか？」

ぼくは首を横に振り、メニューを手に取った。「ないよ。どうしてだ？」

メニューにさっと視線を走らせる。目を合わせなくても、アサがにやにやしているのがわかる。アサは背中に手をまわし、それからテーブルに何かを置いた。ぼくはメニューを持つ手を下げた。箱が目に入った。

ジュエリー用の箱だ。

嘘だろう？

アサは箱を開け、こちらに渡してきた。ぼくは手のなかの指輪をじっと見た。恐怖に肌が粟《あわ》立つ。**こいつ、プロポーズする気なのか？**

ぼくは笑い出しそうになるのをこらえた。スローンがイエスと答えると思っているなら、この男はとんでもない妄想に取り憑かれている。しかも、自分で思っているほどスローンのことをわかっていない。この指輪はまるでスローンらしくない。こんな派手で、これ見よがしな指輪。スローンはいやがるはずだ。

「プロポーズするつもりなのか？」ぼくは箱をアサに返し、興味なさそうにふたたびメニューを取り上げた。

「いや、もうした。今夜はお祝いだ」

ぼくはメニューからちらりと目を上げ、まっすぐにアサを見た。「彼女はイエスと？」ただうなずくことが、こんなにも不遜な態度に見えることを、いまのいままで知らなかった。ぼくはなんとか笑ってみせた。「おめでとう。彼女のこと、大事にしろよ」

どうしてスローンは今朝、このことを話してくれなかった？　どうしてプロポーズを受け入れた？　きっと、そうするしかなかったんだろう。いまの彼女の立場で、アサにノーと言えるはずがない。おのれの身を守るにはイエスと答えるしかなかったんだ。それでもスローンの気持ちを思うと、どうにもやりきれなかった。

それにしてもわからない、なぜスローンは事前にこのことを話してくれなかった？

アサは上着のポケットに箱をしまった。「大事にするさ。あいつはヘロインだからな」

ぼくは片眉を吊り上げた。「ヘロイン？」

アサはそれには答えず、ウェイターを呼んだ。「ビールをひとつ。銘柄はなんでも。あとはチーズバーガー。トッピング全部入れで」

ウェイターがぼくを見た。「同じものを」ぼくは答えた。

ふたりしてウェイターにメニューを返したところで、ポケットのなかでスマホが震えるのを感じた。きっとダルトンからだろう。ここに来る途中、アサとランチを取ることになったとメッセージを送っておいたのだ。アサがなぜぼくをランチに誘ったかわからないが、相棒にはぼくの居場所を確実に把握しておいてほしかった。スローンが寝言でぼくの名を呼んだとなればなおさらだ。このランチの誘いに乗るのは自殺行為かもしれないという気もしていた。

ぼくはテーブルにすでに置かれていた水をひと口飲んだ。「で、いつ結婚するんだ?」

アサは肩をすくめた。「決めてないが、早いほうがいい。スローンに何かある前に、あのろくでもない家から連れ出したいからな。あいつのまわりにいる人間を、おれはひとりも信用してないから」

じつに思慮深い。だが、一日遅かったな。まあ、ジョンが昨夜のことをアサに言うわけないと思っていたが。

「スローンはあの家を気に入っているのかと思ってたよ」ぼくは心にもないことを言った。「あんたらは浮気公認のオープン・リレーションシップなんじゃないのか? ああいうのって、実際のところどうなんだ?」

アサが目を細めた。「オープン・リレーションシップ? 馬鹿言うな。なんでそんなくだらないことを考えた?」

ぼくは笑った。ふたりの関係の実態はもちろんよく理解している。が、ぼくの立場にいる人間ならそう考えてもおかしくない理由をすべて、何気ない調子で並べていった。「ジェスはどうなんだ? 寝室であんたとやってた? プールにいたあの子は?」

アサは笑った。「おまえは恋愛ってものをもっと勉強したほうがいいな、カーター」

ぼくは椅子にもたれた。さほど関心がないふうを装いつつ、会話を広げようとしたのは、この男がスローンの時間を無駄にしている理由を細部に至るまで知りたかったからだ。

「そうかもな。恋愛はふつう、ふたりでするものだと思っていたが、どうやらぼくが間違っていたらしい。恋愛ってのは難しいな。あんたらの関係もそうだが」

「あんたらの関係も？」アサはぼくの言葉を繰り返した。「どの口が言ってる？」

そこでウェイターがビールを運んできたため会話は途切れた。ふたりしてビールに口をつけたあと、アサはそれを脇へ押しやり、身を乗り出して、人差し指でテーブルをとんとんと叩いた。「おれが恋愛ってものを教えてやるよ、カーター。いつかおまえが相手を見つけたときのためにな」

これは面白い話が聞けそうだ。

「おまえ、親父さんは？」アサは訊いた。

「いない。ぼくが二歳のときに死んだ」嘘だ。父さんが死んだのは三年前だ。

「なるほど、それがおまえの抱えるひとつ目の問題だ。女に育てられたってことが」

「それが問題なのか？」

アサはうなずいた。「人生について女から学んだってことだろ。ほとんどの男がそうだが、まあそれも仕方ないことだ。だがな、そのせいで大抵の男はだめになる。男は男から学ばなきゃいけないいんだよ。おれたち男は、世間が女に信じさせようとしているものとは別の生き物なんだ」

ぼくは返事をしなかった。珍しく慈善の精神を発揮したアサが、その〝叡智《えいち》〟とやらを授けてくれるのを待った。

「男はもともと、一夫一婦制で満足できるようには創られちゃいない。生まれつき、精子をばらまくようにできているんだ。人間の数を増やし続けるためにな。男は繁殖のために生まれてきた。おれたちがその義務を放棄すれば人類は絶滅する。男が年じゅう発情してるのはそのためだ」

ぼくは左のテーブルをちらりと見た。ふたりの年配女性が口をあんぐりと開けて、男という種のなんたるかを語るアサの声に聞き耳を立てていた。

「子どもを産むのは女性だ」ぼくは言った。「だとすれば、女性も繁殖に関与していることにならないか？　女性の遺伝子コードにも世界の人口を増やす機能が組み込まれてることになるんじゃないか？」

アサは首を横に振った。「女の仕事は子育てだ。女の務めは種を存続させることで、創造することじゃない。それに女は男みたいにセックスが好きなわけじゃないしな」

ああ、この会話を録音しておきたかった。「そうなのか？」

「当たり前だろ。女が望むのは、考えとか感情とか気分とか……そういうものを言葉にすることだ。絆だとか、一生変わることのないつながりをほしがる。だから女は結婚を迫るんだよ。生物学的に、自分を守り、養ってくれる相手を求めているからだ。安定、家庭、子どもを育てられる場所、それが女の求めるものだ。男とは違って性欲なんか持ってない。だから、男が女のために家族を作ってやりながら、外にはけ口を求めるのは当然なんだよ。自然な衝動に従っているだけなんだから。男が誰彼かまわずやるのは、女が誰彼かまわずやるのとはわけが違う」

アサの哲学を理解したかのようにうなずきながらも、スローンのことを思うと吐きそうだった。「つまり、女が複数の男と寝るのは生物学的に正当化できないが、男が同じことをするのは正しいと？」

アサはうなずいた。「そのとおり。男の浮気は体だけの問題だ。男は女の腰に、脚に、尻に、胸に惹かれる。男の浮気は単なる性行為だ。ナニを出し入れするだけの、な。だが女の浮気は、純粋に心の問題なんだ。感情が、気持ちが、女の心を燃え上がらせる。女が男と寝るのは欲情しているからじゃない。その男に愛してほしいからだ。だからおれはスローンがいてもほかの女とやる。だがスローンに同じことは許されない。男にとっての浮気と、女にとっての浮気は違う。母なる自然が、そのことを証明してる」

信じられない。こんな人間が実在するとは。どうしようもなくイカレてる。

「スローンは文句を言わないのか？」

アサは笑った。「そこが問題なんだよ、カーター。女には理解できないんだ。男とは別の生き物だからな。だから男には、もうひとつ別の能力が与えられてる。うまく嘘をつく能力がな」

ぼくは笑みを浮かべたが、内心はテーブル越しにアサにつかみかかって、やつの繁殖能力を——こいつみたいな人間を新たに創り出しかねない生殖器官を——使いものにならなくしてやりたかった。

「その話だと、浮気相手になる女性はどうなるんだ？」

アサは胸クソ悪い笑みを浮かべた。「そこだよ、カーター。だから神は淫売を創ったんだ」

ぼくはどうにかして笑顔を保った。アサの言うことはひとつだけ正しい——ぼくは間違いなく嘘がうまい。「なるほど、淫売は男の性欲を処理するためのもの、妻は男の子どもを育てるためのもの、ってことか」

アサは得意げに頬をゆるめた。まるで、大事なことを教えてやったぞ、とでも言いたげに。それからビールを掲げてみせた。「乾杯」ボトルを軽く合わせたあと、アサはビールをひと口すすった。「うちの親父も似たようなことを言ってたよ」

「親父さんは元気なのか？」

アサはうなずいたが、急に顎をこわばらせたのがわかった。「ああ。どこにいるかは知らないけどな」

料理が運ばれてきたが、あんな歪んだ進化論の講義を聴いたあとで、まだ食欲が残っているかわからなかった。

食欲なんてあるはずがなかった。今夜、スローンと顔を合わせなければならないのだ。アサとの婚約パーティで。

「乾杯の挨拶はおまえがやってくれ」

ぼくは料理を口に入れたまま、動きを止めた。「いまなんて？」

アサはビールをもうひと口飲み、「今夜の話だ」と言って、ボトルをテーブルに戻した。「今夜のパーティでおれが婚約の発表をしたあと、乾杯の挨拶を頼む。客のなかじゃ、おまえが一番文才があるからな。おれを立ててくれよ。スローンが喜ぶから」

ぼくは口のなかのものをどうにか飲み下した。「そりゃ光栄だな」

このクソ野郎が。

26

スローン

毎日家に帰る前には、できるだけ時間をかけて道草をする。家にいる時間は短ければ短いほどいい。今日も講義がすべて終わったあとジムへ行き、さらに図書館に寄った。ようやく正面玄関を入ったときには七時をまわっていた。ソファに腰かけたジョンが、わたしを睨みつけた。

急いで階段を上がり、自室へ向かいながらも、ジョンの顔に目が留まった。昨夜わたしが彼とカーターを残して去ったあとに何があったのかはわからないけれど、どうやらカーターはジョンに対して気持が収まっていなかったようだ。なぜなら、ジョンの顔の両側があざだらけだったから。

部屋のドアにしっかり鍵をかけた。アサが家にいるのかわからないけれど、もう二度とジョンとふたりきりになりたくない。

部屋にこもって安心すると、バックパックを床に放った。たちまち、ドレッサーに目が吸い寄せられた。とりわけ、ドレッサーに置かれたジュエリーボックスに。

アサが指輪を買ってきたんだ。毎日のように約束しても、一度も守ったことがなかったのに。

忘れてほしいときにかぎって、まさか覚えているなんて。

まったくついてない。

ドレッサーに近づいて箱を開けた。持ち上げることさえしなかった。指で蓋を押し開けただけ。本当は見たくもない。

たちまち、げんなりした。いかにもアサがわたしに買いそうな代物だ。おおかた、ジュエリーショップで一番大きいものなのだろう。プラチナリングの大部分を三つの巨大なダイヤモンドが占めていて、ひとつひとつのダイヤを小ぶりのダイヤが囲んでいる。

冗談抜きでダサい。マジでこれをつけなきゃならないの？

隠し通せることじゃない。今日の早いうちにカーターに話すべきだったのはわかっていた。でも、想いを寄せる相手にどう話せばいいの？ ほかの誰かと婚約しただなんて。その人が嫌っている誰かと。たとえその婚約が、わたしにとってなんの意味もないことだとしても。

外で笑い声がして、部屋の窓に近づいた。いたるところにアイス・ボックスが置かれ、ダルトンがグリルのそばでバーガーをひっくり返している。そのまわりでぶらついている人もいれば、突っ立っている人もいる。二十人くらいだろうか。この二、三日気温が下がっているせいでアサが水温を上げたからか、早くもプールで泳いでいる人もいた。

アサは、盛大なパーティを開くときだけプールの水温を上げるのだ。

「スローン！」

ああ、もう。

わたしの名前を呼ぶ声とドアを叩く音に、振り返った。ドアに駆け寄り、鍵を開けてアサをなかに入れた。彼はわたしと目を合わせる前から笑っていた。「ハイ、未来の奥さん」

おかしなものね、愛情を示すつもりのその言葉が、わたしには侮辱に思える。

「ハイ……未来のだんな様」

彼はわたしの体に腕をまわし、首筋にキスした。「昨夜はよく眠れたか？　今夜は眠れないだろうからな」彼の唇が首筋を這い上がり、わたしの唇の端で止まった。「指輪は、いまほしいか？　それとも、あとにする？」

もう見た、とは言えなかった。その指輪のおかげで、彼がわたしをまったくわかってないことが改めて証明されたってことも。いまほしいと答えた。あとからと答えれば、みんなの前で大げさに渡してくるに決まってる。それだけは避けたい。

アサはドレッサーに手を伸ばし、箱をつかんだ。それをわたしに差し出し、すぐに引っ込める。「待った。ちゃんとやらないとな」

片膝をつき、箱を持ち上げて指輪をわたしに見せた。「ミセス・アサ・ジャクソンになってくれますか？」

これ、マジでやってるの？　まさに史上最悪のプロポーズだ。今朝、首を絞められた直後に言われた言葉を数に入れなければだけど。

「もうイエスって言ったでしょ、馬鹿ね」わたしは言った。

アサはにやりとして、わたしの指に指輪をはめた。わたしはそれに目をやり、明かりのほうに掲げてみた。**地獄がこんなにキラキラしてるなんて知らなかったわ。**

アサは立ち上がり、クロゼットのほうに向かった。着ている青いシャツを脱ぎ、ほかのものを物色しはじめた。「今夜は服の色を合わせたほうがいいな。黒いシャツと、黒いドレスだ」シャツを取り出し、ドレスをわたしのほうに放った。わたしはそれをキャッチしながら、不満のうめきがもれそうになるのをこらえた。アサが買ってくれたそのドレスは、わたしなら絶対に選ばないマイクロミニなのだ。

「じきにおれたちの家に移ったら、さぞかしほっとするだろうな。クロゼットも別にしよう」

ドレスを持つ手に力がこもった。「わたしたちの家？」

アサは声をあげて笑った。「まさか、結婚してもこの家におまえをしまっとくとは思わないだろ？」

「しまっておく？」

アサは黒いシャツを頭からかぶり、ボタンを留めながら思い出し笑いをした。「今日、カーターと昼めしを食ったんだ」軽い調子で言ってベッドに腰かけた。

昼めし？　どういうこと？　スペイン語の授業が終わったのはランチタイムだった。あんなふうにわたしの感情を掻き立てたあと、教室を出て、その足でランチに行ったってこと？　それもアサと？

なぜ？

わたしはベッドの反対側に腰を下ろし、関心のないふりを装った。「ふうん、そうなんだ」

アサは靴下をはきはじめた。「あいつはそんなに悪くない。けっこう気に入った。おれたちの結婚式で花婿付添人になってくれって頼んでもいいかもな」

もう結婚式の計画を立ててるってこと？

アサはさっさと靴を履いて立ち上がると、鏡のほうを向いて両手で髪を撫でつけた。「おまえのほうは、花嫁付添人を誰にやってもらうか考えてるのか？　実際、友だちなんていないだろ」

思うように友だちができないのはあなたのせいよ、アサ。

「婚約したのは今朝じゃないの」わたしは言った。「そのあとはずっと講義だったし、結婚式の細かいことを考える時間なんて全然なかった」

「ジェスにやってもらえばいい」

わたしはうなずいたが、内心は噴き出しそうだった。ジェスはわたしを嫌っている。なぜだかわからないけれど、この半年というもの、いくら距離を縮めようとしても、わたしのほうを見ようともしないのだ。「そうね。ジェスに頼んでみる」

アサは部屋のドアを開けて、わたしがきつく握りしめたままのドレスを指差した。「シャワーを浴びて準備しろよ。今夜の重大発表のためにばっちりめかしこんでくれ」

彼の背後でドアが閉まった。わたしはドレスを見下ろした。指輪を見下ろした。

わたしがこの手で掘っている墓穴が深さを増していく。這い上がる術を見つけなければ、アサは穴をセメントで埋めてしまうだろう。

アサは、わたしが髪をストレートにするのを好む。それに気づいたのは、髪を巻いたときに二回ばかり、やり直せと言われたことがあったから。最初は、デートするようになった直後のことで、ジョンとジェスに初めて紹介されたとき。それから、付き合いはじめてちょうど一年経った日に、わたしが予約したレストランでディナーを食べたときだ。記念日のディナーのことを、彼に三回も言って聞かせるはめになったけれど。

母親が巻き毛だったから、わたしの髪はストレートのほうがいいのだとアサは言っていた。家族がいたということ以外、彼の家族のことは何も知らない。おまけに、母親の髪について言ったそのひと言が、知り合ってからの数年で彼が母親について口にした唯一の機会だった。

なのにわたしは……ヘアアイロンを手に鏡の前に立って髪を巻いている。ただ単に、それがカーターの好みだと知っているから。たまにわたしが髪を巻いたときに、じっとわたしの髪を見つめる彼の視線を感じていた。まるで、それに触れたいと——手のひらをわたしの髪に滑らせ、わたしの顔を引き寄せたいと望んでいるみたいに。だから、たとえ彼が今夜、部屋の向こう側にいたとしても、たとえわたしのほうを見ないとしても、わたしは髪を巻く。カーターのために。

フィアンセのためじゃなく。

大音量の音楽が流れ、家が人でごった返すなか、わたしは一時間半もバスルームにこもって支度をしていた。というか、そのうちの一時間は鏡のなかの自分を見つめ、どうしてこんなことになってしまったんだろうと思い悩んでいた。でも、自分がしてきた愚かな決断をくよくよ考えるのはやめて、どうすればもっといい決断ができるかを考えなくては。

日曜日には、弟に会いに行く。彼の介護費が自己負担になったことで、一年ごとの申請書に署名するためにソーシャルワーカーと面談することはなくなった。それでも、日曜日の訪問中に、彼女との面談を予約するつもりだった。弟への給付金を再開してもらうためにわたしにできることはないか、アサに知られないところで相談したかった。

　誰かがバスルームのドアを叩く音に、わたしはヘアアイロンを置いてスイッチを切った。ドアを開けると、アサが戸枠をつかんでいた。彼はわたしの全身を上から下まで眺めまわした。

「すげえ」そう言いながらバスルームに入ってくると、わたしの腰に腕をまわし、もう一方の手を腿に伸ばしてドレスの裾をたくし上げた。「今夜ベッドに入るまで待つつもりだったが、それまで待てるか自信ないな」

　アサの息からはウイスキーのにおいがぷんぷんした。まだ九時前だっていうのに、もうべろべろになりかけてる。

　わたしは彼の胸を押し返した。「だめよ、待ってくれなくちゃ。ようやく支度ができたところなのよ。せめてあと数時間は、この服を見てもだえ苦しんでもらわないとね」

　アサはうめき声をあげると、わたしを洗面カウンターに座らせ、脚のあいだに股間を押しつけた。「おれみたいについてる男っていないよな、スローン」

　肩にキスを受けながら、わたしは目を閉じた。わたしみたいについてない女もいないわよ。

　アサはわたしの腰をつかんでカウンターから持ち上げた。でも床には下ろさず、両腕で抱え上げたものだから、わたしは落ちないように彼の首に腕をまわすほかなかった。アサはそのままバスルームを出て、階段を下りはじめた。だが下りきる前に立ち止まり、わたしを立たせた。

「ここで待ってろ」そう言って残りの階段を下り、キッチンへと姿を消した。

　わたしはリビングに集まった人たちをぐるりと見まわした。うんざりするほど大勢いる。ジェスの視線に気づいて、微笑みかけた。彼女は目をそらしたが、その前にびくっと身を縮めるのがたしかに見えた。

彼女にそこまで嫌われるようなことをした覚えはないんだけど。正直言うと、他人からああいう態度を取られることには慣れている。ハイスクールに上がるころにはもう、そのことで悩むのはやめていた。

右手を左手に運び、落ち着かない気持ちで指輪をいじる。石がやたらと大きいこの指輪のいいところは、護身に使えそうなことだ。またジョンとふたりきりになったときに役に立つかも。

その視線に気づくより先に、みぞおちのあたりに漠然とした不安が這い上がってくるのを感じた。リビングの反対側にカーターがいた。ダルトンの隣で、壁にもたれかかっている。腕を組み——あの言葉どおりに——わたしのことは見ていない。厳密に言えば。わたしの手を見ている。

わたしは指輪をいじるのをやめ、手を止めたと同時に彼の目が、はじかれたようにわたしの目に向けられた。いぶかしげに目を細め、ぐっと顎を引いている。隣にはダルトンがいて、笑いながら何か話していた。カーターは彼の話にすっかり聴き入っているようだったけど、あの言葉どおり、その目にはほかの何も映っていない——わたしだけを見ている。その表情は微塵も揺らがない。アサがシャンパンの入ったグラスをふたつ持って戻ってきて、そのうちのひとつをわたしの手に押しつけたときでさえ、カーターは目をそらさなかった。あえて自分に苦しみを課してでもいるみたいに。

彼の苦しみをほんの少し和らげようと、わたしは先に目をそらした。その目をアサに向けることで救いになるとは思えないけれど。アサがグラスを掲げても、わたしはまだカーターの視線を感じていた。

「おい、野郎ども！」アサが大声をあげた。「音楽を止めろ！」

すぐに音楽が止《や》んだ。部屋の誰もがわたしたちふたりに顔を向け、わたしは不意に階段を駆け上がり、隠れてしまいたくなった。カーターに目を向けそうになるのをこらえる。

全員の視線を集めたところで、アサは言った。「ほとんどのやつはもう知ってると思う。こいつがイエスって答えてから、とてもじゃないが黙ってられなかったからな」彼はわたしの手を握った。「とにかく、こいつはイエスだってさ！」

部屋じゅうで一斉に乾杯や祝福の声があがったが、アサの話に続きがあることがわかるや、すぐに収まった。

「おれはずっと前からこいつに惚れてる。こいつはおれのすべてだ。そんなわけで、そろそろ一緒になることにした」そう言ってわたしに笑顔を向けたアサに対して、自分のなかになんの感情もなかったと言ったら嘘になる――いまとなってはそれが同情にすぎなくても。心の奥では、アサがあんなふうになったのは子どものころの境遇のせいだとわかっていた。そのせいで彼を責められない自分もいる。とはいえ、アサの行動の多くが、子どものころに彼の周囲にいたろくでもないおとなたちのせいだったとしても、アサがわたしを愛しているという理由だけで、わたしが不幸な人生を歩まなければならないということにはならない。

アサはわたしを愛してる。彼なりの歪んだ愛かもしれないけど、わたしを愛している。それだけはたしかだ。

アサは部屋の反対側を指差した。「カーター！　兄弟！　この記念すべき日を乾杯で祝福してくれ！」

わたしは目を閉じた。どうしてカーターを引きずり込むの？　見てられない。わたしには無理。

「誰か、そいつにシャンパンのグラスを渡せ！」アサが大声で言った。

わたしは目を開き、反対側にいるカーターにゆっくりと視線を向けた。相変わらず同じ表情を保っている。今度ばかりは、シャンパンのグラスを受け取った。

演台代わりの椅子も。

最悪。

アサはわたしを引き寄せてこめかみにキスし、ふたりでカーターが椅子の上に立つのを見守った。部屋じゅうが水を打ったように静まり返った。アサが指示を飛ばすまでもなく、誰もがカーターに注目している。まだひとことも発していないのに。さっきのアサのスピーチより、カーターの言葉のほうが、はるかに気になるとばかりに。アサがそれに気づかずにいればいいけれど。

カーターはわたしを見なかった。アサに片目をつぶってみせ、シャンパンのグラスを口に運んだ。乾杯もしないうちにひと口で飲み干すと、空になったグラスを、シャンパンのボトルを抱えているダルトンに差し出した。ダルトンがグラスをふたたび満たすと、カーターはそれを胸元に持っていって、まっすぐにアサを見た。話し出す直前、溜め込んでいた息を一気に吐き出すのが見えた。

「ぼくらが婚約する年齢になったなんて嘘みたいだ。結婚も。家庭を築くことも。なにより、ぼくらが揃《そろ》いも揃ってアサ・ジャクソンに出し抜かれたってことが信じられないよ」

　部屋に笑いが起こった。

「じつのところ、ぼく自身、身を落ち着けるタイプの男だとは思ってなかった。でも、アサとつるむようになり、彼のことをよく知るようになってからは——彼がスローンとの関係をどれだけ大切にしているかを目の当たりにして、ぼくの考えも変わってきたみたいだ。アサがスローンみたいな美人と結ばれるのなら、残されたぼくらもまだ間に合うかもしれないから」

　誰もがグラスを掲げはじめたが、カーターは宙で手を振って静かにさせた。隣でアサが身を固くするのを感じたが、わたしのほうは、カーターが話しはじめてからずっと身を固くしていた。

「話は終わってない」カーターは言い、大勢の聞き手たちをゆっくりと見まわした。「アサ・ジャクソンの乾杯の挨拶なんだから、長くなって当然だろ、せっかちなやつらだ」

　さらに笑い声があがる。

　カーターは二杯目のシャンパンをぐいと飲み干し、ダルトンが三杯目を注ぐのを待った。わたしは脈がどんどん速くなり、アサに手首をつかまれ、それに気づかれませんようにと祈った。

「スローンはとびきり、とびっきりきれいだけど」カーターはわたしを見ないようにしながら続けた。「見た目は、愛とは毛ほども関係ない。愛は、誰かに感じる魅力のなかに見つかるものじゃない。愛は、誰かと分かち合う笑いのなかに見つかるものじゃない。愛は、相手との共通点のなかに見つかるものでもない。愛は、ふたりの人間にもたらされる、あふれんばかりの幸福のなかで見つかるものでもない」カーターは三杯目のシャンパンを飲み干し、同じ手順で、ダルトンが四杯目のグラスを満たした。いまや口も喉もからからに乾ききったわたしも、自分のグラスからひと口飲んだ。

「愛は」カーターは続けた。少し呂律《ろれつ》がまわっておらず、ほんの少し声が大きくなっている。「愛は、見つかるものじゃない。愛が見つけるんだ」

カーターの目が部屋を横切り、わたしの目をとらえた。「愛は、戦いの果ての赦《ゆる》しのなかで、きみを見つける。愛は、誰かに抱く共感のなかできみを見つける。愛は、悲劇に続く受容のなかできみを見つける。愛は、病を克服したのちの祝福のなかできみを見つける。愛は、病に屈したのちの荒廃のなかできみを見つける」

カーターはグラスを掲げた。「アサとスローンに。きみたちが遭遇するあらゆる悲劇のなかでも、愛がふたりを見つけますように」

歓声が部屋を満たした。

胸の高鳴りがわたしを満たした。

アサの口がわたしの口を見つけ、キスをし、それから彼は歩み去った。祝福の言葉を口にしながら背中を叩き、アサのエゴをくすぐろうと群がる人々のなかへ姿を消した。

わたしは階段に立ちすくんだまま、その人を見つめていた。椅子の上に立ったまま、わたしを見つめ返す人を。

彼は数秒、見つめ続け、わたしは目をそらせずにいた。それから彼は四杯目のシャンパンをあおり、口を拭って椅子から下りると、人々のなかへ消えていった。

わたしはお腹に手を置き、彼のスピーチが始まってからずっと溜めこんでいた息をすべて吐き出した。

愛は、悲劇のなかできみを見つける。

それは間違いなく、カーターがわたしを見つけたところだ。一連の悲劇のさなかで……。

人混みに視線を走らせると、部屋の反対側からまっすぐにわたしを凝視するアサの姿があった。一晩じゅうその顔に張りついていた笑みが消えて、疑惑の表情がのぞいている。その目は、わたしがカーターに向けていた視線と同じ強さで、わたしに向けられていた。

作り笑いを浮かべる気力さえ、わたしには残っていなかった。

アサはショットグラスをぐいとあおり、傍らのテーブルに叩きつけるように置いた。ケヴィンがグラスを満たすと、またそれを飲み干した。さらにもう一杯。その鋭い視線は、一度もわたしから離れなかった。

27

アサ

「もう一杯」

「もう五杯目だぞ、アサ」ケヴィンが言った。「まだ九時をまわったばかりだってのに。この調子で飲めば、十時までにぶっ潰れるぞ」

おれはスローンから視線を引き剝がし、ケヴィンを睨みつけた。やつはしぶしぶ六杯目を注ぎ、おれはそれをひと口で飲み干した。階段のほうに視線を戻したときには、スローンはいなくなっていた。

部屋を見まわしたが彼女の姿はない。おれは人混みを掻き分けて階段へ向かい、ふたりの寝室へ急いだ。

ドアを開けると、スローンはベッドに腰かけて自分の手をじっと見下ろしていた。顔を上げ、おれを見て笑みを浮かべるが、作り笑いに見える。**最近、作り笑いが多いんじゃないか。**

「なんでここにいる？」おれは訊いた。

彼女は肩をすくめた。「パーティは苦手だって知ってるでしょ」

前は好きだったよな。それに前は裸で寝てた。うつぶせで。

おれは二歩踏み出してスローンの目の前に立ち、彼女を見下ろした。「カーターの乾杯の挨拶のこと、どう思う？」

彼女は唇を湿らせ、ふたたび肩をすくめた。「ちょっとわかりづらかった。正直、意味がわからなかったわ」

おれはうなずき、彼女の反応を注意深く観察した。「そうか？　それで、おれがいなくなったあとも、あいつをじっと見てたのか？」

彼女はわずかに頭をかしげた。訳がわからないときに誰もがやる仕草だ。もしくは、ただ訳がわからないふりをしているときに誰もがやる仕草だ。

スローンの気に食わないところは、賢いところだ。大抵の女より賢い。おれの知ってる大勢の男どもよりよっぽど賢い。嘘をつかせても上手《うま》いだろう。なにせ、まだこのおれに一度も気づかれてないんだから。おれは彼女の顔に手を添えて上を向かせ、おれと視線が合うようにした。「前に一度、同じことを訊いたよな。これが最後だ、スローン」

まさかとは思うがこいつ、震えてるんじゃないか。いやいや、おれの血管をショットグラス六杯分が駆けめぐってるせいだろう。彼女の頬骨を指でたどる。唇のところで動きを止め、ゆっくりとなぞった。「あいつとやりたいか？」

スローンは首をこわばらせ、さっと身を引いた。「アサ、馬鹿なこと言わないで」そう言っておれの質問をはねつけた。

おれは首を横に振った。「おれは馬鹿じゃない。だからおれを馬鹿呼ばわりするな。下の階で、おまえがやつに向けた目つきを見てたんだ。そもそも、まだちゃんと納得したわけじゃない。昨夜寝てるときに、お前がうめいてたのがやつの名前じゃないってことにな。だから答えろよ……やつとやりたいか？」

スローンはかぶりを振った。「二度とそんなこと訊かないで。あなたは酔ってる。そのせいで被害妄想に駆られてるの」そう言って立ち上がり、おれと顔を突き合わせた。おれは彼女の腰に手を滑らせた。彼女はおれの目をまっすぐに見た。「カーターなんてどうだっていい。よく知りもしないし。どうしてあなたが彼のことばかり持ちだすのかさっぱりわからないけど、そんなに邪魔だったら追い出しなさいよ。出入り禁止にすればいい。わたしはちっともかまわないし、こんなふうに彼のせいで不安になるくらいなら、何か手を打てばいいじゃないの。ほかに好きな人がいたらわたし、この指輪をつけたりしないわ」

彼女は左手を上げて微笑んだ。「それはそうと、これ素敵ね」そう言って、うっとりと指輪を眺めた。「さっきはなんだか言葉を失っちゃって、これが完璧だって言うのを忘れてた」

おれが妄想野郎なのか、でなければ彼女が史上最高の大嘘つきなのか。どちらか選べと言われれば、おれは最初のほうを選ぶ。

おれは彼女の腰に腕をまわした。「下に来いよ。一晩じゅう、おまえを見ていたいんだ」

彼女はおれの頰に軽くキスした。「すぐに行く。もう少しわたしの指輪を見ていたいの。下にいる女の子たちが寄ってたかってこれをつけてみたいって言い出す前に」指にはめた指輪をいじりながら、ふたたびそれをうっとりと眺めた。

女ってやつは。喜ばせるのはちょろいもんだ。これから、もっとジュエリーを買ってやるよ

うにしなきゃな。

彼女から離れ、ドアに向かった。「あんまり長く待たせるなよ、おまえも相当飲まなきゃ、追いつかないぞ」ドアを開けて歩き出したが、おれの名を呼ぶ彼女の声に足を止めた。振り返ると、スローンはふたたびベッドに腰かけるところだった。

「愛してる」彼女が言うと、その言葉に合わせてとろけそうな唇がめくれあがる。それを見て、どうしようもなく彼女に突っ込んでやりたくなった。

そうするさ、あとで。

「わかってる、ベイビー。そうじゃなきゃ馬鹿だ」

おれはドアを閉めて階下に戻った。スローンにあんなことを言わなきゃよかったかな。だが、カーターを見つめる彼女を目にして抱《いだ》いた感覚に、まだちょっとばかりむかついてた。リビングに入っていくと、いろんな酒が並んだテーブルの横にまだケヴィンがいた。おれはやつの手からショットグラスを取り上げた。「もう一杯だ」ボトルを指差し、手にしたショットをぐいと飲み干す。カーターとスローンのことを考えて血が煮えくり返りそうになるのをどうにかするには、これまで飲んだ量の二倍は必要だ。

そういえば、カーターのやつは……。

視界の隅でやつをとらえたとき、やつはどこぞの小柄なブルネットのほうに体を寄せ、その耳元に囁いてるところだった。女が笑いながらやつの胸元を叩いている。おれの目は、やつの両手が女の腰をつかみ、背後の壁に女を押しつけるのを追った。

スローンの言うとおりだ。おれは被害妄想になってた。カーターとスローンのあいだに何かあるなら、カーターはおれを睨み倒すか、スローンを探しているはずだ。あんなふうにどこかの女の首筋に舌を滑らせてるはずがない。

やるじゃないか。あんなふうに羽目をはずしているあいつを見るのは初めてだ。乾杯のときにシャンパンをボトル半分飲んじまったせいに決まってる。

おれはショットグラスをもう一杯空け、勝手口に向かいながらふたりの横を通り過ぎた。カーターの背中を軽く叩いたが、やつが気づいたとは思えない。いまでは女の脚がやつの腰に巻きついてる。なかなかいい脚だ。

運のいいやつめ。

通り過ぎざまに、女の片脚を指でそっとなぞった。カーターは相変わらず女の首にむしゃぶりついてたが、女のほうは、おれが触れたのに気づいて目を合わせてきた。女に片目をつぶり、そのまま勝手口に向かう。

女が言い訳を見つけておれを追いかけてくるまで、五分待ってやった。

このことについては――カーターの目の前でやつの女をくすねたことについては、申し訳ないと思わなきゃな。ただ、あの野郎はこの二十四時間というもの、スローンのことでじゅうぶんすぎるほどおれの頭のなかを占めてたんだ。むしろ、当然の報いだ。

28

カーター

「あいつ、行ったか？」ぼくは彼女の耳元で囁いた。

ティリーはうなずき、ぼくの腰にまわしていた両脚をほどいた。「ええ」そう言って首を拭う。「もっともらしくしなきゃならなかったのはわかるけど、もう二度とその舌でわたしを舐めまわさないで。ぞっとするから」

ぼくは笑った。ティリーは髪に指を滑らせて整えた。「出て行ったわ。わたしの出番ね。思ったより簡単そう」そう言ってぼくの胸をぴしゃりと叩いて脇へ押しやり、勝手口に向かった。彼女の新たなプロジェクトであるアサを探しに。

ティリーは、ぼくが過去に当たったいくつかの任務で手を貸してくれたことがあったが、ふだんはダルトンと組んでいる。今夜彼女をここに呼んだのは、ぼく自身の助けになるだけでなく、捜査にも役立つと考えたからだ。アサの目をスローンからいくらかでもそらすことができる人がいるとすれば、それはティリーだ。その理由は、彼女の外見のみならず、カメレオンに似ている点にある。男の心理につけこんでこっそり情報を引き出すために、必要とあらば誰にだってなることができるのだ。次の標的は、アサ・ジャクソン。ティリーが外に出ていくと、ぼくは部屋を見まわし、誰もぼくに注意を払っていないことを確かめた。危険がないと見て、階段へ直行する。

もちろん、ティリーがここにいるのは、ぼくがスローンの部屋に忍び込むためじゃない。実際、ダルトンからも、今夜はスローンに近づくな、日曜日まで——アサがぼくたちふたりから離れるまで——待てと命じられている。

幸い、ダルトンはいま外にいる。同じくアサも。

そしていまやティリーまで。スローンの様子を見るのに、少なくとも一〇分の猶予がある。

スローンはきっと、ぼくが階下で乾杯の挨拶をしたことで混乱しているだろう。そもそもアサがなぜぼくに挨拶を頼んできたのか、ぼく自身、いまだにとまどっている。彼がぼくを信頼しはじめているのか、でなければ〝**敵こそ近くに置いておけ**〟ということか。

スローンの部屋の前まで来ると、ノックで時間を無駄にはしなかった。ドアを開け、できるだけ素早く閉める。念のため鍵もかけた。彼女はベッドに腰かけていたが、視線を上げてぼくに気づいたとたん、立ち上がった。「カーター」涙を拭いながら言った。「ここに来ちゃだめよ」

ああ、スローンは美しかった。さっきアサが彼女を抱きかかえて階段を下りてくるのを見たときは、胃がむかつき、それ以上見ていられなかったのだ。漆黒《しっこく》の巻き毛がむき出しの肩に流れ落ち、ドレスがその体を包み込んでいる。いままさにぼくがそうしたいと思っているように。まずいな。乾杯の挨拶を乗り切るには、シャンパンをボトル半分あおらずにはいられなかったが、いまになってそれがやけに効いてきた。

どうにか彼女に触れることなく、彼女の横を通り過ぎて窓に近づいた。窓の脇に立ち、裏庭に目をやる。アサはプール脇のラウンジチェアに座り――ティリーがその隣の椅子に腰かけていた。彼女は身を乗り出し、アサを会話に引き込んでいるようだ。アサはくつろいだ様子で手を頭のうしろで組み、ここからでも、彼女の胸元に目を奪われているのが見て取れた。

ダルトンはプールの反対側でジョンと話している。

スローンに目を戻すと、彼女はぼくの背後にいて、首を横に振っていた。「どうしてここへ来たの？　気でも違ったの？」

ぼくはうなずく。「そうらしい」

彼女は不安げな様子で自分を抱きしめ、ぼくを見上げた。ぼくは胸が張り裂けそうだった。こういう馬鹿なことをすると、ときどきこんなふうになる。「出て行ってほしい？」

彼女は下唇を引っ込め、嚙みながら、少し考え込んだ。それから首を横に振った。「まだ、だめ」小声で言った。

ぼくは手を伸ばし、彼女の左腕を胸から引き離した。そして指輪に指を滑らせた。「この指輪をつけてるあいだは、できない」彼女の手から指輪をはずしてベッドに放った。

「何を？」彼女は期待を込めた目でぼくを見上げて囁いた。

「キスを」彼女の顔に手をやり、それをうなじへと滑らせた。「きみにキスしたい。酔いが覚めるか、誰かに見つかるまで。どっちが先かわからないけど」

彼女の顔から不安が消え、笑みが広がった。「なら、急いで」息を弾《はず》ませて言う。

彼女に関するかぎり、急ぐことだけはし、た、く、な、い。

スローンの手がぼくのシャツをぎゅっとつかむのを感じ、ぼくは頭を傾けた。彼女の唇に触れるか触れないかのところまで唇を近づけ、羽根のように軽く彼女の口をかすめる。唇が重なった瞬間、どちらも震える息を吐き出した。

スローンはいまつま先立ちで、すべてを奪うようなキスを求めてくる。ぼくらが求めてやまなかったものを早くちょうだい、と。でもぼくは身を引いて彼女を見下ろした。ぼくが彼女の望みと正反対のことをしているのに気づいて、スローンは目を開けた。

ぼくは彼女の唇を見つめた。それを貪る前に、もう少しだけ眺めていたかった。右手をふたたび彼女の頬にやり、親指の腹で下唇をゆっくりと撫でる。

「何をぐずぐずしているの？」

彼女の上唇を親指でたどりながら、その口元をじっと見つめる。「いったん始めてしまったら、ふたりとも止められないんじゃないかって心配なんだ」

スローンがぼくの首に両手を滑らせると、背筋を電流が走った。「この部屋に足を踏み入れる前から、そのことを考えていたんでしょ。いまになって考えを変えるのは、ちょっとばかり遅いわ」

ぼくはうなずき、彼女を引き寄せた。その背中に片手をまわし、もう片方の手を彼女の髪にからませる。「そう。たしかに遅すぎる」唇を彼女の唇に押しつけると、皮膚の下で鼓動が高まり出す。彼女の甘さに、思わずうめき声がもれた。スローンの口は温かく、唇は冷たく、彼女にキスを返されて、室温がとんでもなく上昇した気がした。彼女をさらに引き寄せ、もっと深くキスをしようとしたが、まだ足りない。ぼくたちはたがいを掻き抱き、許されている以上のものをこのキスから得ようと必死になった。でも彼女の唇が、彼女のあえぎ声が、彼女のうめき声が……。ぼくには止められない。

止められなかった。

命を危険にさらす行為だと知りながらも、彼女の背中を壁に押しつけ、この感覚を味わおうとした。キスはゆるやかになり、勢いを増し、またゆるやかになって……。

止んだ。

ふたりして息をあえがせながら、ぼくは彼女を見下ろした。スローンは悲愴な面持ちでぼくを見上げた。その唇に、それから頬に、ぼくはそっとキスをした。ふたりして息を整えるあいだ、体を引いて額を彼女の額に押し当てた。

「家に帰らないと」小声で言った。「ぼくが馬鹿なことをしたせいできみが殺される前に、行かないと」

スローンはうなずいたが、ぼくが身を離したとたん、無我夢中でぼくの腕をつかんできた。

「一緒に連れて行って」

ぼくは身じろぎもしなかった。

「お願い」彼女の目には涙があふれていた。「行きましょう。すぐに、わたしが心変わりする前に。ここを出たいの、二度と戻りたくない」

ああ、くそ。ぼくの聞き間違いであればどんなによかったか。

「お願い、いいよ、カーター」彼女は必死だった。「弟は退所させればいい。そうすれば弟のことでアサに利用されることもない。どこに行くことになっても、弟に必要な支援を再開できる方法を探すわ。とにかく行きましょう」

これから彼女の希望を打ち砕かなければならないかと思うと、胸が押しつぶされそうだった。彼女を連れて逃げたい。ぼくがどれほどそれを望んでいるかをスローンが知ってさえいれば。ぼくがかぶりを振りはじめると、スローンはその手をぼくの腕から頬へと移した。その瞳から、大粒の涙がこぼれ落ちる。「カーター、お願い。あなたはアサになんの借りもない。抜け出すことができる。わたしたちふたりとも。いますぐに」

ぼくはぎゅっと目を閉じ、彼女のこめかみに額を当てた。唇を彼女の耳にぴたりと寄せて囁いた。「そんなに簡単なことじゃないんだ、スローン」

もしもルークの好きにしていいなら、カーターが存在しないでいいのなら、いまごろふたりで州を半分、横断していただろう。だがもし今夜スローンを連れ出せば……ふたりで逃げ出し、すべての渦中にいるライアンを見捨てたりしたら……捜査全体を危険にさらすことになる。アサがさらに危険な存在になる。多くの人を失望させ、キャリアを棒に振ることになる。そうなれば、スローンを支えることもできない。

「スローン、ぼくはきみをここから連れ出したい」声がかすれた。「でも、ぼくはまだここを離れるわけにはいかないんだ。理由は説明できないし、いつ説明できるかもわからないけど、いつかかならず説明する。約束する。誓うよ」

泣き出した彼女のこめかみに唇を押しつけた。彼女の絶望が去るまでこの腕に抱きしめてやりたい気持ちでいっぱいだが、それはできない。彼女と一緒にこの部屋に留まれば、それだけ彼女の命を危険にさらすことになる。

もう一度、彼女の唇に唇を重ねてから、体を離した。壁に頭をもたせかけたスローンは、ぼくがこの部屋に入ったときよりもずっと悲しげに見えた。

ぼくが歩み去ろうとするときも、彼女はぼくの手首をつかんだままだった。放すまいとする彼女の指を手首からほどいて、彼女から離れた。そして彼女の腕がだらりと脇に下がるのを見守った。こんなふうに彼女の前から歩み去らなくてはならないことこそ、絶望にほかならない。

悲劇だ。

そしてそれは、愛がきみを見つけるところ……悲劇のさなかだ。

29

スローン

日曜日には欠かさず弟に会いにいく。金曜の晩にカーターが去ってから、具合が悪いふりをしてベッドから出なかったけれど、今日はなんとか、落ち込んでいた気分を奮い立たせた。アサと取り巻き連中は、みなカジノへ出かけた。カジノは車で三時間ほど北上した場所にあり、弟は車で一時間南下した場所にいる。落ち込んではいたけれど、今日はいつもよりアサとの距離が遠く感じられるぶん、気分はよかった。遠いほど呼吸が楽になる。

部屋を出る直前に、ドアのそばで立ち止まった。左手に手をやり、指輪をはずしてドレッサーに置いた。アサが戻る前には帰るつもりだから、今日は指輪をつけていなくても彼に知られることはない。

それにしても、手が百万ポンドも軽くなった気分だ。

キッチンに寄って、移動中の飲み物を準備した。氷を取ろうと冷凍庫に手を伸ばしたとき、取っ手をつかむ手に力が入った。ホワイトボードに書かれた、新しい文章に目が留まったのだ。

みんながヨーデルを歌うとき、ピクルスは罪悪感を持つことはない。なのになぜ、木曜日にシーツをたたまないの？

カーターがいつこれを書いたのかわからないけど、金曜の晩に彼が去ってしまったことで落ち込んだわたしの気持ちを明るくしようとして書いたことはわかる。わたしを笑わせようとして書いたことも。

効果ありだ。その証拠にわたしは、冷凍庫を開けながら二日ぶりに微笑んでいた。

タンブラーを氷とソーダで満たし、それからスティーブンのためにソーダをもう一本手にした。健康上の制限があって、グループホームでは炭酸飲料を飲ませてもらえないため、日曜日にはかならず、ご褒美として特別に一本、弟にこっそり渡しているのだ。もちろん、弟の主治医の許可を得たうえで。そのことはスティーブンには伝えていないけれど。

バッグとキー、それから飲み物を持ってドアのほうへ歩き出したとき、新しいメッセージを受信した。車に乗るまで待ってバッグからスマホを取り出し、メッセージを読んだ。

カーター　スタンダード通りとワイアット通りの交差点まで迎えにきてくれ。一緒に行きたいから。

思ってもみないメッセージに頬が熱くなった。今日は、彼もアサたちと一緒にいると思っていたのだ。メッセージを返そうとしたとき、別のメッセージを受信した。

カーター　あと、ぼくのメッセージには返信しないように。両方とも削除すること。

言われたとおりにしたあと、バックで車を私道から出し、スタンダード通りとワイアット通りの交差点を目指した。ほんの数ブロック先だったけれど、カーターがそこまで迎えにきてほしいと言ったのは、私道に彼の車を停めておくより安全だからだとわかっていた。もっとも、わたしが出かけることを彼がどこで知ったのかは、まだわからなかったけれど。

カーターの姿を探しながら、期待に胸をふくらませていた。スタンダード通りの角を折れると、路肩にカーターがジーンズのポケットに手を突っ込んで立っていた。わたしを見つけて笑みを浮かべる。それを見て胸が痛くなった。同時に、信じられない気持ちだった。車を停めたとたん、彼がドアを開けて車に乗り込んできた。

「何してるの？」わたしは訊いた。

「一緒に、きみの弟に会いに行こうと思って」

「でも……なぜ？　どうやってカジノ行きを断ったの？　それに、どうしてわたしが出かけることを知ってたの？」

カーターはわたしに笑顔を向けて座席から身を乗り出し、その手をわたしの髪に巻きつけて、唇をわたしの唇に寄せた。「裏技があるんだ」わたしにキスしてから自分の座席に座り直すと、シートベルトを留めた。「一緒にホームのなかに入るのが危険すぎると思うのなら、ぼくは車で待ってたっていい。正直言うと、きみとしばらくふたりきりになりたかっただけなんだ」

わたしは笑顔を作ろうとしたが、彼がこれほど近くにいると、どうしても金曜の晩のことを思い出してしまう。一緒に逃げてとせがんだ、ひどくみっともない自分のことも。

考えが足りなかった。急に思い立って出ていくなんて無理だ。大学の学位もまだ取れていないのに。スティーブンをホームから連れ出し、国じゅうを横断するドライブに連れまわすわけにもいかない。ホームで楽しく暮らしている弟に悪影響を与えてしまう。

ただどうしようもなく出ていきたくて、カーターにキスされたときにあふれた気持ちで感情的になってしまった。そして、彼が間違っていたらいいのに、と思ってしまったのだ――彼ならわたしを救えるはずだ、と。

カーターが座席を挟んでわたしの手を取った。「スローン。今日、約束してほしいことがあるんだけど、いいかな」

わたしはちらりと彼を見た。「内容によるわ」

「その顔は、どう見ても金曜の晩のことを考えてるね。今日は、アサについては話さないことにしよう。ぼくたちふたりが望んでる成り行きについても。誰かにばれる可能性や、ぼくがきみと出かけるのが馬鹿げてるってことも話題にしたくない。今日は、ただのスローンとルークでいよう。いい？」

わたしは眉を吊り上げた。「ル、ルーク？　ルークって誰？　ロールプレイでもするつもり？」

彼の口元がぴくりと動いた。「カーターって言いたかったんだ。子どものころにミドルネームで呼ばれてたことがあって。習慣ってこわいね」

わたしは首を横に振って笑いころげた。「わたし、あなたが自分の呼び名を思い出せないほど焦らせちゃったってこと？」

彼はわたしの手を強く握り、笑みを浮かべた。「からかわないで。それから、絶対にルークとは呼ばないでくれ。ぼくをルークって呼んでたのはおじいちゃんだけだったから、変な感じなんだ」

「わかった。でも嘘じゃなしに、ルークって名前、けっこういいと思うわよ、ルーク」

彼は手を伸ばしてわたしの膝をぎゅっと握った。「スローンとカーター。今日はスローンとカーターでいよう」あらためて言い直した。

「わたしはどっち？」そうからかう。「スローン？　それともカーター？」

彼は声をあげて笑い、それからシートベルトをはずして座席から身を乗り出した。わたしの耳に口を当て、手のひらを太腿に滑らせる。わたしは息をのみ、彼がこう囁いた瞬間、ハンドルをぎゅっと握りしめた。「きみがスローンで、ぼくがカーターだ。そして今日の午後、家に帰る途中でどこか静かな場所に車を停めて、きみはカーターと一緒に後部座席へ移るスローンにもなれる。いいだろう？」

わたしはうなずきながら息をもらした。「そうね」

30

カーター

「アサが最後にここに来たのはいつ？」ぼくは尋ねた。

スローンは車のエンジンを切って荷物を集めはじめたところだった。「二年前よ。その一度きり。居心地が悪かったんですって」

いかにも、やつが言いそうなことだ。

「だから、ぼくがきみと一緒になかに入っても、誰も不審には思わないってこと？」

スローンは首を横に振った。「スタッフの人たちはわたしがひとりでいるのを見慣れてるから、いよいよ誰かを連れて現れたってことで興味を持つとは思う。でも不審に思うことも、アサに告げ口することもないわ。だって、アサのことを知りもしないんだから」キーとスマホをバッグに入れ、それからハンドルを握った。目の前の駐車場を眺めている。「寂しいったらないでしょ。誰もいないなんて。文字どおり、誰も。いつもわたしとスティーブンだけで、このいまいましい世の中を相手にしてる」

ぼくは手を伸ばし、彼女の髪を耳のうしろにかけてやった。やさしい言葉をかけたかった

――きみにはぼくがいる、と言いたかった。でも、ありのままの自分をさらしているいまの彼女に、これ以上嘘を重ねたくはなかった。彼女はぼくの本名さえ知らないし、ここでまた嘘を口にすれば、真実を知ったとき彼女はますますぼくを赦しがたくなるだろう。

さっきは、あやうく彼女に知られるところだった。ときおり考えてしまう。まったく、そもそもぼくはなぜこの任務を引き受けてしまったのかと。ぼくは史上最悪の潜入捜査官だ。真面目な話、〈ピンク・パンサー〉呼ばわりされても仕方がない。

真実を告げても、スローンなら対処できるんじゃないかと思うこともある。なんらかの方法で力になってくれるんじゃないかと。でも、それによって彼女をますます危険にさらすだけだし、すでにかなり危険な目に遭わせている。

彼女は信頼に足る人間だとライアンに思わせることができれば、そのうち彼もスローンに真実を明かすメリットを見出すかもしれない。でもいまはまだ、彼女は知らないほうがいい。

スローンはまだぼんやりと窓の外を見つめている。ぼくは彼女を引き寄せてハグした。彼女が腕をまわし、ぼくの首元でため息をつく。アサがカジノの帰り道で死んでしまえばいいのに、という思いが頭をよぎった。

いや。さすがにそれはあんまりか。

でも、アサにはわからないのだろうか。もしやつが存在しなければ、周囲の人たちの生活がどれだけましになるかを。

むろん、やつにはわかりっこない。嗜虐的なナルシストには、自分の領分以外見えないのだ。

「あなた、ハグするのがとっても上手ね」スローンが言った。

ぼくはさらに強く、彼女を抱きしめた。「ハグされた経験が少ないだけじゃないかな」

「それもある」彼女はため息をついた。

そのまましばらく抱きしめていると、やがて彼女がぼくの首元で囁いた。「五十六匹のタラバガニが、イースターのディナーで靴ひもを食べて、そのあと咳をしたら、鼻の穴から魔法少女レインボーブライト（一九九〇年に放送された仏・米・日合作のテレビアニメ）が飛び出した」

ぼくはひとしきり笑い、彼女の頭のてっぺんにキスした。「自転車の車輪やパーティグッズの糸スプレー《シリーストリング》で、違法なバターを買うことはできない」

ぼくの口を見つけてキスしたとき、彼女が笑みを浮かべているのがわかった。

それこそが、車から出る前にぼくが求めていたことだった——彼女に笑顔が戻ること。


「スティーブンはアサのことを嫌ってるって言ってたけど」スティーブンの部屋に続く廊下を歩きながらぼくは言った。「スティーブンは自分の意思を伝えることがないのに、誰かを好きだとか嫌いだとか、どうしてわかるんだ？」

弟の部屋へ向かいながら、スローンは彼の症状についてくわしく教えてくれた。弟が診断されたという症状を五つほど挙げてくれたが、ぼくはその名称すら覚えられず、せいぜいそれを理解しようと努めることしかできなかった。

「わたしと弟には、ふたりだけのコミュニケーション方法があるの。スティーブンは赤ちゃんのころからわたしが育てたようなものだから」彼女は角を折れ、廊下の先を指した。「この突きあたりよ」

まだ訊きたいことがあったぼくは彼女の手を引き、ふたりで足を止めた。「でもきみは、スティーブンとそれほど年が変わらないじゃないか。どうやって彼を育てたんだ？」

スローンはぼくを見上げて肩をすくめた。「やるしかなかったからよ。ほかにやってくれる人がいなかったから」

スローンのような人に、ぼくは会ったことがなかった。ぼくは彼女にキスした。ひとつには、今日はできるかぎりたくさんキスをしたかったから。もうひとつには、彼女の人生にはもう少し愛情が必要だと思ったからだ。無償の愛情が。一、二秒で終わるキスのつもりだったのに、初めてのキス以来、こんなふうにキスする機会がなかったせいで、ぼくらはたちまち夢中になって、ほかのことは全部忘れてしまった。

そのとき、誰かが背後で咳払いした。ぼくらはぱっと離れ、するとぼくたちがふさいでいる戸口から出ようとしている看護師が目に入った。スローンは謝罪の言葉を口にして、スティーブンの部屋へと続く廊下を早足で歩きながら、声をあげて笑い出した。

スローンは部屋のドアをノックしてから押し開けた。彼女のあとに続いて部屋に入ったぼくは、すぐにその設備に感心した。もっと介護施設や病室に近い環境を予想していたのに、どちらかというと小ぶりなアパートメントといった感じだ。就寝スペースと簡易キッチンに、小さなリビングもある。コンロや電子レンジがないことに気がついたが、おそらく食事はすべて用意してもらう必要があるということだろう。

スローンは弟に挨拶しようとリビングに向かったが、ぼくはふたりを邪魔したくなくて、ドアのところで待っていた。

スティーブンはソファに腰かけてテレビを観ていた。彼がスローンを見上げたとき、すぐにふたりが似ていることに気づいた。同じ髪の色、同じ髪の質感、同じ目をしている。ただし、スティーブンの顔には表情がない。彼はテレビに向き直り、ぼくはスローンを思って胸が痛んだ。この世でただひとり、彼女が愛する人には、それに応える愛情を表現する能力がないのだ。スローンが寂しそうに見えるのも無理はない。もしかすると、これまで会ったなかで一番寂しい人なのかもしれない。

「スティーブン、紹介したい人がいるの」彼女はそう言ってぼくのほうを指差した。「お友だちのカーターよ。一緒の大学に行ってるの」

スティーブンはぼくに目を向けたが、すぐにテレビに目を戻した。

スローンがソファの彼女の隣をぽんぽんと叩き、横に来るようにとぼくを促した。ぼくはソファのところへ歩いていって腰を下ろし、彼女と弟とのやり取りを見守った。スローンはバッグからあれこれ取り出しはじめた。爪切り、紙、ペン、ソーダ。彼女は始終スティーブンに話しかけていて、ここまでの道中について語り、隣の部屋に入った新しい住人について思うことを伝えた。

「氷がほしいの？」スローンが言った。

ぼくはちらりとスティーブンを見たが、氷がほしいそぶりはまったく見られない。スローンはキッチンスペースを指差した。「カーター、スティーブンのために、グラスに氷を入れてきてもらえる？　それと、左側の一番上の引出しから青いストローを持ってきて」

ぼくはうなずき、グラスに氷を入れにキッチンへ向かった。スローンがペンを手にして何か書き出したのに気がついた。彼女がその紙をスティーブンのほうに滑らせると、スティーブンはすぐさまそれを見て、ペンを握り、前屈みになってお返しに何か書きはじめた。

スティーブンは読み書きができるのか？　スローンはそんなこと言ってなかったが。

氷をグラスに入れ、リビングに戻ってスローンに渡した。スローンは紙にまた何か書いてスティーブンに返すと、持ってきたソーダをグラスに注いだ。彼女がそれにストローを差すが早いか、スティーブンは彼女の手からそれをつかみ取って飲みはじめた。それからさっきの紙をスローンに戻し、スローンがそれをぼくに渡した。ぼくは、最初に彼女が書いたものを読んだ。

ジェリービーンズでできた本は、毛皮の手袋をはめていると、すごくベタベタする。

次に、スティーブンが書いたものを読んだ。彼の字はスローンのものほど読みやすくはないが、何が書いてあるかはわかった。

ぼくのあたまの上にある、とかげがたくさん入ったかごは、あなたのために、わたを半分に分けます。

スローンをちらりと見ると、彼女はぼくに小さく微笑んでみせた。講義で初めて顔を合わせて、スローンがこれをやっているのを目にしたときのことを思い出した。たまにやる、ただの遊びだと彼女は言った。きっと、このことを言っていたのだ。毎週日曜日には、スティーブンとこうやって遊んでいるんだ。
「スティーブンはほとんどなんでも読めるのかい？」ぼくは尋ねた。
スローンは首を横に振った。「本当に理解しているわけじゃないの。小さいときに読み書きを教えたんだけど、弟が意味のある文章を紙に書いてるのは見たことがないわ。これは弟のお気に入りのゲームなのよ」
ぼくはスティーブンのほうを見た。「ぼくも何か書いていいかな、スティーブン？」ぼくが手を伸ばすと、スティーブンはペンを渡してきたが、依然としてこちらを見ようとはしなかった。ぼくはペンを紙に押しつけた。

きみの姉さんはすごいよね、そんな姉さんがいて、きみはとてもついてるよ。

ぼくがその紙をスローンに渡し、スローンはスティーブンに渡す前にそれを読んだ。頬を赤らめてぼくの肩をこづき、それからペンと紙を弟に渡した。
そんなふうにあと十ページ、三人で続けた。スティーブンとスローンはとりとめのない言葉をやり取りし、ぼくはひたすら、スローンへの誉め言葉をたっぷり書き綴《つづ》った。

きみの姉さんの髪は素敵だね。とくに、髪を巻いたときが大好きさ。

きみの姉さんが、指一本動かそうとしない男どもの後片づけをしてくれているのを知っていた？　おまけに、これまで誰ひとり彼女にお礼を言ったことがないんじゃないかな。ありがとう、スローン。

今日、きみの姉さんの薬指には何もついていなくて、すっきりしているね。

ぼくはきみの姉さんが好きだ。大好きだ。

一時間ほど経ったころ、看護師がやってきて、遊びはおしまいだと告げた。スティーブンを理学療法に連れていくと言う。

「今日、ソーシャルワーカーの方はいますか？」スローンが尋ねた。

看護師は首を横に振った。「日曜はいないの。でも、スティーブンの治療が終わったら、彼女の書類箱にメモを残しておくわね。そしたら、明日確認してあなたに連絡するはずよ」

スローンは看護師に礼を言い、スティーブンに近づいてハグをした。彼女の別れの挨拶が終わると、ぼくは正直、どうしたらいいのかわからなかった。スティーブンみたいな人たちとのやり取りに通じているふりはしたくないし、かといって、やってはいけないことをするのもいやだった。

「スティーブンは握手をする？」スローンに尋ねた。

彼女は首を振った。「それが、わたし以外の誰にも触らせないの」そう言って、ぼくの手にそっと手を滑り込ませた。

「きみに会えてよかったよ、スティーブン」ぼくは彼に言った。スローンはバッグをつかみ、看護師が治療の準備ができるよう、部屋から出ようとした。ドアの前まで来たとき、肩を軽く叩かれるのを感じた。振り向くと、目の前にスティーブンがいた。床に目を落とし、かかとを軸に体を前後に揺らしている。そしてぼくにペンと白紙の紙を差し出した。ぼくはそれを受け取りながらも、もう帰るからゲームはできないと、どうすれば彼に伝えられるのかまったくわからずにいた。

どうしたらいいか知りたくてスローンに目をやったが、彼女の表情を見てさらに混乱した。スティーブンはぼくたちから離れ、リビングに戻っていた。ぼくは白紙の紙とペンに目を落とした。

「あなたにまた来てほしいんだわ」スローンは小声で言った。彼女にまた目をやると、笑みを浮かべ、首を左右に振っている。「こんなことは初めてよ、カーター」彼女は手で口をおおい、笑い声と泣き声がないまぜになったような声をもらした。「弟はあなたが好きなのよ」

ぼくはスティーブンのほうを見たが、彼はもうぼくたちに背中を向けていた。スローンに視線を戻すと、彼女はつま先立ちになってぼくにキスし、先に部屋を出た。ぼくは紙をたたみ、ペンと一緒にうしろのポケットに滑り込ませた。

自分が今日何を期待していたのかわからないが、このことじゃなかったのはたしかだ。来てよかった。そう思うのは、もうスローンのためだけじゃなかった。

31

アサ

先月、このカジノに来たときはもっと楽しかった。

おれは髪を手櫛《てぐし》で梳き、うなじを揉んだ。腹が減っていた。ケヴィンとダルトンを見た。ふたりはバーテンダーの女と夢中で話し込んでいる。どちらかというと、あのふたりより、ジョンが建物の裏手に連れていきそうなタイプの女だ。

ジョンがあのバーテンダーとまだ建物の裏手でよろしくやっていないのは、カジノの隣にあるドライブインで立ちんぼの女をふたり拾ってきたからだ。いまごろは男用のトイレにでも連れ込んでいるんだろう。顔がブルーベリーみたいな色に腫れ上がっているってのに、そんなことができるとはびっくりだ。

だが、そろそろ戻ってきてもいいころだ。ジョンが女相手に二分以上もつとは思えない。ふたり合わせても、たったの四分。それなのにもう一時間以上もどこかにしけこんでいる。

いったい、どこに行ってやがる?

あたりを探しても見つからなかったから、ひとまずチップを現金化した。スロットマシンが立てる、クソうるさい音に負けじと、テーブル越しに声を張り上げ、ジョンを探してくるとダルトンとケヴィンに伝えた。ダルトンがうなずいた。

カジノの奥まで行ってもジョンは見つからなかった。きびすを返し、ブラックジャックのテーブルの脇を通ったとき、呂律《ろれつ》のまわらない舌でディーラーに文句をつけている男が目に留まった。「このくそいまいましい店に来るたびに思うんだがな、ここじゃあ、いつも惨めったらしいアホの常連客どもがテーブルに屈み込んで、せっせと苦労して稼いだ金をおまえら卑劣なディーラーどもに吸い取られてる。おまえらは取るばっかりだ。ひたすらに取りまくる」

ディーラーは男の目の前からチップを回収した。テーブルの反対側に座っている別の客が言った。「その惨めったらしいアホの常連客ってのは、大抵はあんたのことだな」

おれは大笑いし、その台詞を吐いた男と目を合わせた。

笑いが止まった。

男はちらりとこちらを見たものの、おれが誰かまったく気づくことなく目をそらした。

文句を垂れていた男は椅子を押しやって立ち上がった。そして、おれが睨んでいる男を指差し、こう言った。「今日はたまたまツキがまわってきたんだ、ポール。それだけだぞ。長くは続かん」

おれはこぶしをきつく握りしめた。怒りで血が逆流し、手のひらから染み出しそうだ。

名前を聞くまでもなく、あいつだとわかった。息子は親父を忘れたりはしない。

あの親父にとっては、息子を忘れるなどなんでもないことだとしても。

親父に背を向け、手のひらをジーンズの太腿にこすりつけた。スマホを取り出し、グーグルで検索をかける。しばらく画面をスクロールしたあと、親父の顔と検索結果を見比べ、探している情報を見つけた。

あのくそったれは、昨年、仮釈放になっていた。

スマホをポケットに滑り込ませ、親父の向かいの空いている席に腰を下ろした。これほど緊張したことはなかった。こいつがもはやおれに何かしてくるとは思えないが、おれのほうがこいつに何をするかわからなかったからだ。テーブルにチップを置き、あからさまに睨まないように気をつけた。だが、親父はそもそもおれになど目もくれず、ディーラーの手の動きに集中している。

親父の髪は薄くなっていた。最後の幾筋かの細い房を未練たらしく頭に張りつけていなければ、禿げ頭に見えていただろう。おれは自分の髪を手で梳いてみた。いつものとおりふさふさだ。

おそらくストレスによる脱毛で、遺伝するような類のものではないんだろう。こんなやつからは何ひとつ受け継ぎたくない。こいつは生きているだけでスペースの無駄遣いだ。

記憶にある親父はもっと背が高かった。もっと肩幅が広かった。それに、もっと怖かった。おれは少しばかりがっかりした。

いや、じつのところ大いにがっかりした。このくそったれのことはずっと憎んでいたが、それでも記憶にある親父は無敵に見えた。その性格をおれも受け継いでいるんじゃないかと、密かに思っていた。だが、変わってしまった親父の姿を見て、おれのプライドは傷ついた。

「おい、あんた」親父は痩せこけた指を鳴らした。「煙草は持ってるか?」

親父と目が合った。親父はたったひとりの息子から煙草をたかろうと、おれのことをじっと見ている。そのくせ、息子だとは気づかない。微塵も。

「うるせえな、煙草なんか吸わないんだよ」

親父は含み笑いをして、降参するように両手を上げた。「おいおい、兄さん。虫の居どころでも悪いのか？」

おれが反抗的な態度を取っているとでも言いたいのか？　おれは指先でチップをまわしながら身を乗り出した。「かもな」

親父は首を横に振った。おれたちは黙り込み、ゲームに備えた。親父の手よりも萎《しな》びたおっぱいをした年かさの女がすり寄ってきて、親父の肩に腕をまわした。「もう帰りたいわ」女は拗ねたような口調で言った。

親父は肘で女を押しやった。「まだだ。おれが帰りたくなったら、おまえを探しに行くと言っただろうが」

まだ拗ねたように何か言っている女に、親父はポケットから二十ドル札を一枚出して手渡し、ペニースロットでもしてこいと言って追いやった。女が立ち去ったあと、おれは女のほうへ顎をしゃくった。「かみさんか？」

親父はまた含み笑いをした。「まさか。違う」

おれは一枚目のカードを表に向けた。ハートの１０だ。「結婚したことはあるのか？」おれは尋ねた。

親父はうなじを軽く叩いただけで、おれのことは見なかった。「一度だけな。長続きはしなかったが」

ああ、知ってる。おれも見てたからな。

「そのかみさんは淫売だったのか？」おれは尋ねた。「だからもう結婚していないのか？」

親父は声をあげて笑い、またおれと目を合わせた。「そうだな、淫売だった」

おれはゆっくりと息を吐き、二枚目のカードを表に向けた。クラブのエース。

ブラックジャックだ。

「おれ、結婚するんだ」おれは言った。「でも、彼女は淫売なんかじゃない」

親父は首をかしげ、眉間にしわを寄せた。おれの話がさっぱり理解できないんだろう。身を乗り出し、テーブルの端をこつこつと叩いた。「おい、ぼうず《サン》、ひとつ忠告しておいてやろう」

「ぼうず《サン》なんて呼ぶんじゃねえ」

親父は言葉を切り、おれがガキのころに見せたような相手を見くだした表情をちらりと浮かべた。それから口を開いた。「女ってのはな、みんな淫売なのさ。おまえは若い。まだ足枷なんかはめるな。人生を楽しめ」

「めちゃめちゃ楽しんでる。くそほど愉快に生きてるぞ」

親父は首を横に振り、ぼそりと言った。「おまえみたいな癇癪《かんしゃく》持ちのくそガキは見たことがない」

おっしゃるとおりだよ。おれは癇癪持ちさ。

いまこの瞬間、おれはめちゃくちゃむかついている。

テーブルを乗り越えて、親父の喉に自分のカードを突っ込んでやりたかった。たとえそれが勝ち手だとしても。

　ディーラーがチップの山をおれの前に押し出したが、あちらこちらに監視カメラがあって、警備員がごまんと配備されている建物のなかで馬鹿なことをする前に、おれは立ち上がってその場を離れた。

「お客さん！」ディーラーが呼んだ。「チップをお忘れですよ！」

「あんたにくれてやる！」

　早足で店内を突っ切る途中、ようやくジョンを見つけた。ジョンは立ちんぼのふたりに挟まれ、素人向けのしょぼい円盤ゲーム《ホイール・オブ・フォーチュン》の前にいた。

「ダルトンとケヴィンを見つけてこい。帰るぞ」

　出口へ向かい、力任せにドアを押し開け、外に出るなり身を屈め、空気を求めてあえいだ。

　おれはあんなやつとは違う。

　おれはあんなやつには似ていない。

　あいつは情けない。あいつは弱者だ。あいつは禿げだ。くたばれ。

　手が震えていた。

「おい、あんた！」ちょうど店から出てきた男に声をかけた。「煙草を一本くれないか？」

　男は手にしていた煙草を口にくわえ、ポケットに手を突っ込んで煙草のパックを取り出した。一本差し出し、ライターも貸してくれた。おれは煙草に火をつけ、ぼそぼそと礼を言い、深々と煙を吸った。出入口の前を行ったり来たりしていると、仲間がようやく外へ出てきた。

　だが、連中の少しうしろにあの男がいた。萎びたおっぱいの淫売が隣に張りついている。ふたりは出口に向かってきた。

「行こうぜ」外に出てくるとジョンが言った。

おれは親父を睨みつけたまま、首を横に振った。「ちょっとだけ待ってくれ」

出口に近づいてくるふたりを睨み続けた。親父は女と一緒に外へ出ると、おれに気づいた。

おれの脇を通るとき、おれがくわえている煙草に目を留めた。

「吸わないいんじゃなかったのか？」

「吸わない」おれは答え、親父の顔に煙を吐きかけた。「これが初めてだよ」

親父はまた見くだすような目をした。ガキのころに何度も見せられてきた表情だ。ただし、今回は殴りつけてはこなかった。

少なくとも親父のほうからは。

親父と女は歩みを止めず、おれから五フィートほど遠ざかった。おれは声をかけた。「お楽しみのようだな、ポール・ジャクソンさんよ」

親父は足を止め、しばらくして振り返った。ようやくこちらを向いた親父の顔を見て、おれにはわかった。どうやら気づいたらしい。親父は首をかしげ、こう言った。「名乗った覚えはないが？」

おれは肩をすくめて煙草を捨て、靴のかかとで火を踏み消した。「おっと、失礼。呼び方を間違えたよ、父さん」

親父の顔に見間違えようのない、はっきりとした確信の表情が浮かんだ。「おまえ、アサなのか？」親父は一歩前に出た。親父が犯したふたつ目のミス。

ひとつ目は、そもそもおれの顔を覚えていなかったことだ。

おれは大またで親父に近づき、両のこぶしで殴りつけた。力任せにとどめの一発をお見舞いする前に、惨めなくそ野郎は地面に倒れた。誰かがおれを親父から引き離そうとした。萎びたおっぱいの淫売がおれの耳元でがなりたて、親父を守ろうとおれの顔をひっかいた。

おれはまた親父を殴りはじめた。親父がおれを放ったらかしておいた年月のぶん。親父がおれの母親を淫売と呼んだ回数のぶん。親父がおれに垂れたくだらない忠告の数のぶんだけ殴り続け、おれのこぶしは血まみれになり、もはや親父の顔は見分けがつかなくなった。あまりの血の量に、親父の頭じゃなくコンクリートを殴ってしまったかと思ったほど。それくらい手が痛かった。

ジョンたちがようやくおれを親父から引き離し、車のほうへ引きずりはじめたとき、おれは自分の頰が濡れていることに気づいた。親父から、真の男と腑抜けの違いはそれだとさんざん言われてきたもので。

そう、涙を流していたのだ。自分が泣いているのはわかったが、どうしても止めることができなかった。このくそにまみれた人生で、これほど自分が強く、同時に弱いと感じたことはなかった。

自分がどうやって助手席に乗ったのか、あるいはいったい誰が車に押し込んだのか、まったく覚えていなかった。気がつくとダッシュボードを殴っていて、しかも力任せに殴ったものだからダッシュボードにひびが入った。ケヴィンが車を急発進させ、駐車場から出した。カジノの前に残してきた血まみれの男が警備員に発見される前にずらかろうと考えたのだろう。

ジョンが後部座席から手を伸ばし、おれの両腕をうしろにまわさせようとした。そんなことでおれを押さえ込めると考えているなら、こいつはおれが思っている以上のマヌケだ。おれはジョンの手を振りほどき、ふたたびダッシュボードを殴りはじめた。こぶしの感覚がなくなるか、頬を濡らしているものが目から出なくなるまで殴るつもりだった。

おれはあいつのようにはならない。あんな情けない男になんかなるもんか。

これ以上、こんな思いはしたくない。

「誰かおれに何かくれ！」おれは怒鳴った。

皮膚から骨が飛び出しそうだった。髪の毛を掻きむしり、窓ガラスを殴った。「息ができない！」

ケヴィンが窓を開けたが、意味はなかった。

「早く何かよこせ！」おれはふたたび怒鳴った。うしろを向いてジョンにつかみかかろうとしたが、ジョンは背もたれに体を押しつけ、おれから身を守ろうとでもするように片脚を上げた。

「さっさとしろ！」

「トランクのなかなんだよ！」ジョンも怒鳴り返した。「くそっ、ケヴィン！　車を停めろ！こいつを落ち着かせるのが先だ！」

おれは前を向き、もう一度、ダッシュボードを殴った。何度か殴っているうちにジョンが後部座席に戻って来た。「一秒、くれ」ジョンは言った。

嘘つきめ。注射器を渡してよこすまで、ゆうに一〇秒はかかってる。おれは注射器のキャップを歯ではずし、腕に針を突き刺した。

シートにもたれた。
「車を出せ」ケヴィンに言った。
目を閉じた。車が動きだしたのがわかった。
おれはあんなやつには似ていない。
女はみんな淫売ってわけじゃない。スローンは違う。
「スローンはヘロインだ」おれはつぶやいた。「ヘロインはいい」

32

カーター

「何を食べたい？」ぼくは尋ねた。

スローンに運転を頼まれ、この五マイルのあいだレストランを探していた。

「なんでもいい」スローンは言った。「ギリシャ料理じゃなければ」

「ギリシャ料理は嫌い？」

スローンは肩をすくめた。「そうじゃないけど、ギリシャ料理の店は次の町までないし、もうお腹がぺこぺこなの。あなたがギリシャ料理にしようと言ったら、飢え死にしちゃう」

ぼくは笑った。なんてかわいいんだ。スローンの手を取ろうと腕を伸ばしたとき、メッセージの着信音が鳴った。ふだん、運転中に返信はしない、とりわけスローンが同乗しているときは。だがダルトンから、もしアサたちがいつもより早く帰宅しそうになったら連絡をすると言われていた。

案の定、メッセージはダルトンからだった。

ダルトン　**急いで帰ってこい。アサの状態が悪い。**

くそっ。ぼくが彼の死を願ったから、その願望が早くも叶ったのか。

カーター　**自動車事故にでも遭ったか？**
ダルトン　**いや。父親をぶん殴って、おかしくなってる。**
ダルトン　**スローンが帰宅していなかったらぶっ殺す、と言い続けてる。**

ぼくはメッセージを削除し、スマホをカップホルダーに戻した。ハンドルを握りしめる。

「すまないが、食事はパスだ。ダルトンから連絡があった。アサがおかしくなって、いま、家に向かっているらしい」

「おかしくなった？」

「ああ、父親のことで何かあったらしい。カジノで父親をぶん殴ったそうだ」

スローンは車窓に目をやった。「彼のお父さんって生きてたんだ」

ぼくはスローンをちらりと見た。アサの父親が殺人罪で起訴されたことを知らないのか？

だが、アサがそれをスローンに伝えなかったのは理解できる。交際相手に打ち明けたいような話じゃないから。

「アサはわたしがあなたと一緒にいることを知らない。べつにアサたちより先に家に帰る必要はないわよ。わたし、お腹が空いてるし」

これほど家に帰るのをいやがっているスローンを無理やり帰宅させるのは気が重かった。

「帰ってきたほうがいいとダルトンは言っている。アサの状態がひどいらしい」

スローンはため息をついた。「知ったことじゃないわ。そもそも、あなたがわたしと一緒にいることをどうしてダルトンは知ってるの？　あの人、信用できない。ジョンもそう。ケヴィンもよ」

「ダルトンは大丈夫だ。ぼくは彼をとても信頼している」腕を伸ばしてスローンの手を取り、ぼくの膝に置いた。「ぼくはしばらく自分の車に残って、夜遅くにそっちへ行く。きみが帰るのとぼくが顔を出すのに時間差があったほうがいい」

スローンはうなずいたものの、その後の道中は黙り込んでしまった。精神状態の不安定なアサ・ジャクソンと顔を突き合わせるのは避けられず、ぼくもスローンもそれを恐れていた。アサ・ジャクソンは機嫌のいいときでさえ自己中心的な男だ。今夜、彼がスローンをどう扱うかなんてことは考えたくもない。

ぼくの車に近づきながら、周囲に誰もいないか確認した。今朝はアサの家から二マイル離れたところに車を停め、そこから歩いてアサの家に行ったのだ。

車を降りる前にスローンを引き寄せ、キスをした。スローンはため息をつきながらキスを返してきた。それが悲しかった。こういう形で別れることにうんざりしているんだろう。

「わたしたち、一歩進むたびに十歩押し戻されるような気がするのはどうして？」

ぼくはスローンの額にかかった髪を払った。「なら、これからは一歩をもっと大きくしよう」

スローンは無理して微笑んだ。「あなたが今夜うちに来ても、話すことも触れることもできないのがつらい」

ぼくはスローンの額にキスした。「ぼくもだ。だったら言葉の代わりに何か合図を決めておこう。ぼくたちにしかわからないさりげないものを」

「たとえばどんな？」

ぼくは親指で下唇をなぞってみせた。「これがぼくの合図だ」

スローンは鼻にしわを寄せ、自分はどんな合図にしようか考えている。

「髪の毛を指に巻きつけるのはどうだ？」ぼくは提案した。「きみのその仕草が好きだから」

スローンは微笑んだ。「わかった、そうする。わたしがその仕草を見せたら、あなたとふたりきりになれたらいいのに、という意味よ」スローンは髪の毛を一束取り、指にくるくると巻きつけてみせた。

ぼくは屈み込んでスローンにキスし、うしろ髪を引かれながら車を降りた。スローンが車を発進させるのを見送り、ダルトンにメールを打つ。

カーター　ぼくがそっちに行くまでアサとスローンをふたりきりにさせないでくれ。やつが何かするかもしれないから。
ダルトン　わかった。アサの状態がどうなるかは読めない。クスリを打ち、一〇分ほど眠り、いまはしゃべり続けてる。スパゲッティを食いたい、おれの髪はふさふさしている、と言い続けてる。意味は不明。ケヴィンに髪を触らせてもいた。

くそっ。行動の予測はすでに不可能ってことか。まずいな。

カーター　そっちが家に着いたらすぐに教えてくれ。ぼくは一時間したらそちらへ向かう。

ダルトン　それがいい。ところで、アサはおまえがＬＳＤだと言ってる。どういう意味か想像がつくか？

カーター　なぜ、おまえはＬＳＤだと言うんだ？

ダルトン　さっぱりだ。

カーター　カーターは最悪の幻覚を見せるし、居場所を突き止めるのがとんでもなく難しい、やつはＬＳＤだ、と言ってる。

カーター　頭がおかしくなってるんだろう。

33

スローン

玄関に入るなりスマホが鳴った。画面を見るとアサからだった。サイコーだ。

親指で画面をスライドさせて電話に出た。「はい」

「やあ、ベイビー」寝起きの声に聞こえたが、まだ車のなかなのはわかった。「いま、家か？」

「ええ。たったいま帰ってきたところ。そっちはまだカジノ？」

「いや、そっちへ向かってる」

知ってる。

「おれたち、腹が減ってるんだ。スパゲッティが食いたい。作ってくれないか」

「今日は課題が多いの。だから料理をするつもりはなかったんだけど」

アサはため息をついた。「ふーん。おれも、こんなにスパゲッティが食いたくなるつもりはなかったよ」

「困ったわね」わたしは冷めた声で答えた。

「おれは困っちゃいない。いいからスパゲッティを作れ、スローン。頼むよ。今夜は虫の居どころが悪いんだ」

わたしは目を閉じ、ソファに倒れ込んだ。長い夜になりそうだ。自分のためにも揉め事は少しでも避けたほうがいいかもしれない。「わかった、作るわ。ミートボールも入れる？」

「いいね。おい、おまえらもミートボール入りのほうがいいだろ？」

〝おう〟と答える、複数のくぐもった声が聞こえた。

肘掛けに脚を投げ出し、スマホの音声をスピーカーに切り替えて胸に置いた。「なんで虫の居どころが悪いの？」

しばらく沈黙が続いたあと、アサは答えた。「親父の話をしたことあったっけ、スローン？」

「ない」

アサはため息をついた。「だろうな。話すことなんか何もないんだから」

どういうこと？　その〝親父〟とやらはアサに何をしたの？　わたしはこめかみをさすった。

「何時ごろに帰ってくる？」

アサはその質問には答えず、こう尋ねた。「カーターもいるのか？」

わたしは思わず身を起こした。アサの病的とも言える疑い深さのせいだとわかっていても、声が少しかすれた。それをごまかしつつ、こう答えた。「いないけど。あなたと一緒なんじゃないの？」

しばらく間が空いた。「いや、スローン。こっちにはいない」

スマホからなんの音も聞こえなくなった。画面を見ると、すでに切られていた。スマホを額に押し当てた。**アサはいったいどこまで知っているの？**

一時間後、四人が帰ってきた。食材を買うためにいったん出かけたので、まだスパゲッティは出来上がっていなかった。キッチンに入ってきたアサを見て、わたしは息をのんだ。シャツは血まみれで、握りしめた手は肌の色が見えないほど血で汚れている。すぐさまパントリーから救急箱を取ってきた。「来て」アサにそう言い、シンクへ連れていく。

アサの手に水を流しかけ、傷口を探そうとしたが、まるで手全体から出血しているみたいに見えた。こぶしが肉の塊みたい。胃がむかついたものの、さっさと包帯を巻いてその手を見なくて済むように、無理をして血を洗い流し続けた。

「いったい何をしたらこうなるのよ、アサ?」

アサは顔をしかめて自分の手を見た。そして肩をすくめた。「もっとやっておけばよかった」

手全体に軟膏《なんこう》を塗って包帯を巻いたが、すぐに血が滲み出してきた。縫う必要がありそうだ。何針も。

手首をつかまれたので、顔を上げてアサを見た。

「指輪はどうした?」

しまった。

「ドレッサーに置いてある。料理で汚したくなかったから」

アサは立ち上がり、わたしの腕を引っ張って階段のほうへ連れていった。首まで引っ張られているみたいだ。「アサ、やめて!」

アサは腕を放してくれず、わたしを引きずるようにしてリビングを通り抜けた。ダルトンが立ち上がって声をかけた。「どうした？」

アサは足を止めることなく、階段を一段とばしに上がりはじめた。わたしは転げ落ちないように走ってついていくしかなかった。アサは寝室のドアを勢いよく開け、ドレッサーの上にあった指輪をつかみ、わたしの左手を引っ張りあげて薬指に指輪をはめた。「いつでもそうしてろ。そのために買ってやったんだ。ほかの男どもがおまえに手を出せないようにな」

アサはわたしの手のひらをドレッサーに押さえつけながら、一番上の抽斗《ひきだし》を開けた。

「何するつもり？」尋ねながらも、答えを聞くのが怖かった。アサは二番目の抽斗を開け、なかを引っ掻きまわして何か探している。

「二度と指輪をはずそうなんて考えなくても済むように、手伝ってやろうとしてるのさ」アサは何かのチューブを取り上げ、音を立てて抽斗を閉めた。その手に握られた強力瞬間接着剤に目が釘づけになった。

まさか、だよね？

アサの手を振りほどこうとしたが、さらに強い力で手首を押さえつけられた。アサは接着剤のキャップをはずし、わたしの薬指に勢いよく中身を押し出し、指輪の内側に塗り広げた。

涙が目に沁みた。こんなアサを見たのは初めてだったし、これ以上、事を荒立てたくもなかった。わたしは抗《あらが》うのをやめ、ひたすらじっとしていたが、心臓は早鐘を打っていた。カーターはいないし、階下にいる三人が助けに来てくれるとも思えなかったから、正直、抵抗するのが怖かった。

アサはチューブをドレッサーの上に放ると、わたしの手を持ち上げ、接着剤を乾かそうと薬指に息を吹きかけた。そのあいだずっと、わたしの顔をじっと見ていた。真っ黒な目だった。真っ黒で、大きくて、恐ろしい目。

「もういい？」わたしは弱々しい声で訊いた。「スパゲッティが茹《ゆ》ですぎになっちゃう」

アサはさらに何度か息を吹きかけると、身を屈めてわたしの手のひらにキスした。「ああ、いいぞ。これでもう指輪をはずそうなんて気にはならないだろう」

正気の沙汰じゃない。頭のネジが飛んでいる。いい人だなんて思ったことは一度もないけれど、この目を見るまではこんなにイカレた人だとは知らなかった。

寝室を出て、階段を下りるわたしのあとを、アサはついてきた。階段の下に、ダルトンが心配そうな顔で立っていた。

それでも、まだこの人を信用できない。

キッチンへ戻り、まっすぐガスコンロに向かった。鍋《なべ》を火から下ろし、スパゲッティをざるに上げはじめたとき、玄関の前に車が停まる音が聞こえた。

カーターだ。

湯を切りながら、薬指の指輪をじっと見ていた。

斜めになってる。強力瞬間接着剤はちょっとやそっとじゃ剝がせないし、たぶん数日はかかるだろう。本当にイカレてる。せめてきれいにくっつけてくれればよかったのに。こっちの頭までおかしくなりそう。

玄関ドアの開く音が聞こえても、そちらに目を向けないように気をつけた。ガスコンロに戻り、ソースをかきまぜ、ミートボールの焼け具合を確かめた。アサは腕についた血をシンクで洗い流している。と、カーターがキッチンに入ってきて、冷蔵庫のドアを開けた。

「どうしたんだ?」カーターはアサに尋ねた。

耳の奥でまだ鼓動が響いているせいで、アサがなんと答えたかは聞こえなかったけれど、カーターは声をあげて笑った。「ジャックポットでも当てたか?」

振り向いてシンクへ向かうとき、目の端にカーターの姿がちらりと映った。

アサが首を横に振って言った。「さっぱりだよ。金曜の夜におまえがよろしくやってた、あの上玉には負ける」

心臓の血流が一瞬で止まったような気がした。いまはカーターの顔を見てはだめ、と自分に言い聞かせる。いまはだめ。アサがわたしの反応を試そうとしているのかもしれないから。だけど、もしかするとカーターはわたしの思っていたような人ではなかったのかも。

「ぞくぞくするようないい女だったもんな」アサはつけ加えた。「さすがだ。やるなぁ、と思ったよ」

ちらりとでもいいからカーターの表情を確かめたくて、ミートボールの焼け具合を見にいくふりをした。カーターはビールを飲んでいた。わたしと目を合わせようとしない。「ただの友人だ」彼は言った。

オーブンの取っ手をしっかり握っていないと倒れてしまいそうだった。

女って誰? いつのこと? 金曜の夜、カーターはわたしの部屋に来て、わたしにキスした。彼がこの家に女性を連れてきたことにどうして気づかなかったんだろう?

アサなんかと付き合っている自分は馬鹿だと思っていたけれど、いまはもっと愚かな人間に感じる。

　カーターはそんな人じゃないと本気で思っていたのに。

「友人ねえ」アサは言った。「だったらダルトンをリビングの壁に押しつけてヤるのかよ。ジョンでもいいや。おれの生まれた場所じゃ、ダチがダチにはヤらねえぞ」

　目に涙が浮かんでいるのを見られないように、わざわざ遠まわりしてカウンターを離れ、湯を切ったスパゲッティを運んだ。すぐにアサの腕が腰にまわされるのを感じた。彼はわたしの首にキスしてきた。振り返って応じなければ、面倒なことになる。アサのことは憎んでいたし、二階でされたことを思うと、彼の脚のあいだにぶら下がっているものをちょん切ってやりたいくらいだけど、キスを返したのはアサのためじゃなかった。

　さっきわたしが感じたのと同じものをカーターに味わわせたかった。胸をえぐられるような感覚を。

　クズ野郎。男なんてみんなクズだ。

　わたしはアサから離れた。「料理に集中できないじゃないの。ふたりともキッチンから出ていって。スパゲッティの仕上げをするから」

　話していられるのが不思議だった。ひと言発するたびに泣きそうになるのに。ミートボールをソースに入れた。パスタを加えているとき、ダルトンがキッチンに入ってきた。

「おいおい、アサ。シャワーを浴びてこいよ。そんな血まみれの姿を見ていたら、こっちの食欲が失せちまう」

　ダルトンのほうを見るふりをして、カーターにちらりと目をやった。カーターは心配でたまらないという顔でまっすぐにわたしを見ていた。数えきれないほどのことを、目でわたしに伝えようとしている。そして親指で自分の下唇をなぞった。

わたしは髪の毛を指に巻きつけなかった。代わりに中指で唇に触れ、アサのほうを向いた。

アサは肩にかかったわたしの髪をうしろに払った。「一緒にシャワーを浴びようぜ。片手じゃ不便だ」

わたしは首を横に振った。「あとでね。スパゲッティを作ってしまわなくちゃ」

アサはわたしの腕に触れ、その指を下へ滑らせ、手の甲を通って指輪の上で止めた。それから背を向け、キッチンから出ていった。ダルトンもあとに続いた。わたしとふたりきりになったとたん、カーターは足早に近づいてきた。そして不審に思われないぎりぎりのところで足を止めた。わたしは顔を上げず、カウンターの端を握りしめていた。

「そういうんじゃないんだ、スローン。本当だ。信じてほしい」

小声ではあったが、早口で、必死さが伝わってきた。

わたしはうつむいたまま言った。「二股をかけてたの?」ゆっくりと顔を上げ、カーターの目を見た。誰かに見られる危険を冒してでもわたしを抱き寄せようとしているのがわかった。

カーターは首を何度も横に振った。「きみに対してそんなことはしない。本当にそういうことじゃないんだ」

今度は落ち着いた、はっきりとした口調だった。彼のすべてが、その言葉を信じたいとわたしに思わせる。だけど、過去に出会った男たちのすべてが、ペニスのついた人間は誰も信用してはいけないと訴えている。

カーターはちらりとうしろに目をやり、誰にも見られていないことを確かめた。リビングにいるふたりはこちらに背を向けてテレビを観ている。カーターは一歩踏み出し、わたしの手首を握った。「きみを傷つけるようなまねはしない。絶対に。きみの弟さんの命にかけて誓うよ、スローン」

その言葉を聞いて、わたしはかっとなった。弟の命にかけてなんて、誰にも何も誓ってほしくない。考えるより先に手が出て、カーターの頬をひっぱたいていた。リビングにいるふたりが座ったまま振り返った。

自分のしたことが信じられなかった。誰が一番驚いているだろう。わたし？　カーター？それともリビングにいるふたり？　これまで生きてきて、こんなに傷ついたことはなかったけど、こちらをじろじろと見ているふたりに個人的な喧嘩だと怪しまれてはいけないと思うだけの分別はあり、必死で取り繕った。「ソースに指を突っこまないでよ！　汚いじゃない！」

カーターもすぐにわたしの意図を察したらしく、わざとらしく笑いながら頬をさすってみせた。でも、その目には悲しみの色が浮かんでいた。カーターはわたしに背を向け、リビングのほうへ歩いていった。悪いことをしたとは思わなかった。弟とわたしはもうじゅうぶん、不幸な運命に翻弄《ほんろう》されてきた。カーターが嘘をつき、心にもない約束をして、それをスティーブンの命にかけて誓うなんて絶対に許せない。

コンロのほうへ向き直り、作りたくもないスパゲッティを混ぜた。手を止め、シャツの袖で涙を拭い、またスパゲッティをかき混ぜる。少しして、ダルトンがそばに来た。わたしの横から手を伸ばしてスプーンを取り、ソースをすくい、それを口に入れて味見をし、うなずいた。

スプーンをシンクに放りながら、すっとわたしに身を寄せた。「カーターは本当のことを話しているよ、スローン」

ダルトンが立ち去ったとたん、わたしは涙をこらえきれなくなった。もう何を信じればいいのかわからない。誰なら信頼できるの？　誰に怒り、誰は愛してもいいの？　シンクへ行き、手についたソースを洗い流した。

この家にいたくない。

勝手口へ向かいながら肩越しに怒鳴った。「スパゲッティ、できたから！　勝手に食べればば！」

34

カーター

深皿の最後の一枚についた汚れをさっと水で流し、食洗機に入れた。
結局、アサは食事をしに下りてはこなかった。スローンもまだ外から戻っていない。リスクはあるが、スローンと話をするために外へ出ようと考え、二、三分前にダルトンにメッセージを送って、アサの様子を見にいってくれと頼んであった。
カウンターを拭いて、食洗機のスタートボタンを押す。ダルトンが二階から下りてくる音がしたのと同時に着信があった。

ダルトン　裸で気絶したように眠ってる。しばらくは起きないだろうが、もし二階から下りてきたら連絡する。スマホの電源は切らずにおけ。

スマホのサウンドとバイブレーションの設定を二度も三度も確認し、ポケットに入れた。それから、スローンの誤解を解くために外へ出た。

スローンはプールのど真ん中に仰向けで浮き、星を見つめていた。勝手口のドアが閉まる音が聞こえても、こちらに目を向けはしなかった。

プールのほうへ歩いていくと、スローンのシャツとジーンズがラウンジチェアにかかっているのが目に入った。

嘘だろう。

下着姿で泳いでいるのか。

スローンにとってはいつものことなのかもしれないが、水着とは言いがたい格好でプールに入っているところに居合わせ、ぼくとしては地雷を踏みかけているような気がした。

プールサイドへ行き、スローンを見たが、相変わらず視線は返ってこない。顔のほとんどは水で隠れているものの、家からもれる明かりで目が真っ赤になっているのが見て取れた。

考えてみれば理屈の通らない話だ。ぼくがほかの女性にちょっかいを出したと思ってスローンは怒っているが、そのスローンは毎晩、ほかの男のベッドで寝ているじゃないか。

しかもさっきは、あてつけのようにぼくの前でアサとキスしてみせた。

だが、その気持ちは理解できる。責めるつもりはない。スローンはひどく傷ついたのだから。いまもひどく傷ついているのだから。

そこが難しいところなのだ。きみのことが心から好きだと伝え、説得に努めることはできる。だが、ぼくの気持ちを疑っているスローンが、いまぼくのことをどう思っているのかがわからない。

事実をすべて話してしまえるのなら、事は簡単だ。だが、それは職務規定に違反する。ライアンからの直接の命令に背くことにもなる。それにアサが精神的に不安定ないまは、スローンはなるべく事実を知らないほうがいい。

キッチンでアサがティリーの話を持ち出したとき、スローンの顔から血の気が失せた。あのとき、あの場でアサを殺してやりたかった。

スローンは両腕を広げて水を蹴り、プールの中央に戻った。「アサが先週末、プールのヒーターを切っておくのを忘れたの」静かな声で言った。「だから水温は快適。このままずっとここにいられそう」

悲しげな声だった。いますぐにでも靴を脱ぎ、プールに飛び込んで、ずっと彼女のそばにいたいと思った。プールのなかだけでも、この家のなかだけでもなく、その先もずっと。

「彼女、なんて名前?」スローンは夜空を見上げたまま、相変わらず静かな声で訊いた。

ぼくはうなじを揉み、どこまで真実を話そうか考えた。「ティリーだ」

スローンは声をあげて笑ったものの、おもしろいなどと微塵も思っていないのは明らかだった。「付き合ってるの?」

ぼくはため息をついた。「ただの友人だよ、スローン。ときどき頼み事を聞いてもらっている」

スローンの体が水に沈んだ、プールの底まで。水から顔を出したスローンはきつい目でぼくを睨んだ。その表情を見てようやく、自分の言葉の選び方がまずかったことに気づいた。「そういう類《たぐい》の頼み事じゃない、スローン」

スローンは濡れた前髪を額から払った。ぼくは顔以外の部分には目を向けないように努めたが、全身が水に濡れている彼女を前に、それはかなりの困難を伴った。

「金曜の夜はどんな頼み事をしたの？　彼女の体を撫でまわすような頼み事ってなんなの」

スローンが冷静に話しているのが怖かった、内心は激怒しているはずだから。つまり、いつ爆発してもおかしくないということだ。火口の縁に立っているような気分だった。

「答えてよ。金曜の夜はどんな頼み事をしたの？」スローンは同じ質問を繰り返した。その目は正直に答えてくれと訴えている。ぼくはそれに応えることにした。

「ぼくはきみと寝る気がないってことを、アサにわからせたかった。だから彼女に手を貸してくれと頼んだ」

胸に目をやらずともスローンがはっとしたのがわかった。当人はそれを隠そうとしていたけれども。彼女はしばらくぼくを睨んだあと、ふたたび水に潜った。浅いほうの端まで泳ぎ、すっくと立ち上がるとプールから出てきた。ブラジャーとショーツは完全に透けていて、何も着けていないも同然だった。ぼくは妄想が爆走するのを止められなかった。心臓の音が寝室にいるアサにまで聞こえるのではないかと不安になるほど。

スローンはプールの端をまわってそばに来た。近すぎる。ところが、彼女はさらにぼくに接近した。ブラジャーの湿り気が胸に伝わってくるほど近い。

「あら、そうなの？」スローンは囁いた。「あなた、わたしと寝たいんじゃないの、カ、カ、カーター？」

いつもの彼女らしくない。なぜ、ぼくの名前を強調しているのかはわからないが、いやな予感が喉元にこみ上げてくる。彼女が何を考えているのかは知らないが、ただの嫉妬ではなさそうだ。**いったい、どういうつもりなんだ？**　彼女の体を毛布でおおって隠したいのと同じくらい、その唇を唇でおおいたかった。彼女はぼくを混乱させる。

スローンは繰り返した。「わたしとファック、、、したいんじゃないの？」

ぼくに怒っているのか、それともぼくを求めているのか、判断がつかなかった。こらえきれずに、スローンの腰に両手を滑らせた。「そうじゃなく」声がかすれる。「ぼくはきみと愛し合いたいんだ」

スローンの喉が上下し、唾を飲み込んだのがわかった。キスしたくてたまらなかったが、災いのもと《キス・オブ・デス》、死の接吻になるのはわかっていた。そんなことをしたら、もう自分を止められなくなる。

あるいは、彼女がぼくを殺そうとするかもしれない。まだ本心がつかめなかった。彼女はぼくに触れられ、キスされることを望んでいるようにふるまう。だが、ぼくに向けたその目は、いますぐぼくをプールに放り込んで頭を押さえつけたいと言っている。

スローンは腰に置かれたぼくの片手をつかんで腹から胸へと滑らせた。

ぼくは音を立てて唾を飲み込み、それから寝室の窓を見上げてアサに見られていないかどうか確かめた。「どういうつもりだ、スローン」

スローンはつま先立ちでぼくに身を寄せ、乳房をぴたりと押し当てて耳元に唇を寄せた。彼女を近くに感じて胸全体が熱くなる。ぼくは目を閉じ、片手を彼女のヒップに滑らせると、指がショーツに食い込むくらい強くつかんで自分のほうに引き寄せた。

「被疑者の婚約者とペッティングまで進んだら昇進できるの？」耳元でスローンが囁いた。

ぼくは目を見開いた。体が凍りついた。**知っているのか？　どうやって知った？**

彼女の髪に慎重に指を通し、頭をうしろに引いて、顔を見下ろした。そして、質問の意味がわからないという表情をしてみせた。

スローンは微笑んでいたが、裏切られた痛みをたたえたその目を見れば、彼女が真実を知っているのは明らかで、ぼくははっとわれに返った。「あなたが何者なのか、わたしは知ってる。あなたがここで何をしているのかも。あなたがあれほどわたしに興味を示したのも、いまなら納得がいくわ」

スローンは体を離し、ぼくの手が届かないところまで下がった。そして刺すような目でぼくを睨みつけた。激怒していることは、もう疑いようがなかった。「二度とわたしに話しかけないで。さもないと、ルーク、あなたが潜入捜査官だってことをみんなに話してまわるから」

くそっ！

スローンはぼくの横を通りすぎようとした。ぼくは慌てて行く手をふさいだ。スローンがふたたび何か言おうとしたので、ぼくはその口を手でふさぎ、勝手口に人がいないか確かめた。まだ誰にも見られていないようだが、スローンがぼくらふたりを窮地に陥れるようなまねをする前に、もっと人目のないところへ連れていく必要がある。

スローンはぼくの手を引き剥がそうと爪でひっかいた。ぼくはスローンの背に腕をまわし、家の横手へ引っ張っていった。ぼくの意図を察すると、スローンはさらに怒りを募らせ、必死に抵抗した。いまの彼女に力ずくで何かするのはいやだったが、スローン自身を守るためにはしかたがない。だから家の横手の生い茂った樹木の陰まで彼女を引きずっていき、手で口をふさいだまま壁に押しつけた。

「やめるんだ、スローン」ぼくは彼女の目をまっすぐに見た。「話を聞いてくれ。おとなしくして、ぼくに説明させてくれ。頼む」

スローンは口を押さえているぼくの手を両手でつかんで荒い息を吐いた。ようやく抗うのをやめたので、ぼくはスローンの顔の横の壁に片手をつき、口をふさいでいたほうの手をゆっくりと離した。

その手も壁につくと、スローンは荒い息遣いのまま怯えた目をした。嘘をつくつもりは、もうなかった。なにより、ぼくの本当の気持ちをわかってほしかった。「ぼくがきみに言ったこと、きみを見つめたこと、きみに触れたこと、そのどれひとつも任務のためじゃない、スローン。ぼくは一度もそんなことはしていない。ただの一度もだ。わかってくれ」

スローンは黙り込んだまま、世の男たちを見るのと同じ疑いの目でぼくを見た。

ぼくはたじろいだ。彼女をこんな状況に追い込んでしまった自分に腹が立った。ぼくのことさえ疑っている。疑わせるようなまねをしたのは、このぼくだ。しかも、彼女への気持ちは任務とはなんの関係もないと信じてもらうための言葉をぼくはひとつも知らない。

だから言葉に頼るのはもうやめて、スローンを抱きしめた。いまのスローンの気持ちを知ることに耐えられず、ただ無言で抱きしめる。

スローンは身をこわばらせていたが、そのうちに体の力がゆるみはじめた。両手でぼくのシャツをつかみ、ぼくに身を預けた。胸に顔をうずめて泣き出したスローンを、ぼくはきつく抱きしめた。

目を閉じ、スローンの髪に口をつけて囁いた。「ぼくが見ているのはきみだけだ。任務も、善悪も超えて。ぼくにはきみしか見えないんだ」

スローンのこめかみに唇を押し当て、言い訳はせず、潜入捜査官だということを否定もしなかった。それをスローンがどう思ったかはわからない。だが、いまはもうどうでもよかった。

「これだけはわかってほしい。ぼくがここに来た理由がなんであれ、そのこととときみへの気持ちはまったく関係ない」

スローンはまだ泣きながら、ようやく顔を上げてぼくを見た。「アサを捕まえるためにわたしを利用しないと約束して」

その言葉がぼくの心臓を貫き、胸が張り裂ける音が響かなかったのが不思議なほどだった。

「スローン」ぼくは囁いた。彼女の心の痛みを考えるとあまりに苦しく、ただ名前を呼ぶことしかできなかった。額にキスをし、耳元に唇を押し当てた。

ぼくの気持ちが伝わったのだろう。スローンはひとまず安心したというようにため息をついた。すっかり体の力を抜いているところを見ると、ぼくを信じる気になったようだ。ようやく唇が重なったとき、スローンは、またどんな疑念が戻ってきてもキスで拭い去ってほしいと無言で懇願しているようだった。だから、ぼくはそれに応えた。

ありったけの真実を込めて彼女にキスした。

ぼくは彼女にキスするべきじゃないし、彼女もぼくにキスを返すべきじゃない。わかっていても、いまこの瞬間はどちらも分別を失っていた。誰かに見られる危険を避けるため、スローンをまた壁に押しつけはしたものの、彼女から離れるだけの自制心は働かなかった。こんなことをしていてはいけないと毎秒ごとに自覚しつつも、自分を抑えられない。もっと彼女がほしい、それしか考えられない。

舌を差し込むとスローンが悩ましい声をもらし、その声がすべてを押し流した。不安も、良識も、何もかも……。彼女を求める気持ちがそれに取って代わった。スローンがシャツのなかに手を滑り込ませてきた。彼女もきっと同じ気持ちなのだ。

霧のなかにいるようで、いますぐそこから抜け出せるとは到底思えなかった。

ちくしょう。

「スローン」ぼくは囁き、空気を求めて唇を離した。スローンの片脚を腰にまわさせた。もう一方の脚も。「ぼくの車へ行こう」そのまま彼女を抱きかかえ、車のほうへ向かった。

あたりは暗く、敷地は樹木で囲われているから、ぼくたちが車に乗り込むところを隣人たちに見られる心配はなかった。ただひとつの不安材料は、家のなかにスローンの婚約者がいるということ。もしも現場を押さえられでもしたら……。

いまはそんなことは考えたくもない。ダルトンからまだ連絡はない。時間はあるはずだ。

後部座席のドアを閉め、助手席へ身を乗り出し、グローブボックスからコンドームを取り出した。後部座席に座り込むと、スローンが膝に乗ってきて、唇を重ねながらぼくの胸に両手を当てた。

そして、その手を下へ滑らせた。

スローンのブラを引き上げ、あらわになった乳房を口に含んだとき、スローンがぼくのジーンズの前を開けてペニスを引き出した。

ゴムを着け、スローンの腰をつかんで自身の上に持ってくると、スローンはショーツをずらした。ひとつに結ばれたときのスローンの表情が見えるよう、顔をシートにもたせかける。見つめ合ったまま、ぼくはスローンを下ろしていく。ゆっくりと。つかの間、車内が静寂に包まれた。ぼくを受け入れていくスローンの目を、ぼくは見つめ続けた。ついに肌と肌が密着し、スローンが根元までぼくを包み込むと、ぼくらは同時に熱い息を吐いた。

これほど幸せを感じたことはなかった——やっと彼女と結ばれた。これほど罪悪感を覚えたこともなかった——おのれの意志の弱さで彼女を危険にさらしてしまった。

スローンはぼくにおおいかぶさり、首に両腕をまわした。そして、唇を近づけながら囁いた。

「ルーク」と。もう死んでもいい。

スローンがぼくをルークと呼んでくれた……。

ぼくはふたたびスローンの唇を求め、彼女にふさわしいキスをした。信念と、敬意と、想いを込めたキスを。

スローンはゆっくりと動きはじめた。ぼくにはもう彼女しか見えない。目を閉じた。もう彼女しか……。

35

スローン

セックスがこういうものだなんて知らなかった。

自分でも陳腐《ちんぷ》な表現だと思う。でも、彼の手、彼の唇、彼の触れ方……まるで命がけでわたしを喜ばせようとしているみたいだ。

そしていま、一番敏感なところを愛撫され、わたしはもう何も考えられなくなって、アサはもちろん、近所の人たち全員を起こしてしまうような声をあげそうになっている。ルークもそれを感じ取ったのか、わたしの口をキスでふさいで、あえぎ声を抑え込もうとした。わたしは激しく腰を打ちつけ、やがて脚が震えはじめ、それが腕に、全身に広がって、人生で初めての感覚が体を貫いた。

「ルーク」唇を重ねたままうめいた。彼の名前が好き。それを声に出してみるのが好き。本当の名前を呼ばれると彼が喜ぶのが好き。

体はぐったりしていたけれど、それでもわたしはなんとか動き続け、今度はわたしがルークの口をキスでふさぐことになった。彼の唇はすてきだ。フルーツみたいに甘い。

アサとキスするときは苦さをのみ込まなくてはいけないのに。

おたがいの震えが収まり、わたしも動くのをやめると、ルークはわたしの肩に羽根のように軽いキスをいくつも落とした。

二時間前はキッチンで彼のことを憎んでいたのに、いまはこれまでの日々を全部合わせたより彼のことが好きでたまらない。ルークはアサとは違う……まったくの正反対だ。すっごく……魅力的だ。

ルークはいい人だ。とてもいい人。善良な人間というのは本当に存在したんだ。

プールに浮いているときに、まるで天啓のようにすべてがひとつにつながったのだ。彼は自分の名前を間違った。彼は実力よりかなり下のスペイン語のクラスを受講した。わたしと都合よく知り合うために。わたしに信じてくれと言い続けながら、その理由はけっして明かさなかった。そして、ほかの女性をおとりに使った。

最後のひとつが決め手になった。だからプールサイドで彼が白状する前から、わたしにはわかっていた。

カーター……というよりルーク……は本当のことを話している、とダルトンに言われたとき、これは何かあると感じた。ティリーの件には裏がある。わたしのいるところでルークがほかの女性といちゃついていた、というだけの話じゃない、と。もし彼が外へ出てきて、ほかの女性と一緒にいたことを否定したら彼は嘘つきだとわかる。アサと同じだとわかる。

そして彼がもし本当のこと――アサを逮捕するためにわたしを利用したと認めたら、わたしが正しかったことになる。わたしとの関係は仕事の一環だったのだ、と。

どちらの答えを聞きたいのか、自分でもわからなかった。彼はアサと同類だったと知りたいのか、それとも彼はずっとわたしを利用していたと知りたいのか。

真相に気づいていると伝えたとき、これで彼との仲は終わりだ、と思った。きっと彼は任務が失敗するのを恐れて、わたしを黙らせておくために何らかの取引を持ちかけてくるだろうと考えた。だって、彼のような――キャリアがあり、善良で、人生の勝ち組で、そのうえ性格までいい――男性が、わたしみたいな女に恋なんてするわけないから。少なくともわたしが育った環境ではそうだった。

でも、違った。彼はキャリアのことなんか心配してない。彼が気にかけているのはわたしのことだけ。誰かにそこまで想われるのは、愛されることにとてもよく似ている。

きみしか見えないと彼が言うなら、わたしはそれを信じる。なぜなら、わたしも彼しか見えないから。そしていまは、一秒も無駄にせず彼との時間に浸りたいと思っている。彼に抱きしめられ、ふたりとも息を切らしている。馬鹿なことをした。そんなことはどちらもわかってる。それでも、後悔はしていない。

「いつもまでもこうしていたいのはやまやまだけど、そろそろ家に戻ったほうがいい」ルークはわたしのこめかみにキスした。

彼の言うとおりだとわかっていても、そうじゃなければいいのにと思ってしまう。このことのあとでは、あんな家に戻るなんて耐えられない。彼の髪を指で梳くと、シャンプーの爽《さわ》やかな香りがした。「ここへ戻ってくる前にシャワーを浴びたの？」ルークが微笑んだのが暗闇のなかでも見えた。「つまり、あなたはシャワーを浴び、車のなかにコンドームを用意しておいた。その気満々だったわけね?」そうからかった。

ルークはヘッドレストに頭を預け、口元に満足げな笑みがゆっくりと広がった。「シャワーを浴びたのは、きみにいい男に見られたいから。グローブボックスにゴムを入れておいたのは、いざというときに備えて。念のために言っておくと、もう半年間も入れっぱなしだ」

誰と使うのか、気にはなっていた。でも、気にする資格はわたしにはない。今後もわたしがアサとセックスすることはルークにもわかっている。アサを拒否できるものならしたいけど、その選択肢はない。この家を出ないかぎりは。

どちらもその話はしなかった。わたしがまだアサと一緒にいることも、たったいまルークとわたしのあいだで起きたことが――わたしたちにとってはいくら正しくても――やっぱりいけないことだということも。だけど正直言って、アサを裏切ったことに罪悪感はない。悪かったと思うべきなのだろうけど、そんな気持ちはこれっぽっちもなかった。

因果応報よ、アサ・ジャクソン。

ルークは親指でわたしの腕をなぞり、ブラのストラップを押し下げた。ブラの下に親指を入れ、小刻みに動かす。わたしはルークの顎に唇を這わせた。彼はすてきな顔をしている。目鼻立ちは男性的だけど、唇にはどこか女性的なやわらかさもある。

「どうしてわかったんだ?」ルークが尋ねた。

わたしはにやりとした。「わたしはあなたしか見てないから。それにね、ルーク、わたしってすっごく頭がいいのよ」

ルークはうなずいた。「ああ、そうだね」彼はわたしの背中に両手を当てて引き寄せようとした。ところが唇が重なろうかというとき、わたしは座席に押し倒され、ルークがおおいかぶさってきて、手で口をふさがれた。「静かに」小声で言って、フロントガラスの先に目をやった。

心臓が喉元までせりあがってきた。

殺される。殺される。

こ、ろ、さ、れ、る。

窓ガラスを強く叩く音がした。それとも、聞こえているのはわたしの心臓の音？「ドアを開けろ！」

わたしは目を閉じたが、ルークが耳元に口を寄せるのがわかった。「心配ない、ダルトンだ。じっとしてて」

心配ない？ ダルトンを信頼しているという口ぶりだったから、わたしはうなずき、両腕で胸を隠した。ルークは体を起こし、ドアを開けた。そして、ひらりと飛んできた何かを両腕で受け止めた。

ダルトンは身を屈め、わたしたちを見た。「次にこっそりやるときは、脱いだ服くらい持っていけ」

ルークはダルトンが投げてよこしたわたしのシャツとジーンズをこっちによこした。わたしは慌ててシャツを頭からかぶり、あまりに不注意だったことを恥じた。

「やつが目を覚ましたのか？」ルークはダルトンに尋ねた。

ダルトンはわたしには理解の手がかりすらつかめない表情で、ルークをじっと見た。「まだだ。だが、おまえはさっさと自分のねぐらへ帰れ。さもないとおれもおまえも死ぬことになる」ダルトンは次にわたしを見た。「きみも家に入ったほうがいい。さもないと、きみまで死ぬことになる」

ダルトンは上体を起こした。「カーター、帰る前に話がある」そう言うと、ドアを力任せに閉めた。

その瞬間にわかった、ダルトンもこの一件に関係しているのだ。ダルトンの話し方からして、わたしより事情を知っているようだ。

ふたりのあいだに信頼関係が築かれているのも、それならうなずける。ジーンズを穿くのに苦戦していると、ルークが手を貸してくれた。**だめ、頭のなかでも〝カーター〟と呼ぶようにしなくては。じゃないと、アサに聞こえるところでうっかりルークと呼んでしまう。**

「何かトラブってるの？」わたしはジーンズのボタンを留め、シャツのしわを伸ばした。カーターはわたしのうなじに手をまわした。

「ぼくはいつだってトラブってるよ、スローン」わたしの唇に素早くキスをした。「これでも仕事はできるほうだから大丈夫、と言いたいところだが、いまは何を優先すべきかで悩んでいるからな」

わたしは笑った。「個人的には、この三十分間のあなたの優先順位は的確だったと思うけど」

ルークはもう一度わたしにキスした。「さあ、行って。気をつけるんだよ」

わたしは熱いキスを返した。いまはカーターから離れることがそれほどつらくなかった。

だって、いまは希望があるから。このどうしようもない生活からふたりして抜け出す方法を、彼ならきっと見つけ出してくれる。

シャワーを浴びているあいだも頬はゆるんだままだった。勝手口のドアを開け、きれいに片づけられたキッチンを見たとき、カーターがやってくれたのだとわかったからだ。

この家で家事を手伝ってくれる人はひとりも――誰ひとり――いない。女心をつかむには片づけから、なんて話は聞いたことがないけれど、自分の反応を見ると、わたしの場合はそうらしい。食洗機が動いている音を聞いて、泣きそうになったのだから。

悲しい話だ。婚約指輪を贈られるより、食洗機に汚れた食器を入れてもらうほうがうれしいだなんて。他人からすれば、わたしも優先順位を間違えているのだろう。

でも、わたしはこっちのほうがずっといい。

寝室へ入っていくと、アサは気絶したように眠っていた。全裸のまま、ベッドの真ん中で両手両脚を広げている。

サイコー。これじゃ、なんとかしてアサを叩き起こすか、ベッドの片側へ転がすしかないけれど、そうするにはアサは重すぎる。

アサがいつも眠っている側へまわり、腕をつかんで引っ張ってみた。アサはびくともしなかったものの、いびきの合間にうめき声をあげた。

そして……嘔吐した。

わたしも使う掛け布団の全面に。

落ち着こうと目を閉じた。まったくもう、せっかくの夜が台無しだ。

アサはうめき声と嘔吐を交互に繰り返した。部屋じゅうに酸っぱいにおいが広まった。慌てて机のそばからごみ箱を取ってきて、アサの頭を抱え上げてごみ箱に吐かせた。

アサはさらに二度嘔吐し、しばらく静かになったあと、ようやく目を覚ました。こちらを見上げた目には帰宅したときの恐ろしさはなく、子どものようなあどけなさが宿っていた。「ありがとう、ベイビー」アサはつぶやいた。

わたしはごみ箱を脇に置き、アサの頭に手を置いた。「がんばって立ってくれる？　お布団を代えたいから」

アサは吐しゃ物から遠ざかるように寝返りを打ち、枕を胸元に引き寄せ、一瞬でまた眠りに落ちた。

「ねえ、起きて」アサの体を揺さぶってみたが、目覚めそうな気配はない。

立ち上がって部屋のなかを見まわし、階下へ手を借りにいかずにひとりでどうにかできないか考えた。

だめだ、ひとりではどうにもならない。でも、リビングのソファで寝るのはいやだ、ジョンがいるから。ダルトンかカーターがまだ階下に残っているといいんだけど。アサが前後不覚で眠りこけていることをジョンやケヴィンには知られたくない、わたしの身の安全のために。

階下へ向かうと、ほっとしたことにカーターとダルトンが玄関で帰り支度をしていた。カーターがわたしに気づき、何か非常事態が起きたことを察した表情になった。

「アサをベッドからどかして布団を取り替えたいの。吐いちゃったから。お願い、手を貸して」

ジョンがぼそりと言った。「まあ、がんばってくれ」ソファから立ち上がろうともしなかった。

カーターはジョンを睨みつけ、すぐさま階段のほうへ歩き出した。ダルトンはやめとけという顔をしたが、それでもカーターのあとに続いた。

寝室へ戻るとにおいがあまりにひどく、思わずえずきそうになって手で鼻をおおった。

「ひでえな」ダルトンはつぶやき、まず窓を開け放った。三人してアサを見下ろした。アサが裸なのが少し恥ずかしかった。もっとも、アサの性格を考えれば、当人はそんなこと気にしないだろう。たとえ気にしたとしても、こんな格好で寝ているのは誰のせいでもなく、自分が悪いのだ。

カーターは腕を伸ばし、アサの体を揺すって起こそうとした。「おい、アサ、起きろ」

アサはうめき声をあげたものの、いっこうに目を覚まさない。

「何をやったんだ？」カーターはダルトンの顔を見た。

ダルトンは肩をすくめた。「知るもんか。カジノへ行く途中、錠剤を二、三粒嚙み砕いてるのを見た。帰り道でヘロインを打った」

カーターはアサのほうへ身を屈め、ためらうことなく両脇の下に腕を入れた。そしてアサを抱え上げた。

わたしは手早く掛け布団を丸めた。洗濯するつもりはさらさらなかった。廊下に放り出し、念のためにシーツも替えた。

「こいつ、どっち側で寝てるんだ？」カーターはアサを抱えたまま尋ねた。わたしはベッドの片側を指差した。カーターはそちら側へアサを運んでいき、ダルトンの手を借りてベッドに寝かせた。わたしはクロゼットから毛布を出してきてアサに掛けた。

毛布を体の下にたくし込んでいると、アサが目を開けてわたしを見上げた。片手で自分の顔を撫で、眉をひそめた。「なんだ、このにおいは？」ぶつぶつと文句を言った。

「あなたがベッドで吐いたのよ」

アサは顔をしかめた。「おまえが後始末をしてくれたのか？」

わたしはうなずき、小声で言った。「ええ。シーツも替えた。いいから眠って」

アサは目を閉じなかった。片手を上げて、わたしの髪を指に巻きつけた。「おまえはちゃんとおれの面倒をみてくれるんだな、スローン」

わたしはつかの間、じっとアサを——弱さを露呈したアサを見つめた。そしてカーターがそこにいるというのに、アサを気の毒に思った。

そう思わずにはいられなかった。

アサは好きでこうなったわけじゃない。彼がこんなふうになったのは、別の人間になる術を誰からも教わらなかったからなのだ。

その一点において、わたしはこれからもアサに同情し続けるだろう。彼を好きになることも、赦すこともないけれど。

でも、同情せずにはいられない。

立ち上がりかけたとき、アサに腕をつかまれ、引き戻された。わたしがベッド脇に膝をつくと、アサはわたしの手を握り、目を閉じて、か細い声で話しはじめた。「五歳のとき……ベッドで吐いたことがあるんだ。親父はそのまま寝てろと言った。そうすれば、二度とやらなくなるから、って」アサは小さく笑ったあと、さらにきつく目をつぶった。「親父はまた間違ったな」そうつぶやいた。

なんてこと。

彼のなかにいる幼いアサに心が痛み、わたしは思わず手で胸を押さえた。

振り返ってカーターとダルトンを見た。ふたりともわたしと同じ気持ちらしく、哀れみの表情を浮かべている。目を戻すと、アサは寝返りを打ってうつ伏せになり、枕に顔をうずめた。

両手で枕の端を握りしめ、顔を強く枕に押しつけているのを見て、声を殺して泣いているのだと気がついた。丸めた肩が震えはじめている。

「アサ」わたしは囁き、彼の頭を撫でてやった。

必死に嗚咽《おえつ》をこらえている。なんという泣き方だろう。心の傷があまりに深く、つらすぎるせいで、声さえ伴わない。

静かなる慟哭《どうこく》。

アサが泣くのを初めて見た。本物の涙など流すことのできない人だと思っていた。

どうせ明日には何も覚えていないだろう。わたしがこのまま立ち去ろうが、ベッドに入って抱きしめようが、彼の記憶には残らない。アサの髪を撫でながら、カーターを見上げた。ダルトンはすでに姿を消していた。部屋にいるのはアサとわたしとカーターの三人だけだ。

カーターはわたしに歩み寄った。その目には、わたしと変わらないほど深い同情の色が浮かんでいた。カーターはわたしの頰を撫で、身を屈めて額に唇を押し当てた。

しばらくそうしていたあと、唇を離し、ドアのほうへ向かった。戸口で振り返り、一瞬わたしをじっと見つめた。そして、親指でゆっくり下唇をなぞった。カーターへの想いが募ったけれど、わたしは床に膝をついたまま、アサの髪を撫で続けた。

それから手を上げて、自分の髪をひと房、指に巻きつけた。カーターは口元にかすかな笑みを浮かべ、もう少しわたしを見つめたあとでドアを閉めた。

わたしは毛布のなかに潜り込み、アサを抱きしめて、泣いている彼を慰め続けた。ようやく、アサは眠りに落ちたように見えた。

自分もうとうとしかけたとき、アサがつぶやく声が聞こえた。「おれから離れようなんてするなよ、スローン」

36

アサ

冷蔵庫を開けて最初に目についたのは、スパゲッティの残りを盛った深皿だった。ありがてえ。

「見たかよ、親父」誰にともなく言った。「あいつはマジで最高の女なんだよ」

スパゲッティを電子レンジに入れ、シンクへ向かって顔に水をかけた。一晩じゅうトイレに頭を突っ込んだまま寝ていたような気分だった。まあ、今朝の寝室のあのにおいからして、実際そうだったんだろう。

カウンターに寄りかかり、レンジのなかでまわる皿を見つめながらスパゲッティが温まるのを待った。

親父は死んだだろうか？

たぶん死んでいない。カジノを出てから、あと少しで二十四時間になる。もし死んでたら、とっくに警察がここに来ているはずだ。生きてたとしても、親父がサツに訴えないのはほぼ確実だ。おれに何をされようが、すべて自業自得だと知っているから。

電子レンジが鳴った。

レンジから皿を取り出し、フォークをつかんで、スパゲッティを口に押し込んだ。飲み込んでもいないうちにゴミ箱を探すはめになった。二度吐いてから口をゆすぎ、スパゲッティをまた口に押し込む。こんな禁断症状、とっとと抜け出してやる。おれはあいつみたいにはならない。

スパゲッティをもうひと口押し込み、胆汁と一緒に飲み込む。

やりとげろ、アサ。

玄関のドアが開き、スローンが入ってきた。時計に目をやると、まだ二時過ぎだった。スローンがこんなに早く大学から帰ってくるのは初めてだ。彼女はそのまま階段を駆け上がり、寝室に行ってしまった。おれがキッチンにいることに気づかなかったか、月に一度のアレの日でいらついているんだろう。

一分もしないうちに、部屋のなかをひっくり返しているような音が聞こえてきた。物が床に落ちる音。部屋のなかをどすどすと歩きまわる音も。おれは天井を見上げた。あいつ、いったい何してるんだ？　確かめに行きたいが、頭が割れそうに痛くて、とてもじゃないが無理だ。だが、その必要はなかった。数秒後、スローンがものすごい勢いで階段を駆け下りてきたからだ。

廊下の角を曲がり、キッチンに飛び込んできたスローンを見て、ズボンのなかでペニスがぴくっと跳ねた。スローンは激怒していた。そして死ぬほどセクシーだった。つかつかと近づいてくる彼女におれは微笑んだ。

スローンはおれに面と向かうと、おれが口を開くより早く、おれの胸に指を突きつけた。

「書類はどこ、アサ？」

書類？

いったい何の話だ？

「いったい何の話だ？」

スローンは怒りに胸を波打たせていて、あと一歩でも前に出たら、こっちの胸にくっつきそうだ。「弟の書類よ！　どこにやったの、アサ？」

ああ。あの書類か。

おれはスパゲッティの皿を慎重にカウンターに置くと、胸の前で腕を組んだ。「何のことかわからないな、スローン」

スローンはゆっくりと息を吸い込み、さらに時間をかけてゆっくり吐き出すと、くるりとうしろを向いた。両手を腰に当て、必死に気を落ち着かせようとしている。

おれのしたことがバレたら、スローンが腹を立てるのはわかっていた。だが、どう言い逃れるかについてはあまり考えていなかった。

「二年よ」歯ぎしりしながらスローンは言った。こちらに向き直ったとき、その目には涙があふれていた。

ああ、くそ。**泣かせるつもりはなかったのに。**

「この二年、弟の介護費はあなたが払ってくれていると思ってた。書類も見せてくれたわよね、アサ。州から送られてきた通知や、小切手の控えも」スローンはその場を行ったり来たりしはじめた。「今日、弟の給付金が再開される可能性はあるのかとソーシャルワーカーに聞いたら、気でも違ったんじゃないかという目で見られたわ。彼女になんて言われたかわかる、アサ？」

おれは肩をすくめた。

スローンは一歩踏み出し、胸の前で腕組みした。「〝給付金は停止されてなんかないわよ、スローン。スティーブンの介護費が自己負担になったことは一度もないわ〟ですって」

いまでは涙が頬を伝っていた。彼女がキッチンに入ってきてから初めて、おれは居心地の悪さを感じはじめていた。あの嘘はやりすぎだったかもしれない。スローンは見たこともないほど怒っている。

スローンがおれを捨てるはずがない。

「スローン」おれは一歩前に出て、彼女の肩に両手を置いた。「ベイビー、聞いてくれ。おまえを取り戻すにはああするしかなかったんだ。おまえが出ていったりするから。気を悪くしたなら謝る」両手を彼女の頬に持っていった。「でも、そこまで怒るようなことか？　こっちは金と手間をクソほどもかけたんだぞ。むしろ、おれにそこまで大事に思われて喜ぶべきじゃないかな」

スローンは頬を挟んでいたおれの手を手で払いのけた。「馬鹿言わないで！　あなたは自分の嘘を信じさせるために書類を丸ごと偽造したのよ、アサ！　州から毎月送られてくる書類を！　そんなことする人がどこにいるのよ！」

偽の書類を送らせていたやつにおれがいくらふんだくられていたか知らないからそんなことを言うんだ。知ってたら、いまごろおれに感謝しているだろうに。

スローンはおれに指を突きつけた。「あなたはわたしを罠にはめた。今日までずっと、逃げ場はないと思わせていた」

おれは怒りをのみ下し、一歩前へ出た。**いまのはおれの聞き間違いか？**

「おれがおまえを〝罠にはめた〟？」

スローンは乱暴に涙を拭いながらうなずき、声を低くした。「そうよ、アサ。あなたはわたしを罠にはめた。この二年、わたしはずっとあなたの囚人だった。弟が役立たずの母の家に送り返されてしまうんじゃないかと思い込まされていた。そうでもしないと、わたしがあなたを捨てて出ていくと知ってたからよ」

スローンは本気じゃない。腹を立てて心にもないことを言ってるだけだ。おれを捨てて出ていくなんてあり得ない。たしかに、おれは彼女に嘘をついた。大枚を払って、彼女の弟の手当が止められたように見せかけた。だが、あれは応急処置だった。あんなことをしなくても、スローンはいずれおれのところに戻ってきていた。おれは彼女の手間を省いてやっただけだ。

「そんなふうに思ってるのか？　ここに囚われているって？　おまえに寝場所を与えてやったのはおれじゃないのか？　食料品やブランド品を買ってやったのは？　大学に行けるようにしてやって、車まで貸してやったのは？」じりじりと彼女に迫り、壁際まで追い詰めると、壁に両手をついて逃げ道をふさいだ。「こうしてここに、おれの家にいながら、あの玄関から出ていくチャンスが一度もなかったとか、よくもそんなことが言えるなよな」

おれは壁を押しやるようにして体を起こし、リビングのほうを指差した。「行けよ。もうおれのことを愛してないなら行っちまえ！」

スローンは出ていきはしない。おれにはわかる。なぜって、もしも出ていくなら、彼女はこの二年、金目当てでおれと一緒にいたことになるからだ。クソの役にも立たない、できそこないの弟を養うための苦肉の策としておれを利用していたことに。もしそうなら、こいつはまごうかたなき淫売だ。

そしておれはろくでもない淫売と結婚する気はない。

スローンは玄関のほうにちらりと目をやり、またおれに視線を戻した。そして首を振った。それも笑いながら。「さよなら、アサ。どうぞ好きに生きてちょうだい」

彼女は玄関に向かって歩き出した。「ああ、好きに生きるさ、スローン。おもしろおかしく暮らしてやる！」

ドアのところまでは行かせてやった。だが、そこで背後から近づき、外の芝生に踏み出そうとする彼女の腰に腕をまわし、手で口をふさいだ。そのまま向きを変えさせ、彼女が忌み嫌っている家のなかに連れ戻すと、抱えるようにして階段を上がり、寝室のドアを蹴って開けた。そしてスローンをベッドに放り投げた。スローンはおれから逃げようと、部屋のなかを走りまわった。

かわいいじゃないか。

スローンの髪をつかんでベッドに引き戻した。彼女は悲鳴をあげたが、おれは手でそれを封じた。そのまま馬乗りになり、口をふさいでいないほうの手で、彼女の両手首をマットレスに押さえつける。スローンは必死に足を蹴り上げ、おれの下から這い出そうとした。これには閉口したが、彼女の全力より、おれの指一本のほうがはるかに強い。だから攻撃されているというより、くすぐられている感じだった。

「よく聞くんだ、ベイビー」彼女を見下ろし、囁くように言った。「おれのことを愛してないなんてぬかされたら、おれはキレる。ぶちギレる。だってそれは、この家に戻ってきたあの日から、おまえがずっとおれを愛しているふりをしてきたってことだからだ。オーガズムもキスも、おれにかけた言葉も全部、毎月の小切手を手に入れるための芝居だったたってことだ。それが事実なら、おまえは淫売ってことになる、スローン。おれみたいな男が淫売に何をするか知ってるか？」

スローンは恐怖に目を見開いた。おれの言いたいことが伝わったのならいいんだが。足でおれを蹴って跳ねのけようとするのをやめたところを見ると、どうやらそのようだ。

「いまのは質問だ、ベイブ。おれみたいな男が淫売に何をするか知ってるか？」

スローンは首を横に振り、目から涙がこぼれ落ちた。彼女の鼻息が手に当たるのがわかる。空気を求めてもがいているのだ。

おれは彼女の耳に口を近づけた。「頼むから、おれにそんなまねをさせないでくれ」

その言葉の意味が確実に理解されるまで、もうしばらくその体勢のままでいた。それから上体を起こして彼女を見下ろした。スローンは表情こそ変わっていなかったが、いまではおれに口をふさがれたまま激しく泣いていた。鼻水がおれの手まで垂れてきた。おれは彼女の口からぱっと手を離し、ベッドで鼻水を拭った。それから自分のシャツの袖でスローンの顔を拭いてやった。

スローンは唇をわななかせていた。怯える姿がこうもエロティックだなんて、どうしていままで気づかなかったんだろう。おれは彼女にそっとキスした。目を閉じて、おれの唇の下で小刻みに震える彼女の唇を味わった。「おれを愛しているか?」唇を合わせたまま、ゆっくりと言った。「それともおまえは淫売か?」

スローンの唇から震える息がもれた。「あなたを愛してる」消え入るような声で言った。「ごめんなさい、アサ。ちょっと頭にきてただけ。あなたに嘘をつかれるのはいやよ」

おれは彼女のこめかみに額を押しつけ、息を吐いた。スローンの言い分にも一理ある。弟のことでスローンに嘘をつくべきじゃなかった。だが逆の立場だったら、スローンも同じことをしたはずだ。

「二度とあんなふうに怒らないでくれ、スローン」おれは体を起こすと、彼女の顔にかかった髪を払ってやった。汗で濡れた髪が手にくっついた。濡れた髪を指で梳いてから撫でつけた。「ああいうことをされるのは好きじゃない。さもないと、おまえにひどいことをしなきゃならなくなる」

「それはわたしもいやよ」彼女は言った。

スローンの目は後悔でいっぱいだったが、おれは悪いことをしたとは思わなかった。悪いのは、あんなふうにおれに食ってかかってきた彼女のほうだからだ。でもまあ、これで一件落着だ。あの嘘をつき続けるのが面倒になってきていたし、雑にもなりはじめていたから。

おれは彼女の手首を放すと、その手を彼女の顔に持っていって手の甲で頬をなぞった。

「じゃ、キスして仲直りだな?」

スローンはうなずき、おれは彼女の唇に唇を押しつけながら安堵のため息をもらした。彼女が玄関に向かって歩き出したあのとき、ほんの一瞬、本気で出ていくつもりかもしれないと思った。もう二度と、こんなふうに彼女を味わうことができなくなるかもしれないと思った。

あれが口先だけの脅しでよかった。スローンがおれを愛していないというのが本当だったら、何をしていたかわからない。

おれを愛してくれるのは彼女だけだから。

37

スローン

目を閉じて、シャワーの水しぶきを顔に当てた。

いったい何を考えていたの？ ひとりでアサに立ち向かえるだなんてどうして思ったの？事前にカーターに相談もしないで。**本当に馬鹿なことをした。**

でも言わせてもらえば、怒りに目がくらんでいるときに冷静に考えるなんて無理だ。

今朝、産婦人科での診察を終えたあと、ソーシャルワーカーから電話があった。キャンパスに向かって車を走らせていたわたしは、弟の介護費が自己負担になった事実はないと聞かされたとたん、われを忘れた。怒りに何も考えられなくなった。そのままUターンして弟のグループホームに直行し、ソーシャルワーカーと会った。施設を出るころには、かつてないほどの怒りに燃えていた。

アサを殺してやりたいということしか考えられなかった。激しい怒りは、たしかに人から判断力を奪う。アサを問い詰めようとキッチンに入っていったときのわたしは、ひどい目に遭ってもかまわないと思っていた。ただ事実かどうかを知りたかった――州政府から送られてきていた書類が本当に偽造されたものだったのかどうかを。信じたくなかった。信じてしまえば、アサは異常だということになってしまう。だけど、あんな嘘をでっち上げ、その嘘を二年ものあいだつき続けるなんて、どう考えても異常だ。

初めての別れのあと、彼がわたし宛の郵便物を持ってきた日のことを覚えている。福祉局からの通知は一番上にあった。その通知を読んで、わたしは打ちのめされた。意外にもアサはわたしを慰めた。自分にできることがあれば何でもする、と。「愛する人のためなら誰だってそうするよ、スローン。力になって当然だ」

当時はそれが心からの言葉に思えて、アサは本当にわたしを愛しているんだと信じてしまった。**でもいまは異常な執着に思える。**

ほかに頼れる場所もなかったし、スティーブンはどうなってしまうのだろうという不安もあって、結局はアサに助けを求めてしまった。最後の頼みの綱だと思ったからだ。頭にくることに、わたしはあの日、通知に記載されていた番号に電話までかけている。ほかの選択肢はないかと考えたのだ。いま思えば、あれは偽の番号で、電話に出たのはアサの仲間の誰かだったのだろうが、当時はそんなことわからなかった。

頬を流れ落ちるシャワーの湯に、いまでは涙が混じっていた。

なぜこんなに長いあいだ、騙されてしまったんだろう。いまはまだわからないことだらけだけど、スティーブンに会いに行くのに、アサが日曜日にしか車を使わせてくれなかった理由ならわかる。

日曜はソーシャルワーカーが休みだからだ。それならホームで彼女と出くわして、スティーブンの手当についての話になる危険はない。

事実が発覚してからもう何時間も経つのに、まだ頭の整理がついていなかった。真相に気づくまでにこんなに時間がかかったのは、アサがそんなことをすると考える理由がなかったからよ。自分にそう言い聞かせてみるけれど、理由ならいくらでもあった。

それがアサのやり方だから。

嘘つきで、詐欺師《さぎし》。平気で人の邪魔をして、他人を罠にはめる。

だんだん自分に腹が立ってきて、さらに体をごしごしこすった。アサのにおいを消したかった。首を洗っていたとき、突然シャワーカーテンが開いた。わたしは息をのみ、急いで壁を背にした。そのほうが身を守りやすいから。

目の前に立つアサはちゃんと服を着ていた。ダークブルーのジーンズに、ぱりっとした白いTシャツ。両腕に入れたタトゥーが目立って――不穏さがさらに増している。ところが、その顔にはもう不穏な表情は浮かんでいなかった。むしろ困惑しているように見えた。

それに、いまアサが見ているのはわたしの胸じゃなく、顔だ。

「もう誰もここにこないなんておかしいと思わないか？」アサは言った。

この家にはつねに誰かいる。だからどう答えたらいいかわからなかった。これはひっかけ問題？　アサの考えていることは、ますます予測不可能になってきている。わたしは止めていた息を吐き出すと、シャワーに背中を向けて、髪からコンディショナーを洗い流した。「何を言っているのかよくわからないわ、アサ。あなたのまわりにはいつだって仲間がいるじゃない」

流し終わったところで、アサのほうにちらりと目をやった。アサはバスタブを凝視していた。渦を巻きながら排水口に吸い込まれていく水をじっと見ている。「前はたくさんの人間が出入りしてた。昼も夜も、毎日ずっと。でもいまはパーティでもやらないかぎり、ここに住んでるやつらを除けば、ひとりかふたりしか顔を出さない」

それはあなたが何をしでかすかわからなくて、みんなを怖がらせるからよ、アサ。

「たぶんみんな忙しいだけよ」わたしはそう言ってみた。

アサがわたしを見上げた。まだ困惑しきった顔をしている。そこには少しの失望も混じっていた。ドラッグのことはよく知らないし、クスリが抜けてきたらどうなるかもわからないけど、パラノイアは禁断症状のひとつかもしれない。そうならいいと思った。だって、禁断症状じゃないとしたら、見たことのないこのアサをどう考えればいいかわからないから。

「そうだな」アサは言った。「忙しいだけかもな。それか、ほんとは忙しくないのに、忙しいとおれに思わせたいか。なにせ、ここじゃ誰も彼もが〝ふり〟をしているらしいから」

言葉こそ辛辣《しんらつ》だったが、声はおだやかで、まだ困惑の色を残していた。アサの言う〝誰も彼も〟がカーターじゃないことを祈った。あるいは、わたしじゃないことを。カーターに警告しなくては。今日のアサは何か変だ。アサに家のなかに引き戻されたときの恐怖は、これまでとは比べものにならなかった。でも、何があったかカーターには話したくなかった。わたしがひとりでアサに立ち向かったと知ったら、彼はきっと怒るだろうから。

「残っているひと握りの忠実な友人たちに報いるべきだと思うんだ。今夜、食事をふるまおう。料理を作ってくれるか？」

わたしはうなずいた。「何人分作ればいいの？」

アサは迷うことなく答えた。「おれ、おまえ、ジョン、ダルトン、ケヴィン、カーター。七時までに料理を頼む。おれはみんなにメールする」

アサはシャワーカーテンを閉めた。

あの人、いったいどうしちゃったの？

息を吐いて呼吸を整えるとウォッシュタオルをつかんだ。踵を洗っていたとき、アサがまたシャワーカーテンを開けた。わたしは彼の目を覗き込んだ。驚いたことに、アサはまだわたしの顔しか見ていなかった。アサは口を開き、また閉じて、二秒ためらったあとで言った。「おれのこと、怒ってるか？」

これもひっかけ問題なの？　**怒るどころか、あなたのことを憎んでいるわ、アサ。**わたしは彼の顔色をうかがってから、こう答えた。「ちょっとがっかりしてる」

アサはため息をつき、それからしょうがないと言うようにうなずいた。これではっきりした。やっぱりアサはどこかおかしい。「弟の手当のことで嘘をつくべきじゃなかった。もっとおまえを大事にしてやれたらと、ときどき思うよ」

わたしは喉にこみ上げてきたものを飲み込んだ。「なら、どうしてそうしないの？」

まるでわたしの問いかけを真剣に考えているかのように、アサは小首をかしげて目を細めた。「やり方がわからないんだ」そう言うとシャワーカーテンを閉めた。バスルームのドアが閉まる音がした。

わたしは胃を押さえた。吐き気がした。アサといると、彼の一挙一動に不安を掻き立てられる。あのおかしな会話のあとは、それが十倍に跳ね上がった。

アサが今夜、みんなを呼んでくれてよかった。アサとふたりきりになりたくなかったからだ。

カーターにここにいてほしかった。

シャワーを止めようとしたとき、またバスルームのドアが開いた。その直後に、シャワーカーテンが今度は反対側から開いた。アサがバスタブに入ってくる音に、わたしはシャワーのノブを握ったまままその場に凍りついた。

いやよ、やめて。お願いだから、ここでやるとか言わないで。わたしは気を落ち着かせるようにゆっくりと息を吸い込んだ。どうかアサがシャワーの順番を待っているだけでありますように。

数秒が過ぎたが、アサが背後に忍び寄る気配はなかった。アサは何もしゃべらなかった。心臓が狂ったように打っていて、めまいがした。

わたしは体を起こして、ゆっくりと振り向いた。アサは服を着たままだった。白いTシャツはシャワーの湯でずぶ濡れだ。裸足でうしろの壁に寄りかかり、バスタブの床をじっと見つめている。

しばらく様子を見ていたが、アサは動くことも話すこともせずに――**ただただバスタブの床を見つめ続けている。**わたしはついに口を開いた。

恐怖に声がかすれた。「何をしてるの、アサ?」

その問いに、アサははっとわれに返った。彼は目を上げてわたしを見た。そのまま五秒近くわたしをまじまじと見つめたあと、周囲を見まわし、最後に自分の服に目を落とした。どうして濡れているのかわからないと言うように、両手を服に滑らせる。それから首を横に振った。

「わかんねえ」

彼の反応に、わたしは膝から力が抜けそうになった。シャワーも止めずに急いでバスタブを出て、タオルをつかむ。服を着る間も惜しんでバスルームのドアを開け、寝室に逃げ込もうとした。カーターがここに来るまで、もう大丈夫だと思えるまで、できるだけアサから離れていなくては。

廊下に出たとたん、右目の端で何かが動いた。廊下の奥の寝室にジョンが入っていこうとしていた。ジョンはドアに手をかけたまま、こちらをじっと見ていた。タオルを巻いただけのわたしの体を舐めるように見ている。

わたしが三フィート先にある自室の前まで来たとき、ジョンの顔にいやらしい笑みが浮かぶのが見えた。「変な気を起こすんじゃないわよ、このくそったれ!」叩きつけるようにドアを閉め、鍵をかけて、頭のイカレたくそったれどもを閉め出した。それからスマホをつかんでカーターにメッセージを送った。

スローン　アサが正気を失いかけてる。お願い、早めに来て。

わたしはメッセージを削除し、シャワーの音が止むのを待った。

音は止まなかった。

着替えを終え、買い物に出かけようとして、その前にアサの様子を見ることにした。バスルームのドアを開けると、アサはもう立っていなかった。服を着たまま、降り注ぐシャワーの下に座っていた。大きく見開かれた目にも水が流れ込んでいる。

わたしはドアノブをつかんだまま、わずかに後ずさった。「スーパーに行ってくるわね、アサ。今夜は何を作ればいい？」

アサは前を向いたまま、目だけ動かしてわたしを見た。「ミートローフ」

わたしはうなずいた。「わかった。ほかに何か買ってきてほしいものはある？」

アサは数秒間わたしを見つめ、それから微笑んだ。「お祝いのデザートを頼むよ」

お祝い？　喉の奥が急にひりつき、むせそうになった。「わかった」弱々しい声で言った。「何をお祝いするの？」

アサの目がわたしを離れ、またまっすぐ前を見た。「見てのお楽しみだ」

38

カーター

アサがなぜぼくらを夕食に招いたのかわからなかった。最近はほぼ毎晩、あの家で過ごしているし、今夜もそれは変わらないのに。アサが正気を失いかけているというメッセージを見たときは、スローンの思い過ごしであればいいと思ったが、いまは彼女の言うとおりかもしれないと一抹の不安を感じている。

玄関のドアを開ける前からいいにおいがしていた。なかに入ってまわりを見まわすと、まだ来ていないのはダルトンだけだった。ジョンとアサはそれぞれリクライニングチェアに収まり、ケヴィンはソファに座っている。

アサは膝に肘をついて身を乗り出し、リモコンを手にニュースチャンネルを次から次へと変えていた。ドアが閉まる音に、彼はぼくのほうを見た。

ぼくがうなずくと、アサはまたテレビに目を戻した。「ニュースは観るか、カーター？」

キッチンのほうにちらりと目をやると、スローンは布巾でカウンターを拭いていた。ぼくのいるところからは彼女が見えるが、アサからは見えない。

「たまには」ぼくは答えた。

スローンはぼくと目を合わせると、人差し指で髪に触れた。ぼくは親指で下唇をなぞった。スローンは反対の手を頭に上げ、指を三本、髪に差し入れてくるくるまわした。次に五本、ついには両手の指で髪を掻きむしるまねをして、頭がおかしくなりそうだと伝えてきた。

彼女に笑いかけたくなるのをこらえ、そのままリビングに歩を進めて、ソファのケヴィンの横に腰を下ろした。「ぼくがニュースを観ているかどうか、なぜ知りたいんだ？」

アサはまたチャンネルを変えた。「あのあと親父がどうなったか、何も聞こえてこないからだ。やつが生きてるかどうか確かめたくてな。殺しで逮捕されたら困る」

アサは淡々と言った。まるで殺人罪で逮捕されるかどうかなんてよくあることだとばかりに。ぼくはうなずき、父親が生きていることは黙っておいた。それどころか、大した怪我も負っていなかった。カジノが救急車を呼んだが、鼻と顎の骨が折れただけで命に別状はない。告訴するつもりもないらしい。そのあたりのことは今日ダルトンが確認を取って、すべて話してくれた。

アサの父親が薬物中毒で、妄想型統合失調症と診断されていること、ほかにも山ほど問題を抱えていることもダルトンから聞いていた。言いたくはないが、ぼくは心のどこかでアサに少し同情していた。そんな男が父親では、どんな子ども時代を過ごしたかわかったものじゃない。ただし、同情に値するのはそこまでだ。同情する点はあっても、死んでほしいと思ってしまう人間はいる。

父親の健康状態に関する情報は胸にしまっておくことにした。アサには自分の行動が招いた結果について、もう少し気を揉ませておこう。そういう経験は、たぶんめったにないはずだから。

すべてのニュースチャンネルを二度確認して、空振りに終わると、アサはため息をついた。椅子から立ち上がり、リモコンをジョンのほうに放った。「おまえら、ちゃんと手を洗えよ。おれのフィアンセが頑張って作ってくれたディナーなんだ。汚い手でテーブルについてもらっちゃ困る」アサはそのまま階段に向かい、二階へ駆け上がった。寝室のドアが閉まると、ぼくは横目でケヴィンをうかがった。ケヴィンは誰もいない階段を見つめていた。

「アサのやつ、マジで変だよな」ケヴィンは言った。

ジョンはチャンネルを次々と変えはじめた。「いつものことだろ」

どちらもキッチンに手を洗いに行く様子はまるでなく、ぼくはその隙にキッチンに入っていった。スローンはオーブンからミートローフを取り出していた。「やあ、スローン」すれ違いざまに軽い調子で声をかける。

スローンはぼくを見たが、笑うことはなかった。話があると、目で訴えてきた。だが、いまはその術がない。ぼくは蛇口をひねって水を出し、スローンはシンクの横のカウンターにミートローフを持ってきた。そして型のまわりにナイフを入れてミートローフをはずしはじめた。

「今日、やらかしちゃって」スローンは声をひそめた。

ぼくは彼女の声が聞き取れるように水の出を細くした。

「弟の手当のことでアサがずっと嘘をついていたことがわかったの。それで彼を問い詰めて、ここを出ていくと言ったの。そしたらアサがものすごく怒って」

「スローン」ぼくも声を落とした。**いったいなんでそんなことをした？**「大丈夫か？」

彼女は肩をすくめた。「いまはもう平気。だけど、あの人、様子がおかしいのよ。怖いわ。だって、服を着たまま三〇分もシャワーの下に座っていたのよ。スーパーから戻って、キッチンの窓から外を見たら、今度はラウンジチェアに座ってプールをじっと見てた。それから急に手で額を叩き出したの。三十六回も。わたし、数えてたんだから」

なんてこった。

スローンがちらりとぼくを見上げ、その怯えきった表情を見るのはつらかった。いますぐ彼女をここから連れ出すべきだ。彼女の手をつかみ、アサが二階にいるうちに、とっととここを出たほうがいい。

「いまは、サプライズがあるって言い続けてる。このディナーは何かのお祝いなんだって」スローンは声を落とした。「何を祝うつもりなのか知るのが怖い」

アサが動きまわる音が二階から聞こえてきた。どうやら下りてくるようだ。スローンはミートローフを盛った皿をつかんでテーブルへ運んでいった。

ジョンとケヴィンにもアサが階段を下りてくる音が聞こえたのだろう、いまはシンクの前でアサに言われたとおり手を洗おうとしていた。

スローンに手を貸してほかの料理をテーブルに運んでいたとき、玄関からダルトンが入ってきた。まだ六時五十五分だったが、階段を駆け下りてくるアサを見て、ダルトンは遅刻を詫びた。

「遅れちゃいない」アサは言った。「時間ぴったりだ」

ぼくは席についた。アサの真正面、スローンの斜め向かいだ。料理をまわして自分の皿に取り分けるあいだ、誰もがいつになく静かだった。料理が全員に行き渡ると、アサがフォークをつかみながら言った。「食前の祈りを捧げたほうがいいかな？」

誰も返事をしなかった。全員がアサを見つめ、いまのはジョークか、それともアサが怒り出す前に誰かが祈りの言葉を唱えるべきだろうかと考えていた。

と、アサがげらげら笑い出した。「おまえら馬鹿か」そう言うと、マッシュポテトをフォークですくって口に放り込んだ。

「これで二日連続、家で夕めし食ってるけど」ジョンが言った。「どういう風の吹きまわしだ？　所帯じみるってこういうことか？」

アサは不機嫌そうに細めた目をジョンのほうに向けると、マッシュポテトをビールで流し込んだ。「今夜、ジェスはどこにいる？」

ジョンは肩をすくめた。「ここ数日、姿を見てない。おれたち、もう終わったんだと思う」

アサはくっくっと笑い、次にぼくを見た。「ティリーはどうした？」

ぼくは親指で下唇をこすった。「仕事だ。明日の夜は顔を出すんじゃないか」

アサは舌なめずりして、またビールを飲んだ。「そいつはいいな」彼は次にダルトンを見た。「おまえはなんでここに女を連れてこないんだ？」

ダルトンはミートローフを口いっぱいに頬張りながら言った。「ナッシュビルに住んでるもんでね」

アサはうなずいた。「名前は？」

「ステフだ。シンガーなんだ。じつは、それで遅刻しそうになったんだ。彼女が今日、レコーディング契約にサインして、電話でそのことを報告してきたもんだから」恋人のことを話すダルトンは誇らしげに見えた。

ぼくはあやうく噴き出しそうになった。ステフなんて女性は存在しないからだ。全部その場しのぎの作り話だったが、アサはその嘘を鵜呑《うの》みにした。「すげえじゃないか」

アサはダルトンを気に入っている。ダルトンに向ける目でわかる──不信感のかけらもない目。ぼくを見る目とはまるで違う。

「口をどうかしたのか、カーター？」

ぼくはアサをちらりと見て、片眉を上げた。

「そんなにこすってばかりいると唇の皮が剝けちまうぞ」

まだ唇をこすっていたことに気づかなかった。ぼくは口から手を下ろした。「どうもしない」そう言って、ミートローフにかぶりついた。アサを刺激するようなことだけはしたくなかった。最近のアサの態度を見ればなおさらだ。

アサはミートローフをひと口食べると、両手を皿の横に置いた。「さてと。じつは、ちょっとしたサプライズを用意したんだ」笑みを浮かべてスローンのほうを見た。スローンの喉がごくりと上下に動くのが見えた。

「へえ、なんなの？」スローンは平静を装って尋ねた。

アサは口を開いたが、その声は玄関のドアを叩く大きな音にさえぎられた。アサは目にいらだちを滲ませてリビングのドアのほうをちらりと見た。ノックの音がふたたび響いた。

アサは音を立ててフォークを置くとテーブルを見まわした。「誰か、ダチでも呼んだのか？ディナーの最中だぞ！」

声をあげる者はひとりもいない。

アサは椅子を引いて立ち上がると、ナプキンを皿の横に叩きつけ、そのままリビングに向かった。スローンがテーブル越しにちらりとぼくを見た。彼女はこわばった顔をしていたが、アサの言う〝サプライズ〟に邪魔が入ったことに安堵しているようにも見えた。ぼくはダルトンのほうを見た。ダルトンは片眉を上げた。

全員が見守るなか、アサは玄関ののぞき穴に目を当てた。しばらくそうしていたかと思うと、いきなりドアに額を押しつけた。「くそっ」向きを変え、キッチンに駆け込むと、スローンの腕をつかんで椅子から立たせた。そして彼女の肩をむんずとつかんだ。「二階へ行って部屋に鍵をかけろ。何があっても絶対に開けるな」

ぼくは椅子を引いて立ち上がった。ダルトンも同じことをした。たがいに顔を見合わせたあと、アサに視線を戻した。

「誰が来たんだ？」ジョンも椅子を引いて立ち上がった。ここまで取り乱したアサを見るのは初めてらしい。

アサは逃げ道を探すように階段を見上げ、部屋をぐるりと見まわした。「ＦＢＩだ、ジョン。くそったれＦＢＩだ！」

なんだって？

すぐさまダルトンに目をやると、ダルトンは首を振って何も聞いていないと伝えてきた。体の両脇でこぶしを握りしめている。「くそが！」ダルトンは言った。アサにとっては期待どおりの反応だろうが、ぼくにはダルトンの怒りは芝居じゃないとわかっていた。ＦＢＩはこの家に踏み込んで、ぼくらの捜査をぶち壊しにするつもりだ。

またドアが強打された。

アサは髪を掻きむしった。「くそ！　くそっ！」

彼は裏口のほうに目をやった。脱出ルートを考えようとしているのが手に取るようにわかる。ぼくは注意を引こうと前に進み出た。

「やつらが誰かをパクりに来たんなら、この家はとっくに囲まれてる、アサ。あんたの父親のことで話を聞きに来ただけかもしれない。ドアを開けて、ふつうにしていろ。ぼくらはテーブルについていよう。やましいことなんかないというように」

ダルトンがうなずく。「カーターの言うとおりだ、アサ。みんなで逃げ出せば、何か隠していると思われる」

アサはうなずいたが、ジョンは首を横に振った。「馬鹿言うな。この家はそこらじゅう、ヤバいものだらけなんだぞ。ドアを開けたらおしまいだ。おれたち全員おしまいだ」

アサは目を見開き、どうしたらいいか必死に考えている。ふたたびノックの音が響き、全員の目が玄関に向いた。

ダルトンの首の血管が浮き出ているのが見えた。これまでの努力がすべて無に帰することを恐れているのだ。捜査そのものがなかったことにされてしまう。捜査権が別の組織に渡ってしまうからだ。

こういうことは何度もあった――上位組織に捜査を横取りされることは。だがダルトンはこの捜査に心血を注いできた。すべてが水泡に帰するのを黙って見ているなんてできるはずがない。

「上に行ってろ、スローン」アサが言った。「おれがドアを開けるとき、おまえはここにいないほうがいい」

スローンは不安そうな目でちらりとぼくを見た。アサの指示に従って――この部屋を離れたほうがいいのかどうか知りたがっている。

またドアが叩かれた。

ぼくは小さくうなずき、アサの言うとおりにしたほうがいいと伝えた。そうすれば、これから起きることに、少なくともスローンは巻き込まれずに済む。

アサが突然、大またで部屋を横切ってスローンに近づいた。そして彼女の顔に顔を近づけた。

「なんであいつを見てやがる?」わめくように言って、ぼくのほうを手で示した。

まずい。ぼくはテーブルをまわり込もうとしたが、ダルトンに腕をつかまれた。アサはスローンの首のうしろに手をまわし、階段のほうへ押しやった。「さっさと二階へ行け!」

スローンは振り返りもせずに階段を駆け上がった。

アサはいまぼくを見ていた。ダルトンはＦＢＩが現れたことをおもしろく思っていないだろうが、ぼくはほっとしていた。おそらくアサは何らかの容疑で逮捕されるのだろう。だとすれば、今夜のところは死なずに済みそうだ。なにしろ、いまアサは〝殺してやる〟という目でぼくを見ているから。

アサは知ってる。スローンがぼくに送ってよこしたあのまなざしひとつで、ぼくらのあいだに何かあると察したのだ。だが、叩かれ続けるドアと、逮捕されるかもしれないという切迫した状況のなかで、ありがたいことにひとまず棚上げにしたようだった。

アサは残った四人に指を向けた。「おまえらは座って食事を続けろ。おれはドアを開ける」全員が席についた。アサはキッチンに走り、キャビネットを開けて奥から拳銃を取り出すと、ズボンのうしろに差した。そしてテーブルの横を通りすぎながら言った。「おまえらの誰かが下手《へた》を打ったせいでこうなったんなら、全員殺すぞ」玄関に向かい、ドアを開ける前に、アサは短い祈りを捧げるかのようにドアに額を押しつけた。それからドアを開け、にっこり笑った。

「やあ、みなさん、何かご用ですか？」

「アサ・ジャクソンか？」という声が聞こえた。

アサがうなずいたとたん、ドアが大きく開いて数名の捜査官がなだれ込み、アサを床に組み伏せた。

それを見てジョンは慌てて勝手口へ走ったが、そのときドアが外から開いて三人の男が飛び込んできた。ジョンは瞬時に取り押さえられ、キッチンの床に転がった。

ぼくはそこではっとした。ダルトンとぼくが潜入捜査官であることを彼らは知らない。身分を証明するバッジすら持っていない。これではアサの仲間だと思われてしまう。

それからの数秒は、まさにカオスだった。

さらに多くの捜査官がわらわらと現れたかと思うと、ぼくらは頭に銃を向けられながらうつ伏せにされ、顔を床に押しつけられて、うしろ手に手錠をかけられた。

ぼくとダルトンは並んで床に転がされていた。捜査官に引っ立てられて行く前、ダルトンはぼくに耳打ちした。「落ち着け。ＦＢＩと二人きりになるまで何も言うなよ」

ぼくはうなずいたが、そのやり取りを捜査官のひとりに気づかれてしまった。彼はダルトンの腕をつかんで乱暴に引っ張り上げた。

捜査官二人に腕をつかまれ、床から引っ張り上げられたとき、アサがミランダ権利の告知を受けているのが聞こえた。ＦＢＩは大声で指示を出し合いながら、ぼくらを別々の部屋へ引っ張っていく。ぼくはキッチン脇の予備の寝室に連れていかれた。

ぼくの頭はスローンのことでいっぱいだった。彼女はいま、死ぬほど怯えているはずだ。

背後でドアが音を立てて閉まり、ぼくは突き飛ばされるようにしてデスクチェアに座らされた。ぼくの前には捜査官が二名いた。ひとりはぼくより長身で、髪はダークブロンド。顎ひげを生やしている。もうひとりは背が低く、がっしりとしていて、赤い髪にさらに赤い口ひげをたくわえていた。最初に口を開いたのは赤毛のほうだった。ふたりは上着のポケットからバッジを出してぼくに見せた。「バウアーズ捜査官だ。こっちはトンプソン捜査官。いくつか訊きたいことがあるのでご協力願いたい」

ぼくはうなずいた。バウアーズ捜査官はぼくに近づいた。「ここに住んでいるのか？」

ぼくは首を横に振った。「いや」続けて、自分が任務でここにいること、これは大きな間違いであることを伝えようとしたが、背の高いほうにさえぎられた。「名前は？」

「カーターだ」アサが逮捕されるのかどうかわからないうちは、ルークとはまだ名乗れない。ＦＢＩのやつらに不用意に正体を明かすことは絶対に避けなければ。

「カーター？　それだけか？　マドンナやシェールみたいに？」バウアーズは前屈みになってぼくと目を合わせた。「さっさと名字を言え、このまぬけ」

手錠が手首に食い込む。血流が断たれるのを防ごうと背中で手をひねった。こめかみのあたりがドクドクと脈打っているのは、この数分間の出来事のせいもあるが、この一件に終止符を打って手柄を独り占めしようとしているＦＢＩにむかっ腹が立っているからでもあった。それや、彼らがここにいるのはアサを逮捕するためかもしれない。それに、これでスローンはもう安全だと安堵もしている。だがこの数カ月、結局は無駄になることのためにスローンを何度も危険な目に遭わせたのかと思うとやりきれなかった。

「くたばれ！」静けさを破り、別の部屋からアサの怒声が響いた。

トンプソン捜査官が椅子を蹴り、ぼくの注意を引き戻した。「おい、名字はなんだと聞いている！」

適切な取り調べのやり方をぼくが知っているとは夢にも思っていないのだろうが、このアホどもは少なくとも三つ、すでにルールを破っていた。しかし、こうした状況でＦＢＩが――それを言うなら警察もだが――細かいルールまで遵守することはめったにない。だからぼくはごく少数の人間しか信じないことにしていた。

返事をしようと口を開きかけたとき、二階から聞こえてきたスローンの悲鳴にかき消された。ぼくははじかれたように立ち上がったが、すぐさま椅子に押し戻された。「逮捕するならしろ。しないならいますぐ手錠をはずせ！」ぼくはわめいた。

スローンのもとへ行かなくては。何が起きているのかわからず、きっと心底怯えているはずだ。いますぐ彼女の無事を確かめないと頭が変になりそうだったが、このままではここから出られない。「ぼくらは同業だ」叫びたくなるのをこらえ、落ち着いた声を出そうとした。「手錠をはずしてくれたら証明する。だから任務に戻してくれ！」

トンプソン捜査官はしばらくぼくを凝視したあと、バウアーズ捜査官に視線を戻して笑い出した。「聞いたか？　こいつ警官だとさ」ぼくを指差しながら言った。

バウアーズ捜査官も声をあげて笑い、それからドアのほうを指差して皮肉たっぷりに言った。「そいつは悪かった。どうぞ仕事に戻ってくれ」

言われなくてもそうするつもりだ。たったいま、禁を破って正体を明かしてしまったことはわかっているが、こんな無能な連中相手にあと一秒だろうと無駄にしたくなかった。ライアンへの言い訳はあとで考えればいい。「車の助手席の下にテープでバッジを留めてある。黒のチャージャーだ」

トンプソン捜査官が目を細め、こいつの話はあながち嘘ではないのかもしれないという顔でぼくを見た。彼はバウアーズ捜査官に目をやり、確かめてこいと言うようにドアのほうを顎で示した。

別の部屋からは、尋問している相手に怒鳴り返すアサの声が相変わらず聞こえてくる。いまは弁護士を呼べとわめいていた。その要求が通るとは思えなかったが。

ふたりきりになると、トンプソン捜査官はそれ以上質問してこなかった。この機をとらえ、ぼくはスローンの話を持ち出した。

「二階の寝室に女性がひとりいる。あんたの相棒が戻ったら、彼女が大丈夫かどうか確認してもらえるか?」

トンプソン捜査官はうなずいた。「いいだろう。ほかにわれわれが知っておくべきことはあるか?」

ぼくは首を振った。身分を明かしたことをすでに後悔していたし、ライアンのことは最後まで黙っているつもりだった。本人の判断に任せよう。彼はおそらくアサが勾留されるまで待つはずだ。

われわれの捜査でアサを逮捕に追い込めなかったのはくやしいが、ようやく終りが見えてきたことにほっとしてもいた。スローンのために。もっとも、ライアンはいま憤懣《ふんまん》やるかたないだろうが。

しばらくして、寝室のドアが開いた。ぼくはちらりと目を上げた。バッジの入った封筒をバウアーズ捜査官が見つけたのだろう。開封された封筒が、まず見えた。しかしそれを持っている人物が誰かわかったとたん、さっきまでの安堵は吹き飛び、混乱と恐怖で頭がぐちゃぐちゃになった。

いったい何が起きているんだ?

アサと目が合った。

あり得ない!

アサは手にした封筒に目を落とし、それを二度、手のひらに叩きつけた。それからトンプソン捜査官に目を向けた。「友人とふたりきりにしてもらえるだろうか」

トンプソン捜査官はうなずき、部屋から出ていった。アサはその前に、トンプソン捜査官が着ている、背中に鮮やかな黄色で〝ＦＢＩ〟の文字がプリントされた紺色のジャケットを指差した。「本物みたいだろ？」アサはぼくをちらりと見た。「ダウンタウンのコスプレショップで買ったんだ」笑いながらドアを閉めた。「売れない役者のほうは、ジャケットよりもう少し金がかかったけどな」

まさか、そんな。

くそ。

くそっ。

ありえない。

まんまと罠にはまってしまった。

喉に苦いものがこみ上げてきた。どうにかして手錠をはずそうと必死にもがくうち、手首から血が滴るのがわかった。

アサはぼくのバッジが入った封筒をベッドに放ると、背中に手をまわしてズボンのうしろから拳銃を引き抜いた。ベッドの端に腰掛け、怒りを込めて唇を引き結んだ。

「おれのサプライズは気に入ったか、ルーク？」

ぼくはまっすぐに彼を見た……自分が捜査官として最大のミスを犯してしまったことに突然気がついた。人生最大のミスを。

それでも、ぼくが考えていたのはスローンのことだけだった。

目をきつく閉じた。もうスローンしか見えない。

アサ

39

「『ハートブルー』って映画を観たことあるか?」おれは言った。

ルークはおれを睨みつけていた——胸を波打たせ、鼻の穴を広げて。**サイコーにいい気分だ。**

やつは答えなかった。笑える。偽FBIの前じゃ、あんなにあっさり口を割って、クソ警官だと得意げに明かしたくせに、おれとは話をする気もないってわけだ。

「ゴミみたいなリメイク版のほうじゃないぞ。おれが言ってるのはキアヌ・リーブスとパトリック・スウェイジのオリジナルのほうだ。あと、レッド・ホット・チリ・ペッパーズのなんとかってやつも出てたよな。ボーカルの?」

そのボーカルの名前が出てこないものかとルークを見たが、やつは口を閉じたまま、おれを睨みつけるばかりだ。なぜやつが返事をするのを待っているのか自分でもわからない。おれはベッドにもたれ、話し続けた。「作中にキアヌ・リーブスとやつのチームがドラッグ密造所に踏み込むシーンがある。だが彼らは、その家に住んでいる男のひとりが潜入捜査官だってことに気づいていない。そして、彼らの焦りと計画性のなさが原因で、その気の毒な男の捜査がすべて水の泡になってしまうんだ。何カ月にも及ぶ努力のすべてが。あのシーン、覚えてるか？」

ルークは当然、答えない。背中で手錠をガチャガチャさせて自由になろうともがいている。

「初めてあの映画を観たのは十歳ぐらいのときだったと思う。それでも、あのシーンのことばかり考えてた。取り憑かれたみたいに頭から離れなかった。キアヌのチームがＦＢＩのふりをしていただけだったらどうなっていただろう。あのマヌケな潜入捜査官が身分を明かしたあとで、キアヌがＦＢＩじゃないとわかったら、あのシーンはどうなっていただろう、って。じつはキアヌは、邪魔な潜入捜査官を排除するために芝居をしていたんだ。二重のどんでん返しってわけだな」

カーターが助けを待つかのようにドアのほうをちらりと見た。言いたくはないが、そんなことは起こらない。

「とにかく」おれはベッドから腰を上げた。「やってみる価値はあると思ったわけだ。おまえらのなかにおれを裏切ろうとするような馬鹿がいるかどうか見てみようと。もしいるとしたら、そいつは二重のどんでん返しに引っかかるような底抜けの馬鹿なんじゃないかってな」おれは首をかしげてカーターに微笑んだ。「いままさに底抜けの馬鹿みたいな気分だろう」

やつは顎をこわばらせた。おれも奥歯を噛みしめた。こいつのことをどう呼んだらいいかわからず、いらいらする。カーター？　ルーク？　それとも死人？

そうだ。こいつのことは死人と呼ぼう。

「ていうか、マジで底抜けの馬鹿だよな」おれはげらげら笑った。「なぜああも簡単に正体を明かした？　おれはサツじゃないが、おまえらは安易に正体を明かさないはずだぞ」

おれは部屋のなかを行ったり来たりしながら、そのことについて考えてみた。自分の正体をさらしてまで、この難局から急いで抜け出さないといけない理由とは何だ？　まるで生死がかかっているかのように。大至急、誰かのところへ駆けつけなければ手遅れになってしまうとばかりに。

おれはゆっくりとベッドに座り直した。「ただし……」やつのほうをちらりと見た。「ただし、おまえが感情に流されるタイプの人間だったとしたら話は別だ。そういうやつのことをなんて呼ぶんだったかな？　最近、おまえとランチを食いながら、そんな話をしたことがあったよな？」天井を見上げ、考えているふりをした。「ああ、思い出した。女々しいやつ《プッシー》だ」

やつはおれのジョークに笑わなかった。

それでよかったのかもしれない。やつが笑っていたら、たぶん頭にきただろうから。

おれはドアのほうをちらりと見た。鍵をかけたかどうか覚えていなかった。ベッドから立ち上がり、ドアを確認すると、ふたたびルークに向き直った。「だが問題は、あの状況でなぜおまえがそこまで感情的になったか、だ。潜入捜査が佳境にあったときに。ふつうなら日頃の訓練や常識的判断に従う場面で、まっさきに頭に浮かんだのはなんだったんだろうな？」

おれはやつに向かって五歩進み、もう一歩も進めないぎりぎりのところに立った。それでもやつは目をそらすことなく、顎を上げておれの目を見続けた。「ああ、そうか。おまえはおれのフィアンセのことが心配で、仕事どころじゃなかったんだ！」おれは拳銃でやつの側頭部を殴りつけた。やつの頭が横に振れた。歯が一、二本抜けてもおかしくないほど強く殴ったはずなのに、顔色ひとつ変えなかった。ふたたびおれと目を合わせたときには、殴られる前よりむしろ落ち着いて見えた。

くそったれが。

むかつくが、こいつのこの一面だけは嫌いになれない。恐怖にも揺らぐことのない、静かで内省的なところは。すげえと思う。

そんな男がスローンに対してだけは恐怖をコントロールできなくなるとは、じつに残念だ。こいつはいつからスローンを洗脳していたんだろう？　捜査に彼女を利用していたんだろうか？　たぶん出会ったその日から、スローンがおれに反感を持つよう、徐々に仕向けていったんだ。

カジノでの一件が最悪だと思っていた。人生で一番激怒したのは、親父に殴りかかったあの瞬間だと思っていた。でも、違った。大間違いだった。

さっきスローンが指示を仰ぐようにこいつを見ているのに気づいたときのほうが、はるかに腹が立った。比べものにならないほどの怒りを覚えた。カーターを殺してやりたいと思った。あれほど誰かを殺したいと思ったことはない。だが、それではせっかくのサプライズが台無しになる。だから我慢するしかなかった。

ゆっくりと銃を持ち上げ、やつのこめかみに突きつけながら、ついに引き金を引くときのことを想像する。やつの脳みそが床に飛び散るところを。頭部へのダメージはどれくらいだろう？　まだ顔の見分けがつくだろうか。スローンをここに引っ張ってきて、最後に顔を拝ませてやるとき、はたしてこいつだとわかるだろうか？　それとも頭が丸ごと吹き飛んでしまうだろうか？

やつの頭から銃を無理やり引き離した。こいつを殺したらどんなことになるのか興味津々だが、その前にいくつか答えてもらわなきゃならないことがある。

やつの前にしゃがみ、両腕を腿の上に置いた。「スローンとやったのか？」

答えを期待していたわけじゃない。こんな質問に答えるのは馬鹿だけだから。とはいえ、こいつは今日、聡明とは言えないまねをしている。「初めて彼女とやったのはどこだ？　この家か？　おれのベッドか？　そのとき彼女はイッたか？」

やつは唇をぎゅっと結んで湿らせた。だが、相変わらず答えない。だんまりを決め込むその態度が、だんだん鼻についてきた。おれは立ち上がり、ドアのところへ行って、鍵がかかっていることを再度確かめた。なぜ鍵のことがそんなに気になるのか自分でもわからなかった。この家は完全に制御下にあるのだから。偽の捜査官のひとりには、二階に直行してスローンを見張るよう指示してあった。ジョンとケヴィンにもふたりずつ見張りをつけてあるが、やつらのことはべつに疑ってはいない。どっちも警官になれるような頭をしていないからだ。それでもあと一〇分かそこら小便をちびりそうなくらいびびらせておくのも悪くない。

ダルトンについては、そこまで確信はない。でもやつはいまリビングで見張りふたりに頭に銃を突きつけられている。だからやつのことはカーターを片付けたあとに考えればいいだろう。

「おれが初めてあいつとやったときの話を聞きたいか？」

おれがこの部屋に足を踏み入れてから初めて、おれの質問にカーターが反応した。かすかに首を二度、左右に振ったのだ。危うく見逃しそうなほど小さな動きで、本人も気づいていない無意識の反応だと思う。おれが初めてスローンとやったときの話を本当に聞きたくないらしい。

「おあいにくさま。いやでも聞いてもらう」

おれはまたベッドに座ったが、今回は端に腰掛けるんじゃなく、そのまま体をずらしてヘッドボードにもたれた。足を組み、太腿の上に銃を置く。「スローンは十八だった。誰の手垢もついていない、まっさらな女だった。かわいそうに、長いこと弟の面倒を見てきたせいで、あいつは子ども時代を奪われてしまっていた。どこかへ出かけたり、遊んだり、男を経験したりするチャンスがなかったんだ。信じられるか？ キスしたのもおれが初めてだったんだぞ」

カーターはいま、まっすぐ前を見つめ、おれを見るのを拒んでいた。首の血管が浮き上がっている。身悶えするカーターを見ているのは気分がいい。おれは微笑み、さらに事細かに話しはじめた。

「最初に言っておくが、あいつに経験がなかったのはシャイだったからじゃないぞ。あいつが未経験だったのは、人を安易に信用しなかったからだ。どうしようもない母親のもとで育ち、父親がどこの誰かもわからないんだから当然だ。だからおれが目の前に現れたとき、あいつはどう考えればいいかわからなかった。比較する元カレもいなかったわけだしな。つまり、おれにはライバルがいなかったってことだ。無敵だったんだよ。あいつの両親より少しでもよくしてやれば、いい男と出会えたとあいつが考えることはわかってた。だからそうしたんだ、カーター。あいつにとことんよくしてやったんだよ。

ありがたいことに、あいつは時間をかけておたがいを知っていきたいとほざくような女じゃなかった。初めてのデートで、おれはレストランに着く前にあいつにキスした。そのへんの路地であいつを煉瓦塀に押しつけて。あいつはそれがとても気に入った。おれの唾液で溺れたいみたいだった」

ちくしょう、思い出しただけで勃ってきた。

「そのレストランには前にも行ったことがあったから、夜のどの時間帯に連れて行けば混んでいないかもわかってた。ふたりきりの時間を堪能するのにどのテーブルをリクエストすればいいかもな。席についてからも、あいつはおれの手を放そうとしなかったよ。まるで、あいつのなかにある欲望をおれが解き放ったかのようだった。女に性欲があることも知らなかったけどな。おかげで、あいつをテーブルに押しつけてスカートをまくり上げ、前菜まみれになりながらファックしたくてしかたなかったよ。

あのドレスのことは一生忘れない。白地に黄色の花が散った、キュートなストラップドレスだった。シルクみたいな感触で、おれは触るのをやめられなかった。ピンク色の爪が映える白いサンダルを履いていたけど、あいつ、食事の途中でそれを脱いじゃってたな。おまえは足フェチか、ルーク?」

やつはいまおれを見ていた。いつから見ていたか知らないが、いまはもうおれに殴られた直後ほど冷静な顔はしていなかった。

やっぱりな。この男の心を折るにはこの話題しかない。

「食事中ずっと、おれはあいつを褒めまくった。きみはすごくきれいだ、特別な存在だって言い続けた。弟のためにそこまでしてやれるやさしい人をおれは知らない、とも言ってやった。あいつがほしがっている言葉を次々に並べてやりながら、おれの手は彼女の太腿をゆっくりと這い上がっていった。ウェイターがデザートのメニューを持ってくるころには、おれの手はもう彼女の下着のなかに潜り込んでいた。ウェイターが背を向けたとたん、おれは彼女のなかに指を入れた」

おれは息を吐き、心臓の鼓動を静めようとした。あの日のことを考えただけで、こんなに興奮するなんて。「次に何が起きたかを説明するのは難しい。あれはその場にいた人間じゃないとわからないからな。でもまあ、やってみよう」

おれはヘッドボードから体を起こし、拳銃で頬を撫でた。「あいつのプッシーは……マジで最高だった。いままで触ったなかで一番温かく、濡れていて、そしてきつかった。おれはテーブルの下に潜り込んで、そこにしゃぶりつきたかった。しかもあいつは、ものすごく感度がよかった。

インド料理店の奥まったテーブルで、あいつは人生初のオーガズムを経験したんだ。ヤバいくらいにきれいだったよ」

おれはその思い出にため息をついたが、まだ話の山場にも差しかかっていないと気づいて笑い出した。

「おれはどうしてもあいつがほしかった。だから、店からまっすぐおれの家に連れて行った。ところがだ、三〇分ほどいちゃついたところで、あいつから待ったがかかったんだ。いくらなんでも早すぎる、って。だけど、ルーク、おれは彼女を自分のものにしたくてたまらなかった。息もできないくらいに。だからおれは、おまえらが女相手にするようなことをした。何もせずに、ただあいつを抱きしめていたんだ。二時間も。拷問だったよ。で、夜なかまで待って、それからあいつにキスした。体に触りはじめた。脚のあいだに顔をうずめたところであいつが目を覚ました。あいつが懇願してくるまでに、そう時間はかからなかったよ。ふたりで過ごした初めての夜にだぞ、ルーク。生まれて初めてのデートに出かけたその日に、彼女はファーストキスを経験し、初めてのオーガズムを知った。そして奇跡のように、おれはあいつとファックしはじめたんだ」

ルークはいまにも吐きそうな顔をしていた。おれは構わず続けた。

「挿入した瞬間、あいつは悲鳴をあげた。少し泣いてもいたな。たぶんおれがやさしくしなかったからだと思う。そんな余裕、なかったんだ。なにしろ、ヘッドボードがぶつかってできた傷が、まだそこの壁に残ってるくらいだから。おまえを殺す前に見せてやるのもいいかもな」

おれは立ち上がり、やつのほうに一歩踏み出した。「二年経ったいまでも、あの夜のことを思い出す。あいつのなかに入った初めての男になったときのことを。あいつを初めていかせた男に、あいつが初めて名前を叫んだ男になったときの気分を。スローンを見るたび、あいつへの愛がまた少し深まるんだ。おれたちのあいだに起きたことは永遠に侵されることのないものだとわかっているから。あいつの最初も最後もすべておれのものだとわかっているから。あいつがおれ以外の男にキスを許すことはないとわかっているからだ。あいつに触れるのも、あいつをめちゃくちゃにするのもおれだけだと知っているからだ」

おれはルークとの距離を淡々と埋めて、またやつの前にしゃがんだ。「そうしたすべてをおまえに奪われたとわかったら、ルーク、あいつはおれにとって価値のないものになる。悪いが、ちょっと席をはずすぞ。あいつを二階から連れてこないと。三人で真面目な話をする必要があるからな」

おれは偽捜査官ふたりを部屋に呼び入れ、ルークを見張るよう言いつけると、スローンを連れに二階へ駆け上がった。

40

スローン

二階の寝室に駆け上がって最初にしたのは、ナイトテーブルに置いたスマホを取ることだった。スマホはなかった。わたしは床を見た。ベッドの上を見た。ベッドの下も見た。

そのとき、ディナーの前にアサが寝室に駆け上がったことを思い出した。

あのくそったれがわたしのスマホを隠したんだ。

階下から叫び声と、取っ組み合うような凄まじい音が聞こえてくると、わたしは慌ててクロゼットのなかに隠れた。それから一〇秒もしないうちに、ドアが強く叩かれた。「ＦＢＩだ、ドアを開けなさい！」その言葉を聞いたとたん、わたしは安堵感でいっぱいになった。

クロゼットから這い出し、勢いよくドアを開けたところで、すぐに何かがおかしいと気づいた。その捜査官はわたしを寝室に押し戻すと、叩きつけるようにしてドアを閉め、それからわたしに銃を向けたのだ。ベッドに上がるようわたしに命じ、じっとしてろ、騒ぐなと続けた。

それからずいぶん時間が経った。長すぎるほどに。ときどきダルトンの声が聞こえた。ジョンとケヴィンの声もした。

でもアサの声はしない。

ルークの声も。

もしかしてこの騒ぎにはアサが一枚嚙んでいるのだろうか。そう思うと胃がキリキリと痛んだ。アサがとんでもなく手の込んだ悪巧みをするのはこれが初めてじゃない。彼の十八番《おはこ》と言ってもいいくらいだ。

「わたし、逮捕されるんですか？」捜査官に訊いてみた。

彼はドアの前に立ったまま動かず、わたしの質問にも答えようとしない。

「もし違うなら、下に行きたいんですけど」

彼は首を横に振った。

なんなのよ、こいつ。

わたしは立ち上がり、彼の横を通り抜けようとしたが、彼はわたしの腕をつかんでベッドのほうへ突き飛ばした。それで確信した。どう考えてもこの状況はおかしい。すぐさま起き直り、ふたたびドアに突進した。「助けて！」家のなかにいるほかの人間の注意を引こうと声を限りに叫ぶ。

男は手でわたしの口をふさいで壁に押しつけた。「口を閉じて、おとなしくベッドに座っていろ」

わたしは男の足を思い切り踏みつけた。そんなことをしても事態を悪化させるだけだとわかっていたけど、反撃しないでいることにうんざりしていたのだ。男はわたしの肩をつかんで壁に突き飛ばした。わたしは壁に強く頭をぶつけ、痛みに顔を歪めながら頭に手を持っていこうとしたが、男に両手をつかまれ、体の脇に押しつけられた。

「気の強いメス猫め」むしろそそられるとばかりに、にやつきながら言った。

こいつ、いったいどこから湧いてきたの？　ジョンの兄弟かと思うほどの変態じゃないの。

「助けて！」わたしはもう一度声をあげた。

今回、男は首を横に振った。「どうやら口の閉じ方を知らないらしいな」そして、わたしの唇に唇を押しつけてきた。これだから男は嫌いだ。大っ嫌いだ！

わたしは目を見開き、唇をきつく閉じて、舌を入れてこようとする男に必死に抵抗した。男の手を振りほどこうともがきながら、男の肩先に目をやったとき、寝室のドアが勢いよく開いた。

戸口に立つアサを見て、わたしは恐怖と安堵を同時に感じた。

いったい何が起きているの？

部屋を見まわしていたアサの目が、わたしたちを――まだ舌でわたしの唇を割ろうとしている男を――見つけた。いまやわたしのシャツのなかに片手を入れている。ふと、わたしはなんてめちゃくちゃな世界に生きているのだろうと思った。アサが助けに来てくれたのでありますようにと祈りながらも、彼と一緒ならひとまず安全だと思う自分にぞっとしてもいるのだから。

アサが状況を見て取るまでに二秒とかからなかった。その目が怒りに燃えた。「たったひとつの仕事もまともにできないのか、このくそったれ！」怒鳴るように言い、大またでこちらに向かってきた。男がわたしから手を離し、振り返ろうとしたとき、アサが銃を持ち上げ、男の頭頂部に押し当てた。「たったひとつだぞ！」

耳がキーンとなった。

耳鳴りのせいで何も聞こえない。顔に何かがかかり——目にも入って沁みた。わたしは両手で耳を押さえ、目をぎゅっとつぶった。

嘘よ、あり得ない。

嘘、嘘、嘘。

男が床に倒れる音がした。左足が彼の下敷きになってしまって、わたしは慌てて横にずれた。

「嘘よ、アサ。嘘、嘘、嘘」両手で耳をふさぎ、目をきつく閉じたまま、そう繰り返した。

「そいつはきっとおまえのことを淫売だと思ったんだ、スローン」アサはわたしの腕をつかんだ。「おまえにそいつを責められるか？」

アサに引っ張られ、わたしは床に倒れた男の体につまずいてころんだ。アサはわたしの腕をつかんだまま、無理やり立ち上がらせると、そのままドアのほうへ引きずっていった。

わたしはまだ目を閉じたままだった。喉がヒリヒリするから悲鳴をあげているのかもしれないけど、それが自分の声なのか耳鳴りなのかわからなかった。突然、体が宙に浮いたかと思うと、アサの肩に担がれた。

アサに担がれて階段を下りていくあいだも、最後の一〇秒間が繰り返し脳裏によみがえった。

これは悪い夢よ。

数秒後、アサはわたしをベッドに寝かせた。怖くて、まだ目を開けられなかった。しばらくして、肺が空気を求めて悲鳴をあげはじめるのがわかった。泣きながらあえぐように息を吸い込んだとき、頭上からアサの声が降ってきた。

「スローン、おれを見るんだ」

わたしはそろそろと目を開けて彼を見上げた。アサはわたしにおおいかぶさるようにしてベッドの上で膝立ちになっていた。手を伸ばしてわたしの顔に触れ、髪をうしろに撫でつける。彼の顔と――首には、血が点々と飛んでいた。

わたしは彼の目を覗き込んだ。白目が見えないくらいに瞳孔が拡がっている。二つの大きな黒目に見返され、すでに震えていた体に新たな震えが走った。

「スローン」アサはわたしの髪を撫でながら囁いた。わたしは周囲を見まわそうとしたが、アサに顎をつかまれ、無理やり彼のほうを向かされた。「ベイビー、非常に悪い知らせがある」

彼が何を言おうとしているにせよ、わたしの心臓がそれに耐えられるとは思えなかった。返事をしようと口を開いたら、吐いてしまいそうで怖かった。

「おまえとルークのことをおれは知ってる」

その名前に、心臓が動き止めた。わたしはこみ上げてくる涙を押し戻そうとした。**アサは彼のことをルークと呼んだ。**

彼の名前がルークだと、アサはなぜ知っているの？

わたしはありったけの気力を振り絞って、しらばくれた。「ルークって誰？」

アサの目がわたしの顔を眺めまわした。瞳孔が収縮し、そしてまた拡がった。その顔にゆっくりと笑みが広がり、彼はわたしの額に唇を押しつけた。「思ったとおりだ」小声で言って、体を起こした。「おまえは悪くない、スローン。やつがおまえを洗脳したんだ。おまえがおれに敵意を抱くように仕向けたんだよ。だが、やつの名前はカーターじゃない。ルークなんだ、ベイビー。自分で訊いてごらん」アサはわたしの背中の下に手を差し入れてベッドから起き上がらせた。

次の瞬間、わたしは最悪の悪夢に面と向かっていた。

デスクチェアに、うしろ手に手錠をかけられたルークが座っていた。その顔に浮かんだ苦悶の表情が、わたしたちがどれほどの窮地に立たされているかを如実に語っていた。

ああ、どうしよう。

アサはわたしを見つめ、わたしの反応を待っている。わたしは感情を抑え込もうとした――恐怖を、悲嘆を、苦悶を隠そうとした。でも、わたしたちふたりの命がいまアサの手に握られているかと思うと、芝居をする気力はほとんど残っていなかった。

反応しちゃだめ。反応しちゃだめ。反応しちゃだめ。

わたしはその言葉を頭のなかで繰り返し、ルークもまた同じ言葉を目で伝えてきた。

それがアサの狙いだから。わたしを動揺させることが。それなら、なんとしてでも彼の期待を裏切ってやる。アサはいまベッド脇に立っていた。わたしは精一杯、無邪気な表情を顔に張りつけ、彼を見上げた。「アサ、いったいなんの話？　カーターはどうして手錠をかけられているの？」

アサはがっかりしたようにわたしを見下ろした。まるで、ルークが潜入捜査官であることは知っていたとわたしが打ち明けるのを――少なくとも、じつはルークと寝ていると告白するのを――期待していたみたいに。アサは薄ら笑いを浮かべた。「まだおれのことを馬鹿だと思っているのか、スローン？」彼はゆっくりとルークのほうに目を向けた。「じゃ、こうしてもいいってことだよな?」銃を上げ、大またでルークに近づいた。二階であの男を撃つ前にしたみたいに。

わたしははじかれたように立ち上がり、アサの腕をつかんで叫んだ。「やめて! アサ、やめて!」わたしに告白させる必要などアサにはなかった。わたしの反応がすべてを語っていた。アサはルークを撃たなかった。代わりに、銃を持つ手を大きく振って、思い切りわたしを殴りつけた。わたしは吹き飛び、ベッドに倒れ込んだ。たちまちこめかみがずきずきしだした。アサの怒りは、いまわたしに向いていた。

わたしに馬乗りになり、両手首をつかんで、わたしのこめかみに額を押しつけた。「スローン、違うよな」声がたちまち張り詰めた。「まさか、ベイビー」体を起こしたとき、その目は苦痛に満ちていた。「やつはおまえのなかに入ったのか? おまえはやつを受け入れたのか?」

わたしは涙で言葉にならず、認めることも否定することもできなかった。

アサは苦痛に顔を歪めていた。まるで、たったいま最悪のことが起きたとばかりに。**ついさっき二階で人を撃ち殺したことより、わたしが彼を裏切ってほかの男と寝たかもしれないことのほうが、ショックが大きいってわけ?**

わたしは顔を横に向けて、目をきつくつぶった。

もうおしまいだ。

わたしはここで死ぬんだ。

アサはわたしの首の付け根に顔をうずめてつぶやいた。「ドアに鍵をかけたかどうか覚えてない」

アサはのろのろとわたしの上から下りた。わたしはいまの彼の言葉の意味を理解しようとしたが、まるで脈略がなかったし、心臓の鼓動がうるさすぎて頭がまわらず、どう考えればいいかもわからなかった。アサがドアのほうに向かった隙に、わたしは首をめぐらせてルークを見た。彼はデスクチェアの背に両手をまわされ、手錠をかけられていた。と、不意に彼が立ち上がり、うしろ手のまま腕を上げて背もたれから抜いたかと思うと、すぐにまた座ったが、そのときには椅子という障害なしに、自分の背中のすぐうしろで腕を組む格好になっていた。すべてがあっという間で、彼が手錠で椅子につながれていなかったという事実に気づくまでに少し時間がかかってしまった。

アサはおそらくこのことに気づいていない。さもなければ、ルークに背中を向けたりしないはずだから。

ドアにさっと目をやると、アサが鍵をかけているところだった。ルークのほうに視線を戻すと、彼は首を横に振って、冷静に、と伝えてきた。親指を唇に持っていくことができない代わりに、唇に歯を立てて左右に滑らせた。

わたしが自分の髪を引っ張ったまさにそのとき、アサがくるりと向きを変え、寝室のドアに寄りかかった。彼は自分の頬に拳銃を押し当て、まっすぐにルークを見た。「おれが彼女と初めてやったときのことはもう話した。今度はおまえの番だ」

41

アサ
十数年前

父さんが窓際に立って、やつらのことを見張ってる。

父さんはいつもやつらを見張ってる。この家に住んでることがバレたら、やつらに撃ち殺されるから、って。最初に撃たれるのが父さんで、次が母さん。最後にぼくも撃たれるんだって。全員を撃ち殺しても、やつらはそのことを警察にさえ知らせない。やつらはぼくらをここに置き去りにして、やがてぼくらの死体はこの家のなかで腐っていって、ネズミやゴキブリに食べられてしまうんだって。

「アサ!」窓の前で父さんが玄関を指差しながら怒鳴る。「もう一度ドアを確かめろ!」

父さんに言われて、もう二度も確認してるけど、いくら鍵はかかってるって言っても父さんは信じない。窓から外を見るたびにこう言う。「もう一度ドアを確かめろ」

やつらが殺しに来ると騒ぐ日もあれば、ちっとも気にしない日もあるのが、ぼくにはよくわからない。ぼくはソファから滑り下りて、玄関まで這っていく。脚が悪いわけじゃないから、ドアまでちゃんと歩いていけるんだけど、やつらが現れて、撃たれてしまったらどうしようとときどき怖くなるから、大きな窓の前を通るときは這っていくことにしている。

ぼくはドアを確認する。「鍵はかかってるよ」

父さんはぼくを見て笑顔になる。「ありがとうよ、ぼうず《サン》」

父さんに〝ぼうず〟と呼ばれるのは嫌いだ。父さんがぼくをそう呼ぶのは、父さんがやつらに怯えているときだけだから。父さんを撃ってから、母さんとぼくのことも撃ち殺すやつらのことを。怯えているときの父さんは、やけにやさしくて、ぼくにいろんなことを手伝わせる。ソファを玄関まで押していってドアをふさいだり、電化製品のプラグを全部抜いたり。今日もいろいろ手伝わされて、そのあいだずっと父さんはぼくを〝ぼうず〟と呼び続けている。父さんがぼくのことをなんとも呼ばずに、一日じゅう自分の椅子に座っていてくれるほうがいいのにな。

ぼくは這ってソファに戻ろうとしたけど、たどり着く前に父さんに腕をつかまれるのを感じた。「やつらが来た、アサ！」父さんは声をひそめてそう言うと、腕を引っ張ってぼくを立たせた。「おまえは早く隠れろ！」

胸のなかで心臓がものすごいスピードで打ちはじめ、ぼくはうなずいた。

父さんはいつだってやつらに怯えているけど、実際にやつらが現れたことはこれまで一度もなかった。父さんにリビングの向こうに引っ張っていかれるとき、大きな窓から外を見てみたけど、ぼくには誰も見えなかった。やつらは見えなかった。

父さんはぼくの手を引いて勝手口を出て、階段を下りた。そして地面に膝をつき、両手でぼくの肩をつかんだ。「アサ、床下に隠れてろ。おれがいいと言うまで出てきちゃだめだぞ」

ぼくは首を横に振った。「いやだよ」床下は真っ暗だし、前に一度サソリを見たこともある。「そうするしかないんだ！」父さんはぼくの耳元で声を張り上げた。「おれが迎えに行くまで出てくるな。さもないと、家族全員やつらに殺される！」

父さんは床下に通じる開口部のほうにぼくを押した。ぼくは泥のなかに膝をついて四つん這いになった。うしろは見なかった。やつらに見つからないよう、できるだけ奥まで這い進んだ。

ぼくは膝を抱え、泣くときはやつらに聞こえないように声を殺して泣いた。


ものすごく寒いし、お腹も空いた。泣いているうちに日が昇って朝が来た。だけど、いいと言うまで出てくるなと父さんに言われたから動かなかった。だから、まだここにいる。どうか父さんに叱られませんように。寝ているあいだにおしっこをもらしちゃったんだ。去年の誕生日が来る前から、おねしょなんかしてなかったのに。やつらがまだ父さんのことを殺してなくて、父さんがこのことを知ったら、きっとものすごく怒るだろう。

やつらが家のなかを歩きまわる音が聞こえる。やつらは父さんを殺しちゃったかな。母さんはこのところずっと寝室から出てこないから、見つかって、やっぱり殺されちゃったかもしれない。

でも、ぼくは殺されなかった。父さんの言いつけどおりにしたからだ。このままここでじっとしていよう。父さんが迎えに来るまで。

でなきゃ、やつらが行ってしまうまで。

ものすごく寒いし、お腹も空いた。泣いているうちに日が沈んでまた夜が来た。だけど、ぼくはまだ動いていない。父さんに動くなと言われたから動いていない。脚の感覚がなくなって、もう自分の体の一部じゃないみたいだ。目はずっと閉じたまま。喉はもうそんなに乾いていない。横にあった配管から少し水がもれてたから、そこに口をつけてちょっとだけ飲んだんだ。

やつらは父さんと母さんを殺したんだと思う。家のなかはいま、とても静かだから。日が昇ってからは、やつらが歩きまわる音も聞こえてこない。だから、たぶんもう出ていったんだ。動いちゃだめだと父さんに言われたのはわかっている。でも、父さんがまだ生きているなら、ぼくを迎えに来てるはずだ。

でも、父さんは迎えに来なかった。

ぼくは床下から這い出した。外はもう真っ暗だったから、一日以上、床下に隠れていたことになる。父さんと母さんを殺したあと、やつらが一日以上、この家に残っているとは思えない。つまり、やつらはもういなくて、ぼくが家のなかに入っても大丈夫だってことだ。

立ち上がろうとしても、また倒れてしまう。脚がぴりぴりして、手が痛かった。勝手口の階段を這い上がったところで、服が泥だらけなことに気がついた。このままじゃ、床を汚してしまう。屋外マットの上で服についた泥を落とそうとしたけれど、汚れは広がるばかりだった。

ドアノブをつかんで体を引っ張り上げた。脚の感覚はまだ完全に戻っていなかったけど、動かすことはできた。ドアを開けて家のなかに入ると、父さんの死体が見えた。父さんはリビングのリクライニングチェアの上で死んでいた。

ぼくは息をのんだ。死体を見るのは初めてだったし、いまだって見たくはないけど、死体が父さんで、あいつらじゃないのを確かめないといけないのはわかっていた。ぼくは忍び足でリビングに入っていった。怖くてたまらず、心臓が首で高鳴っているような気がした。

椅子のそばまで来ると、大きく息を吸い込んでから向こう側にまわって、父さんの顔を見た。死んだあとも、生きていたときとあんまり変わらなく見えることに、ちょっと驚いた。

全身血まみれか、でなくても、肌の色が変わってしまっているんだろうと思っていた——幽霊みたいな色に。ところが、父さんはまったく同じに見えた。

一本指で頬に触ってみることにした。死んだ人は生きている人より冷たいと聞いたことがある。だから指の先を父さんの頬に押し当てて温度を確かめようとした。

父さんの手がぼくの手首をつかんで締めつけた。父さんの目がぱっと開き、ぼくはあまりの恐怖に悲鳴をあげた。

ぼくの服を見下ろすと、父さんの目が吊り上がった。「汚ったねえな！　いったいどこへ行ってたんだ、おまえ？」

父さんは死んだと思ってた。

でも、死んでなんかいなかった。

「床の下だよ。昨日、父さんが言ったんじゃないか。迎えに行くまで隠れてろ、って」

父さんはぼくの手首を力いっぱい締め上げると、身を乗り出してこう言った。「二度とおれの昼寝を邪魔するんじゃないぞ、このくそガキ！　さっさとシャワーを浴びてこい。ドブ川みたいに臭うぞ！」

父さんはぼくを押しのけた。ぼくはうしろに下がりながらも、父さんが生きていることにまだ混乱していた。

やつらが来たんだと思ってた。やつらが父さんを殺したんだと思ってた。

父さんに首根っこをつかまれ、リビングの端まで突き飛ばされて、ぼくはよろめいた。迎えに行くと言ってたのに、父さんはぼくが床下にいたことさえ覚えていないみたいだった。目が熱くなってくるの感じて、ぼくは走ってリビングから出た。父さんの前で泣いたりしたら、めちゃくちゃに怒られるから。

廊下を歩いてバスルームへ向かいながらも、本当は何か食べたかった。こんなにお腹が空くのは生まれて初めてだった。母さんが一日の大半を過ごしている寝室の前を通りかかると、ドアが開いていた。母さんはベッドで寝ていた。ぼくは何か食べるものはあるか訊こうと部屋に入っていった。母さんの体を揺すって起こそうとしたけれど、母さんはうーんとうなって反対側を向いてしまった。「寝かせてちょうだい、アサ」

母さんは寝てばかりでいやだ。あんまりよく眠れないから、眠れるようになる薬をたくさん飲んでいるんだって。白いのは夜に飲む薬だと言ってたけど、母さんはときどき昼間にも飲んでる。飲んでるところを見たことがある。

黄色い薬もあるけど、それは特別な薬なんだと母さんは言ってた。心だけでも別の場所に行ってしまいたくなる日のために取ってあるのよ、って。

ぼくは黄色い薬が入っている瓶を手に取った。何度やっても、蓋は開かなかった。まだ小学一年生だから字を読むのはそんなに得意じゃなかったけど、蓋を押してからひねって開けるって書いてあるのがやっとわかった。

書いてあるとおりにしたら、今度は蓋が開いた。母さんのほうを見ると、まだ反対側を向いたままだった。ぼくは急いで母さんの黄色い薬をひとつ取り出し、口に入れて噛んだ。顔がくしゃくしゃになるくらい、これまで食べたもののなかで一番まずかった。ものすごく苦くて、口のなかがからからになった。ぼくは母さん用の水で薬を喉に流し込んだ。

母さんの言うとおりだといい。この薬でぼくの心も別のどこかへ行けたらいい。この家族のなかにいるのが本当にいやになってきたから。

瓶の蓋を閉めて、母さんの部屋からそっと出た。シャワーを浴びるためにバスルームまで来たときには、脚がまた自分の脚じゃないみたいになっていた。

腕も変だった。宙に浮いてるみたいな感じがする。

シャワーのお湯を出してから鏡を見てみた。髪の毛が伸びてるような気がしたからだ。でも、伸びてなかった。前と同じだった。**伸びてるような気がするのにおかしいな。**

脚だけじゃなく、つま先までぴりぴりしてきた。倒れてしまいそうな気がしたから、急いでバスタブのなかに座った。服を脱ぐのを忘れてたけど、まあいいか。服はものすごく汚れてて、洗わないといけないなと思っていたから。

床下にどれくらい隠れていたんだろう。たぶん学校を休んじゃったな。学校はそんなに好きじゃないけど、今日はどうしても行きたかった。ブレイディのママがお弁当に何を入れたか見たかったんだ。

ブレイディはランチのときぼくの隣に座る子で、毎日お弁当を持ってくる。一度なんか、ココナッツケーキが入ってた。でもブレイディはココナッツケーキが好きじゃなかったから、食べていいよ、ってぼくに言ったんだ。ケーキはすっごくおいしかった。学校から帰って、母さんにその話をしたけど、いまだにココナッツケーキを買ってきてくれない。

ブレイディのママはたまに、お弁当箱のなかに手書きのメモを入れたりする。ブレイディはそれをみんなの前で読み上げて、げらげら笑う。手紙なんかくだらないって思っているからだ。でもぼくは笑わない。手紙はくだらなくないと思っているから。

前に一度、ブレイディがゴミ箱に捨てたそのメモを拾い上げたことがある。メモには〝ブレイディ、愛してる！　今日も学校楽しんでね！〟と書いてあった。

ぼくはメモの一番上、ブレイディの名前が書いてあるところだけを破って、残りの部分は取っておいた。そして母さんが書いてくれたことにして、ときどき読み返していた。でも、それはずいぶん前のことで、最近そのメモをなくしてしまったんだ。だから今日は学校に行きたかった。ブレイディのお弁当にまたママからのメモが入っていたら、それを盗んで、また母さんからの手紙だというふりをしたかったから。

誰かにあの言葉を言われるのってどんな感じなんだろう？

愛してる！

ぼくは誰からも言ってもらったことがないから。

頭がくらくらする。まるで頭が天井に浮かんでいて、バスタブのなかに座っている体を見下ろしているみたいだ。だから母さんは黄色い薬が好きなのかな。自分の体の大事な部分が、誰にも届かない高いところに浮かんでいるような感じがするから。

ぼくは目を閉じ、宙に浮かびながら、「愛してる」と誰にともなく囁いた。ぼくもいつか誰かを見つけて、この言葉を言いたくなるくらいぼくのことを好きになってもらおう。女の子がいいな。かわいい女の子が。父さんに淫売だと思われないような子。

そうだといいな。もしかしたら、その子はココナッツケーキを作ってもいいと思うくらいぼくのことを愛してくれるかもしれない。ぼくはココナッツケーキが大好きだから。

この言葉をぼくに言って、ココナッツケーキを作ってくれる女の子がもしも見つかったら、ぼくはその子をどこへもやらない。ママからの手紙を捨てたブレイディみたいに、その子のことを捨てたりしない。

死ぬまでそばに置いて、けっしてどこにも行かせない。そして毎日、愛してると言わせるんだ。

〝あなたを愛してるわ、アサ〟その子はぼくに誓うんだ。〝あなたのそばを離れない〟

現在

これまで人を殺したことはなかった。ほんの数分前に、二階でおれのものを奪おうとしていた男を撃ち殺すまでは。

自分がどう感じているのか、まだよくわからない。

たぶん、心配したほうがいいんだろう。人を殺して、そのままで済むはずがないからだ。それに腹も立てたほうがいいかもしれない。なにせ、あの男を撃って、スローンをこの部屋に引っ張ってきたとたん、おれが雇った残りの馬鹿どもは、ぐじゃぐじゃのスクランブルエッグよろしく大混乱《スクランブル》に陥ったからだ。

自分も撃たれると思ったんだろう。

たぶん、殺しの余波みたいなものは少し心配している。銃声が響けば、ふつうは誰かが警察に通報する。つまり、クソおせっかいな隣人のせいで、いまにも警官がここにやってくるかもしれないってことだ。

本物の警官が。いまおれの前に座っている、このへぼ警官じゃなく。

計画通りにいかなくてがっかりだ。おれが正当防衛でひとり撃っただけで、残り全員が仕事を放り出して逃げ出すか？　つまりジョン、ケヴィン、ダルトンはもう拘束されていないということだ。ということは、三人のうちの誰かがいまにもこの部屋のドアを叩いて、なんで仲間をハメるようなまねをしたと怒鳴り込んでくるってことだ。

ということは……**おれはいま、ちょっとしたピンチにあるってことだ**。選択の余地はもうない。残された唯一の道は、ルークのうぬぼれた顔を撃ち抜いて、いまのうちにスローンを連れてここを出ることだ。そりゃ、スローンは多少のトラウマを抱えることになるだろう。だったら、ふたりでどこかに落ち着いたあとで、セラピーにでもかかればいい。スローンみたいに洗脳された人間は、どのみちセラピーが必要になるだろうから。

なんとも残念だ。選択肢がひとつしかなく、それを実行する時間も一分ほどしかないなんて。

スローンとやったときの話を、どうしてもルークの口から聞きたかったのに。

話を聞いて興奮したかったからじゃない。**おれはそんな変態じゃない**。

話を聞きたかったのは将来のためだ。スローンをその気にさせるためにやつがどんなことを言ったのかを知っておく必要がある。おれと同じであいつも彼女を口説き落とさないといけなかったのか。おれとやってるときに彼女がたまにあげるような声を、あいつの前でもあげたのか。やつがどんな体位でスローンとやったのかも知りたい。正常位か？　騎乗位か？　それともバックでやったのか？

それを知っておけば、この先スローンと愛し合うときに、やつが言ったりしたりしたことをやらずに済む。やつが彼女とファックしたときと同じ体位でスローンを抱かずに済む。

だが、もう時間がない。誰かがドアを叩いているし、ルークは依然としてだんまりを決め込んでる。

「アサ！」

ダルトンだ。

ダルトンのことをどう考えたらいいのか、いまだに迷っている。やつのことは大いに気に入っている。ダルトンはコカインだ。誰だってコカインは好きだ。だが、コカインがもっとも偽装しやすい薬のひとつだということを知らない者はいない。まがい物がごまんと出まわっていることを。アスピリンを砕いただけの偽物《にせもの》を、もう本物との区別がつかなくなっている死にかけのクラック中毒者に売りつけている売人が、通りには山ほどいる。

ダルトンはコカインですらないかもしれない。鎮痛剤のアドビルを砕いて、小袋に詰めた偽物かもしれない。

「アサ、ドアを開けろ！」ダルトンが叫んだ。

おれはうしろに手をまわし、ドアに鍵がかかっているのを確かめた。「連中はどこへ行った？」ダルトンに怒鳴り返した。「そっちはやけに静かじゃないか！」

「ドアを開けて話そう」ダルトンはいまドアのすぐ前に立っている。

おれは笑い、同じ言葉を繰り返した。「やつらはどこにいる、ダルトン？　ジョンとケヴィンはどこだ？」

「逃げた。疑心暗鬼に駆られて飛び出していった」

なるほど。生涯の友が聞いて呆れる。腰抜けどもめ。

おれはスローンのほうを見た。彼女はベッドの頭側に座って膝を抱え、大きく見開いた目でおれをじっと見ている。

ルークもおれを見ていた。おれがどこに立ち、何をしていようと、やつの目はずっとおれを見ている。出会った日からそうだった。ダ、ル、ト、ンがやつを連れてきた日から。

おれは首を傾け、ドアの隙間に口を寄せた。「おまえはなぜまだここにいる、ダルトン？　応援部隊が到着するのを待っているのか？」

今回、ダルトンはすぐには答えなかった。少しの間のあと、こう言った。「おれがここにいるのは、おれの友人がその部屋のなかにいるからだ。そいつを渡してくれれば一緒に出ていく」

こんなペテンに引っかかるなんて信じられない。こんなのに騙されるなんて。何カ月ものあいだ、同じ屋根の下で家族同然に暮らしてきたってのに、こいつらの目的はおれを破滅させることだったのか。

ガキの頃に戻ったような気分だ。

だが、スローンだけはおれを愛してくれている。

スローンだけは。

おれは部屋の向こう側に視線を走らせ、スローンの上で止めた。「さっきシャワーの下にいたおれに、スーパーで何か買ってきてほしいものはあるかって訊いたよな。覚えてるか？」

スローンはかすかにうなずいた。

「お祝いのデザートを頼む、とおれは言った。買ってきたか？」

スローンはまたうなずき、小声で言った。「ココナッツケーキを買ってきたわ。あなたの好きな」

ほらな？　こいつはおれのことをめちゃくちゃ愛してる。

「ダルトン」おれはやつの注意を引いた。もっとも、やつはずっとこちらに集中しているだろうが。

位置を変えたほうがいいかもしれない。ダルトンはこのドアのすぐ向こうにいる。ドア越しに撃ってこないともかぎらない。

壁際に寄りながら、手を伸ばしてドアに鍵がかかっていることを確かめた。「悪いが、ココナッツケーキを持ってきてもらえるか？」

またしても、答えが返ってくるまでに間が空いた。「ケ、ケーキだって？」ダルトンは戸惑っているようだった。「こんなときにケーキを食いたいのか？」

それがそんなにおかしなことか？

「そうだよ、ケーキが食いたいんだ！　いいから、さっさとココナッツケーキを持ってこい！」

ダルトンの足音がキッチンのほうへ遠ざかっていくのが聞こえた。ルークは、気でも違ったのかという顔でこちらを見ている。

「何か問題でも？」

やつは首を振り、それから口を開いた。ついに。

「おまえを助けられる薬物療法がある、アサ」

薬物療法？

「おい、いったいなんの話をしている？」

ルークはスローンをちらっと見てから、おれに視線を戻した。やつがスローンを見るのがいやでたまらない。あいつの両目をえぐり出して、母さんの黄色い錠剤みたいに飲み込んでしまいたくなる。

「おまえはこの五分で十五回もドアに鍵がかかっているかを確かめた。異常な行動だ。だがコントロールすることはできる。おまえの父親の行動がコントロールできたかもしれないように」

おれはそれ以上言わせなかった。「親父の話はするな、ルーク。次は容赦しない」

ルークは、いまやまっすぐ自分に向けられた銃を見返したが、どういうわけかそのいまいましい口を閉じようとはしなかった。

「おまえの父親が二十七歳のときに妄想型統合失調症と診断されたことを知っていたか？　彼に関する捜査記録に書いてあったよ。だが、おまえの父親は治療を受けなかった。一度もだ、アサ。おまえの頭のなかに浮かんでくるもの――それは止められる。全部止められるんだ。おまえは父親みたいにならなくていいんだ」

　おれは大またで部屋を横切り、ルークの頭に銃を押しつけた。「おれはやつとは違う！　全然違う！」

　引き金を引く前に、ダルトンがドアを叩いた。

「どうやってケーキを渡せばいいんだ？」大声で言った。

くそ。たしかにそうだ。

　おれはドアのほうに向かいかけたが、ココナッツケーキへの期待はサイレンの音によって砕かれた。音は遠かった――四、五本先の通りあたりか。

まだ時間はある。この寝室に窓があれば、スローンの腕をひっつかみ、ルークを撃って、サツが来る前に窓から出て、車のところまで行けるんだが。

だが、唯一の出口の前には、クソ野郎のダルトンが立ちはだかっている。

やつがケーキを持ってドアの前にいるとしたら、それはやつが……そこに……いるってことじゃないか。

　銃を構え、ドアに向けて発砲した瞬間、背中に何か硬いものがぶつかった。おれは前に倒れた。床で膝を打ち、手から銃が飛ぶ。振り返ると、ルークがおれを見下ろしていた。足をうしろに引き、おれの顔を蹴ろうとしている。おれは横に転がりながら、足でルークの足を横に払った。ルークはバランスを崩して尻もちをついた。

ルークはすかさず両腕を脚の下にくぐらせ、手錠をかけられた手を背中ではなく前に持ってこようとしている。おれは起き上がり、銃に手を伸ばしたが、そのときスローンがベッドから飛び下りてこちらに突進してきた。同時に銃に手が届いたが、しっかり握るにはどこをつかめばいいかを知っているのは、銃の扱いに慣れたおれのほうだった。スローンがおぼつかない手であたふたしているうちに、拳銃はおれの手にしっかりと握られていた。おれはスローンを部屋の隅へ突き飛ばした。

スローンは壁にぶつかり、そのままできるだけおれから離れようとした。ようやくおれが銃を向けたときには、ルークのクソ野郎はどうにか両手を体の前に持ってきて立ち上がろうとしていた。おれは先手を打って引き金を引いた。ルークの太腿の肉がはじけ飛ぶのが見えた。

うえっ、痛そうだな。

ルークは床に膝をついた。

背中から壁に倒れ込み、顔を歪めて、両手で傷口を押さえている。ダルトンはいまやドアを強打していた。「アサ、いますぐドアを開けろ。さもないと銃で撃って開ける！　三……二……」

「ドアを開けたら、ふたりを殺す！」おれは叫んだ。

ダルトンは一までたどり着けなかった。

おれはスローンを見た。壁際で体を丸め、両手で耳をふさいで涙を流している。目を見開いてルークを見つめるその顔は、正気を失いかけているように見えた。スローンが壊れてしまう前にここから連れ出さなくては。なのに、サイレンの音がずいぶんと近い。もうこの通りまで来ている。

ちくしょう。

考えろ、アサ、考えろ。

銃を額に三度叩きつけた。スローンを失うわけにはいかない。絶対に。逮捕されれば、スローンを守れなくなる。スローンに触れられなくなる。彼女はまた誰かの嘘を信じてしまう。おそらくはルークの嘘を。

おれを愛してくれたのはスローンだけだ。彼女を失うわけにいかない。絶対に。

スローンのところへ這っていき、その手をつかもうとしたが、彼女は抵抗し続けた。だから、おとなしくさせるためにやむなく銃を向けた。そして彼女のこめかみに額を押しつけた。「おれを愛していると言ってくれ、スローン」彼女は歯の根が合わないほど激しく震えていて、話すこともできずにいる。「お願いだ、ベイビー。おまえの口から聞く必要があるんだ」

スローンはなんとか声を出そうとしたが、三度とも喉に引っかかった。唇が、見たこともないほど激しく震えている。そして、ようやく言葉を絞り出した。「ルークを解放してくれたら言うわ」

おれは銃を持つ手に力をこめた。反対の手を彼女の髪にからめ、強く握る。スローンはあの男のためにおれと交渉しようとしているのか？

おれは鼻から息を吐いて気を静めようとした。歯を強く食いしばっているせいで、口では息が通らない。ようやく話せるようになると、奥歯を噛みしめて囁いた。「おまえが愛しているのはおれだよな？　あいつを愛してなんかいないよな？　おまえはおれを愛してるんだ」

おれは顔を起こし、感情の失せたスローンの目を見た。すると彼女が顎を上げ、言った。

「その質問には、あなたが彼を解放したあとで答える。彼は医者に診てもらう必要があるわ」

医者？　ルークに必要なのは医者じゃない。やつに必要なのは、ろくでもない奇跡だ。

「べつに答えなくてもいいさ」おれはスローンに言った。「おれがやつを殺せば、そのときのおまえの反応で、おまえがやつを愛してるかどうかわかるような気がするから」

スローンが目を見開き、慌てて首を横に振りはじめた。「違う」出し抜けに言った。「彼を殺さないで。事態を悪化させるだけよ。わたしが愛しているのはあなたよ、アサ。もう誰も殺さないで」

おれはまっすぐ彼女を見つめ、左右の目を交互に見た。そこから真意を読み取るのは難しかった。彼女の顔に浮かんでいるのはルークを案ずる表情だけだったからだ。「心配しなくていい、スローン。やつはたぶん防弾チョッキを着けているから」

おれは首をめぐらし、銃を上げて、ルークの胸にまっすぐ狙いをつけた。そして弾丸を放った。ルークの全身がびくんと跳ねて壁にぶつかった。ルークは両手で胸を押さえた。たちまち指のあいだを血が伝い、ルークはそのまま横に倒れて動かなくなった。

「おっと。悪い。おれの思い違いだったみたいだ」

スローンは叫んでいた。「ルーク！」とやつの名前を叫び、「いや！」と叫び、「なんてこと！」と叫び、またやつの名前を叫んだ。叫んで、叫んで、叫び続けた。

スローンは狂ったように叫んでいた。

狂ったように泣いていた。

あの男のために。

おれは彼女の腕をつかんで抱え上げ、ベッドに落とした。おれが馬乗りになっても、スローンは両手で頭を抱え、さらに大きな声で叫びながら、とめどなく涙を流していた。

「何をそんなに叫んでいるんだ、スローン？　**なぜだ?!**」

淫売、淫売、淫売、と繰り返す親父の声が聞こえた。おれは額を叩いて、親父を黙らせようとした。

やめろ、やめろ、やめろ。

スローンはルークを愛していない。彼女はおれを愛してる。永遠に。

「スローン、おまえはやつを愛していない」苦痛に顔を歪めながら言った。「やつに洗脳されただけで、愛してなんかいないんだ」両手でスローンの顔を挟み、彼女の唇に唇を押しつけた。

スローンはおれから逃れようとした。抗おうとした。

「いいえ、愛してる！」スローンは叫んだ。「わたしは彼を愛してる、あなたなんか嫌い、わたしは彼を愛してる、あなたなんか大っ嫌いよ！」

スローンは後悔することになる。くそみたいに無価値なこれまでの人生でした、どの後悔よりも深く後悔することになる。いま、あのくそ野郎が死ぬのを見て悲しいと思っているなら、おれが死ぬのを見るまで待ってろ。このゴミクズ野郎を殺したことで刑務所送りになる前に、この家に残っているくそどもは全員死ぬことになるからだ。おれも含めて。

スローンはやつと知り合ったばかりだった。だが、おれのことは二年も愛していたんだ！　おれが死んだら、スローンは打ちのめされるはずだ。息もできないくらい激しく泣いて、もう誰が嫌いとか言っていられなくなる。

淫売、淫売、淫売。

おれはまた平手で額を叩いた。スローンはもう叫んでいなかった。ただただむせび泣いていた。

「後悔するぞ、スローン。いま、死ぬほど悲しいと思っているか？　おれが死んだら、おまえも死ぬことになる。**悲しみが、おまえを、殺すんだ**」

スローンは首を左右に振り、泣きじゃくりながら言った。「いまさらわたしを殺そうとしても無駄よ、アサ。あなたはとっくの昔にわたしを殺してる」

スローンがおかしくなった。

わけのわからないことを言いはじめた。

おれは笑った。これから起きることに彼女がどれほど取り乱すか知っているから。おれは笑った。この場でおれに言ったすべてのことを彼女がどれほど後悔することになるか知っているからだ。彼女がおれの大切さにようやく気づくところを、この目で見ていたかった。おれがどれだけ彼女に尽くしてきたか、おれがいなくなったあとの人生がどうなってしまうのかにスローンが気づくところを。

おれは震える彼女の唇に唇を押し当てた。

それから自分の頭の横に銃を押し当て、引き金を――。

42

ルーク

死ぬのはどんな感じか聞いたことがあるかい？

いや、ないか。そんな話、誰にもできないから。死んだ人間は、死ぬ瞬間がどんなものかをもう教えられないし、生きている人間はそもそも死んでいないのだから、説明なんかできっこない。

でも、ぼくはその中間にいる。だから、できるうちに話しておこうと思う。

最後に目を閉じる直前——自分が死を受け入れていくのを感じる瞬間がある。

鼓動がゆっくりになっていき、心臓が止まる準備をしているのがわかる。

ドアが閉まるみたいに、脳の回路がシャットダウンしていくのも。

まぶたが下がっていくのがわかる——開けていようとどんなに頑張っても。そして、目を閉じる瞬間に見ているものがなんであれ、それがこの世で見る最後のものになるとわかるんだ。

ぼくにはスローンが見えた。スローンしか見えなかった。

彼女が泣き叫んでいるのが見えた。

アサが彼女を抱え上げ、ベッドに放り投げるのが見えた。

彼女がアサに抗っているのが見えた。

彼女があきらめたのが見えた。

だからぼくは目を閉じるのをやめた。

ぼくは自分の胸に目を落とした。血が——ぼくから染み出した命が、床に滴り落ちている。

ぼくが犯したいくつもの間違いのせいで、スローンをこんな状況に追い込んでしまった。たとえひとつだろうと、その間違いを正さずに死んでたまるか。

最後の力を振り絞り、手錠のはまった腕を伸ばすと——足首に隠していた拳銃に手が届いた。両手は血まみれで、滑ってうまくつかめない。それでも、やっとのことでグリップを握った。

ぼくはお世辞にも優秀な捜査官とは言えないが、射撃の腕だけには自信があった。

ぼくが銃を構えたそのとき、アサが自分の頭に銃を向けた。

そんなに簡単に終わらせてやるもんか。

ぼくは目を閉じるのを拒んだ。引き金に指をかけ、絞ると、弾丸がアサの手首を貫き、彼の手から銃が飛んで数フィート先に落ちるのが見えた。

ぼくは目を閉じるのを拒んだ。さらに三発の銃声が耳をつんざいたが、それは寝室のドアのほうから聞こえた。

ぼくは目を閉じるのを拒んだ。ライアンがドアを蹴破り、数名の警官とともに部屋に飛び込んでくるのが見えた。

ぼくは目を閉じるのを拒んだ。アサが床に——スローンから数フィート離れたところに——

押さえつけられ、手錠をかけられるのが見えた。

ぼくは目を閉じるのを拒んだ。そのとき、スローンと目が合った。

スローンはベッドを下り、部屋を突っ切ってぼくの横に膝をつくと、ぼくの胸に両手を押し当て、なんとかしてぼくから残りの命が染み出さないようにしている。

もう手遅れだよ、と伝えたかったが、それだけの力も残っていない。

ぼくはついに目を閉じた。

でも、それでいい。ぼくに見えたのは彼女だけだから。

ぼくが最後に見たのは彼女だったから。

43

スローン

この感情は初めてのものじゃない。愛する人の死を経験したことなら前にもある。胸を引き裂かれ、魂を打ち砕かれるような恐ろしい死を。

あれは、わたしの十三歳の誕生日のひと月前のこと。

わたしにはスティーブンとドリューという双子の弟がいた。弟たちの世話は、早い時期から基本的にわたしがしていた。ふたりとも健康上の問題をいくつも抱えていたが、母はそんなふたりをほったらかして夜通し家を空けることが多かったからだ。母親のまねごとならたまにした。自分はまともな母親だと州の職員にアピールするために、弟たちに必要な薬をもらいに病院に連れて行くとか。そのくせ、毎日の世話の大部分はわたし任せで、自分はパーティやらなにやらで出かけていって朝方まで帰ってこないのだ。

ドリューが死んだ夜、弟たちの世話はわたしがしていた。あの夜のことはあまり考えないようにしているから、こまかいことは覚えていないけど、ドリューが彼の寝室で倒れる音を聞いたことは覚えている。ドリューはしょっちゅう、てんかんの発作を起こしていたから、まただろうと思いながら弟の部屋まで走って様子を見にいった。

ドアを開けると、ドリューは床の上で全身を痙攣させていた。わたしは弟の横に膝をつき、なんとかじっとさせようとした。でも、弟たちが十歳になってからは、介助するのがますます難しくなっていた。ドリューもスティーブンも、もうわたしより体が大きくなっていたからだ。それでも発作が治まるまで、ドリューの頭を必死に抱いていた。

血に気づいたのは、発作が完全に治まったあとだった。わたしの両手と服に血がついていた。ドリューの側頭部がざっくり切れているのを見て、わたしはパニックになった。血だらけだった。

発作を起こして倒れたときにドアの蝶番《ちょうつがい》に頭をぶつけたのだ。うちには電話がなかったから、わたしはやむなくドリューを部屋にひとり残し、近所の家まで走って、911番に電話した。

戻ったときには、ドリューはもう息をしていなかった。わたしが彼を残して部屋を出た時点で、まだ息があったのかどうかはわからない。あのときはドリューが頭をぶつけたせいで死んだと知らなかったけど、いまでは弟はたぶんわたしが911番通報する前に死んでいたのだろうと思っている。

あの夜を境にわたしは変わった。あのときまでは、まだ自分の人生にわずかな希望を抱いていた。あんなにひどい両親のもとで育った子どもが、思春期を過ぎ、おとなになっても相変わらずひどい人生を歩み続けるなんてことはさすがにないだろうと思っていた。あのときまでは、誰の人生も幸運と不運のバランスは同じで、ただ人によってその幸運と不運が人生のさまざまな時期に振り分けられているだけなのだろうと考えていた。わたしの場合はすべての不運が人生の早い段階に振り分けられていて、あとはよくなる一方なのだと思っていた。

だけど、あの夜がわたしの考え方を変えた。

発作が起きたとき、ドリューは寝室のどこで倒れていてもおかしくなかった。実際、医師の話では、ドリューの怪我の位置は不運としか言いようがなく、ほんの六センチ右か左にずれていたら大事には至らなかっただろうとのことだった。

たった六センチ。それがドリューの生死を分けた。

こめかみへの強い衝撃により、ドリューはほぼ即死だった。

わたしは何カ月も、その六センチのことばかり考えていた。母がドリューの死を悲しむふりをやめてからもずっと。

わたしはずっと考え続けた。ドリューがもし右か左に六センチずれて倒れ、一命を取り留めていたら、それは〝奇跡〟と呼ばれていただろうと思うからだ。

でも、ドリューの身に起きたのは奇跡とは正反対のことだった。悲劇的な事故だった。

その悲劇的な事故のせいで、わたしは奇跡を信じられなくなった。十三歳になるころには、〝奇跡〟と呼ばれるものすべてにめちゃくちゃ腹が立つようになっていた。

わたしがSNSをあまり利用しない一番の理由はそれだった。フェイスブックのニュースフィードに流れてくる〝奇跡〟の数々に、文字どおり白目をむきそうになるからだ。フェイスブックの友人たちの祈りのおかげで、がんが〝治った〟という人をどれだけ見たことか。

〝**良性でした！　ハレルヤ！　主はわたしを救ってくださった！**〟

ノートパソコンの画面のなかに手を突っ込み、そういう人たちの肩をつかんで、こう叫びたいと思ったことが何度もある。「**ねえ！　よく聞いて！　あなたは特別じゃないから！**」

がんで亡くなる人は大勢いる。その人たちの奇跡はどこへ行っちゃったの？　フェイスブックの友人たちの祈りが足りなかった？　彼らに化学療法が効かなかったのはなぜ？　〝どうか祈ってください〟とSNSに投稿する回数が少なかったから？　彼らに奇跡が起こらなかったのはなぜ？　神さまが彼らの命を軽く見ていたから？

違う。

がんは治ることもあれば……治らないこともある。頭を打って死ぬ人もいれば、頭を打ったのに死なない人も大勢いる。でもわたしたちの耳に入ってくるのは、運で決まる勝負に勝った人たちの話だけ……。そう、彼らは**運がよかっただけ**なのだ。

なぜなら、運よく生き残って〝奇跡だ〟ともてはやされる人たちの陰で、どれだけ多くの不幸な死が起きているかを、わたしたちは考えようとしないから。

ドリューの死のせいで、奇跡という考え方を受け入れられなくなっているのかもしれないけど、わたしに言わせれば、生き残るか生き残れないかでしかない。産声《うぶごえ》をあげてから死ぬまでの旅路は奇跡とはなんの関係もない、どれだけ祈ったとか、めぐり合わせとか、神の介入とかではないのだ。

産声をあげてから死ぬまでの旅路が計画《マスタープラン》どおりにいかない人もいる。わずか六センチが生死を分けることもある。

だから、ドクターが待合室に入ってきて、ルークの容態を伝えたとき——わたしは思わず座り込んでしまった。**「弾丸が命中した場所が六センチ、右か左にずれていたら、ルークは即死だったでしょう。いま、わたしたちにできるのは奇跡を祈ることだけです」**

奇跡は信じていない、とドクターに言いそびれてしまった。

ルークは生き残るか……生き残れないかのどちらかだ。

「コーヒーでも飲んできたらどうだ？」ライアンが言った。「少し脚を伸ばしてきたほうがいい」

ルークの手術が終わってから八時間以上が経っていた。ルークは大量に失血していて輸血が必要だった。病室に移されてから、わたしは片時も彼のそばを離れようとしなかった。

わたしは首を振った。「彼が目を覚ますまでここにいる」

ライアンはため息をついたが、何を言っても無駄だということもわかっていた。彼は病室のドアに向かった。「なら、おれがコーヒーを買ってこよう」

わたしは病室を出ていくライアンを見送った。わたしと同じで、彼もずっと病院に詰めていた。やらないといけない仕事があるはずなのに。昨夜起きたことについて供述したり。供述を取ったり。殺人、逮捕、殺人未遂の取り調べをしたり。

昨夜、アサが部屋から連れ出されるところをわたしは見ていない。ルークのことが心配でたまらず、それ以外のことは目に入らなかったのだ。でもアサの声は聞こえていた。ルークの胸を両手で押さえ、救急隊員の到着を待つあいだ、アサはずっとわたしのうしろで叫んでいた。

「そんな男、死なせてしまえ、スローン！　そいつはおまえを愛してない！　おまえを愛してるのはおれだ！　おれだけだ！」

　わたしは振り返らず、アサのことも彼の言葉も無視した。アサが部屋から連れ出されるあいだも、ルークを救うことだけに専念していた。最後に聞こえたアサの言葉は——「それはおれのケーキだ！　おれのココナッツケーキをよこせ！」

　アサがこれからどうなるかはわからない。なんらかの裁判がおこなわれることになるのは間違いないけど、正直、証言はしたくなかった。わたしが証言すれば、アサは本来より軽い刑で済んでしまうのではないかと心配だった。証言するとなれば正直に話すしかないからだ。わたしが目の当たりにした彼の行動、とりわけここ数週間の行動の劇的な変化について、包み隠さず話さないといけなくなる。アサが統合失調症——彼の父親と同じ遺伝性疾患——の症状を呈していることは、彼を知る人間が見れば一目瞭然だ。だとしたら、アサは刑務所ではなく、警備の厳重な精神医療施設に送られる可能性が高い。

　アサには適切な治療を受けてもらいたい。その一方で、報いを受けてほしいとも思う。彼がこれまでしてきたすべてのことを償《つぐな》わせたい。一生かけて償ってほしい。刑務所のなかで。そして彼の想像の二倍は上を行く邪悪な男たちのなかで朽ち果てればいい。

手厳しいと言う人もいるだろう。でも、わたしはそれを業《カルマ》と呼ぶ。

　椅子の肘掛けを握りしめ、誰にともなくつぶやいた。「あなたのことを考えるのはこれで最後よ、アサ・ジャクソン」

　そう、わたしはこれまでさんざんアサに人生を奪われてきた。これからは未来のことだけ考えたい。スティーブンのことを。ルークのことを。

ルークは何本ものチューブやケーブル、それに点滴にもつながれていたけれど、わたしはどうにか彼のベッドの上に、うまい具合に体を丸めればすっぽり収まる場所を見つけた。ベッドに這い上がり、片腕をルークの体にまわし、頭を彼の肩にのせて、目を閉じた。

少しして、ライアンの声でわたしはうたた寝から覚めた。

「コーヒーだ」

目を開けると、ライアンがベッド脇の椅子に座ってコーヒーを差し出していた。ルークが手術室から病室へ移されたあと、コーヒーを飲むのはたぶんこれで五杯目だけど、まだ待つことになるならあと一〇〇万杯はいけると思う。

ライアンは椅子に深く座り、コーヒーをひと口飲むと、カップを両手で握って身を乗り出した。

「おれたちの出会いについて、ルークから聞いたことはあるか?」

わたしは首を横に振った。

ライアンの唇に昔を懐かしむような笑みが浮かぶのが見えた。「初めてルークと組んで任務に当たったのは、いまから少し前のことだ。潜入二日目の夜に、ルークは正体を明かした」ライアンは首を振った。「おれは激怒したが、やつがそうした理由もわかっていた。くわしいことは話せないが、あの場でルークが正体を明かしていなかったら、子どもがひとり死んでいた。そんなことになったらルークは生涯自分を許せなかったと思う。こいつはこの仕事に心底向いていないと、あのときわかったよ。だが、腹を立てながらも、おれはやつの行動に大いに感服してもいた。ルークは自分のキャリアより、見ず知らずの子どもの命を守ることを選んだんだ。

そして、それは欠点じゃない、スローン。性格上の特徴だ。いわゆる〝思いやり〟と呼ばれるものだ」ライアンはそう言ってウインクした。

彼の話を聞いて、わたしは久しぶりに笑顔になった。「それが彼のもっともセクシーなところよ」秘密めかして囁いた。「思いやりがあるところが」

ライアンは肩をすくめた。「どうかな……ルークはいい尻をしているぞ」

わたしは笑った。それについてはよくわからない――唯一見るチャンスがあったとき、ルークは座っていたから。

わたしは自分のコーヒーをベッド脇のテーブルに置くと、身を屈めてルークの口に軽くキスした。チャンスがあるたびに彼にキスすることにしていた。もう二度とキスできなくなってしまうかもしれないから。

ルークの唇から唇を離し、彼の枕に頭をのせようとしたとき、彼の喉からかすかに音がした。わたしが頭を起こすのと同時に、ライアンもはじかれたように椅子から立ち上がった。

「いま、何か声を出したよな?」ライアンは信じられないとばかりに言った。

「たぶん」わたしは声をひそめた。

ライアンはルークに向かって手を振りまわした。「もう一度、やつにキスしろ! キスで意識が戻ったんだよ!」

わたしは言われたとおりにした。ルークの唇にもう一度そっとキスすると、今度こそはっきり声を発した。ルークは間違いなく目覚めつつある。

ふたりしてじっと見守っていると、やがてルークのまぶたがひくひく動いて、何度かまばたきをした。「ルーク？　聞こえるか？」ライアンが声をかける。

ルークはやっとのことで目を開けたが、その目をライアンに向けはしなかった。周囲へ必死に視線をさまよわせたあと、ついに傍らで体を丸めているわたしを見つけた。しばらくじっと見つめたあと、弱々しい声で囁いた。「万華鏡のベルトのバックルがレプラコーン（アイルランド民話に登場する小さい老人の姿をした妖精）を見るとき、霧は熱そうにそれを落とす」

たちまち涙がこみ上げてきて、わたしは泣き出しそうになるのをこらえないとならなかった。

「ああ、大変だ」ライアンが声をあげた。「ルークのやつ、わけのわからないことを口走ってる。まずいな。ドクターを呼んでくる」ルークは正常そのものだと伝える前に、ライアンは部屋から飛び出していってしまった。

わたしはルークの顔に手を上げて彼の唇に触れた。「落ち込んだバゲットはナメクジが干からびるまで公園に居残ってシリアルを食べ続ける」安堵と、喜びと――感謝の念で声がかすれた。わたしは彼の唇に唇を重ねた。そんなことをしたら体に毒だということも、彼がいまひどい痛みに耐えていることもわかっていたけど、わたしはできる範囲で彼を抱きしめ、彼の顔や首に、届くところ全部にキスをした。傷口に腕や手が触れないように気をつけながらルークの体を包み込み、彼に寄り添いながら、静かに涙を流していた。

「スローン」しわがれた声でルークは言った。「ぼくが何もかもをぶち壊しにしたあとのことは覚えていないんだ。結局、きみがぼくを助けてくれたのか？」

わたしは笑い、片肘をついて上体を起こした。「ちょっと違う。あなたがアサの手を撃ち抜いて彼の拳銃を吹き飛ばしてくれたから、わたしはあなたに駆け寄って救急隊員が到着するまで傷口を圧迫していたの。だからおたがいに助け合ったってことじゃないかな」

ルークは無理して笑おうとした。「前にも言ったけど、ぼくはあまりこの仕事が得意じゃないんだ」

わたしは心から同意しつつ微笑んだ。「いまからでも遅くないわよ。復学して、スペイン語の教師になればいい」

ルークは笑い声をあげ、痛みに顔を歪めた。「それも悪くないな、スローン」

彼はわたしにキスしようと身を乗り出したが、そこで体力を使い果たした。あと六センチ足りなかった。

呼吸と生命のあいだの六センチだ。

その六センチのギャップを埋めて彼にキスしたとき、わたしは物語のひとつの章が終わろうとしているのを感じた。早く終われと二年以上待ち続けていた、暗く悲惨な章がついに幕を閉じる。

そしてこのキスから、まったく新しい物語が始まる。その物語では奇跡もそう突飛なものではないかもしれない。

44

アサ

寝床から身を起こして目を開けた。眠っていたわけじゃない。こんなクソみたいな場所で寝られるわけがない。おれはこぶしを握りしめた。なぜいま思い当たったのかはわからない。スローンは〝もっと強く《ハーダー》〟と言ったんじゃない。〝カーター〟と言ったんだ！「あの大嘘つきの淫売め！」

45

スローン

病室のドアを軽くノックしたが返事はなかった。ドアを押し開け、なかを覗くと、ルークは眠っていた。音量を絞ってテレビがついている。ソファのほうに目をやると、ライアンが横になって野球帽で目をおおっていた。こちらも眠っている。

ふたりを起こしたくなくて、ドアが閉まるまで手で押さえていたが、物音に気づいたライアンがソファから体を起こした。両腕を頭上にあげて大きく伸びをし、あくびをしてから立ち上がった。

「やあ。しばらくここにいるか？」

わたしはうなずいた。「今夜はここに泊まるつもり。あなたは少し休んで」

彼はルークのほうをちらりと見た。「さっきドクターが来たよ。明日には退院できるそうだ。ただし、しばらくは誰かがそばについてる必要がある。ベッドで安静にしていないといけないからな。おれが申し出てもいいんだが、ルークは絶対きみのほうがいいと言うと思う」

わたしはバッグをソファに置いた。「いいわよ。ルークがかまわないなら、わたしがついてる」

「ぼくなら全然かまわない」ベッドからルークが言った。そちらに目をやると、彼はゆったりした笑みを返してきた。

ライアンは笑った。「明日の朝、ヤングとのミーティングのあとにまた寄るよ」

ルークはうなずき、それからわたしを手招いた。「こっちにおいで」

ライアンは部屋を出ていき、わたしはルークのほうへ歩いていった。わたしが会いにくるたびいつもそうするように、今日もルークはベッドの上で少し横にずれて、一緒に寝られるように場所を空けてくれた。

わたしは片脚を彼の脚に重ね、腕を彼の胸に渡して、頭を彼の肩にもたせかけた。

「弟さんは元気にしてた？」ルークが訊いた。

「ええ。すごく元気にしてたわ。出歩けるくらいまで回復したら、すぐにでも一緒に来てもらうわよ。あの子ったら、あなたが現れやしないかと、ずっとドアのほうを気にしてたんだから。あなたが一緒じゃなくてがっかりしていたんだと思う」

ルークが小さく笑うのが胸から伝わってきた。「ぼくとしては今日、こっそりここを抜け出して、きみと一緒に行くつもりだったんだけど、誰かさんが過保護でね」

わたしは首を横に振った。「あなたは胸を撃たれたのよ、ルーク。もう少しで死ぬところだったの。危険なまねはさせられない」わたしは彼の肩から頭を上げた。「危険なまねと言えば、明日の退院について先生は具体的になんて言ったの？　ベッドから出ないようにって？　激しい運動はしちゃだめだって？」

ルークはわたしの髪を撫でながら、わたしに笑いかけた。「ベッドから出ないで、激しい運動をたくさんするように言われたと言ったらどうする？」

「あなたのことを嘘つきと呼ぶわ」

ルークは顔をしかめた。「四から六週間は心臓に負担をかけないように、とのことだ。それがどんなに無理な注文かわかるか？　きみがあれこれ世話を焼いてくれるっていうのに」

彼の胸に指を滑らせると、入院着越しに包帯に触れた。「わたしたちには永遠の未来があるんだから、四から六週間なんてなんでもないわよ」

ルークは少し笑った。「きみはそう言うけど、男は七秒に一度、セックスのことを考えているんだぞ」

「それは迷信。生物科学の授業で習ったけど、実際は一日に三十四回だけなんだって」

ルークは無言で数秒間、わたしを見つめていた。「だとしても、これからの四週間で千回近く我慢しなきゃならないじゃないか」

わたしは笑いながら首を振った。「なら、わたしも協力するわ。これからの一カ月、シャワーも浴びないし、髪も梳かさないし、化粧もしない」

「そんなの意味ないよ。むしろ、つらさが増すだけだ」

わたしは頭を下げて彼の首に唇を押しつけた。「そんなにつらいなら、男性の看護師を雇ってあなたの世話をお願いすることもできるけど」そうからかった。

ルークはわたしを強く抱きしめると、あくびをしながらつぶやいた。「ぼくの世話をお願いしたいのはきみだけだよ」

鎮痛剤が効いてきたのが声からわかったから、わたしは返事をせずにいた。しばらくそのまま横になっているうちにルークは眠ったようだった。ところが、そこで彼が言った。「スローン？　いまどこに泊まっているんだ？」

やっぱり来たか。ルークが入院して二週間になるけど、彼がこの話題を持ち出すたびに、あとで話そうとはぐらかしてきた。

でも今回、その手は通用しそうにない。

「ホテルよ」

ルークはたちまち体をこわばらせ、わたしの顎をつかんで自分のほうを向かせた。「冗談だよな？」

わたしは肩をすくめた。「大丈夫よ、ルーク。すぐにアパートを見つけるから」

「どこのホテルだ？」

「ストラットンにあるやつ」

ルークは歯を食いしばった。「今日中にチェックアウトするんだ。そんなところにひとりでいちゃだめだ。治安がいい場所じゃない」彼はベッドのヘッドボードを少し起こして、座った姿勢になろうとした。「どうして教えてくれなかった？」

わたしは彼のほうに手を振った。「あなたは死にかけたのよ、ルーク。いまはこれ以上、わたしのことで神経をすり減らすようなまねはしてほしくない」

ルークは頭を枕に戻し、両手で顔をこすった。そしてわたしと目を合わせた。「ぼくのところへ来ればいい。どのみち、あれこれ手伝ってもらわないといけないわけだし。ホテル代を払うだけ無駄だ」

「あなたと一緒に住むつもりはないわ。必要ならいつまでも手伝いにいくけど、わたしたちおたがいのことをほとんど知らないのよ。展開が早すぎてついていけない」

ルークは顎を引き、わたしをじっと見た。「きみはぼくと一緒に住むんだ、スローン。この先ずっとそうしてくれと言っているわけじゃない。でも、ぼくの体が回復して、きみが自分のアパートを見つけるまでは、そのホテルには戻らないでくれ」

たしかにぞっとするようなホテルだけど、料金を払えるのがそこぐらいしかなかったのだ。アサが逮捕されたあと、わたしは隠し持っていたお金と、わずかばかりの衣類だけを持ってあの家を出て、それから一度も戻っていなかった。

わたしはうなずいた。「長くても二週間よ。そのあとは自分のアパートに移るから」

わたしがごねなかったことにほっとして、ルークはため息をついた。でも正直言って、二週間でアパートが見つかるかどうかわからなかった。それにアルバイトと車も見つけないと。今日、スティーブンに会いにいくのにルークの車を借りないといけなかった。大学に通うのにも使わせてもらっているし、ずっとこのままというわけにはいかない。

ルークの手がわたしの髪を撫で下ろし、うなじを包み込むのがわかった。目が合うと、そこには数秒前にはなかったおだやかな表情が浮かんでいた。「あまり考えすぎないように。きみはもうひとりじゃないんだから。わかった？」

わたしはため息をついた。「わかった」小声で言った。

何もかも全部ひとりで背負わなくていいんだと感じるのは生まれて初めてだった。ストレスじゃなく安らぎをもたらしてくれる人なんかこれまでひとりもいなかった。ルークと出会うまでは。

愛は重荷じゃないはずだ。愛は心を空気のように軽くしてくれるもののはずだ。

アサはわたしの人生のすべてを重苦しくした。

ルークはわたしを宙に浮かんでいるような気持ちにさせてくれる。

それが正しい愛と間違った愛の違いなんだと思う。錨《いかり》につながれているように感じるか……それとも、空を飛んでいるような感じがするか。

「ほかに何かしてほしいことはある？」わたしは尋ねた。

ルークの家に来たのは初めてで、いたってふつうの家であることにわたしはショックを受けていた。アサの家から一時間ほどのところにあって、弟のグループホームにますます近くなった。

持ち家ではなく借りているだけだとルークは言った。仕事柄、先のことが読めないから、まだ住宅ローンを組む決心がつかないのだとか。

「大丈夫」ルークは言った。「そんなに気を遣わなくていいよ。してほしいことがあれば言うから。ね？」

うなずきながらも、身の置きどころがなくて、彼の寝室をぐるりと見まわした。退院してきたばかりだから、ルークはたぶん少し眠りたいはずだ。でも自分の家じゃないから、どうしてあげればいいかわからない。

「きみもベッドに入って、一緒に映画でも観るかい?」ルークはそう言って毛布を持ち上げた。

「最高ね」

わたしは病院で毎日していたみたいにベッドに潜り込み、ルークにぴったり寄り添った。ルークはテレビをつけて、チャンネルを次々に切り替えていった。少しして、言った。「ありがとう、スローン」

わたしはちらりと彼を見た。「何が?」

彼はわたしの顔をじっくりと眺めてから囁いた。「何もかも。ぼくの世話をしてくれることも。あれだけのことがあったのに、変わらず強いきみでいてくれることも」

激しい運動はだめだと主治医の先生が言っていたのは知っているけど、彼はきっとルークがこんな感動的なことを言うとは思っていなかったんだ。わたしは彼の唇にキスをした。感謝されるのはとんでもなくいい気分だったから。それに褒められるのも。ああもう、誰かにやさしくされるのには慣れていないから、ルークが口を開くたびにとろけそうになってしまう。

ルークはわたしの後頭部に手をまわしてキスを深めた。

これはだめだ。ルークの言うとおりだった。こんな感じで四週間、セックスを控えろって?ああ、大変。まずいことになったわ。

でもそこでドアをノックする大きな音がして、からくも難を逃れた。

「ぼくが出る」ルークは掛け布団をめくった。わたしはそれを元に戻した。

「だめよ。あなたは休んでて。わたしが出るから」

ベッドを下りようとしたとき、ルークに手をつかまれた。「ドアを開ける前にのぞき穴を確認して。ドアの向こうにいるのがライアンで、首を掻いていたら、それはドアを開けても大丈夫というサインだ。もしも首を掻いていなかったらドアを開けてはいけない」

わたしは足を止めた。どうしてそんな合図が必要なんだろうと思ったけれど、聞かずにおいた。この潜入捜査のあれこれに慣れるまでには時間がかかりそう。ルークが言っていた転職の話、本気だったらいいんだけど。

玄関の前まで来て、のぞき穴を見ると、なるほど、ライアンが首を掻いていた。でも、ほかにも誰かいた。女性だ。

「彼、女の人と一緒なんだけど！」ルークの寝室に駆け込みながら大きめの声で囁いた。

「ブロンドのロングヘア？」

わたしはうなずいた。

「それなら大丈夫。ティリーだ」

ティリーね。サイコーじゃないの。

リビングに戻り、警報装置にパスコードを入力してからドアを開けた。

「よお」まずライアンが、続いてティリーが入ってきた。ティリーはわたしに笑いかけたが、わたしはすでに気圧されていた。彼女はわたしより数センチ背が高く、光沢感のある黒いパンツにタックの入った白い襟付きシャツを着ている。首元のボタンを二つはずしていて、そこからシルバーのチェーンネックレスがのぞいていた。シンプルなのにこんなにおしゃれな人は初めて見た。

「ティリー、こちらはスローン。スローン、ティリーだ」

彼女は手を差し出し、痛いくらいに強くわたしの手を握った。すごい握力だ。ルークが彼女といちゃついていたことを、どうしても考えてしまう。任務のためだとわかっていても、思い出すとやっぱり胃のあたりがむかむかした。気にしちゃだめ。うん、わかってる。

するると、まるでわたしの心を読んだかのようにティリーが言った。「あの家でルークといちゃついてたこと謝るわ。あのときはああするしかなかったの。でも二度としない。本当よ。お芝居でこいつとキスしなきゃいけなかったときと同じくらいひどい気分だったんだから」彼女はライアンを指差した。

ライアンは目をぐるりとまわした。「ティリー、ティリー、ティリー。あれから一年以上経つってのに、まだおれの舌の感触を忘れられないのか」

ティリーはうなずいた。「悪夢はそう簡単に克服できないからね」

わたしは笑った。たちまち彼女のことが好きになった。わたしは玄関のドアを閉め、寝室のほうを指差した。「ルークは自分の部屋にいるわ」ふたりに言った。

ライアンは寝室のほうをちらりと見てからわたしに目を戻した。彼の顔に浮かんだ表情にわたしは不安を覚えたが、彼は作り笑いでそれを隠そうとしていた。「おれたちだけでルークと話してもかまわないか？」

わたしはお腹のあたりで手を組み、ライアンとティリーの顔を交互に見た。「アサに関係あること？」

ティリーがライアンのほうにちらりと目をやった。その目には、まさにアサのことでルークに話があるのだと書いてあった。

「だったら、わたしも知りたい」わたしはふたりに告げた。「内緒にするつもりなら、ドアの前で立ち聞きしてやる」

ライアンは笑わなかった。口元を引き締め、ただうなずいた。「わかった」

向きを変え、ルークの寝室に入っていくふたりのうしろで、わたしは深呼吸して冷静になろうと努めた。

それでも、心配でたまらなかった。

46

ルーク

ティリーとライアンが寝室へ入ってきたが、ぼくが見ていたのはスローンだった。リビングで目をつぶり、いまにも吐きそうな顔をしている。

「スローンに何を言った？」ぼくはライアンに尋ねた。

スローンは大きなため息をついて目を開け、背筋を伸ばすと、寝室へやってきた。

ライアンは首を横に振った。「べつに何も。ここで一緒に話を聞きたい、とスローンは言っている」

スローンはいま寝室のドアにもたれ、ソファのところへ向かうライアンとティリーを見ている。ぼくとしてはスローンを関わらせたくはなかった。思い描いているように事が進めば、スローンは二度とアサの名前を聞かずに済むはずだ。だが、そこに至るには長い道のりがあり、ふたりとも幾度となく法廷審問に出席しなければならない。証人席に立つこともあるだろう。アサの有罪が確定し、終身刑が言い渡されるまでは、スローンを完全に守れないことはわかっていた。だからせめていまはベッドのぼくの隣をぽんぽんと叩いて、こっちへおいでと促した。

スローンはそばへきてベッドに腰を下ろし、ぼくと同じようにヘッドボードに背中をもたせかけた。ぼくはライアンに目を向けた。「で、ぼくに話しづらいことってなんだ？」

ラインは首を横に振って身を乗り出し、膝の上で手を組んだ。「どこから始めればいいのか……」ぼくの目を見た。「今日、ヤングに会ってきた」

「で？」

「それが、いい話じゃなくてね。どうオブラートに包めばいいのかさえわからないよ。だから、おまえたちふたりがなるべく理解しやすいように話すことにする」

スローンがぼくの手を握った。すでに震えているのがわかる。安心させようと、その手を握り返した。ライアンは状況を大げさに話す癖がある。それを知ってさえいれば、ここまで怯えはしないだろうに。

「アサは、寝室で男を撃ったのは正当防衛だったと主張している」

スローンは鼻で笑った。「あれは正当防衛なんかじゃない！　わたしはその場にいたのよ！」

ライアンは小さくうなずき、先を続けた。「自分を守るためではなかった、とアサは言っている。きみをかばうためだった、と。きみが助けを求めて叫ぶ声を聞いて寝室へ行ってみたら、きみが襲われていたので銃を構えた。ほかに方法はなかった。あのとき男を止めていなければ、きみが殺されていただろう、というのがアサの言い分だ」

スローンはかぶりを振っていた。「それは違う」ぼくを見た。「ルーク、アサはあの男を殺す必要はなかったのよ」

アサがそういう主張をしてくるだろうということは予想がついていた。ぼくはスローンの肩を抱き、ふたたびライアンに視線を向けた。「つまり、具体的にはどういうことだ？　裁判になり、スローンが証言すれば、弁護側のそんな主張は通じないはずだ」

ライアンは短く息を吐いた。「そうだと思いたい。だがそれは裁判になれば、の話だ」

「裁判になれば？」スローンがぼくの考えをそのまま代弁した。

それに答えたのはティリーだった。「問題は……これは反論の余地のない正当防衛の案件だってことなのよ。男の銃は無登録だった。スローンは助けを求めて叫んだ。男はスローンを襲っていた。たとえスローンの証言があったところで、アサの正当防衛は成立するの。アサの銃は合法的なもので、自分の名前で登録されていた。被害者の銃は違った。それに、アサは襲撃してきた男たちに見覚えはないと言っている。警察はまだ逃走犯を逮捕できずにいる。身元がわかっているのは被害者だけ。その被害者もアサとのつながりはいまのところ見つかっていない」

ぼくは両手で顔をこすった。ふたりの話がのみ込めてきたのか、スローンの呼吸が速くなっている。

「だが、ぼくら三人なら？」ぼくは言った。「ぼくらが証言すれば反論できる。あれはアサが仕組んだことだ。本人がはっきりそう言ったんだからな」

ライアンはうなずいた。「たしかにおまえには言った、ルーク。だが、おれはそれを聞いていない。だから証言することもできない。それに……」そこで言葉を切った。

ティリーが身を乗り出した。「アサは、ルークとスローンにはめられた、と言ってるの」

ぼくは思わず体を起こした。「馬鹿な！　そんなたわごとを陪審員が信じるわけがないだろう！」

冗談じゃない。このふたりはとんでもないことを言い出して、スローンを不安に陥れている。スローンがいるところで話をさせるんじゃなかった。

「おかしな話だとは思う」ライアンは言った。「アサが罪を犯したのは間違いない、とおれたちは知りすぎるほど知っている。だが、陪審員の目にどう映るか……。アサの婚約者が、相手はアサを逮捕しようとしている潜入捜査官だとわかっていながら、関係を持っていたとしたら？　その婚約者と潜入捜査官の証言を陪審員はどう思うだろう？」

スローンはぼくの手を離し、両手で顔をおおった。それを見て、ぼくは胸が張り裂けそうになった。

「スローンに好意を向けていたのはぼくのほうだ。知ってるだろ、ライアン。そのせいで裁判を危うくするとわかっていたら……」そんなことはしなかった、と言いかけて口をつぐんだ。それでもぼくはスローンを求めたと思うし、実際そうしたからだ。結果を考えもせずに突っ走り、そのせいでいまぼくらは窮地に陥っている。

「判事の考え次第なんだけど、この事件は公判にさえ至らないかもしれないの。正当防衛の案件は被告の主張を裏づける証人がいれば、ほとんどの場合、正当な殺人として認められるから」

「でも、そんな証人はいない」ぼくは言った。

ライアンとティリーがスローンのほうを見た。ライアンは顎でスローンを指し示した。「スローンの証言は、正当防衛だという主張を裏づけてしまう可能性が高い」

「どうして？」スローンが面食らった顔で聞いた。

ライアンは立ち上がり、ベッドの足元をまわってスローンのそばの壁にもたれかかった。

「被害者はあなたに襲いかかりましたか？」ライアンは尋ねた。

スローンはうなずいた。

「被害者は銃を持っていましたか？」

スローンはまたうなずいた。

「被害者は警察官になりすましていましたか？」

スローンはこの質問にもうなずいた。

「あなたは助けを求めて叫びましたか？」

今度はうなずかなかった。スローンの頬を涙が伝った。「二度」小さな声で答えた。

「アサが寝室に入ってきたとき、あなたはどう感じましたか？　きみは宣誓したうえで、陪審員からこういう質問をされるんだよ」

スローンは胸を震わせて嗚咽をもらした。「ほっとした」涙まじりに言った。「怖かった。でも、ほっとした」

ライアンはうなずいた。「きみの証言はじゅうぶんにアサの主張を裏づけることになるんだ、スローン。アサはきみを襲撃者から救った。それは陪審員の目には殺人とは映らない。アサがどれほど邪悪な人間であっても、裁判にかけられるのはやつの性格じゃない。行動なんだよ」

「それでも……」スローンは涙を拭った。「殺す必要はなかった。殺さなくても、あの男を止めることはできた」

ライアンはそのとおりだと言うようにうなずいた。「おれもそう思う。ここにいる全員がそう思っている。だが、陪審員はおれたちほどアサのことを知らない。だからきみを証人席に立たせて、ずたずたにする。そしてアサこそが被害者だと考える。なぜなら、きみはアサの婚約者だからだ。アサの婚約者なのに、アサの事件を捜査している潜入捜査官と関係を持っていたからだ。だからアサに同情を覚え、アサにとって不利になるきみの証言はまったく信憑性がないと考える」

スローンはベッドを下り、ふたたび涙を拭った。「麻薬取締局はアサを告発するんでしょ？　そしたらわたしの主張は裏づけられるんじゃないの？　アサに殺人の嫌疑がかかるんじゃないの？」

ライアンはぼくを見た。そしてひとつ深いため息をつくとソファに戻った。「それもおれたちが今日ここに来た理由のひとつだ。ヤングは麻薬密売の容疑でアサを告発したくないと言っている。潜入捜査官の報告は完璧じゃない、まだ捜査中だからね。もしここでアサを告発し、裁判になれば、麻薬取締局はマスコミに叩かれることになる。潜入捜査官が最重要容疑者の婚約者と男女関係にあったという事実は、あまりよい印象をもたらさないからな。おれたちが正体を明かしてしまったこともそうだ。アサがなんの罪状であれ起訴される可能性より、麻薬取締局が悪く言われる可能性のほうが高い、と上層部は考えている。捜査を打ち切り、告発はしないようヤングは要求している。リスクを冒すほどのことではないと思っているんだ」

「なんてこと」スローンはベッドに座り込み、膝に肘をついて両手で顔をおおった。「わたしのせいよ」弱々しい声で言った。

ぼくは手を伸ばしてスローンの手を握った。「スローン、きみのせいじゃない。悪いのはぼくだ。任務についていたのはぼくなんだから」ライアンを見た。「ぼくを殺害しようとした件はどうなる？　ぼくの胸を狙って撃ったんだから、あれは正当防衛にはなり得ない。そっちのほうは起訴されるんだろ？」

ライアンが唾を飲んだのが喉の動きでわかった。

「嘘だろ？」ぼくは小声で言い、ヘッドボードに頭をもたせかけて天を仰いだ。

「それも正当防衛だったとアサは主張している」ライアンは言った。「おまえとアサはたがいを撃っている。目撃者はスローンしかいない。おれに証言できるのはドアの外で銃声を聞いたということだけだ」

「あいつはぼくを殺そうとしたんだぞ！」

ライアンとティリーが視線を交わした。ティリーが咳払いをして、こう言った。「問題はね、ルーク……あの日はいろいろあったから、もし、なんの罪状であれアサが起訴されたら、おそらくあなたも起訴されるだろうってことなの。そして両方とも裁判にかけられる」

「ぼくが起訴されるだと？　罪状はなんだ？」

「判事次第ね。重暴行罪か……殺人未遂罪か。それに麻薬取締局がアサを告発しないとなれば、あなたとアサは寝室で揉めてただけに見える、三角関係のもつれでね」

スローンが泣きはじめたのがわかった。

ぼくはもう次の質問をする気にもなれなかった。さまざまなことが頭をよぎる。「つまり、あのクソ野郎はあれだけのことをしておきながらなんの罰も受けずに済むのに……このぼくは起訴される恐れがあるってことか？」

ライアンはゆっくりとうなずいた。「ただし……いま司法取引の話が持ち上がっている。アサの弁護士団が強く要求しているんだ。こっちが告訴を取り下げれば、あっちはジョンとケヴィンと、あと二、三人の情報を提供すると言っている。さっきティリーが話したように、すべては判事次第だ。それにもちろん、地方検事の判断も関わってくる。それはこっちに有利に働くだろう。地方検事はおまえを気に入っているからな。おまえが告訴されても、事を急ぎはしない。だが、こちらがアサの提訴を強硬に推し進めようとすれば、向こうの弁護団が激しく抵抗してくる。そこのところを踏まえて、じっくりと考えてみてくれ」

ぼくは耳を疑った。

「アサがわたしにしてきたことでは訴えられないの？」スローンが訊いた。「アサはいろんなことをわたしに強要してきた。そのことで告訴はできないの？」

ティリーがうなずいた。「アサにレイプされたことはある？」

スローンはぼくを見て、またティリーに目を戻した。肩をすくめ、「わからない」と小さな声で言った。「何度かわたし……でも暴力を振るわれるのが怖くて……されるがままになっていた」

ティリーは立ち上がってベッドへ近づき、スローンの隣に腰を下ろした。「アサにいやだと言ったことはある？　やめてと言ったのに、無理にされたということは？」

スローンはしばらく考えたのち、首を横に振った。「怖くて言えなかった」

ティリーは同情するように頭を軽く傾け、スローンの手を握った。「法廷で証言しなきゃいけなくなるわよ。きっとアサは、あなたが性的関係を望んでいないとは知らなかった、と主張する。アサが自分の非を認めるとは思えない。それでもあなたが提訴したいというなら、わたしたちはあなたを支援する」

「ありがとう、でも……証拠がなければ時間の無駄だってことはみんな知ってる」スローンはうなだれ、両手で顔をおおった。そしてぼくのほうへ身を寄せ、胸に顔をうずめた。ぼくは彼女の背中に腕をまわし、髪に唇を押し当てた。どれほどの敗北感を覚えていることか。

「ごめんなさい」ティリーは言った。「わたしたちが違った対応を取っていれば、アサを確実に有罪にする準備を整えられたかもしれない。アサを追い詰めることができたかもしれないのに」

「ぼくがそれを邪魔したってことだ」ぼくは口を挟んだ。

ライアンは立ち上がった。「そんなに自分を責めるな、ルーク。おれがけしかけたこともあるしな。世のなかには単純明快な事件もある。必要な証拠をすべて取り揃えて捜査を終了させられることもある。だが、残念ながら今回は違った。最初から最後まで厄介なことばかりだ。現時点でおれたちにできることはほとんどない」

「家宅捜索はどうだった？」

「何も出てこなかった。証拠になるようなブツはジョンとケヴィンが持ち去ったらしい。見つかったのは説明のつかない現金と、隠すように保管されていた処方薬だけだ。それだけではアサを追及するには不十分だ。アサの弁護団から手痛いしっぺ返しを食らうだろう。ときには、あえて闘わないほうがいいこともある」

スローンが身を固くしたのがわかった。彼女は立ち上がり、ライアンを睨みつけた。「闘わなくてもいい？　アサは人をひとり殺しているのよ！　ルークだって、弾が六センチずれていたら死んでいたかもしれないのよ！　それなのに野放しにしておいていいの？　アサはわたしを探し出すかもしれない。ルークを探し出すかもしれない。あいつはあきらめるような人間じゃないの、ライアン！　ルークを殺すまで絶対にあきらめない。そんなことはあなただってわかってるくせに！」

「スローン」ぼくは彼女を引き戻した。「もういい。まだアサが有罪にならないと決まったわけじゃない」

泣いているスローンを抱き寄せ、ライアンへ目をやった。ライアンは後悔と同情の色を浮かべてスローンを見下ろしていた。「すまない、スローン。本当に申し訳ない」そして同じことを目でぼくに伝えてきた。ぼくは、わかってる、と言うようにうなずいた。ライアンのせいじゃない。誰のせいでもない。悪いのはこのぼくだ。

ライアンとティリーはドアへ向かった。ぼくはスローンの不安を和らげようと、しっかり抱きしめた。スローンは全身をわななかせていた。その瞬間に初めて悟った。彼女がここまでアサを恐れていたなんて……。

「大丈夫だ、スローン。いまのきみはひとりじゃない。ぼくがいる。絶対、アサに手は出させないと誓う」

スローンは疲れ果て、やがてぼくの腕のなかで眠りに落ちた。

47

アサ

「何か質問はあるか？」弁護士が尋ねた。

名前はポール。親父と同じ名前だ。それを知ったときは依頼を取り下げてやろうかと思った。だが、こいつは州内じゃ一番評判のいい弁護士だ。この世で二番目に憎いやつと同じ名前だからって、それに腹を立てるつもりはない。

一番憎いやつはルークだ。

「いや」おれは答えた。「法廷に入って、正当防衛を主張し、判事が裁判にかけるかどうか判断するのを待てばいいんだな」

ポールはうなずいた。「そのとおり」

立ち上がると、手錠が手首に食い込んだ。手錠をかけられている姿をスローンに見せるのはいやだった。飼い慣らされてしまった男に見える。スローンのおれに対する見方が少しでも変わるのはいやだ。だが、少なくとも今日はスーツを着ることを許可されたから、あの惨めったらしいオレンジ色のつなぎで彼女の前を歩くようなまねはせずに済む。オレンジ色はおれには似合わないし、このスーツはスローンのお気に入りだ。

「さあ、行こうぜ」おれはポールに言った。「ちょろいもんさ」

ポールは短くうなずいて立ち上がった。おれの自信満々な態度がこいつは気に食わないらしい。最初に面会したときからそうだった。そもそもおれのことが好きじゃないんだろうが、こいつがおれのことをなんと思おうが知ったことじゃない。おれを無罪にしてくれるなら、この世で好きなやつのひとりに入れてやる。

まあ……二番目だけどな。いまはまだスローンが一番だから。

たしかにスローンはおれをむかつかせるようなことをくそほどしてきたが、それはルークのせいだ。ルークがスローンについた嘘のせいなんだ。だけど、そろそろあいつもルークに飽きて、おれのことが恋しくなってきたころだろう。

ポールのあとに続いて部屋を出ると、すぐに四人の刑務官がおれについた。ふたりは前方、ふたりは後方。五人目が法廷の扉を開けた。法廷に入るなり、おれは傍聴人のなかにスローンの姿を探した。

先にルークが目に入った。あのクソ生意気なガキはろくでなしのダルトンと並んで座っていた。いや、ライアンか。まあ、あんなやつの名前なんかどうでもいい。

だが、その隣にスローンはいなかった。スローンは後方の隅にひとりで座っていた。スローンに笑いかけてみたが、視線が合うなり目をそらされた。

スローンがルークと一緒にいない理由はふたつ考えられる。やっとルークがくだらないやつだとわかって、もう関わり合いたくないと思っているか。あるいは、法廷では並んで座らないほうがいいとアドバイスを受けたか。なにしろ、おれを裏切ったやつらだからな。

きっと前者に決まってる。

おれは椅子に腰を下ろしたが、スローンから目を離さなかった。そのためには判事席がある正面ではなく、横を向いて座らなくてはいけなかった。だが、かまうもんか。スローンがもう一度おれと目を合わせるまで、ずっと見続けてやる。

「アイザック判事が入廷します。全員、ご起立ください」刑務官が言った。

スローンを見据えたまま、おれは立ち上がった。扉の開く音がして、続いて足音が聞こえたが、スローンがおれを見るまで判事のほうを向くつもりはなかった。スローンは初めて見るワンピースを着ていた。黒色だ。葬式にでも行くみたいじゃないか。髪はうしろでひねって頭の上でまとめてある。エレガントで、そしてたまらなくセクシーだ。股間がうずいてきた。トイレに行きたいと言って予審を中断させ、スローンを廊下に連れ出し、あのワンピースの裾を腰までめくり上げて太腿のあいだに顔をうずめたい。

「着席」

おれは腰を下ろした。

くそっ、この部屋は暑いな。

判事が口を開いたのと同じタイミングで、ポールが紙切れを滑らせてきた。おれはその紙切れをちらりと見て、すばやく内容を読んだ。

〝正面を向いて、判事に敬意を示せ〟

おれは忍び笑いをもらし、ペンをつかんだ。

〝判事もおまえもくそ食らえだ、ポール〟そう書いてから紙切れをポールへ押し戻し、またスローンのほうを向いた。

スローンはおれを見ていた。おれをじっと見つめたまま、緊張しているのか唇をきつく引き結んでいる。いいぞ。最高じゃないか。スローンはいまおれを見ながら何かを感じている。この瞬間はルークのことなどまったく頭にないはずだ。

「あ・い・し・て・る」おれは唇の動きでそう伝えた。

スローンの視線がおれの口元に落ちた。おれは微笑んで見せた。そのとき、あのくそったれが――とことんむかつくアホで横柄なくそったれが――立ち上がり、スローンがいる後方へ向かって歩き出した。通路を進み、スローンのすぐ隣の席に腰を下ろした。そしておれの婚約者の肩にぬけぬけと腕をまわしやがった。スローンはぎゅっと目をつぶり、くそったれの肩に顔をうずめた。隣に来てくれてほっとしたというように。くそったれはおれの目を見据えながら身を乗り出し、スローンをおれの視界から隠した。そして、あっちを向けと言うようにおれを睨みつけた。

殺してやる。一、二秒のあいだに、その方法を何通りか考えた。

刑務官の拳銃を奪って、やつを撃つ。

後方へ駆けていって、やつの首をへし折る。

さっきのペンをひっつかんで、やつの頸動脈に突き刺す。

だが、実行には移さなかった。自制したのだ。なぜなら、この予備審問はおれにとって有利に進み、保釈金さえ支払えば、次の予備審問までおれは自由の身になるはずだから。

やつを殺すのはそのあとでいい。

やるなら判事に疑われないような、もっと綿密な計画を練る必要がある。

おれは正面を向くことにした。ルークにあのいまいましい目で睨みつけられたからじゃない。正当防衛を理由にこの公訴を棄却するのは正しい判断である、と判事を納得させる必要があるからだ。

双方の代理人が立ち上がって発言しているあいだ、その内容を理解しようと努めた。判事と代理人たちのやり取りにもついていこうとした。判事がおれのほうを向いたときには、にっこりと笑ってみせた。スローンの肩を抱いているのだ。おそらく毎晩、同じベッドで寝ているんだろう。背後にいて、だが、内心でははらわたが煮えくり返っていた。なにしろルークの野郎がおれは拘置所でひとり寂しく自分を慰めていたってのに。おそらくスローンのなかにも入ったんだろう。手で、ナニで、舌で。おれのものを味わい、奪ったのだ。おれだけのものを。

判事の小槌が打ち下ろされ、おれの心臓はびくんと跳ねた。「これにて閉廷します」

おれはゆっくりと鼻から息を吸い、吐くと、ポールに目をやった。「どういうことだ?」

ポールは声を落とせというように眉をひそめた。スローンの泣き声が聞こえ、おれは振り返った。ルークが手を貸して立たせようとしているが、スローンはルークにしがみついたまま泣いている。泣きじゃくっている。

動揺しているんだ。ということは、おれにとって悪い判決に違いない。だからスローンは激しく動揺しているんだ。

「おれは起訴されるのか?」ポールに尋ねた。「裁判にはならないと、おまえ、言ったじゃないか！」

　ポールは細くて小さな頭を横に振った。「判事は裁判にかけないことを決定した。正当防衛の主張が通ったということだ。ひとまず監房に戻ってもらうが、ほかの未決の容疑について保釈金を納めるまでの辛抱だ。おそらく四、五時間で手続きは終わるだろうから、そしたら迎えに来る」

　おれは振り返ってスローンを見た。ルークに付き添われ、法廷を出るところだった。**だったら、なぜ泣いてるんだ？　おれに対する訴えが退けられたのに、どうして彼女は泣いてる？**

「なあ、完全に洗脳されちまった人間が立ち直るのに、どれくらい時間がかかると思う？」

　ポールはおれを見た。「なんの話だ、アサ？」

「たとえば洗脳から抜け出すためには、どれくらいの期間、セラピーが必要だ？　数週間？　数カ月？　それとも一年以上か？」

　ポールは一瞬、おれを見つめ、それから首を横に振った。「では、数時間後に」

　ポールが立ち上がったので、おれも続いて立ち上がった。さっきと同じ四人の刑務官に囲まれて法廷を出た。

　この公訴が棄却されたってことは、おれはもっと有頂天になってもいいのだろう。次の案件はさらにちょろいもんだ。ポールが言うには、麻薬取締局はおれを告発しないらしいから。あとは司法取引に応じて、精神科の治療を受けて、やつらがほしがっているジョンとケヴィンの情報をくれてやりさえすれば、ルークの胸を撃った件も不起訴になる可能性が高い。

　この国の裁判制度は欠陥だらけだ。無慈悲に人を殺そうとしたのに、適当なことを言いたてて精神疾患だと主張すれば、自由の身になれるんだから。

アメリカ、万歳！

だが、これまでの努力がすべて無駄になったような虚しさもある。スローンが洗脳されているのではないかと疑いはじめたときから念入りに計画を立ててきたのに、そのすばらしさを世間に認めさせることができないからだ。偽ＦＢＩによる強制捜査との関わりは否定するしかなかったが、それではおれの自尊心が満たされない。おれはあの計画を誇りに思っているし、完璧にやりとげたことを世間に鼻高々に自慢したい。

統合失調症のたわごともそうだ。服を着たままシャワーを浴びたり、ドアに鍵がかかっているか何度も確かめたりしていると、周囲の人間はこいつ頭がおかしくなったのかと思う。ただし、親父からの遺伝に見せる必要があった。おれは自分のことがよくわかっている。もし、スローンが本当にほかの男と寝ていたら、おれは頭に血がのぼって、間違いなく相手の男を殺しにいく。だが、そいつを殺して、責任能力のある成人として裁かれるのはまっぴらごめんだ。親父みたいに長いこと刑務所にぶちこまれ、ただ腐っていくだけの人生を送らないためには、バックアッププランを立てておく必要があった。だから、正気を失ったふりをした。『精神疾患の診断・統計マニュアル《DSM》』をググって、統合失調症の症状を調べ、精神疾患を患っているとまわりに思い込ませた。

まあ、そう無駄ではなかったのかもしれないな。少なくとも必要になったら〝統合失調症〟を頼みの綱にすることはできる。いずれそういうときも来るだろう、なにしろまだルークは息をしているのだから。

監房へ戻り、鉄格子の扉が閉まる音とともにベッドに倒れ込んだ。思わず口元がほころんだ。完璧な流れじゃないか。少し時間はかかるかもしれないが、スローンはかならずおれのところへ戻ってくる。ルークを永遠にこの世から葬り去りさえすれば、きっとおれのもとへ戻ってくる。スローンがルークと寝ていたという事実はなんとかして忘れるしかない。だが、そんな記憶は頭から追い出せる。あらゆる体位で、さんざん楽しんだら、そのうちスローンを見てもルークのことなど思い出さなくなるだろう。

「何をにやにやしてるんだ?」声が聞こえた。

おれは振り返り、同房者を見た。名前は思い出せない。おれがこの監房に放り込まれたときから山ほどの質問をしてきたが、おれが返事をするのはこれが初めてだ。

「もうすぐ自由の身になるのさ」おれは答え、天井を見上げて満面の笑みを浮かべた。「これでようやく婚約者と結婚できる。盛大な式を挙げてやるぞ。ウェディングケーキは三段重ねのココナッツケーキだ」

想像するだけで笑いが止まらなかった。

迎えに行くからな、スローン。おまえが望むと望まざるとにかかわらず。

おまえはおれを愛すると約束した。

永遠に。

だから、永遠におれを愛せ。

48

スローン

コーヒーカップを口に運んだ。手がひどく震え、コーヒーの表面に黒いさざ波が立ち、カップの内側にぶつかっている。

奥の壁にある時計に目をやった。午前三時。

公訴棄却の判決が出てから二日が経った。アサはその日の午後には保釈された。ルークとわたしは身の安全のため、次回の予備審問まで街なかにあるこのアパートメントで暮らすことになっている。

すてきなアパートメントだけど、怖くて外出するどころか窓の外さえ見ることができず、刑務所にいるような気分だ。ルークは、アサにぼくらを見つけられるわけがない、と言って繰り返し慰めてくれる。おそらくルークには理解できないのだろうが、たとえアサが一生、収監されることになっても、わたしは肩越しに背後を確かめずにはいられないだろう。アサなら、たとえ自分の手でわたしやルークを傷つけることができなくても、誰かを雇うぐらいのことはやりかねない。

寝室のドアが開いた音が聞こえ、わたしは振り返った。ルークが眠そうな目をこすりながら寝室から出てきた。黒いスウェットパンツが腰のあたりまで落ちていて、シャツは着ていない。胸にはまだ包帯が巻かれている。ルークは裸足のまま、足を引きずりながら堅木張りの床をこちらへ歩いてきた。

ソファのうしろに来たので、わたしは頭をうしろに倒して彼を見上げた。ルークは身を屈めて、わたしのおでこにキスした。「大丈夫かい？」

わたしは肩をすくめた。「眠れないの。いつものことだけど」

ルークは目に同情の色を浮かべ、わたしの額にかかった髪を払った。「スローン」おだやかな声で言った。「ここにいれば心配ない。見つかることはないよ。次の予備審問までぼくらは安全だ。保証する」

わたしはもう一度うなずいたが、その言葉は慰めにはならなかった。どんなに安全だと言われても、わたしはアサを信用できない。

ルークはソファをまわってきて腰を下ろし、わたしを自分の膝にまたがらせた。そしてわたしの腰を抱いた。「眠れるように手伝ってあげようか？」

わたしは笑みを浮かべた。わたしの気をそらそうとする、ルークのこの作戦が好き。「退院してからまだ二週間よ。あと二週間はだめ」

ルークはわたしが着ている彼の大きなTシャツの下に両手をもぐらせ、お尻を手で包んでショーツのなかに指を滑り込ませた。わたしはぞくっとして、いっときアサのことを忘れた。

「ぼくが言ったのはセックスのことじゃないぞ。きみに何をしてあげられるか考えてただけだ」

そう言うと片手をわたしのお腹に滑らせ、胸へと這わせた。親指で胸の先に軽く触れ、舌で唇をなぞる。舌を入れ、深いキスをして、わたしがくらくらしはじめたときに顔を離した。

「注意しながらするから」ルークは言った。「使うのは手と口だけ。体に負担はかけないようにする。それでどう？」

ルークの容体に気を遣うべきだとわかってはいたけれど、触れられるといつも気持ちが落ち着く。緊張がほぐれる。

いまのわたしにはそれが必要だ。

「わかった」わたしは囁いた。

ルークは笑みを浮かべると、わたしのTシャツを脱がせた。そして、わたしをそっとソファに押し倒し、おおいかぶさってきた。唇がわたしの口から首筋へ、胸へと下りてくる。彼の息に、全身が熱くなった。彼の手がショーツのなかに入ってくる。目を開けたちょうどそのとき、指がするりと入ってきた。わたしはあえぎ声をもらしながらも、目を閉じまいとした。彼は見つめ合うのが好きだから。

わたしも好き。わたしにとっては新鮮な経験だから。

アサとの関係ではいつも固く目をつぶっていた。彼を見たくなかったから。

ルークが相手のときは、何ひとつ見逃したくないと思ってしまう。わたしを見つめる目を見ていたい。わたしの声に反応する表情を見ていたい。わたしも目を合わせるのが大好き。

でも、それもたった二分で終わってしまった。ほんの二分でわたしがクライマックスを迎えたから。わたしが彼の下で震えはじめると、彼は唇を重ね、わたしの口からもれる彼の名前をのみ込んだ。波が去るまで甘いキスでわたしを包み、腰をわたしに押しつける。スウェットパンツのなかで硬くなっているものがわかり、わたしの欲望にまた火をつけた。

「治ってきた証拠だな」ルークは腰をこすりつけてきた。

声がかすれている。彼もわたしを求めているんだ。このままスウェットパンツを脱がせて、わたしの体の奥を満たすのは簡単なことだ。でも、医師から四週間は安静にと言われているのに、それが待てなかったばかりに何かあったらと思うと怖かった。彼の心臓はまだそこまで回復していないかもしれないのだから。

「こういう妥協案はどう？　あと一週間だけ待って、それからゆっくり試してみるというのは？」

ルークはわたしの首筋に唇を押し当てたままうめいたが、それでも顔を上げた。「あと一週間だな」交渉成立。ルークは体を起こし、わたしを抱き寄せた。わたしはルークと向き合い、その胸に両手を当てて包帯をなぞった。

「どんな傷跡になるのかな」そう囁く。

ルークはわたしの髪を指で梳き、背中から腕へと手を滑らせた。「さあ。どんな傷跡になっても、いっぱいキスしてほしいな」

わたしは笑った。「心配しないで。あなたが回復したら、わたしの唇を引き離すのに苦労するから。あなたの体が好きだもん。わたしはそういう浅はかな人間なの。たぶんあなたよりも浅はかよ」そうからかった。

ルークはにやりとして首を横に振った。「いや、それはどうかな。ぼくが最初にきみに惹かれたのは、なんといってもお尻だからね」

「あら、授業の初日にあなたに起こされたときに、わたしの顎に垂れていたよだれが気に入ったのかと思ってた」

ルークはうなずいた。「たしかにそっちだ。あのよだれにはくらくらきたね」

わたしは声をあげて笑った。こういうときに笑わせてくれるルークが大好き。わたしたちはまた唇を重ね、たっぷり五分は濃厚なキスを交わした、彼がふたたび腰を押し当ててくるまで。欲望に苛《さいな》まれているルークを見るのはつらいけど、医師の指示に反するようなことはできない。彼にはできるだけ早く、できるだけ健康になってほしい。わたしはルークを押しやると、話題を変えて彼の気を紛らわせることにした。そうだ、家族のことがいい。ルークは病院で初めて家族の話をしてくれた。よいことしか言わないから、聞いていて気持ちがよかった。いつも応援してくれる母親がいるというのはどういう気分だろう。

「近いうちにお母様と会う予定はないの？」このアパートメントに隠れていなければいけないことがつらかった。それはつまり次回の予備審問が終わり、願わくはアサが塀のなかに入るまで、ルークは母親に会えないということだから。それにもちろん、次回もアサが無罪放免になる可能性はある。でも、それについてはどちらも話題にしなかった。

「今回の件がすべて片づいたら一緒にぼくの母に会いにいこう。きっと母もきみを大好きになると思うよ」

ようやくお会いできる。どんな顔合わせになるだろうと考えてわたしは微笑んだ。そこで自分のただひとりの家族――スティーブンのことを思い出し、顔から笑みが消えた。

ルークがそれに気づき、手の甲でわたしの頬を撫でた。「どうしたの？」

わたしはルークの心配を振り払おうとした。「スティーブンのことを考えていただけ。あの子が安全でいるといいけど。訪ねていけないのがつらい」

ルークはわたしの手を握り、指をからめた。「大丈夫だ、スローン。スティーブンには二十四時間体制で警護がついている。心配はいらない。ちゃんと手配してきたから」

アサのせいでこんな苦境に立たされたことが腹立たしくてしかたなかった。わたしは弟に面会できない。ルークは母親に会えない。わたしたちはこのアパートメントを出ることができない。愛している人たちに警護をつけなくてはいけない。

こんなのおかしい。

アサ・ジャクソンが憎い。彼に出会ってしまったことが悔しい。

「アサに自分がしたことのすべてを償わせたい」あまりの憎しみにルークの目を見ることができなかった。「これ以上ないってくらい苦しんでほしい。でも、そんなことを考えている自分がとてもいやな人間に思える」

ルークはわたしの額にそっとキスした。「彼は終身刑になって当然だ、スローン。それを望んだからといって、きみが罪悪感を覚える必要はないよ」

「ううん、そういう復讐じゃないの。ふつうの人と違って、アサは刑務所に入れられたくらいじゃ、なんのダメージも受けないから。わたしはアサをとことん傷つけたい。わたしに対する異常なまでの執着愛が報われることは一〇〇パーセントないとわからせたい。わたしがどれほどあなたを愛しているかを見せつけてやりたい。そうすればアサはきっと傷つく。これまで彼が傷つけてきた人たちと同じ痛みを味わうはずよ。わたしが愛しているのはあなたで、彼を選ぶことは絶対にないって思い知らせてやりたい。そうすればアサの心はズタズタになる」

わたしを見るルークの目に考え込むような光が宿った。「それできみがいやな人間だというなら、ぼくらはふたりとも極悪人だよ。やつをそういうふうに苦しめるためなら、ぼくだってなんでもする」

それを聞いてわたしは笑みを浮かべた。それでも罪悪感は消えなかったけれど。たぶん人間はとことんまで追いつめられると、復讐することでしか前に進めなくなってしまうのだ。それはけっして健全なことじゃない。そんなことはわたしも知っているし、ルークだってわかってる。でも、善と悪の違いを理解したところで、わたしの気持ちは変わらない。それでもやっぱり、復讐したいと思うと罪悪感が募るのだ。

わたしはルークの胸にもたれかかった。次の瞬間、ふたりともびくっとして背筋を伸ばした。玄関のほうから音が聞こえたからだ。

ドン、ドン！

誰かが玄関ドアを激しく叩いている。わたしはたちまち恐怖に襲われた。

ルークはもう立ち上がっていた。いつ腰を上げたのかもわからない。わたしに向かってTシャツを放ると、リビングを横切り、カウンターの上に置かれた拳銃をつかんだ。

ドン、ドン、ドン！

そばに来るようルークが合図してきた。わたしは言われたとおりにした。

「ここを知っているのは誰？」わたしは尋ねた。

「ライアンだけだ」ルークは言い、玄関へ向かった。わたしもあとに続いた。ルークは身を乗り出してのぞき穴を見た。体を起こすと、ドア横の壁に背中をもたせかけた。「ライアンだ」

「ああ、よかった」わたしは囁いた。

ルークは動かなかった。銃を構えたまま、わたしの目を凝視している。

「どうしたの？」

ルークは短く息を吸い、それを吐き出した。「ライアンが首を掻いていない」

ルーク

49

スローンの顔からすべての表情が消えた。ぼくとライアンが決めた安全を伝えるための合図をスローンは知っている。だからわかったのだ、これは安全な状況ではない、と。

合図を見逃したのかもしれないと思い、もう一度、のぞき穴から向こう側を見た。やっぱりライアンは首を掻いていない。時刻は午前四時。いったい、何しに来たんだ？

「ドアを開けてくれ、ルーク」ライアンが言った。「そこにいるのはわかってる」

ライアンはのぞき穴をまっすぐ見ていた。だが、彼のことはよく知っている。本当は、ドアを開けるな、と願っているはずだ。

これがアサの企みだとしたら、なぜライアンはここを教えるようなまねをした？

もう一度のぞき穴から向こう側を見ると、ライアンは左のほうを見ていた。誰かからの指示を聞いているようだ。ライアンは深く息を吸い込み、ふたたびのぞき穴に目を向けた。「ティリーが人質に取られた。ドアを開けてくれないと彼女が殺される。居場所を知っているのはアサだけだ」

「くそっ」ぼくは小声で悪態をつき、壁に頭をつけた。「くそっ」

ライアンがスローンをこんな状況に追い込んだことが信じられなかった。まさか、アサをここに連れてくるとは……。きっとほかにも何か理由があるはずだ。ライアンは誰かの命を危険にさらすくらいなら、自分を盾にする男だから。ちらりとスローンを見ると、涙が頬を伝っていた。怯えて目を見開いている。もう一度、のぞき穴から向こう側を見ると、アサが視界に入ってきてライアンの頭に銃を突きつけた。「もうひとりの人質の話もしろよ」ドアのこちら側にいるぼくに聞かせるように大声で言った。

ライアンはつらそうに目をつぶった。「ルーク、アサの手下がおれの妹の家を車のなかから見張っている。すまない、ルーク。本当にすまない」

ぼくも目を閉じた。ライアンにとって妹はこの世の誰よりも守りたい存在だ。それを考えればライアンの行動は理解できる。それにしても、アサがこれほどのことをやってのける人間かと思うと、スローンまで殺されるのではないかと考え、心底、ぞっとした。警察に通報しようとスマホに手を伸ばす。

「サツを呼んでおれを逮捕させたら、ふたりの人間があの世に行くことになるぞ」アサが言った。「こいつの妹とティリーがな。ついでに、こいつもだ。手下どもにはきつく言いつけてある。三秒やるからドアを開けろ」

スローンはぼろぼろと涙をこぼしながら首を横に振り、ドアを開けないでとぼくに懇願している。ぼくは二歩進んでスローンと向き合い、下唇をなぞって囁いた。「すまない、スローン」

そう言うとスローンの腕をつかんで自分に引き寄せ、彼女のこめかみに銃を突きつけてからドアを開けた。

アサはまずスローンを見た。それから、ぼくが突きつけている銃に視線を移した。「ひでえことしやがる」

ぼくはスローンの腕を引いてリビングへと後ずさりした。アサはライアンの頭に銃を突きつけたまま室内に入ってきた。「おたがいに詰んだな」

ぼくは肩をすくめてみせた。「そうでもないさ。そいつがいなくなってもこっちは困らないが、スローンがいなくなったらおまえはどうだ？」

スローンががたがたと震えているのが伝わってきた。こんなことをしている自分が腹立たしかった。だが、こちらの持ち駒は彼女しかない。それはスローンにもわかっているはずだ。アサはスローンを殺されたくないはずだ。スローン、頼むから、こうするしかないのだと理解してくれ。

リスクはあるが、ほかに選択肢がない。

アサはぼくを睨みつけた。「スローンをこっちに渡せ、ルーク。そしたらおれもライアンを置いて、スローンと一緒にここを出ていく。おたがいにあるべき日常に戻れるぞ」

絶対にスローンを渡しはしない。たとえ自分が殺されても。

「アサ」ぼくはスローンをアサから遠ざけた。「おまえが部屋に鍵をかけて、三人きりになったときのことを覚えてるか？　おまえ、聞きたがったよな、ぼくがスローンと初めてやったときのことを」

アサはごくりと唾を飲み込んだ。

「いまでも聞きたいか？」

アサは脅すように銃をライアンの顎の下に押しつけ、ぐいっと顔を上げさせた。

ぼくはスローンに同じことをした。スローンは泣きじゃくった。ぼくはアサに隙を作らせようと話を続けた。「初めてキスをしたのはおまえらの寝室だ。おまえらのベッドのすぐ横だったよ」

「その汚い口を閉じろ、くそったれ！」アサは怒鳴った。「こいつの脳みそを部屋じゅうにぶちまけるぞ」

「やれよ。おまえもこの女の脳みそが吹き飛ぶのを見ることになる」

アサは顔を歪めた。いいぞ。

「こいつが死んだからって、ぼくが悲しむとでも思うのか？」ぼくは言った。「似たような女はいくらでもいる。べつにこいつじゃなくてもいい。ただ、こいつと仲良くしてれば、おまえに近づけるからな。こいつの使い道はそれだけだ」

アサはうつむき、やがて眉をひそめてぼくを見た。「おれがそんな話を信じると思うか？おまえはスローンを自分だけのものにしたいんだろ？　でなきゃ、いまそうやって一緒にいるわけがない。さあ、どうしたら引き渡してくれる？　生きたままだぞ」

「まだ無理だ。おまえの言うとおりだ、この女は手放したくない。一度しか寝てないからな。あと一、二度は楽しませてもらわなきゃ割に合わない」

アサは首を鳴らした。意識がライアンからぼくに移ってきているのがわかる。集中力が切れるのを願って、もう少し追い込むことにした。

「この女と初めて寝たときのことを聞きたいか？　これが最後のチャンスだぞ」

アサは首を横に振った。「おれの望みはスローンをよこせということだけだ。そうすりゃ、おれらはまた人生を歩める」

「おまえがクスリをやって眠りこけていたときだ」スローンが泣いているのがわかった。こんな話を彼女に聞かせてしまうことに吐き気を覚えたが、ほかにどうしようもなかった。「スローンはぼくが潜入捜査官だということに気づいた。おまえに知らせにいくんじゃないかとはらはらしたが、いやいや、そんな心配は無用だったよ。なにしろ、おまえを助けるために二階に駆け上がるどころか、ぼくの車の後部座席で身を委ねてきたんだから」

アサの顔から血の気が失せた。ぼくは無理して、にやりと笑った。「なかなかお熱かったぞ、アサ。ぼくがおまえを破滅させに来たと知って嬉々としていた」スローンを一歩前に押し出し、アサの心に刃《やいば》をさらに深く切り込ませた。「どうだ、アサ？　この女は、ぼくがおまえと同じただの売人だと思っていたときより、潜入捜査官だとわかってからのほうが燃え上がったんだぞ。それを聞いてどう思う？」

アサは鼻の穴をふくらませ、憎悪のまなざしでスローンを睨みつけた。「そうなのか、ベイビー？」

スローンの言ったとおりだ。アサの心を打ち砕くことができるのは彼女だけだ。**スローン、頼む、あと二、三秒のうちにそれを思い出してくれ。**スローンは怯えていて、息が荒かったものの、ようやく口を開いて小さな声で答えた。「そうよ。あんなに感じたのは人生で初めて。最高だった」

一瞬、アサの心が壊れたのがわかった。魂の中心からひびが広がった。スローンの言葉に愕《がく》然《ぜん》とし、表情から力が抜け、短い息がもれた。

その一瞬の隙をついてぼくはアサに銃口を向け、銃を手にしているほうの腕を撃った。弾丸が当たると同時に、ライアンがアサの腕を振りほどき、アサが落とした銃をつかんでやつの両脚を一発ずつ撃って、動けなくした。

スローンがぼくに抱きついた。ぼくはアサの頭に銃口を向けたまま、もう一方の腕でスローンを抱きしめた。指は引き金にかかっている。このまま撃ち殺してしまいたいという気持ちを必死にこらえた。こいつのくだらない人生をここで終わらせてやりたい。

ライアンがそれを見て取った。「撃つな、ルーク」

アサが倒れた。ライアンは馬乗りになり、うしろ手に手錠をかけた。「ティリーはどこだ！」

アサはライアンの目を見た。致命傷ではないといえ、三発も撃たれたというのに、肉体的な痛みなど感じていないかのようにふてぶてしい表情を浮かべている。

「知るか」

ライアンは腕を振り上げ、銃身でアサの顔を殴りつけた。壁に血しぶきが飛び散る。ライアンはアサのポケットからスマホを取り出した。「手下に電話して中止だと言え！　いますぐだ！　ティリーとおれの妹を解放しろ！」

アサはライアンを見上げて声高に笑った。「おまえの妹のことはカマをかけただけさ。ネットで見つけた。それで住所を調べた。手下なんか行かせちゃいない。ほんとに騙されやすいマヌケだな。おまえに見せた写真は、昨夜、撮ったものだよ」

ライアンは長いことアサを睨みつけていた。それから自分のスマホを取り出し、どこかへ電話をかけた。

「無事か？」言葉を切り、もう一度尋ねた。「ティリー、無事なのか？　冗談なんかじゃない！　いまどこにいる？」

ライアンは目を閉じ、一瞬ののち、ふたたび銃身でアサの顔を殴りつけた。「おまえは救いようのないクズ野郎だ！」

ライアンは電話を切り、今度は妹にかけた。「やあ。いまから警官がそっちへ行く。怖がらなくていい。ただ、おまえが大丈夫かどうか確かめたいだけだ」

電話を切ると、ぼくに言った。「すまなかった、ルーク。こいつが嘘をついているかどうかを確かめる術がなかった。賭けに出るわけにはいかなかったんだ」

「ぼくでも同じことをした」

ライアンはアサを手錠でマントルピースにしっかり固定すると、玄関へ向かった。「本部に連絡して、このクズ野郎を引き取りに来させる。それまでこいつに銃を向けといてくれ」

玄関ドアが閉まるとすぐにぼくはスローンを引き寄せ、しっかりと抱きしめた。こんなことのためにスローンを恐怖のどん底へ突き落してしまったことをすまなく思った。ぼくの謝罪の気持ちを感じ取ったのだろう。スローンはぼくの首筋にキスをした。「いいの、わかってるから。あなたはやるべきことをやっただけ」

「スローンから離れろ」うなるようにアサが言った。手錠でマントルピースにつながれ、ジーンズは自分の血で濡れているのに、相変わらず撃たれた痛みなど意に介していないようだ。怒りに燃えた目でスローンを睨んでいる。スローンを少しでも安心させようと、ぼくはさらに強く抱きしめた。いまはスローンのことしか考えられなかった。今度こそ間違いなく、このクズ野郎が刑務所行きになるかと思うと、心の底から安堵した。

これでスローンも少しは安心できるようになる。それでもまだ、**アサへの復讐が果たされたとまでは思えないはずだ。**

50

アサ

　くそったれのゲス野郎が！　やつはスローンを抱いて、髪に唇をうずめている。大ナタを持った誰かに内側から追いかけられているみたいに胃がきりきりする。やつが彼女に触れるたびに口のなかに胃酸が上がってくる。

「彼女から手を離せ」おれは言う。

　すると、スローンと目が合う。彼女は澄ました顔でドアのところへ行って鍵をかけると、ルークのもとへ戻ってきてやつの胸に背中を押しつけた。そしてやつの腕を自分の腰に巻きつけた。「わたしが離してほしくないの」と言って。

　息がうまくできない。スローンはまるでやつを本気で愛しているような態度を取っている。ここまで何かを憎んだのは初めてだ。教会へ行くことで、ルークが地獄で朽ちると信じられるなら、欠かさず礼拝に参加してやるのに。

　ルークはおれに目を据えたまま、スローンの髪にまた唇を押しつけている。吐き気がひどくなる。

「スローン」必死の思いが声に出た。「ベイビー、やめるんだ。そんなふうにそいつに触らせるんじゃない。本当はいやなはずだ」おれはこのマントルピースを壊してやろうと思い切り手首を引っ張る。手錠が肌に食い込んで血が流れ出すほどに。

スローンは首をそらし、ルークの肩に頭をもたせかけるが、目はおれを見つめたままだ。

「あなたなんて大嫌い」

おれは首を振る。「やめるんだ、スローン。おれにそんな口をきくんじゃない、ベイビー。心にもないことを言わないでくれ」

「あなたとの初めてのときのことを思い出すたびに、苦いものが込み上げてくる。あなたはわたしからとても特別なものを奪い、それを自分が好きにできるものとして扱った。そのことを思い出すと、毎回喉が焼かれる気がする」

顔を伝うものがある。濡れた何か。涙か。ルークのことはうんと時間をかけて殺してやる。

ルークが言わせているんだ。やつに洗脳されて、それが愛じゃないと思うようになったんだ。

お願いだから殺してくれと向こうから言ってくるほどにゆっくりと。

「アサ、あなたなんて大嫌い。心の底から憎んでる。あなたとセックスしてるときは心のなかで泣いてた。夜にあなたがベッドに来ると、わたしに触れてこないようにと祈ってた。キスされると、死んだほうがましなんじゃないかと思ってた」

スローンは感謝を示すようにルークの手を握りしめている。それとも、言葉に出さずに愛しているのと告げているのか。**やつは彼女に何をした?** スローンは安心を求めるように肩越しにやつに目を向けている。

息ができない。

胸が痛い。

スローンはやつの首に腕をまわし、「愛してる」と嘘をつぶやいた。

おれじゃない誰かに彼女がその言葉を囁くのを聞いて、おれはうしろのマントルピースに頭を打ちつける。

「ぼくも愛してるよ、ベイビー」

もう一度打ちつける。

さらにもう一度。

「永遠にあなたを愛するわ、ルーク。あなた、あなただけを」その言葉に、胸から心臓をむしり取られる気がする。

死んでしまいたい。

死んじまったほうがいい。

「殺してくれ」と声に出す。「早く殺せ」サイレンが聞こえてくる。くそっ！　こんな光景を思い出しながら刑務所で暮らすなんてまっぴらだ。「淫売め」とつぶやき、次に声を張り上げる。「クソ淫売め！　早く殺しやがれ！」

スローンはもう一度ルークに唇を押しつけると、振り向いておれのほうへやってくる。そしておれの前で身を屈めた。おれは手を伸ばして首を絞めてやろうと思うが、血を失いすぎて、もはや腕を持ち上げることもできない。

「アサ、誰もあなたを殺したりしない。あなたにはこれから一生、刑務所の独房で目を閉じるたびに、ルークと過ごすわたしを想像してほしい。ルークとベッドをともにするわたしを。ルークと結婚するわたしを。ルークの赤ちゃんを産むわたしを」

スローンは体にまとわりつくルークのにおいがわかるほどに身を寄せてくる。そしておれの目をまっすぐ見据えて囁いた。「毎年四月二十日には特大のおいしいココナッツケーキを用意して、うちの家族であなたの誕生日を祝ってあげる。哀れなクソ野郎の誕生日をね」

ルークがドアの鍵を開け、数秒後、ドアが勢いよく開いた。

いくつもの銃が抜かれる。

銃口がおれに向けられる。

しかし、おれの目にはスローンしか映らない。

淫売がにやついている姿しか。

51

ルーク

ぼくはアパートメントのドアの鍵を開け、スローンが閂式の補助ロック《デッドボルト》をはずすのを待った。**五つすべてを。**

やたらとびくびくせずにいられない生活は、いやでたまらない。道の反対側に停まっている車で週七日、一日二十四時間の監視がおこわれているとわかっていながら、一時間ごとにスローンに電話をかけ、無事を確かめずにいられないことも。ぼくらのほうが身を隠さなければならないのが本当にいやだ。たとえアサが公判まで自宅監禁され、監視されているのがわかっていても。公判が開かれれば、まず間違いなくアサはしばらく刑務所から出てこられないだろうが。

この二カ月の出来事がスローンにどんな影響を及ぼしたかはわからない。セラピストにかかるように説得したが、スローンは大丈夫だと言って譲らない。それともそれは、アサが刑務所に入れば、大丈夫になるという意味だろうか。

足首につける監視装置《アンクル・モニター》は、はずせばかならず警察に通知が行く。そのことも多少は安心材料になっている。アサが馬鹿な考えを起こして家を出ようとしても、九十秒以内には知らせが来る。しかし、ぼくが心配なのはアサのことではない——アサのために手を汚すことを厭わない、やつの手下たちだ。

この国の司法制度は控えめに言っても破綻《はたん》している。アサのような人間でも、法廷で有罪が証明されるまでは無罪とみなされるため、まるでスローンのほうが罰せられている気までする。やつが自宅監禁となったのは幸運だったのだと、絶えず自分に言い聞かせている。判事が保釈を認め、やつが公判まで外を自由にうろついていられる可能性もあったのだから。

司法制度も少しは役に立ったわけだ。数日前まではまだましだった。アサが撃たれた傷の治療のために一カ月入院していたからだ。しかし、やつが回復して家にいるいま、誰でも自由にやつを訪ねていけるとわかっているいまは、前ほど安全な気はしない。守りを固めようと、昨日、ドアに四つ補助ロックを増やしたばかりだ。

ぼくたちはいま、やつの家から二時間の距離のところに住んでいて、同じ部署の人間以外は誰もここの住所を知らない。毎日、車で家に帰るのに一時間はかかる。尾行されていないことを確かめようと何度もまわり道をするからだ。運転は疲れるが、スローンの身の安全を守るためなら、なんでもやるつもりだ。アサの家に行ってやつの額に銃弾を撃ち込む以外のことはなんでも。

ロックのはずれる音がし、ドアが開きはじめるや、ぼくはなかに入ってドアを閉めた。スローンは笑みを浮かべ、つま先立ってキスしてくれる。ぼくは彼女の腰に腕をまわしてキスを返しながら、手を伸ばして補助ロックを閉められるように体の向きを変える。彼女に気づかれないようにさりげなく。ぼくが心配すればそれだけ、彼女も心配になるからだ。

最後のロックをかけようとしているときにスローンが身を引いた。その目に不安の影がよぎるのを見て、ぼくは注意を彼女に戻した。

「いいにおいだな」ぼくはキッチンを覗き込んだ。「何を作っているんだい？」スローンはとびきり料理上手だ。うちの母よりも上手なほどだが、母にはそのことは内緒にしている。

スローンは笑みを浮かべてぼくの手をつかむと、キッチンのほうへ引っ張った。「正直、よくわからないものよ。スープなんだけど、おいしそうなものをみんな放り込んだから」そう言って鍋の蓋を開け、スプーンで中身をすくって、ぼくの口まで持ち上げた。「味見して」

ぼくはスプーンから飲んだ。「うーん、すごくうまいよ」

スローンはにっこりしてスープに蓋を戻した。「もう少し煮込みたいから、まだ食べちゃだめよ」

ぼくはキーとスマホをポケットから出してカウンターに放った。それから、身を屈めてスローンをつかまえ、腕に抱き上げた。「食べるほうは待てる」そのまま寝室まで運んでいって、そっとベッドに横たえる。彼女の上になって、「いい日だった？」と首筋にキスしながら訊いた。

スローンはうなずいた。「今日、思いついたことがあって。でも、つまらないかも。どうかな」

ぼくは横向きに寝そべって彼女をじっと見つめた。「思いついたことって？」手を彼女のお腹に置き、肌に触れられるように少しずつシャツをめくり上げた。どれだけ触れても足りない。これほど触れずにいられない女性は生まれて初めてだ。こうしてただ寝そべって何気ない会話を交わしているときでさえも、彼女のお腹の上で模様を描いたり、腕をさすったり、指で唇に触れたりせずにはいられない。彼女も同じようにしているから、いやではないようだ。ぼくのほうはまったくいやじゃない。

「わたしがどんな料理でも作れるのは知っているでしょう？」

ぼくはうなずく。たしかにそうだ。

「それで、思ったんだけど、得意料理のレシピをまとめて料理本を作ったらどうかって」

「スローン、すごいよ、それ」

「でも、世間には料理本があふれ返っているから、ほかとは違うものを作りたいの。アサに毎晩料理させられていたからこそ、料理がこんなにうまくなった事実を強調したらどうかと思って。本のタイトルは『モラハラな元カレと暮していたときに覚えた料理のレシピ集』みたいな、悲惨だけど笑っちゃうものにするの。それで、売上の半分をドメスティックバイオレンスの被害者に寄付するわけ」

正直、どう答えればいいかわからなかった。妙にキャッチーなタイトルなのはたしかだから、笑いたい気もするが、スローンが料理上手になった理由がアサだと思うと切なくなる。やつが支配的な男だったから、スローンは料理をするしかなかったのだ。初めてランチに連れ出したときのことを思い出した。スローンはそれまでレストランには来たことがないといった様子だった。

「やっぱり、馬鹿げてるわよね」枕に倒れ込みながらスローンは言った。

ぼくは首を振った。「スローン、そんなことない。受けそうなタイトルだ。誰もが〝えっ〟と二度見するよ、絶対だ。ただ、あまりに……本当のことなのがいやなんだ。冗談だったらおもしろいけど、そうじゃないからね。きみがこれほど料理上手なのはまさにそれが理由で、だからこそ、あいつのことが憎くてたまらない」

スローンは無理に笑みを浮かべた。「あなたのおかげで、もうそんな人生から抜け出せたわ」

きみを救ったのはぼくじゃない。ずっとそう言っているのに。「きみがそんな人生から抜け出せたのは、きみ自身のおかげさ」

スローンはまた笑みを浮かべたけれど、今日はぼくが帰ってきた瞬間から、無理して微笑んでいるようにしか見えない。何かもっと大きな問題に頭を悩ませているような。でもそれがなんなのかはわからない。単に一日じゅうアパートメントに閉じこもっているストレスのせいかもしれないが。「大丈夫かい、スローン？」

うなずくのがほんの少し遅れ、大丈夫じゃないことがわかる。

「どうかしたのか？」

スローンは身を起こし、急いでベッドから出ようとした。「なんでもないわ、ルーク。スープをかき混ぜないと」

腕をつかんで止めると、彼女はベッドの足元に留まったが、こちらを見ようとはしなかった。

「スローン」

スローンは全身でため息をついた。ぼくは腕を放し、ベッドの足元の彼女のそばに寄った。

「スローン、あいつは家を離れられない。それが気がかりなら。離れたら、こっちに連絡が来るはずだ。当然、外にいる監視にも。きみは安全だ」

スローンは首を振り、それが理由じゃないと伝えようとした。泣いてはいないが、唇がわずかに震えているのを見れば、泣きそうになっているのはわかる。

「弟さんのことかい？　今週末に会いに行くことになっているじゃないか。安全のために護衛も同行することになっているし、弟さんの部屋の前にも、まだ監視がついているはずだ」ぼくがいつもそばにいるとわかってほしくて、彼女の髪を耳にかけてやった。きみは安全だ。きみの弟も。

スローンはさらにうなだれ、両手で自分の腕をつかんで身を折り曲げた。

「もしかしたら、わたし、妊娠したかもしれない」

結果がわかるまでの二分間、スローンはバスルームで待つのはいやだと言った。だから、ぼくがここに立って検査キットを見下ろしている。結果が出るのを待って。

妊娠したかもしれないと言われたときには、彼女の信頼を裏切ってしまったような気がした。彼女を守るためにしてきたことがすべて無駄だったように思えた。スローンは涙で頬を濡らしながら、顔をうつむけて座り、その声はいまにも消え入りそうだった。彼女の恐怖を払いのけてやりたくても、ぼくに言えることは何もなかった。心配いらないとも言えない。なぜなら、これは間違いなく心配すべきことだからだ。計算すればだいたいわかる。この二カ月ほど、スローンはアサとぼくとも寝ていた。おなかの子がぼくの子である確率はアサの子である確率よりも低いぐらいだ。だから、心配いらないと言えば嘘をつくことになる。

避妊用のピルを飲んでいるのに、どうしてこんなことになったのかわからない、とスローンは言う。しかし、彼女が一緒に暮していたのはあのアサだ。避妊が失敗するように何か細工をするぐらい、あの男ならやりかねない。スローンをつなぎとめておくための新たな策略として、妊娠させようと目論んだわけだ。あの狂人なら、それぐらいのことはするだろう。

あの男の子どもを身ごもるストレスは、いまのスローンには何よりもいらないものだ。この先一生、彼女をあの男に縛りつけるものなんて。誰の子であれ、いまは新しい命を宿すストレスなど必要ない。スローン自身の命を守るのに、これからの数カ月がとても重要になってくるのだから。公判が始まるまではこのアパートメントに閉じ込められることになり、公判が始まって――もしも妊娠していたら――臨月の身で証人席に立たなければならなくなる。

ぼくはゆっくりと息を吸って検査キットを見下ろした。線で示すタイプじゃなく、〝陽性〟〝陰性〟と文字が浮き出るタイプのものだ。彼女から妊娠しているかもと言われてすぐにぼくは店に走った。あれこれ頭を悩ませてほしくなかったからだ。早くわかれば、それだけすぐにどうするか決められる。

両手で髪を掻き上げ、狭いバスルームのなかを行ったり来たりしながら待った。くるりと向きを変えたところで、スマホのアラームが、二分経ったことを知らせた。

気を落ち着かせようと息を吐く。検査キットに向き直り〝陽性〟の文字が見えると、思わずこぶしを壁に打ちつけたくなった。ドアでもいい。なんでも。しかし、ぼくはこぶしで空を切り、声を殺して毒づくだけにする。これからこのバスルームを出て、スローンの心を打ち砕かなければならないからだ。

はたしてぼくにそんなことができるのか。

あと何分かこのままここにいようかと逡巡《しゅんじゅん》する。怒りを振り払えるまで。だが、外にいる彼女は怯えていて、おそらくはぼくよりもぴりぴりしている。ぼくはドアを開けるが、寝室に彼女の姿はなかった。リビングへ行ってみると、スローンはキッチンでまたスープをかきまわしていた。もう一時間以上も煮込んでいるのだから、単に時間つぶしをしているだけだ。ぼくが出てきた音が聞こえているはずなのに、振り向いてこちらを見ようとはしない。ぼくがキッチンへ入っていっても、やはり目を上げなかった。スープをかきまわしながら、ぼくが切り出すのを待っている。

ぼくにはできない。三度口を開いたが、言うべき言葉が見つからない。ぼくは自分のうなじをつかんでしばらく彼女を見つめ、彼女が振り向くのを待った。スローンがどうしても目を上げようとしないので、ぼくはふたりの距離を詰め、腕をうしろから巻きつけて彼女の背中を胸に引き寄せた。スローンはスープをかきまわすのをやめ、体にまわされたぼくの腕をつかんだ。声を殺してすすり泣いているせいで、体が震えているのがわかる。ぼくが何も言わなかったことで、知るべきことはわかったのだ。ぼくには彼女をきつく抱きしめ、髪に唇を押しつけることしかできない。

「愛してるよ、スローン」と囁く。

スローンは体の向きを変え、顔をぼくの胸に押しつけて泣いた。ぼくは目を閉じて彼女を抱きしめた。
こんなのおかしい。若い女性が母になったとわかってこんなふうに感じるなんて、あってい
いわけがない。そして、その悲しみの責任の一端はぼくにあると思わずにいられなかった。
それについてはあとで話せばいい。選択肢について話し合う時間はある。でも、いまはス
ローンのことだけを思っていたい。これが彼女にとってどれほどつらいことか、ぼくには想像
もつかないのだから。
「ごめんなさい、ルーク」スローンが胸に顔を押しつけたままで言った。
どうして謝られるのかわからず、ぼくは彼女にまわした腕に力をこめた。「なぜ謝るの？
謝ることなんか何もないのに」
スローンは顔を上げ、首を振りながらぼくを見上げた。「こんなストレス、あなたは感じな
くていいのに。わたしたちが安全でいられるようにあらゆる手を尽くしてくれている。それな
のに、わたしのせいで、前よりもひどいことになってしまった」そう言ってぼくから身を引き
離し、いまいましいスプーンを拾い上げてまたスープをかきまわしはじめた。「これ以上あな
たを巻き込むつもりはない。自分の子かどうかもわからない赤ちゃんを抱いたわたしをあなた
に見せるつもりはない。ひどすぎるもの」スプーンを置き、ナプキンを取って目の下を拭った。
それから、羞恥の表情を浮かべてぼくを見た。「ごめんなさい。明日……」そこで声が途切れ
た。その先の言葉がつらすぎて、口にすることができないとばかりに。「明日、連絡して、で
きるかどうか訊いてみる……中絶できるかどうか」
その言葉が頭に染み込むあいだ、ぼくはただじっと彼女を見つめていた。

ぼくに謝っているのか？

今度のことでストレスにさらされるのはぼくだと？

ぼくは一歩近づき、両手を彼女の髪に差し入れて目を上げさせた。また涙がこぼれて頬を伝ったので、それを親指で拭ってやる。「この子がぼくの子かどうか調べる方法があれば、産みたいかい？」

スローンは顔を歪め、肩をすくめた。それからうなずいた。「もちろん、産みたいわ、ルーク。タイミングは最悪だけど、それは赤ちゃんのせいじゃないから」

いますぐ彼女を抱きしめたくてたまらなかったが、ぼくは両手で彼女の顔を包んだままでいた。「じゃ、この子がアサの子だとわかったとしても、それでも産みたい？」

スローンはしばらく答えなかった。が、やがて首を振った。「あなたにそんなことできない、ルーク。あなたにとってあんまりだもの」

「ぼくのことを訊いているんじゃない」きっぱりと言った。「きみのことを訊いてるんだ。これがアサの子だとわかっても、産みたいかい？」

また涙がこぼれた。ぼくはそれが彼女の頬を伝うにまかせた。「赤ちゃんなのよ、ルーク」小さな声でスローンは言った。「なんの罪もない赤ちゃん。でも、さっきも言ったけど、あなたにそんなことはできない」

ぼくは彼女を引き寄せてこめかみにキスをし、少しのあいだ抱いたままでいた。彼女に言いたい言葉が見つかると、身を離して目と目を合わせた。「きみを愛してるんだ、スローン。おかしくなりそうなほどに。お腹の子の半分はきみだ。一部でもきみであるなら、それを愛させてもらえるぼくがどれほど幸運か、きみにわかるかい？」手のひらを彼女のお腹に当てて、しばらくそのままにした。「この子はぼくの子だよ、スローン。きみの子どもで、ぼくらの子どもだ。きみがこの子を育てると決めたなら、ぼくはきっとこの世で一番の父親になるよ。約束する」

　スローンはすぐさま両手で顔をおおって泣き出した。これほど激しく泣くのを見るのは初めてだ。ぼくは彼女を抱き上げて寝室に運び、またベッドに横たえた。それから、体を引き寄せて涙が引くのを待った。何分かして、部屋はまた静かになった。

　いまスローンはぼくの胸に顔を寄せ、腕をぼくの体にまわして横たわっている。「ルーク？」そう言って首をもたげ、ぼくを見つめた。「あなたって誰よりもすばらしい人だわ。あなたのこと、うんと愛してる」

　ぼくは彼女にキスした。二度。それから、お腹に顔を下ろしてシャツをめくり上げ、素肌にキスする。思わず笑みが浮かぶ。彼女はぼくに、ほしいと思っていたなんて自分でも知らなかったものを与えてくれようとしているのだ。スローンのために、この子がアサではなく、ぼくの子であってくれと祈るような気持ちでいるのはたしかだが、そんなこと、本当はどうでもいいことだ。ほかの何よりも愛している人の一部なのだから、そんなことはどうでもいいのだ。ぼくはなんて幸運なんだろう。

　ぼくはまた彼女に顔を寄せ、頬にキスした。スローンはもう泣いていなかった。その額から髪をうしろに撫でつけてやる。「スローン？　時計がカメの頭から落ちるたびにコンクリートの柱が崩れてドーナッツになるのは知ってたかい？」

スローンは噴き出した。満面の笑みになる。「そうね、クリスマスのフルーツケーキが干からびているときに、空っぽの部屋が汚い靴下でいっぱいになったら、勝利は勝利とは言えないから」

ぼくらの赤ん坊は世界一変てこな両親を持つことになりそうだ。

52

アサ

　女をレイプした男のことが最近ニュースになっていた。白人だったせいか、何かのメダルを取っていたせいか、その両方かで、食らったのは何カ月かの刑務所行きだった。

　そのせいで国じゅうが大騒ぎになった。どこへ目をやっても、そいつが軽い刑で済んだというニュースばかりだ。何週間もそのニュースでもちきりだった。おれはくわしいことをすべて知っているわけじゃないが、そいつは連続レイプ魔だったわけじゃない。たしか初犯か、二回目だったはずだ。それなのに、みんなそいつが人でなしのヒトラーか何かであるように責め立てていた。そいつがそんな刑期を食らうなんておかしいと言ってるわけじゃない。もっと長い刑期だったとしても、そんなチンカス野郎の擁護をするつもりはない。おれが少しばかりいらついているのは、おれの裁判のことが全国ニュースにほんの一秒も流れていないからだ。おれは人をひとり殺したってのに、告発すらされなかった。大学ってものが発明されて以来最大の学内麻薬組織を仕切ってたのに、告発されなかった。ライアンに銃を突きつけたあとも、裁判官はおれを公判まで自宅監禁とした。

自宅監禁だと。丸々六カ月の愉快な日々。

冗談みたいだ。この国全体も、国を動かしている差別主義の偽善者どもも、冗談みたいに使えないが、その恩恵を受けるのはおれのような男だ。何をやってもお咎《とが》めなしなのはありがたいかぎりだが、でなきゃこの節操のない国のことを恥ずかしく思うところだ。

女と不同意性交をした白人の男の話が出たところで……おれが同意なしに女に挿入した回数を数えたら、両手の指でも足りないのはたしかだ。性交を望んでいないジェスに突っ込んだ回数なんか数えきれない。正直、あの女とやってた理由はそれだけだ。ジェスがいやがっていると思うとたまらなかった。

そういうくそみたいなことからおれがお咎めなしで逃げ出し、誰も大騒ぎしないのが理解できない。国じゅうのメディアに登場する大抵の男たちより、おれのほうが顔だっていいのに。おれは女々しくもない……ああいう連中はたいてい女々しく見えるが。女々しくて不細工な男たちがメディアを席巻《せっけん》しているのは、いったいどういうわけだ？

おれが裕福な生まれじゃないからか？

たぶん、そうだ。おれはゴミみたいな両親のもとで孤児のように育った。おれみたいな生い立ちの人間に大衆が食いつくことはないとメディアにはわかっているんだ。おれにはそばで支えてくれる特権階級の裕福な両親がいないから。

なるほどな。おれが有名になれるたった一度のチャンスだってのに、またしても両親に邪魔されるわけだ。

おかま野郎の弁護士、ポールは、メディアに取り上げられなくてよかったなんて言ってる。

メディアはおもしろいネタをつかむと、視聴者受けを狙って話にひねりを加えるから、判事はもっと厳しい刑を宣告しなければならないと感じるらしい。見せしめのために。そうかもしれないが、おれが人にどんな影響を及ぼすか、きっとポールはわかっていないのだ。おれにはカリスマ性がある。メディアに好かれるはずだ。それに、スローンもおれの動向を追わざるを得なくなる。テレビをつけるたびに、どのニュースチャンネルでもおれの話でもちきりになるだろうから。

くそっ、またた、またスローンのことを思い浮かべてしまった。精神科医の言うことを聞くつもりだったのに……彼女を思い出さないようにすること。スローンのことを思い出すたびに、自分が太り過ぎの高コレステロールの老人で、心臓発作で死にかけているような気分になる。手で胸をつかみ、地面に膝をついてしまう。

スローンに何をされたか思い出しただけで、怒りで喉が詰まりそうになる。

おれのスローン。

自業自得だ。あんなふうに誰かを愛してはいけないとわかっていたはずなのに。でも、どうしようもなかった。彼女はおれのために創られたかのようだったからだ。おれが子どものころに耐えなければならなかった、くそみたいなすべてのことの埋め合わせとして、地上に落ちてきたんじゃないかと思った。しばらくは神が詫びの印としてつかわした女だと思っていたほどだ。神が天国から彼女を突き落としてこう言うんだ。「ほら、アサ。おまえが両親から投げつけられたすべての闇への埋め合わせとして、この光を創ってやったぞ。おまえへの贈り物だ。彼女といれば、おまえの心の痛みも消えるだろう」

そして本当にそうなった。二年以上ものあいだ、おれはいつでも望むときに天国のかけらを味わうことができた。スローンはヘビにかどわかされる前のイブのようだった。甘く無垢な女。手つかずの。人間の姿をしたおれだけの天使。

ルークが現れるまでは。

ルークはおれのイブをかどわかす悪魔だ。ヘビと言ってもいい。りんごでスローンを誘惑し、罪へといざなった。彼女を堕落させた。

スローンのことを考えるときは——毎日、一秒ごとに考えてしまうのだが——ルークが現れる前の彼女を考える。おれが愛したスローンを。おれがほんのちょっと注意を向けただけで、クリスマスツリーのように光り輝いたスローンを。おれがにんまりするとわかっていて、おれのためにココナッツケーキやミートボールスパゲッティを作ってくれたスローン。毎晩おれのベッドで眠り、おれが起こしてセックスするのを待っていたスローン。ちゃんとした女ならみなそうするように、家事をすることでおれへの愛を表してくれていたスローン。淫売ではなかった女。彼女が掃除するのを眺めるのが大好きだった。おれの家に敬意を払わない豚どもについても文句を言うことはなかった。何も言わずにやつらが帰ってから片づけをしてくれた。それもおれが、誰に見せても恥ずかしくない家が好きだとわかっていたからだ。

スローンに会いたい。おれを愛することを彼女がどれほど愛していたか。無垢だった彼女が恋しい……おれの天使……神からつかわされた詫びの印。

でもいまは……あのヘビ野郎の手に落ちてからは……死んでくれたらいいと思わずにいられない。ふたりとも死ねばいい。スローンが死ねば、おれが愛した女とは違ってしまった彼女のことを考えなくて済む。彼女が死ねば、ルークとセックスしているときにどんな声をあげるか想像しなくて済む。彼女が死ねば、かつて愛した女のすべてと入れ替わってしまった、ルークが現れたあとのスローンへの憎しみを乗り越えることができる。

ルークを殺したら――やつを消すことができたら――スローンはまだ残っているはずの昔のスローンに戻ってくれるだろうか？　最後に一度チャンスを与えることを、たまに考える。おそらく、まずはルークを殺して、おれとの人生を取り戻す時間をスローンに与えれば、昔のように彼女を愛せるようになるかもしれない。

そんなのは希望的観測にすぎないが。あいつはスローンのなかに入った。股のあいだだけじゃなく、頭のなかにまで入り込んだ。自分のほうがおれよりいい人間だと思い込ませた。おれよりも多くを与えられると。それほどに愚かだった彼女を赦そうと思えるかどうかわからない。

彼女の輝きは褪《あ》せてしまった。いまはつまらないおもちゃにすぎない。

なんとも残念だ。

だがそれもあと少しの辛抱だ。ふたりをどこでつかまえられるか、すでに探りは入れてある。あとはどうやるかの問題だ。

ソファに背を戻して目を閉じ、両手をボクサーショーツのなかに入れる。いつになったら、楽しむときにスローンを思い浮かべるのをやめられるだろうか。これほどに憎んでいても、これを硬くできるのは記憶のなかの彼女だけだ。

ルークが現れる前のスローンを思い出す。あの路地で初めてキスした晩のことを。彼女にとって初めてのキスだったという事実を。みずみずしく、無垢な女だった。おれに夢中で、全然足りないというようにおれを見ていた。神を見るようにおれを見ていた。

おれが恋に落ちたときのスローンに会いたい。

うまい具合に硬くなったところで、誰かがドアをノックした。

「くそっ」おれはうめき、ショーツから両手を引き出した。なんてタイミングの悪いやつだ。

おれは立ち上がった。このアンクル・モニターの重さの違和感が失せることはあるのだろうか。まったく、おかしくなりそうだ。輝かしい計画を実行に移すのが待ちきれない。

のぞき穴越しに外を確かめてから、ドアの鍵をはずしてアンソニーをなかに入れる。アンソニーは声に出して多くを語ってはいけないことを心得ている。おれだって馬鹿じゃない。やつらがこの家に盗聴器を仕掛けていることぐらいお見通しだ。

「よお」おれはやつが持ってきたバックパックをつかんで言う。

「どうも」アンソニーは臆病なまぬけよろしく、びくびくとあたりに目を向けた。「探していたココナッツケーキを見つけたぞ」

〝ココナッツケーキ〟とはパソコンを示す隠語だ。〝ベーカリー〟はスローンを示す。

家に残されていた二台のパソコンは使いたくない。誰かを起訴しようとするとき、地方検事はそいつの家にパソコンを残しておいたりしない。没収するに決まっている。おれのパソコンが二台ともまだここにあるってことは、おれに何かを検索してほしくて監視しているってことだ。

連中をいらだたせるためだけに、おれは毎日かなりの時間をかけて〝イエス・キリストの救いを得るにはどうしたらいいか〟というような検索をする。

教会のポッドキャストをクリックして音声を流したりもした。おれが実際に改心していると思わせるためだ。そう、ピンタレスト（インターネット上の画像や動画を集めてコレクションしたり、シェアしたりできるウェブサービス）のアカウントまで作った。嘘じゃない。**アサ・ジャクソンがピンタレストのアカウントを持っているのだ。**やつらを混乱させるためだけに、三時間ぶっ通しで料理のレシピや、心を揺さぶる名言をボードに貼《ピン》りつけて過ごしたこともある。

なんとも馬鹿馬鹿しい世界だ。

おれはダイニングルームのテーブルについてバックパックを開いた。一カ月もかけてようやく、おれのことを密告しない男を見つけたのだ。おれはこいつに関するヤバい情報を山ほど握っている。おれを密告すれば、こいつ自身が終身刑を食らう。それに、アンソニーは喉から手が出るほど金をほしがっていた。このノートパソコンを手に入れるのに払った金額以下でも、スローンとルークの殺しを請け負うだろう。唯一、期待はずれだったのは、スローンとルークの居場所を見つけるのに永遠と言っていいほど時間がかかっていることだ。ふたりの住所を突き止められる男をようやく見つけたという話だったが、おれは多くは訊かなかった。あとで痛い目に遭わないように、アンソニーの手口については知らないほうがいいからだ。まあ、たぶん、アンソニーがおれに要求するよりもっと少ない金額で情報をもらす、腐ったろくでなしがルークの部署にもいるってことだろう。

それが人間ってものだ。金のためなら、どんなに卑劣なこともする。

「ベーカリーは見つかったのか？」おれが訊くと、アンソニーはうなずいた。

やっとか。

ようやく、くそベーカリーを見つけた。

「おれが自分で行って確かめてきた」アンソニーはにやにやしている。「あんたの言ったとおりだった。えらくいいベーカリーだ」

アンソニーがスローンをじかに目にしたと聞いて、内臓が喉につかえたようになったが、おれはそれを無視した。ただ、アンソニーがスローンのことをセクシーだとほのめかしたのは聞き捨てならない。**こいつ、何様のつもりだ？**

「ところで、このベーカリーの何がそんなに特別なんだ？」アンソニーは椅子にもたれて訊いた。パソコンと彼女の住所を手に入れるのに、おれがクリーンな金を一万ドルもかき集めた理由を知りたがっているわけだ。彼女が実際にその住所に住んでいる証拠として、監視カメラの映像を手に入れられたら、さらに五千ドル払うことになっていた。

「そのベーカリーは唯一無二なのさ、アンソニー」おれはバッグからノートパソコンを引っ張り出した。アンソニーはアップロードすることになっていた監視カメラの映像にどうやってアクセスすればいいか、指示を細かく書いていた。バッグのなかには、絶対におれまでたどれないよう、やつの名前で登録されたＷｉＦｉ機器も入っている。

「ベーカリーのカップケーキは手に入ったのか？」〝カップケーキ〟は監視カメラの映像を示す隠語だ。おれたちはベーカリーの話ばかりしているおかしな人間に思えるはずだ。だからこそ、アンソニーが来るたびに話題は変えるようにしている。先週はテレビ番組を話題にした。

アンソニーはまたにやついた。「ああ、バッグに入ってる」そう言ってバックパックからさらに紙を何枚か引っ張り出した。そのなかの一枚を開いてメールアドレスとパスワードを示し、どこで映像を見られるか教える。

脈が速まり、いくら静めようとしても、ロックコンサートの最前列にでもいるかのように鼓動が激しくなる。

アンソニーがとっとと帰ってくれれば、すぐにでも映像を呼び出せるのに。スローンを見なくては。彼女を目にしてから、もう三カ月が経っている。なんとしても彼女をこの目で見なくては。

おれは立ち上がって廊下に出ると、約束の金を取りに行った。テーブルの上に金を放ってドアを指差し、今日はもう帰っていいと示す。アンソニーは封筒をうしろのポケットに滑り込ませた。「ほかに必要なものは？　明日にはまた来られるが」

おれは首を振る。「ない。ケーキが足りなくなったら連絡する」

アンソニーはにやりとして玄関へ向かった。

おれはＷｉＦｉをセットアップし、アカウントにログインした。ドロップボックスのリンクを張ったメールにメッセージが添えてある。アンソニーからだ。

昨日、約八時間録画したものを編集して、ふたりが映っている部分だけをまとめた。男が出かけて戻ってくる映像が何分かある。半分ぐらい行ったところで、女がゴミを捨てる姿が映っている。映像の最後ではふたりの姿が見られるはずだ。今週もっと録画する。お望みとあれば、

このパソコンからライブ映像にアクセスできるように設定することも可能だ。ちょっと待ってもらうことになるが。そうしたければ、知らせてくれ。

おれは映像をダウンロードする前に返信した。

ライブ映像が見たいに決まってるだろ。なぜもっと早くに言わなかった？

返信ボタンをクリックしてから映像のダウンロードに取り掛かった。ドロップボックスの映像をダウンロードするのに五分近くもかかる。ダウンロードが終わると、立ち上がって玄関のドアに鍵をかけに行った。誰にも邪魔されたくない。

口のなかが乾いてきたから、飲み物も作った。三カ月ぶりにスローンの姿を目にするのだと思うだけで、吐きそうになる。

テーブルに戻って再生ボタンをクリックする。十三分の映像だ。アンソニーがやつらのアパートメントの玄関にカメラの焦点を合わせるのに三分かかる。アングルが高い。アパートメントの二階から撮っているようだ。

ルークとスローンがどこにいようと、ルークはきっとこれまで以上に警戒心を強めているはずだ。おそらく、自分が留守のあいだにアパートメントの様子をうかがっている人間がいないか確かめるために、私費で誰かを雇っているにちがいない。アンソニーには、監視カメラの映像を手に入れるのにふたりのアパートメントの玄関が見える空き部屋を借りてもいいと言ってあったので、停めた車のなかにじっと座って人目に立つこともなく、いい映像が撮れたはずだ。

映像が流れはじめて三分三十一秒後、やつらのアパートメントの玄関ドアが開いた。ルークが出てきて左へ右へと目を向ける。びくびくしている様子を見るのは悪くない。玄関のドアを開けるたびにおれのことを思い出しているのだ。復讐に燃えたおれがそこで待ちかまえているんじゃないかと考えて。

映像が途切れ、また始まる。

そのときだ。玄関のドアが開き出す。

ゴミの袋を玄関脇の地面に放り出す彼女の腕が見えた。一瞬髪が見えたかと思うと、またドアが勢いよく閉まる。外に身をさらすまいとしているようだった。見られているのではと恐れているような。ひとりでそこにいるのが怖いのだ。

馬鹿なルークは彼女をひとりきりでそこに置いているわけだ。おそらくは日に何時間も。生活のために働く必要があるとか、そんなことはどうでもいい。おれがやつで、スローンと一緒にいるとしたら、どうにかして彼女を守る方法を見つける。彼女の身に危険を及ぼすかもしれない男が外をうろついているとわかっていたら、彼女を目の届かないところに置いておいたりしない。

やつがおれのようには彼女を愛していないことがわかる最初の手がかりだ。

おれが愛していたようには。

もう彼女のことは愛していない。

本当か？

くそっ。

おれは同じ部分を二十回も再生し、ゴミを外に放る腕を何度も眺めた。ドアを閉めるときに肩で揺れる髪も。見るたびに鼓動が速まり、ドアが閉じるたびに心臓が止まる気がする。

ああ、くそっ。そうさ。**おれはまだ彼女を愛している。**

彼女を愛している。彼女があのアパートメントにひとりきりでいて、ドアを開けるのさえ怖がっていると考えただけでおかしくなりそうだ。あの馬鹿野郎が怯えるスローンをひとりにしているってのに、おれはこのろくでもない家に閉じ込められ、やつのせいであいつのところへ行ってやることもできない。

「会いに行くよ、ベイビー」パソコンの画面に向かって囁いた。「怖がらなくていい」

さらに何度かその部分を再生してから、ようやくその先の映像を見る。映像は数時間後に飛び、ルークの車がアパートメントの前に停まる。やつが車から出てトランクを開け、なかから食料品を取り出しはじめる。

泣かせるね。あの野郎はささやかな偽の家族のために食料品を買いに行ったわけだ。

ルークは食料品を持ってドアへ歩み寄り、鍵を開けた。ドアを押して開けようとするが、まだなかから鍵がかかっている。

賢い女だ。鍵ひとつじゃ信用できないってわけだ。

スローンがドアを開けてやつをなかに入れる。ルークがドアのなかへ消えると、スローンが車へと歩いていく——いや、スキップしていると言ってもいい。顔には笑みが浮かんでいる。自分食料品をつかもうとトランクに手を伸ばすが、そこへルークが戻ってきて両手を上げる。

が運ぶから手を出さなくていいと言っているように見える。そして彼女の腹を指差し、何か言って彼女を笑わせた。彼女は両手で腹を押さえ、そのときにおれにもそれがわかる。

ああ、それがわかる。

おれは一時停止ボタンをクリックした。

そして腹に押しつけている彼女の手をじっと見つめた。腹を抱えている両手を見下ろすスローンの顔には笑みが浮かんでいる。シャツの下でかろうじてわかるほどのふくらみ。かろうじて。

「ちくしょう」

おれは凍りついたようになる。日数と月数を数え、その意味を理解しようとする。

「ちくしょう」

おれは命が宿るサイクルにはくわしくない。一度だけ女を孕《はら》ませたときは、その女がスローンじゃなかったから堕ろさせた。唯一事実としておれが知っているのは……スローンぐらいの体格の女の腹がふくらみ出すのは、少なくとも二、三カ月が過ぎてからだ。

二、三カ月前……彼女のなかにいたのはおれじゃないか。夜に愛を交わしたのはおれだ。ルークはそのあいだ一度しか彼女と寝ていない。

おれは毎日寝ていた。

「ちくしょう」おれは笑みを浮かべて繰り返した。微笑まずにいられない。顔をくしゃくしゃにして笑わずには。呼吸を整えるために立ち上がる。落ち着くために。生まれて初めて気を失うんじゃないかと思った。

「まいったな」おれのスローンの画像で止まっているパソコンをじっと見つめる。「おれは父親になるのか」

また腰を下ろし、両手で髪を掻き上げた。あまりに長いこと見つめていたせいで画面がぼやけはじめる。

くそっ、まさか泣いているのか?

目を拭うと、たしかに手が涙で濡れる。

思わずにやけてしまう。彼女の腹を拡大し、手を画面へと持ち上げる。そして腹に当てたスローンの両手に手を重ねた。「パパはおまえを愛してる」赤ん坊に向かって囁いた。「パパが迎えに行くからな」

おれに似て賢い子だといい。おれの知性がおふくろや親父から受け継がれたものだとは思えないが。そう、どちらも無学な人でなしだったが、この世で夫婦でいるあいだに、かろうじてひとつだけ正しいことをした。おれをこの世に送り出した。

祖父母についてては何も知らない。ときどき、父方の亡くなったじいさんは——彼の魂が安らかであらんことを——おれにうんと似ていたのではと想像することがある。隔世遺伝ってのがあるらしいし、おそらくおれはじいさんに似たんだ。やることも似ていたかもしれない。そしておれと同じように、じいさんも息子が——おれの親父が、あんなくそみたいな男になったことにがっかりしているはずだ。

でもきっと、おれのことは自慢に思ったはずだ。じいさんが生きてるか死んでるかは知らないが、いずれにせよ、おれがとんでもない天才だってことを認めてくれる数少ない人間のひとりになってくれただろう。

その理由を説明させてくれ。

アンクル・モニター。これはどうすることもできない。切ってはずせば、すぐさま捕まることになる。はずそうとしたら、ただちに内部の光ファイバーのセンサーが作動して信号が送られ、数秒で警察が玄関に現れる。

バッテリーが切れるのをただ待つこともできない。警察に知らせが行くからだ。するりと足を抜くこともできない。足首は手首のようには曲がらないからだ。人間の骨格を作るときに、神はアンクル・モニターのことなど考えに入れなかったんだろう。**利己的なくそ野郎だ。**監禁されている場所を離れることもできない。離れれば、警察に連絡が行く。まったく、酔っ払うことすらできない。大抵のアンクル・モニターには定期的に皮膚のアルコール濃度を測るセンサーがついているからだ。だからといって、べつに困りはしない。アルコールを必要としたことはないからだ。飲みはするが、なくてもべつにかまわない。

いまいましいアンクル・モニターを発明した技術オタク以上の知識を持つ技術オタクじゃないかぎり、まず間違いなく、警察にすぐさま追跡されずに監視を逃れる方法はない。

そのことに腹が立つ。なぜなら、ルークのことだ、おれが家を出るか、モニターになんらかの手が加えられたことが判明すると同時に、やつのところに連絡が行くよう設定しているはずだからだ。前もって向こうに通知が行くことなく、おれがここからやつらの住まいへ行く方法はない。ああ、そう、代わりに誰かをやつらのアパートメントへ送って始末をつけることはできるが、そんなことをして何が楽しい？　銃弾でルークの心臓を止めたとしても、それをじかに目にし、火薬のにおいを嗅ぐんじゃなかったら、何がおもしろい？　哀れな人生を選択したことをスローンに思い知らせてやったとしても、慈悲を求めて泣く彼女の涙をこの舌で味わうんじゃなかったら、何が楽しい？

おれが計画好きなのはいいことだ。何についてもおれは計画を立てる。起こり得る事態をすべて想定して、事が起こる前にそれを回避する方法を考える。おれは天才なんだから。**おれのじいさんと同じで。**

子どものころ、このまま死ぬんじゃないかと思ったことがある。母さんの寝室に忍び込んで、薬を盗んだときのことだ。ガキすぎて、まだ字も読めなかった。盗んだ薬がなんなのか、見当もつかなかった。なんであれ、母さんと同じ気分になりたかったんだ。母さんがわが子よりも愛していたその気分がどんなものか知りたかった。

薬を飲んで数時間後、目が覚めると、足首が野球のボールみたいになっていた。両方の脚がぱんぱんに腫れてた。あのときはこのまま死ぬから、血が全部足にたまっているんだと思った。でも、いまならそれが薬のせいだとわかる。抗鬱剤、鎮痛剤、カルシウム拮抗剤。どれも深刻なむくみの原因となる薬で、子どものおれの体に起こっていたのもそういうことだった。そのときは知らなかっただけで。

おかま野郎のポールに、公判を待つあいだ、自宅監禁になる可能性があると言われていた。おれと同じ罪状の被告は大抵なんらかの保釈が認められ、自由に外を歩きまわれるのだが、おれには前科があるため、公判で評決に達するまで、自宅に監禁されることになるのはほぼ間違いない、と。それはおかま野郎のポールに礼を言いたくなる数少ないことのひとつだ。前もって警告してくれること。両方の足首を数センチ太くするだけの薬を手に入れて飲むのに丸々一週間の猶予があった。すでに入院していたから難しいことじゃなかった。おれを撃ったほうがいいと考えたふたりのくそ野郎のおかげだ。馬鹿め。

　足首にモニターがつけられてからも、追跡訪問の保護観察官の注意を引かない程度に薬を飲み続けた。あのまぬけはおれの足首やふくらはぎが木の幹ほども太くなっている事実についてよく考えてみもしなかった。名前はスチュワートという。**現実の世界で誰がスチュワートなんて名前をつけられるんだ？**　スチュワートはおれが〝骨太〟なんだと思っている。やつが訪ねてくるたび、おれはその馬鹿さ加減を楽しむ。スチュワート自身のことも嫌いじゃない。おれを気の毒に思っているからだ。彼のつまらないジョークに笑い、イエスについて話すおれを悪い人間じゃないと思っている。スチュワートは心からイエスを愛しているんだ。おれはアンソニーに頼んで十字架像を持ってきてもらいさえした。スチュワートが今朝訪ねてくる前に、それをリビングの壁に吊るしておいた。何時間もポルノを見て過ごすフラットスクリーンのテレビの上だ。皮肉が効いてるだろ？　十字架像に気づいたスチュワートに、おれは祖父のものなんだと説明した。祖父はバプテストの牧師だったので、十字架像を見ると、祖父が天国から見守ってくれているのがわかるんだと。

　もちろん大嘘だ。じいさんが教会に足を踏み入れたことがあるかどうかも疑わしい。本当に十字架像を持っていたとしたら、おそらく人を打ち据えるのに使っただろう。

　しかし、スチュワートはその話を気に入った。ここまで大きくはないが、自分も同じような十字架像を持っていると言う。それから、おれのアンクル・モニターを確かめ、何も問題ないので、一週間後にまた来ると言った。おれはお土産にココナッツケーキをひと切れくれてやった。

いまおれはここに立ち、手に持ったヒドロクロロチアジドの瓶を見下ろしている。うまくやらなければ。量を間違えると、馬鹿みたいに血圧が急降下するからだ。しかし、むくみが取れるだけの分量は服用しないとならない。アンクル・モニターに、そこからするりと足を引き抜けるだけの隙間を作るために。はずしたモニターはアンソニーの手首につけることになる。

そこが天才の見せどころだ。光ファイバーをいじることなくモニターをはずせれば、そのことに気づかれる心配はほとんどない。アンクル・モニターは一日を通して定期的にチェックされる。タイマーか何かでセットされているのだ。だから、おれの足首からアンソニーの手首に移しても、モニター自体をいじっていないかぎり、まったく気づかれずに済むはずだ。ふつうの知能を持つ人間の足からアンクル・モニターがはずされることはないから、連中も絶対に安全だと思ったわけだ。

おれのような天才のことをあいつらはもっと気にすべきだった、あとはすべて終わったと連絡するまで、アンソニーがこの家を離れず、アルコールも飲まずにいてくれると信じるだけだ。事が済んだら、アンクル・モニターをおれの足首に戻せばいい。一度も家を離れなかったように見えるだろう。

一方で、計画を練らなきゃならないことはほかにもある。おれは瓶を開けて薬を四錠飲み、ノートパソコンを開いて産科医を検索しはじめた。そうしながら、二時間ぶっ続けで電話をかけまくった。ようやくスローンのかかりつけの産科医がわかったときには、すでに四度も小便をしていた。アンクル・モニターがゆるくなりはじめている。何日かかかると思っていたのだが、このぶんだと明日の朝にははずれそうだ。

　おれがかけた電話に出た相手は、保留にして、おそらくは秘密保持契約書のファイルを探している。医療保険の携行性と説明責任に関する法律《HIPAA》だのなんだのというくだらないやつだ。

「お客様？」おれがまだ電話を切っていないかどうか確かめるように女は訊いた。

「はい」おれは答える。

「お名前はなんとおっしゃいました？」

「ルークです」おれは答える。「父親です」

はっ！　おれは心のなかで笑った。あの哀れなくそ野郎は、これまでずっとスターウォーズのジョークを言われ続けてきたんだろう。

「確認のために住所と生年月日をお願いできますか？」

　おれは両方を告げる。どちらも知ってる。おれは天才だからだ。おれの〝身元〟が確認できると、女は「それで、お問い合わせの内容は？」と訊く。

「出産予定日です。家族に妊娠を知らせる動画を作っているんですが、スローンには尋ねたくないんです。私が出産予定日を忘れたとなれば怒るでしょうから。なので、彼女を怒らせずに済むように、予定日を教えてもらえないかと思いまして」

　女は笑い声をあげた。**おれが子どもの誕生を心待ちにしている、愛情にあふれた優しい男なのが気に入ったのだ。**「どうやら、赤ちゃんが宿ったのは三月のようですね。予定日は……クリスマスの日だわ！　どうしてそれを忘れられるのか不思議ですね、お父さん」女は笑った。

おれも笑う。「そうでした。クリスマス。ささやかな奇跡ですよ。調べてくれてありがとう」

「どういたしまして！」

電話を切り、カレンダーに目をやる。スローンは三月にはまだおれと暮らしていた。ルークが現れたのも三月だ。**そこから何もかもがおかしくなった。**

いつから洗脳が始まったのか、いつからスローンがやつに体を許したのか、はっきりしない。そう考えただけで全身がこわばった。やつが彼女を犯したことが信じられない。**おれのスローンを。**

彼女がそれを許したことも信じられない。やつらがゴムを使っていたかどうかもわからない。新たに湧いてきた怒りで胸がいっぱいになり、立ち上がった。座っていた椅子を持ち上げて部屋の向こうに投げ、それがドアに当たって壊れるのをじっと見つめる。それから、リビングの奥へと走り、いまいましい十字架像を壁から引き剥がした。十字架でテレビを強打すると、画面が割れた。

そうすることで気分がましになった。このテレビを買ったときには、スローンはおれと暮らしていた。ほかに壊すものはないか探す。鏡がある。そこへ走っていき、十字架を三度叩きつけると、鏡は粉々になって床に散らばった。

廊下に出て十字架をバスルームに持っていった。スローンの腹にいるのはおれの子だろうかと思いながら、鏡に映った自分を見つめる。ルークに似たガキが出てくるかもしれないと思うだけで、赤ん坊のことが憎くてたまらなくなる。

十字架を振り上げて何度も鏡に叩きつけた。

くそ淫売め。

二階に行って、二階の鏡にも同じことをした。

呪われた赤ん坊などほしくない。三月から宿っているとしたら、そのときからルークが何度彼女のなかに入ったか知れない。そいつがおれの赤ん坊だとしても、すでに穢《けが》れてしまっている。

スローンにおれの子を産ませるのは、二度と穢されることのないようにルークを始末してからだ。

おれは全部の部屋をまわり、小さな十字架で壊せるものを見つけようとした。ランプは？　壊した。花瓶は？　粉々だ。十字架は荒れ狂っている。

くそ淫売め。

くそ赤ん坊め。

くそ**ルーク**め。

これまでおれが手にしてきた、ありとあらゆるすばらしいものがあの男に壊された。おれの帝国が。生涯の愛が。生まれてくる子どもが。おれにとって大切なすべてが、あいつのせいでまったくなんの意味もないものになってしまった。

キッチンに戻ると、瓶を開けてもう一錠薬を飲んだ。このアンクル・モニターを早くはずせればそれだけすぐに、やつがゆっくりと穢しているものを粉々にしてやることができる。

おれは父親になる心の準備ができたときに父親になる。あのろくでなしのクソ野郎にほんの少しでもかかわりのある子どもの父親ではなく。

いまスローンの腹のなかで育っているのは愛の証じゃない。おれの子だとしても、罪なく作られたものじゃない。彼女は夜におれの愛を受け入れながら、別の男がそれを穢すのを許していた。それを知っていたら、絶対に彼女のなかに自分を入れたりしなかった。彼女があんな馬鹿な決断をする前に殺していた。

いまこそ終わりにしなくては。おれはパソコンのスクリーンセーバーを見つめた。スローンが腹に手を当てて穢れた存在に笑みを向けている瞬間の画像をスクリーンセーバーにしてあった。おれは別の椅子を持ってきて座り、スクリーンセーバーを変えることにする。ファイルからスローンが愛しい存在だったころの写真を見つけ、それをスクリーンセーバーにしてじっと見つめた。どうして彼女はこんなことになるのを許したのだろう。自分の腹のなかの赤ん坊が誰の子かもわからないのに、よくもあの淫売は笑みを浮かべていられるものだ。

「くそ淫売め」おれは手に持った十字架像を見下ろした。「磔《はりつけ》にされたイエス、明日、おれと一緒にちょっとばかり出かけたいか？　大きな罪を犯して悔い改めるべき若い女を知っているんだ」

53

スローン

この二週間で二十七品の料理を作って写真を撮った。このアパートから出られないという事実から目をそらそうとしているだけかもしれないけど、いまは料理本を作るというアイデアで頭がいっぱいだった。

もちろん、妊娠のことを考えていないときは、だけど。そして、妊娠のことは二秒おきに考えている。

ルークがいなかったらどうなっていたかわからない。彼があまりにいい人すぎて、夢なんじゃないかと思うことがある。現実には存在していなくて、全部わたしの願望が作り上げた幻なんじゃないかって。ルークがわたしの人生にもたらされたのは、彼を奪われたときの痛みを味わわせるためなんじゃないか、そんな恐怖に日々苛まれている。考えるとぞっとするから考えないようにしているけど、やっぱり考えてしまう。ひっきりなしに考えてしまう。ルークを失うことは、死ぬことよりも恐ろしい。

だけど午後に帰宅するとルークはかならずわたしの体に腕をまわして、〝ふたりとも〟元気にしてたか、と訊いて、お腹の子はぼくの子だと言った彼の言葉をさらに確かなものにするのだ。生物学的父親が誰であろうと、ルークはこの子を愛してくれている。わたしのお腹にいるという理由だけで。それだけで愛するにはじゅうぶんなのだ、と。すると不思議とわたしも、それでじゅうぶんだと思えてくる。ルークの前にいると、わたしは価値ある人間なのだと思える。アサに奪われたすべての感覚を取り戻すことができる。

わたしはルークみたいに、うまく人を赦せるかわからない。彼は一秒たりともわたしにうしろめたい思いをさせない。それどころか、自分ほど幸運な男はいないと、ことあるごとに伝えてくれる。幸運なのはわたしのほうなのに。妊娠のことがアサにばれたらどうしようと不安になったり、次の公判のことでナーバスになったりするたびに、ルークはわたしの気をそらしてくれた。でも、いまみたいに彼がそばにいないときは、この料理本だけが頼みの綱だった。

今夜はラザニアを作っている。料理のジャンルはとくに絞っていない。自分の好物は全部入れるつもり。アサの好物もいくつか入れようと思っている。例のココナッツケーキとか。アサという人間を全否定することになる料理本に、彼の好物のレシピを載せるというアイデアが気に入っていた。ちょっとした復讐という感じ。この料理本の売り上げ二ドルにつき一ドルが、アサのような男に苦しめられている女性たちの支援に使われるのだ。

だから、アサが馬鹿みたいにこだわっていたココナッツケーキも、ミートボールスパゲティも、真夜中にわたしを叩き起こして作らせたあのまずいプロテインシェイクもレシピに加えるつもりだ。料理を作れとアサに命令されるのはいやでたまらなかったけど、あの経験も少しは役に立つってことね。この料理本そのものがアサ・ジャクソンに向けて立てた巨大な中指なのだ。

うん、それいいかも。すべてのページに中指を立てた小さな手のイラストを入れたらどうだろう。中指を立てた手のかわいい絵文字を。

ラザニアシートとソースを重ね終えると、写真を撮るために器をセッティングした。何枚か撮影してから器をオーブンへ。

「何かいいにおいがするな」

彼の声に、わたしはカウンターをつかんだ。

すぐうしろにいる。

嘘よ。嘘、嘘、嘘。

あり得ない。玄関の補助ロックはちゃんとはまっている。窓も全部、内側から鍵をかけてある。**これは夢。夢よ。夢**。

体から力が抜けていき、キッチンの床にへなへなと崩れ落ちていくのを感じた。自分がショック状態に陥りかけているのがわかる。**嘘、嘘、嘘**。

わたしは床にへたり込んだ。両手を髪に差し入れ、耳をふさいで、震える手で彼の声を締め出そうとした。聞こえなければ、ないことになる。彼はいない。**ここにいない**。

「おいおい、スローン」声が近づいてくる。「久しぶりに会えたんだ、もう少し喜んでくれるんじゃないかと思ったんだけどな」目をきつくつぶっていても、彼がすぐ横のカウンターに腰掛けるのが音でわかった。目を開けると、床の少し上でぶらぶら揺れている彼の足が見えた。

そこにアンクル・モニターはなかった。それをわたしに見せたかったのだ。歪んだこの男の考えそうなことだ。

どうしてこんなことに?

わたしのスマホはどこ?

吐き気がした。恐怖のあまり気を失ってしまわないよう、なんとか息を吸おうとする。

「ラザニアか」彼はカウンターの上に何かを放った。「おまえの作るラザニアはあんまり好きじゃなかったんだよな。いつだってトマトソースが多すぎてさ」

わたしは泣いていた。立ち上がることができなくて、這うようにして彼から離れた。どこにも行けないとわかっていても、逃げ場を探してさらに這う。

「どこへ行くんだ、ベイビー」

なんとか立ち上がろうとしたが、中腰になったところで、彼がカウンターから飛び下りて、うしろからわたしに腕をまわした。「ちょっとおしゃべりしようじゃないか」そして軽々とわたしを床から持ち上げた。恐怖のあまり泣き叫ぶと、たちまち手で口をふさがれた。「おしゃべりしているあいだは静かにしていてほしいな」そう言うと、わたしを抱えたままリビングを抜け、寝室に入っていく。わたしはまだ彼を見ていなかった。見たくない。見てたまるか。

ルーク。お願い、ルーク。帰ってきて、帰ってきて、帰ってきて。

ベッドに落とされたとたん、すぐに這って反対側に逃げようとしたが、足首をつかまれ、引き戻された。腹ばいの格好で引きずられながら、脚をばたつかせて彼の手を振りほどこうとした。毛布でも枕でも、手当たり次第につかむけれど、力では彼にかなわないっこない。すべてがスローモーションのように感じられるなか、彼がわたしを仰向けにし、馬乗りになって、膝でわたしの両手をマットレスに押さえつけた。そのままわたしのお腹にまたがり、ぐいぐいと体重をかけてくる。それで彼は知っているのだとわかった。いまさら隠すことはできない。

それが、彼がここにいる理由だから。

彼の指がまぶたに触れたかと思うと、無理やり持ち上げられた。アサの顔が見えた。彼は笑っていた。「よお、美人さん。相手が真剣な話をしようとしているときに目を合わせないのは失礼だぞ」

この男は狂っている。そしてわたしには自分を守る術がない。この子を守る術がない。なす術もなくベッドに押さえつけられながらも、不思議と頭はまだ冴えていた。いま、この瞬間に考えているのは、わたしはなぜこんなにも生きたいと思っているのだろう、ということ。死ぬことを考えると、なぜこうも恐怖でいっぱいになるのか。ほんの数カ月前までは、正直、いつ死んでもかまわないと思っていた。どうかアサがわたしを殺して、この苦しみから解放してくれますようにと祈っていた。あのころのわたしには生きる理由がなかった。

でもいまのわたしには生きる理由がある。

ありすぎるほどに。

目からこぼれた涙が髪に吸い込まれた。わたしの顔を滑り落ちる涙を見ると、アサは身を屈めてわたしの顔に顔を近づけた。わたしのこめかみに口を寄せ、舌で涙をすくい取る。体を起こしたとき、その顔からは笑みが消えていた。

「違う味がするもんだと思ってたのにな」つぶやくように言う。

嗚咽がもれた。あんなに速かった脈が、いまは一定のリズムに戻っている。それとも、完全に止まってしまったのだろうか。わたしはまた目を閉じた。「さっさと終わりにして、アサ。お願い」声がかすれた。

アサが座る位置を変えたのか、お腹にかかっていた圧が少し減った。シャツがめくられ、お腹に手を当てられるのがわかった。「おめでとう。おれの子だろ?」

わたしは目を閉じたまま、答えを拒んだ。アサはわたしのお腹をしばらく手で撫でていた。それからまた体を倒し、わたしの耳元に口を近づける気配がした。「おれがどうやってこのアパートに入ったか知りたいだろ?」

そう、知りたかった。でもいま知りたいのは、あなたをここからどうやって追い出すかよ。

「今朝、おまえの友人のルークがエアコンのフィルター交換のためにメンテナンススタッフを部屋に入れたのを覚えてるか?」

あの管理員のこと? えっ? まさか、あり得ない。ルークが身分証明書の提示を求めたし、責任者に本人確認もした。このアパートメントの敷地内で働いている人とは全員顔見知りだし、あの管理員も二年以上ここに勤めている。

「そいつがおれの頼みを聞いてくれてね、ルークが背中を向けているあいだに窓の鍵をひとつ開けておいたんだ。やつがいくらで請け負ったか知ってるか? 二千ドルだよ。質問ひとつせずにね。やつはおまえがここにいることを知ってた、おまえが妊娠していることも知ってた。おれが何かよからぬことを考えているのも知ってた。でなきゃ、窓の鍵をひとつ開けておくために二千ドルも払ったりしないだろ? でもやつは気にしなかった。スローン。二千ドルさえ手に入ればいいと言って、何も聞かずに立ち去った」

吐き気がする。

うんざりだ。

人間にはもううんざり。

アサに何ができるか知っていたら、管理員はそんなまねしなかったはずだ。窓の鍵を開けておくなんてまねは。彼はきっとアサがテレビを盗むために部屋に押し入ろうとしていると考えたのよ。

人類が最低限のモラルさえ守れないことに失望して、わたしはさらに激しく泣きそうになっていた。

「玄関前にいるおまえの仲間のケチな見張りは、残念ながらおれを見ていない。このアパートのあらゆる出入口を見張らせる人間を雇うだけの価値がおまえにあるとルークが考えなかったからだ。あいつはおれが玄関からのこのこ入っていくような馬鹿だと、本気で思ってるのか？」

アサがしゃべればしゃべるほど、声が遠くなっていく。どうやら恐怖で心が麻痺してしまったらしい。もう体の感覚がなかった。上に乗っているアサの重みも感じない。「やめて」と繰り返す自分の声も聞こえない。

わたしは少しずつ感覚を殺していった。自分を守る方法はそれしかなかった。

54

アサ

「なんか違ったな」

おれは息をあえがせながら、いまふたりのあいだに起こった予定外のことから立ち直ろうとした。そしてスローンの上に倒れ込んだ。

彼女のなかに入ったことがあるのは自分だけだとわかっていたころのセックスのほうがよかった。スローンとひとつになる感覚をルークも知っているかと思うと、この手で彼女の喉を絞め上げて、腹のなかのガキごと殺してしまいたくなる。スローンが抵抗してきたらそうしていたかもしれない。だが、彼女は抗わなかった。

おれのことが恋しかったんだ。これがほかの女なら、必死に抵抗しておれを押しのけようとしただろう。でもスローンだけは違う。そこが自分の居場所だと知っているからだ。おれの下で、おれを包み込むことが。

おれは彼女の隣に横になり、片肘をついて上体を起こした。スローンはまだ目を閉じたままだ。

むかつくことに、彼女は無垢だったころと同じくらいきれいだった。胸まで届く、長くつややかな黒髪も。かつてはおれとおれの体だけのものだった甘くやわらかな唇も。彼女の腹に指を滑らせ、かすかなふくらみをなぞってみる。おれはため息をつき、スローンを見下ろした。彼女に会えなくて死ぬほど寂しかった。彼女のことが憎くてたまらないが、同じくらい恋しかった。

「おれを見ろ、スローン」

スローンはそうする。ゆっくりと。涙でいっぱいの目を開き、わずかに首を傾けて、おれと目を合わせた。

「すごく会いたかったよ、ベイビー」おれは彼女の腹を手でさすりながら話しかけた。やさしい声を出そうとした。おれたちがどんなにうまくいっていたかをスローンが思い出してくれたら、どうにかしてあのころに戻れるかもしれない。「おれたちの家がどんなにがらんとしているか知ってるか、スローン。おまえのいない家は寂しいよ。寂しくてたまらない」

スローンはまた目を閉じた。おれは彼女の唇にそっとキスした。「おまえのことはもう吹っ切れたと思ってた」昨日のことを思い出しながら言った。逆上し、十字架像を手に家のなかのものを壊してまわった。「おれはおまえが憎い、スローン。でも、おまえを憎んでいるのはいやなんだよ、ベイビー」

スローンが深く息を吸い込み、彼女の口に口を寄せていたおれの息も少し奪った。だから、もっとくれてやることにした。彼女の口に口を押しつけ、キスをして、舌で彼女の口を満たしてやる。彼女はキスを返してこなかった。

「スローン」おれは唇で彼女の唇をなぞりながら囁いた。「ベイビー、キスを返してくれ。おまえにとって、おれがいまも特別な存在なのか知りたいんだ」彼女に触れ、じっと見つめながら、辛抱強く待った。すると、ついに彼女が目を開けた。

そして、スローンは思い出した。頭を持ち上げ、おれのために唇を開いた。

スローンは思い出したのだ、おれがどれほど尽くしてきたかを。

スローンは思い出したのだ、おれがどれほど愛していたかを。どれほど激しく愛したかを。

スローンが舌をからめてくると、おれは馬鹿みたいに泣きたくなった。

「ベイビー、すごく会いたかった」そこでおれは黙った。スローンのキスが、堕落する前におれにしていたキスだったからだ。いまの彼女は初デートの夜と同じようにおれにキスしていた。おれが彼女の唇を味わう初めての男になったあの夜みたいに。

そして彼女は動き出した。両腕を持ち上げ、手でおれの首筋を撫で上げる。ああ、おれはこれがほしかったんだ。アンクル・モニターをはずす危険を冒す価値はあった。苦労した甲斐があったってもんだ。そりゃ、ここに来た最初の目的は違う。だがそれは頭に血がのぼっていたからだ。ルークのことが憎すぎて、やつに対する感情とスローンへの感情がごっちゃになってしまったのだ。おかげでスローンのことを性悪女だと思ってしまった。でも、違った。

スローンは被害者だった。

彼女はルークの毒牙にかかっただけで、おれに抱かれるのとはまったく違うということを思い出させてやるだけでよかったんだ。彼女のなかに入っているおれを感じれば、おれのことを忘れるように洗脳されていたんだってことがわかるから。でも、スローンはおれを忘れていなかった。

覚えていてくれた。

「アサ」スローンは欲望のままにおれの名を呼んだ。「アサ、ごめんなさい」

おれは思わず頭をもたげた。息もできないくらい必要としている相手に、こんな言葉を言わせてしまったことがショックだった。「いいんだ」おれは彼女の顔にかかった髪を払いながら言った。「大丈夫、おれたちなら乗り越えられる。あいつはおまえがおれを憎むように仕向け、おれも同じ罠にはまって一瞬とはいえおまえを憎んでしまった。ふたりともどうかしていたんだよ、スローン。おまえはおれを憎んでなんかいないのに」

彼女は首を振った。「ええ、アサ。あなたを憎んでなんかいないわ」

スローンは心底すまなそうな顔をしていた。彼女の言葉や、頰を伝う涙からも後悔の念が伝わってくる。スローンは笑おうとしたが、うまくいかなかった。それほど強烈な体験だったのだ。彼女とまたひとつになり、彼女がどれほどおれを恋しく思っているかを肌で感じるのは。これまでに味わったことのない強烈な感覚だった。この数カ月間がすべて報われたような気がする。

ここは天国だ。これは神の謝罪だ。

「おまえを赦すよ」そう言いつつも、おれが赦そうとしているのはスローンなのか神なのかわからなかった。たぶん、両方だ。なぜならこれは、この世のすべてを赦するに足ることだから。スローンとよりを戻すのは、やばいくらいにいい気分だ。ルークを赦すことすら考えそうになる。

オーケイ、いまのは嘘だ。あのクソ野郎のことは絶対に赦さない。だが、やつの心配はあとでいい。いまは最愛の女のことで頭がいっぱいだから。

「二度とおれから離れるな、スローン」おれは彼女を抱き寄せた。言葉ではとても言い表せなかった。前も彼女を愛していると思っていた。だが、いまおれが感じているものとは比べものにならない。おれの血管を駆け巡っている、この強烈な感覚とは。おれの心臓はスローンのために鼓動している。全身の血管を駆け巡っている、この強烈な感覚とは。おれの心臓はスローンのために気づいていなかった。「頼むから、もう二度とおれのそばを離れるな。もしも約束を破ったら、次は赦せるかどうかわからない」

スローンへの愛が以前とまるで違う気がするのは、いまおれが愛しているのは彼女だけじゃないからだ。彼女のなかで育っているものも愛しているからだ。スローンの腹のなかではいまおれたちの子どもが育ってる。それはつまり、愛すべき存在が増えたってことだ。まずはスローン。それからおれたちふたりで創り出し、彼女の腹のなかで育っている小さな小さな天国のかけら。**ざまあみろ、ルーク**。あいつにはクリスマスに生まれる予定の命を創り出すことはできやしない。

おれにはこれがおれとスローンの赤ん坊だとわかる。ルークのガキだったらこんなふうには感じないからだ。この感覚はそう、スローンのなかにいるのはおれの一部だと、神がおれに知らせているんだ。だから、ルークからふたりを守るためにやるべきことをやれ、と。

おれは体をずらしてスローンの腹に頬を寄せた。手のひらも当てて、目をぎゅっと閉じたが、それでも涙は出てくる。信じられない、このおれがいま泣いているなんて。**なんなんだ、いっ**

たい？　自分は父親になるんだとわかると、男はたちまち腑抜けになるのか？

スローンをきつく抱きしめ、おれのベイビーにキスした。何度も何度もキスした。彼女の腹はとんでもなく美しい。そして、おれたちふたりで創り出した命もスローンのように美しいものになるだろう。スローンはおれの頭を撫でた。「あなたはパパになるのよ、アサ」

彼女が口にしたその言葉はおれの魂に刻み込まれた。おれは声をあげて笑い、馬鹿みたいに泣きながら、また彼女の上に乗ってキスをした。いくら求めても求め足りない。「ものすごくきれいだよ、ベイビー。最高にきれいだ。子どもができたらこんなにきれいになるって知ってたら、もっと早くにおまえのピルに細工してたのにな」

彼女が一瞬固まるのを見て、おれは噴き出した。頭を起こして彼女を見下ろすと、彼女は曖昧な笑みを浮かべていた。「いまなんて？」声が少し上擦っている。

おれは笑い、また彼女にキスした。「怒るなよ、スローン」ふたたび彼女の腹に手を当て、それから彼女を見下ろした。「おれたちのためにやったんだから。おまえがおれから離れていかないようにな」スローンはなぜか泣いていた。まあ、おれも泣いていたが。どっちも嬉し涙だ。「おれたちはクソみたいな地獄を味わってきた。でも見ろよ。おれたち、子どもが生まれるんだぞ」おれは彼女にキスし、唇を軽く押し当てたまま続けた。「おまえは二度とおれから離れない。だって、おまえのなかにはおれの子がいるんだから。そうだよな、スローン？」

彼女はすぐさま首を振った。「ええ、アサ。約束する。二度とあなたから離れない」

「もう一度言ってくれ」

「二度とあなたから離れない」

「もう一度」

「誓うわ。わたしは二度とあなたから離れない」

55

スローン

一瞬だった。気づかないくらいのほんの一瞬。アサがわたしを見下ろして、キスを返してくれと懇願したとき。ほんの一瞬、必死の思いが透けて見えた。**わたしはそれを利用した。**

わたしは彼が聞きたがっていることを言ってやった。彼が望んでいるとおりに触れてやった。彼とのセックスのために磨いてきた演技力であえいでもみせた。練習を積んできた嘘の数々を甘く囁いた。

わたしは二年間、彼を愛しているふりをしてきた。**あと一日くらいなんだっていうの？** わたしは彼に勝る唯一の武器でアサと戦う。**愛という名の武器で彼と戦う。**

わたしは同じ言葉をもう一度口にした。「二度とあなたから離れないと約束するわ、アサ」これを聞くとアサは安心するらしいけど、この寝室でくつろぎすぎてまたわたしをレイプできると思われては困る。会話で気をそらさなくては。「それで、これからどうするの？」だからわたしはそう言い、どうにか震えを止めた指で彼の顔を撫でた。「この窮地からどうやって抜け出すつもり？　もう二度とあなたを失いたくないんだけど」

アサはわたしの手をつかんでそこにキスした。「服を着て、玄関から出ていけばいい、スローン。簡単な話だ。そして、そのままどこかへ行こう……どこでもいい、ここから遠く離れた場所なら」

わたしはうなずき、アサのいまの発言をしっかり頭に入れた。

アサはとんでもない悪党だけど、わたしが出会ったなかでもっとも頭が切れる男でもある。だからわたしはいつも彼の一歩先を行くようにしなければならなかった。今回も同じだ。ここから先、彼の一挙一動がテストなのだ。わたしは頭のなかで彼の言葉をばらばらにし、ひっくり返して、じっくり分析した。

わたしたちが玄関から出ていけないことをアサは知ってる。見張りがいることを知っている。だから窓から入ってきたのだ。アサはいまわたしの忠誠心を試している。

わたしは首を横に振った。「アサ、玄関から出ていくことはできないわ」彼のことを心配しているような声を作って、言った。「ルークはわたしに監視をつけているの。わたしがあなたと一緒に出ていくのを見たら、ルークに連絡が行くわ」

アサはにっこりした。

やっぱりテストだった。

彼は身を乗り出して、わたしのおでこにキスした。「じゃ、窓から出るとしよう」

「その前に荷物をまとめないと」立ち上がろうとするとアサに引き戻された。

「荷物ならおれがまとめてやる。おまえはこのベッドから一歩も動くな」

アサは立ち上がり、部屋を見まわした。そこここにあるルークの私物に気づき、アサの首の血管が浮き出るのが見えた。わたしは怒りから彼の気をそらそうとした。

「バッグはクロゼットの一番上よ」わたしはクロゼットのほうを指差した。アサがベッドからリビングまでの距離を目測しているのがわかる。そしてクロゼットに向かう途中で寝室のドアをばたんと閉めた。逃げようなんて妙な気を起こすんじゃないぞ、とわたしに警告している。

わたしは自分を見下ろした。いまにもベッドから飛び下りそうな姿勢を取っている。これじゃ説得力に欠ける。

だからベッドに横になって枕に頭をのせ、リラックスしているように見せかけた。クロゼットから出てきたアサは、わたしを見てにやりとした。わたしが逃げようとしなかったことに満足したらしい。警戒心を解きつつある。

「しゃぶりつきたくなるくらいきれいだよ、ラブ」アサはバッグをベッドに放った。「何を詰めりゃいい？」彼は部屋を見まわし、ドレッサーに――そこに置いたわたしとルークの写真に――目を留めた。一週間前にプリントしてフレームに入れたのだ。アサの喉ぼとけがごくりと動くのが見えた。

「ちょっと待ってろ」そう言うと、寝室のドアのほうに向かった。

「どこへ行くの？」わたしはベッドに起き上がった。

アサはドアを開け、リビングに入っていく。「磔になったイエスを窓のそばに置いてきた。彼が必要だ」

どういうこと？　意味がわからずにいるうちにアサは戻ってきた。手に何か持っている。

「それ、十字架像？」

ねえ、どういうこと？

アサは笑いながらうなずくと、十字架像を両手で頭上に掲げ、ドレッサーの上のフォトフレームにまっすぐ振り下ろした。最初の一撃にわたしはひるんだが、アサはフレームが粉々になるまで何度も何度も十字架を叩きつけた。

わたしは心底怯えていた。それでも、無理して笑い声をあげた。どうしたらいいかわからなかった。体じゅうが恐怖の悲鳴をあげたがっていたけれど、それだけはしちゃだめだとわかっていた。わたしはいま役を演じていて、そのキャラクターはアサのしていることをおもしろがらないといけない。なぜならアサはわたしがあの写真になんの感情も抱いていないことを確かめたいと思っているからだ。

こちらにちらりと目をやったアサは、わたしが笑っているのを見て大いに気をよくした。満面の笑みを浮かべるアサに、わたしはナイトテーブルを指差した。「あっちにもあるわよ」

アサはもうひとつのフォトフレームに目をやると、飛ぶようにして部屋を横切った。十字架像をバットのように振ってフォトフレームをテーブルからはね飛ばし、フレームは壁に激突した。そうなるとわかっていても、わたしはたじろいだ。ルークに対するアサの憎しみの深さに身がすくむ。

奇跡が起きてルークが早めに帰ってきますように、と心のなかでずっと祈っていた。でもいまはルークが帰ってきませんようにと祈っている。いまのアサに対抗できる人間はいないかもしれないと思うからだ。アサは完全に理性を欠いている。哀れみも共感も欠落している。アサは妄想にとらわれている。アサは危険だ。帰宅したルークがアサと鉢合わせするくらいなら、どんなにいやでもアサと一緒にここを離れるほうがいい。

アサは部屋を見まわしている。復讐心をあおるものがほかに見当たらないと十字架像をベッドに放った。「ルークは何時に帰ってくるんだ？」

アサはルークの帰宅時間を知っている。

もうすぐ帰ってくると嘘をつくこともできた。でもここの住所を知っていたくらいだから、アサはわたしたちの生活パターンもすべて把握している可能性が高い。だからルークが毎日午後六時に帰宅することを知っているはずだ。

「六時よ」わたしは言った。

アサはうなずき、ポケットからスマホを取り出して時刻を確認した。「しばらく待つことになるな。あと数時間、何をしていようか？」

待つって……何を？

「彼の帰りを待つつもり？」

アサはベッドのわたしの横に腰を落とした。「そりゃそうさ、スローン。おれは自分の女を取り戻すためにはるばるここまでやってきたんだぞ。おれから恋人を盗んだクソ野郎に借りを返さないと気が済まないね」

笑みを浮かべながらそう言ってのけた。

わたしはまたしても恐怖を抑え込んだ。「ラザニアを食べるのはどう？　二分以内にオーブンから出さないと、焦げて食べられなくなっちゃうわ」

アサは身を乗り出してわたしの口にキスし、唇を離すときに〝チュッ〟と大きな音を立てた。

「天才だな、ベイブ」彼はベッドから下りると、わたしの手を引っ張って立たせた。「腹がぺこぺこだ」

アサはわたしの手を放すとバスルームに入っていった。ドアを開けっ放しにして、便器の前に立って用を足すあいだ、ずっとわたしを見ていた。わたしは服を着ながら、手の震えをなんとか抑えようとした。アサはトイレの水を流し、寝室に戻ると、そのままリビングに向かった。

「さっきのは冗談だよ」アサは言った。「おまえの作るラザニアは嫌いじゃない。あんなこと言って本当に悪かった。おまえに腹を立ててただけなんだ」

「わかってるわ、ベイビー。腹が立っているときは、誰だって心にもないことを言ってしまうものよ」わたしはキッチンに入っていった。ラザニアをオーブンに入れてからずいぶん時間が経ってしまったけど、まだ焦げてはいないはず。まあ、料理本に載せられるような〝映《ば》える〟写真は撮れないだろうけど。

そんなことを考えたら、たちまち笑えてきた。

ちょっと、正気？　命が危ないってときに料理本のことなんか考えてるわけ？

すぐうしろからアサがついてきていることはわかっていた。わたしがナイフを取りに行かないともかぎらないと思っているからだ。やっぱりアサは頭がいい。だって、アサがすぐうしろにいなかったら、間違いなくナイフを取りに走っていたから。わたしはカウンターに散らばった食材の空き箱をつかんでゴミ箱へ放ったが、そこでゴミ箱にビニール袋がかかっていないことに気がついた。

さっきゴミをまとめて、ゴミ箱から出したからだ。

わたしは上部を縛って空のゴミ箱の隣に置いてあるゴミ袋を見た。

わたしは空のゴミ箱を見た。

脈が速くなり、わたしはなんとかそれを隠そうとした。

ゴミのことをすっかり忘れてた！

落ち着いて、落ち着いて、落ち着いて。オーブン用のミトンをつかんでオーブンの扉を開けた。ラザニアの器を取り出してコンロの上に置いた。アサがわたしの肩越しに手を伸ばし、キャビネットからお皿を二枚出す。そうしながらわたしの頭のてっぺんにキスした。アサはナイフを持ってくるのを嫌い、スパチュラでラザニアを切り分けはじめた。そのあいだずっと、わたしは空のゴミ箱を見つめていた。

ゴミを外に出していない。

56

ルーク

ぼくはまたスマホに目をやった。

「聞いてないだろ」ライアンがぼくの注意を引き戻した。

「聞いてるよ」スマホを、画面を上に向けてテーブルに置く。画面を見つめながらライアンの話を聞いているふりをしたが、ライアンの言うとおりだ。まったく聞いていなかった。

「おい、ルーク」ライアンが指を鳴らした。「どうかしたのか？」

ぼくは首を横に振った。「どうもしない。ただ……」口に出して言いたくなかった。馬鹿みたいに聞こえるからだ。スローンとぼくが安心感を得るために考え出した方法は、ぼくから見ても滑稽だから。「五分過ぎてるんだ」

ライアンは椅子にもたれかかってドリンクをひと口飲んだ。ぼくらはいま、ぼくのアパートメントからほんの数マイルのところにあるピザ屋で、顔を合わせるたびに話題にしていることについて話し合っている——アサの事件についてだ。アサの公判まであと数カ月。そこで白黒はっきり決着をつけるために、できるかぎりのことをしなければ。複数の罪状で有罪判決が出て刑期が長くなれば、それだけスローンが安心して暮らせる。

「何から五分過ぎてるんだ？」ライアンが訊いた。

「十二時からだ。いま六分過ぎた」ぼくはスマホに目をやった。画面のデジタル表示は12：06。だがスローンはまだゴミを外に出していない。

ライアンが身を乗り出した。「もう少しくわしく説明してくれ。さっきから上の空で、人の話をちっとも聞いてないから、むかつきはじめていたところだ」

「日中の監視を頼んでいる男……トーマスというんだが、いつも正午ちょうどにスローンがゴミを出したことをメッセージで知らせてくるんだ。毎日正午に玄関の外にゴミを出すことで、何も問題ないという合図にしているんだ」

ぼくはスマホを取り上げ、トーマスにメッセージを打ちはじめた。

「スローンに電話して直接訊けばいいじゃないか」わかりきったことだとばかりにライアンは言った。

「二重の安全対策だ。もしも不測の事態が起きて、スローンのそばに誰かいたら、電話に出て、何も問題はないと言うようスローンに強要するかもしれない。だから念のため、電話以外の方法も取ることにしたんだ」

送信ボタンを押すぼくを、ライアンはしばらく見つめていた。被害妄想に取り憑かれていると思われてもしかたがない。アサは予測不能のサイコパスだ。やつに関しては、いくら用心してもしすぎることはないのだ。

「そいつはかなり天才的なやり方だな」ライアンは言った。

「だろ？」スローンに電話をかけながら言う。「スローンのアイデアなんだ。そしてこれまで一度も遅れたことがない。毎日、時間ぴったりにゴミを外に出している」スマホを耳に当て、呼び出し音を聞きながら待った。スローンが電話に出なかったことは一度もない。

ぼくは待った。

スローンが電話に出ない。留守番電話に切り替わったちょうどそのとき、監視のトーマスから返信が来た。

トーマス　待機中。ゴミはまだ出されていない。

ぼくは一気に奈落の底に突き落とされた。ライアンもそれに気づき、ぼくと同時に立ち上がる。「おれは応援を呼ぶ」テーブルにお金を投げながら言った。ぼくは返事をするより先にドアから飛び出し、車に飛び乗った。渋滞に悪態をつき、クラクションを鳴らし、どうにかして先へ進もうとする。

四分。

耐えがたいほどにクソ長い四分。

アパートメントに着くまで四分もかかる。

スマホに番号を入力し、発信ボタンを押す。

「はい」トーマスが応答した。

「彼女はもうゴミを出したか？」冷静な声を出そうとしたが無理だった。

「まだだ」

ぼくはハンドルにこぶしを叩きつけた。「今日、誰か玄関を通ったか？」どんなに冷静でいようとしても声が大きくなる。

「いや。今朝あんたが出かけてから誰も通っていない」

「裏へまわれ！　窓を確認しろ！」

トーマスは黙っている。

「いますぐだ！　この電話をつないだまま、窓を全部チェックしろ！」

トーマスは咳払いした。「おれは監視役として雇われたんだ。拳銃も持っていないんだぞ。もしあんたが心配するような状況になってるなら、裏にまわるなんてお断りだ」

ぼくはスマホをきつく握りしめて声を張り上げた。「ふざけたこと言ってんじゃねえ！」

電話は切れた。

「くそったれが！」アクセルを踏み込み、赤信号を突っ切った。アパートまであと二ブロック。交差点を抜けようとしたところでそれは起きた。衝撃で全身が跳ねた。１８輪の巨大トレーラーが視界の隅にちらりと見え、すぐに何も見えなくなった。エアバッグが作動する。車がスピンしはじめる。その場に居合わせた人々も一瞬何が起きたのかわからないほど、すべてがものすごいスピードで起きているはずなのに、ぼくには衝突の瞬間がスローモーションに見える。

頭にくるほどゆっくりで、いつまで経っても終わらない。

車がようやく停止したときには、すでに血が目に流れ込んでいた。クラクションの音と、人の叫び声が聞こえた。シートベルトをはずそうとしたが、右腕が動かない。折れている。

左手でシートベルトをはずし、運転席側のドアを肩で押し開けた。額の血を手で拭う。

「ちょっと、あんた！」背後で男性が叫んだ。「動かないほうがいい！」

誰かが肩をつかんで止めようとする。「放せ！」ぼくは叫び、ふらつく頭で自分がどの方向を向いているのか見定めようとした。右手にコンビニが見えた。ぼくは車の周囲にできつつある人だかりをかき分け、左に向かった。走っちゃだめだという声が聞こえるが、これでもまだ遅いくらいだ。

二ブロック。走れば一分かからない。

アパートメントに向かって全力疾走しながらも、スローンが電話に出なかったことに、もっともらしい理由をつけようとしていた。どうかぼくの間違いであってくれ。ぼくの過剰反応であってくれ。だが、スローンのことならわかっている。やっぱり何かおかしい。彼女が電話に出ないはずがない。

正午ちょうどにゴミを外に出さないはずがない。

何かあったんだ。

ようやくアパートメントの前まで来たが、車ではなかったためにゲートのセンサーが反応しない。周囲を見まわし、歩行者用のドアを探したが、ドアはロックされていた。ぼくは数フィート下がるとゲートに向かってダッシュし、使えるほうの腕でゲートを乗り越えた。着地したのは足じゃなかった。よりにもよって右肩で着地し、激痛が稲妻のように全身を貫く。息ができない。しかたなく、ふたたび空気を吸えるようになるまで待ってから立ち上がる。

監視役のトーマスが見えた。車の外に立っている。ぼくを見るなり目を見開き、降参だとばかりに両手を上げた。「すまない。いま彼女の様子を見にいこうと思っていたんだよ」そう言いながら後ずさる姿に、もう自分を抑えられなかった。使えるほうの手でやつの喉を殴った。車のドアに倒れ込むトーマスを後目《しりめ》にそのまま歩き続ける。

「能無しが！」肩越しに吐き捨てた。自分の家に向かって猛ダッシュし、正面玄関の前を走り抜けて建物の側面にまわり、リビングと寝室の窓が並んでいる壁まで走った。リビングの窓に駆け寄り、窓の内側の掛け金が目に入ったときは、スローンの名前を叫ばないようにするだけで精一杯だった。

掛け金がはずれている。

瞬時に状況を理解した。管理員だ。ちくしょう、ぼくのせいだ。アサより一歩先んじていく必要があったのに。そのことをじっくり考えてみなかった。ぼくは窓の横の壁に背中を押しつけ、聞き耳を立てた。

脇腹に手を伸ばし、拳銃を抜く。目を閉じて、息を吸い込む。

声が聞こえた。

スローンの声だ。間に合ったとわかって大泣きしたくなったが、それはあとでいい。いまはじりじりと窓に近づき、なかを覗こうとした。が、カーテンのせいでほとんど何も見えない。

くそっ。

心臓が早鐘を打っている。遠くからサイレンの音が聞こえたが、ライアンが要請した応援がこちらに向かっているのか、交差点でぼくが起こした衝突事故のせいかわからなかった。いずれにせよ、あと五秒以内に何か手を打たなければ、部屋のなかにいる何者かはサイレンに気づくだろう。そうなったら、そいつはなんらかの行動を起こさざるを得なくなる。

地面に膝をつき、左手に銃を持って、右手で窓をわずかに開けた。隙間から覗くとスローンが見えた。ほかにも誰かいる。その男は窓に背中を向けていた。男が笑った。

笑ったのだ。それですぐにアサだとわかった。アサがスローンと一緒にいる。まだ彼女を傷つけてはいない。スローンはキッチンに立っている。サイレンに気づいたら、アサはきっと彼女を傷つける。パニックになり、無茶なまねをするに決まってる。スローンがどうやってやつをあれほど落ち着かせたのかは知らないが、意外ではなかった。スローンはめちゃくちゃ賢いからだ。

窓をもう一インチ上げる。一瞬、スローンと目が合った。

一秒にも満たない一瞬。

ほんの一瞥。

スローンがフォークを落とした。わざとだ。そして「ああもう!」と言いながら、フォークを拾おうと身を屈めた。窓をさらに少し押し上げたとき、アサがバースツールをうしろにずらして立ち上がった。そして何をするつもりか、バーカウンターをまわりこんでキッチンに入っていった。スローンがおかしなまねをしていないか確かめにいくのか? ぼくは拳銃を上げ、やっとの思いで右手の指を引き金にかける。

アサはスローンからフォークを取り上げ、シンクに放ると、新しいものを手渡した。スローンはそれをつかむと同時に床に伏せて叫んだ。「いまよ!」

何が起きているのかアサが理解することすらできないうちに、ぼくは引き金を引いた。そして弾がどこに当たったか見もせずに、窓を押し上げてなかに入り、リビングを横切って彼女のところへ走った。スローンは這うようにしてバーカウンターをまわり、こちらに向かってきた。

「もう一度！」死にものぐるいで叫ぶ。「もう一度撃って！」

アサは床に倒れ、手で首を押さえていた。指のあいだから血がどくどくとあふれ出し、腕に流れ落ちている。胸を激しく上下させ、必死に息を吸い込もうとしている。ぼくはアサに銃を向けた。アサは目を見開き、周囲を見まわし、スローンを探している。

スローンはいまぼくのうしろに立ち、恐怖に震える手でシャツの背中をつかんでいる。アサの目がスローンを見つけた。「くそったれの淫売め」かすれた声でつぶやいた。「さっきは嘘をついた。おまえのラザニアは食えたもんじゃない」

ぼくは引き金を引いた。

スローンが悲鳴をあげ、ぼくの背中に顔をうずめた。

ぼくは振り返り、スローンを引き寄せた。彼女は声をあげて泣きながら、全力でしがみついてきた。

ぼくはもう立っていられなかった。

バーカウンターをつかみ、スローンを抱いたまま床に座り込んだ。スローンを膝に座らせ、抱き寄せると、彼女はぼくの胸のなかで体を丸めた。スローンを抱きながら、ぼくは腕の痛みを無視しようとする。彼女の髪に顔を押しつけ、彼女のにおいを吸い込んだ。「大丈夫かい？」

スローンは泣きじゃくりながらも、なんとかうなずいた。

「怪我はしてない？」ためつすがめつしてみたが、問題はなさそうだった。ぼくは彼女のお腹に手を当て、目を閉じて、息を吐き出した。「ごめんよ、スローン。本当にごめん」スローンを裏切ってしまったような気がした。彼女を守るためにできることはすべてやったつもりだった。なのにアサはどうにかして彼女を見つけ出した。

スローンはぼくの首に腕を巻きつけた。彼女は頭を振っていた。「ありがとう」ありったけの力でぼくを抱きしめながら言った。「ありがとう、ありがとう、ありがとう、ルーク」

いまでは家のすぐ外でサイレンの音がする。

誰かが玄関を強く叩いている。

窓をよじ登ってライアンが部屋に入ってきた。彼は状況を見て取ると、玄関へ向かってドアの鍵を開けた。数名の制服警官が大声で指示を出し合いながら飛び込んできた。そのうちのひとりがぼくらに話しかけようとしたが、ライアンが脇へ押しやった。「おい、一分だけ待ってやれ」

彼らは待った。数分待ってくれた。ぼくは救急隊員が到着するまでスローンを抱いていた。救急隊員がアサの脈の有無を確認するあいだも、ぼくはスローンを抱いていた。隊員のひとりがアサの死亡時刻を告げたときも、ぼくはまだスローンを抱いていた。

ライアンがぼくらのそばにそっと近づいてきても、ぼくはまだスローンを抱いていた。

「おまえの車を見た」ライアンは事故のことを口にした。「大丈夫なのか？」

ぼくはうなずく。「誰か怪我をしたか？」

ライアンは首を横に振った。「いや、おまえだけのようだ」

スローンが体を引き、初めてぼくをまじまじと見て、事故による怪我に気がついた。「ああ、ルーク、なんてこと」スローンはぼくの頭に手のひらを押し当てた。「彼、怪我してる！　誰か彼を助けて！」

スローンはぼくの膝から這い下り、救急隊員が駆け寄った。彼はぼくの頭をひと目見て言った。「すぐに病院へ搬送します」

ライアンは救急隊員に手を貸してぼくを床から立ち上がらせた。ぼくはすれ違いざまにスローンの手を握り、彼女は両手でしっかり握り返した。スローンはいまぼくの前に立ち、うしろ向きに歩きながら、必死の形相でぼくを見ている。「ねえ、大丈夫？　何があったの？」

ぼくは彼女にウインクした。「ちょっと事故っちゃってね。クルーズ船がサーモン・タコスでいっぱいなら、ミネラルウォーターで溺れることはないよ」

スローンは笑みを浮かべ、ぼくの手を強く握った。

ライアンがうめき、救急隊員を見た。「脳震盪の検査が必要だ。前回負傷したときもこうだった。意味不明なことを言いはじめたんだ」

救急車に乗せられても、ぼくはまだスローンの手を握っていた。それで彼女も乗り込んできて、ぼくの隣に座った。スローンは心配そうな目をしていたが、そこにはこれまで一度も見たことがなかった安堵の色も浮かんでいた。ぼくは彼女の手を強く握った。「終わったよ、スローン。やつはもうきみを傷つけることはできない」

エピローグ

アサが死んでから七カ月が経つが、スローンはいまだに彼とふたりであのアパートメントに閉じ込められていた最後の数時間に何があったかを話そうとしない。いつか彼女が心を開いて話してくれることを願っているが、無理強いするつもりはなかった。アサがどんなこともしかねない男だというのは知っているし、彼女が耐えなければならなかったかもしれないことについては考えたくもなかった。スローンはあれからずっとセラピーを受けていて、それがとても助けになっているようで、いまぼくが彼女に望むのはそれだけだ。彼女なりのペースで、今回のことを乗り越えるためにできることを続けてほしい。

ぼくが退院した日は、アサの葬儀が予定されていた日でもあった。その日の朝、スローンとふたりしてアパートメントで荷物をまとめていたとき、ライアンが電話で知らせてきたのだ。ぼくはそれをスローンに伝えたが、あれだけ自分を苦しめた男の葬儀に行きたいはずがないと思っていた。

ところが、しばらくしてスローンが葬儀に行きたいと言ってきた。当然、ぼくはやめさせようとした。なぜわざわざ自分を苦しめるようなことがしたいのかと動揺すらしていた。それでも、スローンはあの男のことを誰よりもよく知っているのだと、無理やり自分に言い聞かせた。

たとえアサのことを恐れていたとしても、スローンはやつが大事に思っていた数少ない人間のひとりなのだ。好意の示し方は、本人同様に異常だったが。

墓地に着いてみると、参列者はぼくらふたりだけだった。

ぼくはアサの人生を想像しようとしてみた。家族はなく、できた友人も本当の友人ではなかった。葬儀の手配をしてくれる人さえいなかったから、埋葬のみの簡素な式だった。ここにアサの過去を知る者は誰もいない。葬儀社から派遣された牧師と、ぼくと、スローン、あとは葬儀社の社員がひとりいるだけだ。ぼくらが来なかったら、祈りの言葉が捧げられたかどうかもわからない。

それがアサという人間をより深く理解する助けになったとは言いたくない。葬儀に誰も来なかったのは彼自身のせいだからだ。たしかにあの瞬間は、これまで以上に彼を気の毒に思った。だがアサは一生を通じ、彼と関わりを持ったすべての人を傷つけてきた。それについては、すべての非は彼にある。

葬儀のあいだスローンは泣かなかった。墓地での埋葬式で、一〇分ほどしかかからなかった。牧師は手短に説教し、祈りを捧げると、故人に何か言いたいことはあるかとぼくらに尋ねた。ぼくは首を横に振った。正直言って、ぼくはスローンのためにそこにいただけだからだ。だが、スローンはうなずいた。彼女はぼくの横に立ち、ぼくの手を握って、棺を見下ろした。そして、ふーっとひとつ息を吐いてから話しはじめた。

「アサ、あなたには多くの可能性があった。でもあなたは子どものころに味わわされた最低最悪な数年の借りを世間が返してくれることを期待して日々を生きていた。そこがあなたの間違い。世間はわたしたちになんの借りもない。わたしたちはみな与えられたもので最善を尽くしているの。なのにあなたは与えられたものを蔑《ないがし》ろにして、もっと多くを望んだ」

花束はなかったから、スローンは足元に咲いていたタンポポの花を摘んで棺の上に置いた。それから囁くように静かに言った。「すべての子どもは愛されるべき存在よ、アサ。あなたが誰からも愛してもらえなかったことには同情する。だからわたしはあなたを赦す。わたしたちはあなたを赦すわ」

スローンは数分間、黙ったままでいた。アサのために祈りを捧げていたのか、それとも心のなかで別れを告げていたのかはわからない。それでも彼女の気が済むまで辛抱強く待っていた。やがてスローンはぼくの手を取り、向きを変えて、ふたりしてその場を立ち去った。

その瞬間、葬儀に出ることにしてよかったとぼくは思った。ぼくが考えていた以上に、スローンにはここに来る必要があったのだ。


七カ月前のあの日から、あの瞬間のことを何度も考えてきた。アサの葬儀でスローンが言った言葉の意味を、ぼくはわかったつもりでいた。だがいま、ベビーベッドの脇に立って、すやすやと眠る息子を見下ろしながら、不意に気づいた。あのときスローンが言った〝わたしはあなたを赦す。わたしたちはあなたを赦すわ〟という言葉の本当の意味に。

あのときは、ぼくたちふたりのことだと思った。スローンとぼくのことだと。アサに味わわされた苦難の数々を〝ぼくらは〟赦すという意味だと思っていた。だがいまになってみると、スローンが言っていたのはぼくのことではないんじゃないかという気がする。スローンはぼくらの息子のことを言っていたのだ。彼女が〝わたしたち〟と言ったのは、彼女と息子のことだったのだ。

スローンがアサに〝わたしたちは赦す〟と言ったのは、妊娠してまだ数カ月しか経っていなかったあのころから、ぼくらの息子の生物学上の父親はおそらくアサだとわかっていたからだ。だからスローンは葬儀に行きたいと言ったのだ。自分の気持ちにけじめをつけるためじゃなく、アサが会うことのなかった子どものために区切りをつける必要があったから。

息子のダルトンがぼくの実の子ではないかもしれないということは、一度だけ話題に出たことがある。ダルトンが生まれて二週間後のことだ。スローンが父子鑑定キットを購入したのは、ダルトンがぼくの子なのかアサの子なのかわからないことをぼくが気にしているのではないかと心配したからだった。自分が実の父親かどうかわからないことにぼくが苦しむようになるんじゃないかと不安を感じ、ぼくと真実のあいだに立ちはだかる存在にはなりたくないと考えたのだ。

あの日以来、父子鑑定キットはわが家のバスルームのキャビネットに置かれたままだ。ぼくはまだ封を開けていないし、スローンもそれについて尋ねてこない。それにいま、こうしてわが子の寝顔を見つめながら、ぼくはもう答えがわかっている気がしていた。

この子の父親が誰だろうと関係ない。この子の母親はスローンなのだから。

以前、アサに初めてスローンを紹介されたときのこと。スローンはキッチンで体を左右に揺らしながら皿を洗っていた。スローンは誰にも見られていないと思っていて、それは思わず見入ってしまうほど美しい光景だった。スローンはとてもおだやかな表情をしていた——それがとても稀なものだったことを、ぼくはすぐに知ることになるのだが。

ダルトンの寝顔にも、それと同じおだやかさがある。ダルトンはスローンに似ている。髪の色も目の色も母親譲りだ。彼女の気性も受け継いでいる。ぼくにとって重要なのはそれだけだ。スローンがそれを信じてくれるといい。検査の結果、この子と生物学上のつながりがあるのがぼくだろうとアサだろうと何も変わらないということをわかってくれるといい。ぼくは生物学的にこの子を愛する責任があるという理由でダルトンを愛しているわけじゃない。ぼくがこの子を愛するのは、ぼくが人間で、愛さずにはいられないからだ。ぼくがダルトンを愛するのは、この命を生み出すことにスローンが一役買っているからだ。ぼくは父親だからダルトンを愛している。

ベビーベッドに手を伸ばし、ダルトンの頭を撫でた。

振り返ると、スローンが子ども部屋の戸口に寄りかかっていた。ドアの枠に頭を預け、ぼくに微笑みかけている。

「何してるの？」

ぼくはダルトンの毛布を少し引き上げると、向きを変え、彼女のほうに歩いていった。スローンの手を取り、子ども部屋のドアを半分だけ閉めた。スローンはぼくの指に指をからませ、寝室を抜けてバスルームへ向かうぼくについてきた。

ぼくはスローンの手を引いたまま、キャビネットを開けて父子鑑定キットを取り出した。スローンに向き直ると、彼女の目にはかすかな不安の色が浮かんでいた。ぼくはキスでその不安を拭い去ると、父子鑑定キットを——未開封のまま——ゴミ箱に捨てた。

スローンは目に涙を浮かべ、必死に隠そうとしていても口元に笑みが浮かびそうになっていた。ぼくは彼女に腕をまわし、ぼくらは数秒間、ただ黙って見つめ合っていた。彼女がぼくを見上げ、ぼくが彼女を見下ろす。その瞬間、ぼくらは必要なことをすべて知った。ぼくの家族がどうやって生まれたかなんてどうでもいい。重要なのは、これがぼくの家族だということ。ぼくらは家族だということだ。ぼくとスローンとぼくらの息子は。

謝辞

この作品を初めてネット上で公開してから、もう何年も経っていることもあり、お世話になった方の名前を挙げ忘れてしまったらどうしようというプレッシャーから、まとめてのお礼になってしまうことをご容赦ください。あれからわたしはたっぷり眠り、たくさんの作品を書いてきました。本書の執筆中、わたしを励ましてくださったすべての人に最大級の感謝を捧げます。

公開当時、なぜ謝辞のページを設けなかったのか自分でも理解に苦しみます。脱稿と同時に感謝の言葉を記さなかったなんて、恩知らずにもほどがある。とはいえ、最初の読者グループのメンバーならおわかりでしょうが、本書は正式には終わっていなかったのです。エピローグを二十七回ほど書き直してはボツにしたあと、わたしは物語を終わらせることを諦め、ここまで一緒に走ってきてくれた方々へお礼を伝えることも忘れてしまった。

あれから時が流れ、みなさんひとりひとりの名前は思い出せなくなってしまったけれど、この作品が誕生するきっかけとなったグループのことははっきりと覚えています。ものすごーく楽しかったことも。あれは間違いなく最高の執筆体験でした。新章への期待、更新通知を受け取ったときの喜び、読んだあとの怒り――みなさんの反応のすべてが刺激になりました。

〝Too Late〟グループのみなさんとは、わたしが作家として活動しはじめたころからのつきあいです。ともに喜び、一緒に泣いて、笑って、つねに支えてくれたみなさんには、いくら感謝してもしきれません。

コリーン・フーヴァーのファン、通称〝コホーツ（CoHorts）〟が集まるフェイスブック・グループの新旧メンバーのみなさん。いつもご愛読ありがとう。本好きのみなさんのおかげで、わたしは今日も書いていられます。みなさんのおかげで、わたしは幸せです。

エージェントのジェーン・ディステル、ローレン・アブラーモ、ミリアム・ゴドリッチ、そしてDG&Bのチームのみなさん。いつも本当にありがとう。

カレン・コスツォルニク、レイチェル・ケリー。わたしがこの原稿に修正を加えているあいだ、辛抱強くつきあってくださってありがとう。この本をふたたび読者の手に届け、書店の棚に並べるために尽力してくれたグランドセントラル・パブリッシングのチームのみなさんにも感謝します。

フーヴァー・インクの素晴らしいチームのみんな、ステファニー・コーエン、エリカ・ラミレス、クラウディア・レミュー。いつもわたしの幸せを第一に考えてくれることに心からの感謝を。

スーザン・ロスマンへもありがとうを。あなたなしでは〈ブック・ボナンザ〉は成り立たないわ。

わたしの母、夫、息子たち、姉妹――違った、〝きょうだい〟だ（いまのわたしには男きょうだいがひとりいるから）――へ超特大の感謝を。一番の親友でいてくれてありがとう。

最後に、親愛なる読者のみなさん。つねに変わらぬサポートをありがとう。どうぞ本書を楽しんでいただけますように。もっと多くの作品をお届けするのが待ちきれません！　あなたが思っている以上に感謝しています。

著者あとがき

本書は、スランプに陥っていた二〇一二年に、実験的に書きはじめたものでした。発表するつもりはありませんでした。いつもの作品とはまったく毛色の違う内容だったからです。暗くて、暴力的。でも、当時、甘めのラブストーリーの執筆に行き詰まっていたわたしには楽しい気分転換でした。

数年前、この書きかけの作品について言及したとき、何人かの読者の方から〝読んでみたい〟とリクエストをいただきました。そこで最初の数章を無料のウェブサイトに掲載し、その後は数年かけて、ぽつぽつと書き進めていくつもりでいました。ところが、誰にも読ませるつもりのなかった物語は、次の投稿を楽しみにしていてくれるみなさんのおかげで、完成が待ち遠しい作品へと姿を変えたのです。一章書き終えるごとにサイトにアップする。通常の作品とは違い、この物語はリアルタイムで進んでいきました。速いペースでの更新と素早いフィードバックに、著者のわたしも、この物語のファンである読者も、のめり込んでいきました。ついにラストを迎えると、アマゾン・キンドルで全文を無料公開しましたが、正式出版はしませんでした。

今回、グランドセントラル・パブリッシングの力をお借りし、本書が実際の書店に並ぶ運びとなったとき、わたしは内容を読み返し、一部修正したいと考えました。なにしろ、本作は制作過程も公開の手段も異例ずくめでしたし、通常どおりにプロの編集者によるチェックが入っていたら直されていただろうと思う点があったからです。そこで当初のストーリーと登場人物の設定はできるだけいじらないようにしつつも、勝手ながらいくつかのシーンに手を加え、いくつかのシーンを削りました。また、新たに書き加えたところもいくつかあります。

初めてこの物語を読まれる方。これまでのわたしの作品とはまったく違う本書をどうぞお楽しみください。おもしろいと思ってくださる方もいれば、読むのがつらいという方もいるかもしれません。あなたがどちらのグループに属していたとしても、わたしの作品を手に取ってくださったことに感謝します。その作品が何カ月、あるいは何年もかけてようやく書き上げたものだろうと、おとなだけに読んでほしいという思いつきで一気に書き上げた本書のような一冊だろうと。というわけで、本書は子どもや十代の若者向けではありません。ご注意ください。

愛を込めて
コリーン・フーヴァー

本作には、汚い言葉、生々しい性描写、殺人、性的暴行、薬物使用等の表現が含まれます。

スローンはもう手《て》遅《おく》れだから

2024年10月1日　初版発行

著者　コリーン・フーヴァー

訳者　阿尾正子《あおまさこ》

発行所　株式会社 二見書房
東京都千代田区神田三崎町2-18-11
電話 03(3515)2311［営業］
03(3515)2313［編集］
振替 00170-4-2639

印刷　株式会社 堀内印刷所
製本　株式会社 村上製本所

ISBN978-4-576-24072-5
https://www.futami.co.jp/